GOLDMANN

Buch

Janwillem van de Wetering hat für die hochangesehene Autorenvereinigung der »Mystery Writers of America« ein ganz besonderes Krimi-Lesebuch zusammengestellt und herausgegeben, dessen Geschichten neben ihrer Qualität eines gemeinsam haben: Es handelt sich um exotische Verbrechen. So läßt uns zum Beispiel der Edgar-Allan-Poe-Preisträger Joe Gores Zeuge von Begierde und Mord in den kalten grünen Tiefen des Südpazifik werden; Kate Fansler, die Detektivin von Amanda Cross, muß das Verschwinden eines Professors für russische Literatur in den tief verschneiten Straßen Moskaus aufklären, und Van de Wetering selbst führt uns in seiner eigenen Geschichte nach Japan, wo es nicht nur um Mord, sondern auch – wie immer bei Van de Wetering – um die Weisheit des fernen Ostens geht.
Weitere Autoren: Edward D. Hoch, Lillian de la Torre, Barbara Owens, Margaret Maron, Joyce Harrington...

Herausgeber

Janwillem van de Wetering wurde in Rotterdam geboren und ging mit 45 Jahren nach Amerika. Er gehört zu den angesehensten und bekanntesten Krimi-Autoren. Zusammen mit seiner Frau lebt er heute in Maine.

JANWILLEM VAN DE WETERING (HRSG.)

FERNE GEFAHREN

Distant Danger

Aus dem Englischen von
Hartmut Huff, Kristian Lutze, Sky Nonhoff,
Barbara Reitz, Rita Seuß, Reinhard Wagner

GOLDMANN VERLAG

Die Originalausgabe erschien 1988 bei Wynwood Press, New York

Der Goldmann Verlag
ist ein Unternehmen der Verlagsgruppe Bertelsmann

Made in Germany 10/91 1. Auflage

Umschlaggestaltung: Design Team München
Umschlagillustration: Loh, Heidelberg
Satz: Uhl+Massopust GmbH, Aalen
Druck: Elsnerdruck, Berlin
Krimi 5127
Lektorat: Ulrich Genzler
Redaktion: Ursula Walther
Herstellung: Felicitas Hübner
ISBN 3-442-05127-4

Inhalt

Einführung

Exotische Verbrechen – dieser Gedanke war unser Ausgangspunkt, als wir (die Vereinigung der Mystery Writers of America – Co-Autorin Joyce Harrington und ich) uns daran machten, diesen Band zusammenzustellen. Doch dann beschlichen mich Zweifel: Sind denn nicht alle Verbrechen exotisch?

Ein Verbrechen ist etwas, was außerhalb des moralischen Gefüges unserer Gesellschaft geschieht, Verbrechen ist der – für andere – hoffentlich unsichtbare dunkle Bereich, in dem wir, versteckt hinter den Masken des Absonderlichen und Bösen, unserer Phantasie freien Lauf lassen und den Einflüsterungen böser Geister, die wir erdacht haben, folgen können.

Hätten wir also jede x-beliebige Kriminalgeschichte nehmen können?

Nein. Wir wollten die ferne Gefahr; Exotik wird schließlich immer mit Ferne assoziiert.

Also keine amerikanischen Geschichten?

Für mich ist Amerika ein fernes Land, obwohl ich in den USA lebe; denn es ist ein riesiger Kontinent, und vieles widerstrebt meiner Natur und entspricht nicht dem, was ich als angenehm empfinde. Außerdem bin ich noch nicht so lange hier. Als ich die Rolle des Herausgebers übernahm, konnte ich meine schreibenden Kollegen ein bißchen unter Druck setzen, sie wiederum gaben diesem Druck freundlicherweise ein Stück weit nach, und so trugen wir schließlich ein paar spannende Geschichten aus den entlegensten Ecken und Winkeln, vom »Rest der Welt«, zusammen, wie mein reiseunlustiger Nachbar aus Maine immer zu sagen pflegte.

US-amerikanische Städte kamen als Schauplatz nicht in Frage; denn, so behaupteten meine Mitherausgeber, blutrünstige Verbrechen auf dem gefährlichen Pflaster der Großstadt seien für die meisten Leser schon ein alter Hut.

Populär waren Inseln, ebenso der Weltraum, ein Dorf in Afrika, ein gespenstischer und verlassener fremdländischer Hafen, ein Künstleratelier in Kyoto, die Innenstadt von Hongkong und zerklüftete Felsen irgendwo im Landesinnern – Geschichten, die einen Zeitraum von mehreren Generationen umfassen.

Beinahe zweihundert Texte lagen uns vor, und wir schauderten, fieberten, machten bewundernd »oh« und »ah«, sahen uns furchtsam um, schnappten nach Luft, überflogen hastig die Seiten oder schwelgten in Begeisterung, hielten ängstlich den Atem an, schmunzelten und waren hin- und hergerissen.

Als ich zwischendurch mal einen Augenblick von der Knochenarbeit des Lesens und Auswählens aufsah, um Gott und der Leserschaft Rechnung zu tragen, glaubte ich, einen weiteren gemeinsamen Nenner gefunden zu haben, der zu dem Flair des Exotischen, nach dem wir so eifrig suchten, durchaus paßte.

An jedem kritischen Punkt der Handlung wurde mein Gewissen auf die Probe gestellt. Mehr als Stil, Qualität, Aufbau und Verlauf der Handlung oder andere literarische Aspekte, die der Herausgeber einer Anthologie berücksichtigen sollte, bewertete ich die menschlichen Abgründe, auf die es jeder Autor abgesehen hat, und die Rolle, die ich in der Geschichte gespielt hätte, wenn der Autor oder die Autorin mich für interessant genug gehalten hätte, darin vorzukommen.

Ist das etwa egozentrisch? Bitte, nicht! ... Mit dem »Ich« sind auch Sie gemeint, der potentielle und hochverehrte Leser unseres Buches.

Wie würde ich mich verhalten? Wie würde ich mit dem spannend erzählten Kampf zwischen Gut und Böse fertig werden? Wie würde ich mich entscheiden?

Die Biographen von Freud und Jung erzählen eine Anekdote: Beide, die ja als Wissenschaftler weit in die dunklen Bereiche der menschlichen Seele vorgedrungen sind, hatten stapelweise Krimis neben ihrem Bett liegen. Auf die Frage nach dem Grund dafür, gaben beide die gleiche Antwort: »Ach, nur um zu sehen, auf wessen Seite ich mich schlagen würde.«

Für mich gab es noch einen weiteren Anhaltspunkt auf dem Weg meiner lebenslangen Beschäftigung mit diesem Thema: die Testaufgaben, die Psychologen heute vorlegen, um die »moralische Eignung« von Versuchspersonen zu bestimmen, die antreten, um sich um wichtige berufliche Positionen zu bewerben.

Mir fällt dazu ein Beispiel ein, das von Lawrence Kohlberg aus Harvard stammt: Ein Mann erfährt, daß seine Frau im Sterben liegt. Sie kann wieder gesund werden, wenn er ihr eine ganz bestimmte teure Arznei besorgt. Der Mann ist arm, und deshalb stiehlt er die Arznei. Was würden Sie in diesem Fall tun?

Testpersonen, die behaupten, daß Diebstahl Unrecht sei, weil Eltern, Polizei und Vorgesetzte das sagen, werden niedrig eingestuft.

Testpersonen, die um Jesu, Buddha oder Ayatollah willen stehlen würden, schneiden etwas besser ab.

Aber ein wirklich guter Charakter ist der Individualist, der stiehlt, weil er eine geliebte Person retten will. Die Nächstenliebe macht das Rennen, vorausgesetzt, der Impuls geht von einem Ich aus, das sich in seinen Entscheidungen nicht auf andere beruft.

Ein todsicheres Mittel, um die Guten zu belohnen und die Bösen zu bestrafen?

Wäre das nicht hübsch? Ein wirklich guter Mensch wird zum Polizeichef einer bösen Stadt ernannt, ein richtig schlechter Mensch wird als Versuchskaninchen eingesetzt. Er darf über die Stränge schlagen und sich dreist alles mögliche ausdenken – natürlich nur rein theoretisch; und ein Gerät zeichnet alle Daten auf; denn die Wissenschaft steht ja im Dienste der Menschheit.

Wie gut oder – Gott möge es verhüten! – wie schlecht würden wir selbst bei einem solchen Psychotest abschneiden?

Statt uns von Wissenschaftlern in weißen Kitteln in aller Öffentlichkeit analysieren zu lassen, ist uns eine Methode lieber, die erfolgreich in der Abgeschiedenheit unserer eigenen vier Wände angewandt werden könnte. Wir hätten so die Möglichkeit, uns selbst, das heißt, die Maßstäbe unseres Handelns zu bewerten – jene vor anderen geheimgehaltenen Prinzipien, die uns bis zu einem bestimmten Grad tief sinken (emporsteigen?) lassen. Oder reagieren wir lediglich so, wie der Chef, die Werbung und die Politiker es uns vorgeben?

Ich möchte mich nicht vor anderen hervortun, aber meine Erzieher meinten, ich sei wie das Wasser, das sich »immer den einfachsten Weg sucht« oder auch, ich könne Versuchungen so wenig widerstehen, daß »man mich leicht rumkriegen könne«.

Wirklich?

Nein!

Durch dieses harsche Urteil in Angst und Schrecken versetzt, versuchte ich verzweifelt, das zerstörte Bild von mir wiederaufzurichten. Die Wirklichkeit war einfach zu rauh; mir war es lieber, mich unter den Bedingungen eines breiten Spektrums theoretischer Möglichkeiten zu erproben. Meine begrenzte Einbildungskraft zwang mich jedoch dazu, mich freimütig der Phantasien anderer zu bedienen.

Wenn Sie dieses Buch lesen, tun Sie das vielleicht ebenfalls. Na und? Was ist schon dabei?

Katastrophen sind, statistisch gesehen, ja relativ selten. Und wenn dem nicht so wäre, wären wir womöglich gar nicht hier und könnten nicht darüber nachdenken.

Heutzutage klopfen keine bösen Menschen an meine Tür und verwickeln mich in üble Machenschaften und Intrigen gegen den Nachbarn. Doch es gibt talentierte Menschen, die sich so etwas ausdenken können. Wir bringen sie dazu, es aufzuschreiben, nehmen teil an ihrer Erfindung und überlegen dann, ob wir ihnen ihr teuflisches Geschreibsel abkaufen wollen.

Schon gut. Wir tun's nicht. Doch nehmen wir mal an, wir befänden uns im Nazideutschland im Jahr 1938 oder in Chile im Jahr 1987. Ein leichthin gegebenes Einverständnis brächte uns alle möglichen persönlichen Vergünstigungen, und wenn wir wirklich schlau wären, würde niemals jemand von unseren Verstrickungen erfahren, obwohl alle ganz schön neidisch wären auf unseren neuen Mercedes.

In einem anderen Testbeispiel soll sich der Schreiber/Leser mit einem Raumfahrer identifizieren, der eingesperrt ist, jedoch von einem charmanten weiblichen androiden Wesen dafür entschädigt wird, das in eine mehrdimensionale Kassette einprogrammiert ist. Ein Knopfdruck – und da ist sie: ganz zu unserer Verfügung... einfach toll!

Ein anderer treibt Mißbrauch mit dem Zauberding – was Sie oder mich um den schwerverdienten Ertrag eines früheren Trips zur Hölle bringt. Rache?

In wieder einem anderen Testbeispiel leben wir mit und von seltsam übelriechendem Müll. Das ist schlimmer als Hiobs eiternde Geschwüre, doch besteht eine Möglichkeit, dem feuchten Gestank für immer zu entkommen. Dafür müßte man zwar ein paar Ideale opfern, aber an welchen Idealen muß man denn schon unbedingt festhalten?

Nach zweifacher Prüfung – dem Exotiktest und dem Eignungstest für die Selbstrechtfertigung – hier nun unsere Auswahl. Wir hoffen, sie erweist sich für die oben beschriebenen Zwecke als nützlich – und vielleicht auch noch für andere.

Janwillem van de Wetering

EDWARD D. HOCH

Die Geier von Malabar

»In Bombay werden die Toten nicht immer vergraben oder verbrannt«, sagte Simon Ark, als unser Flugzeug über das Häusermeer der Hafenstadt an Indiens Westküste glitt und zu einer perfekten Landung auf dem Santa Cruz Airport ansetzte. »Manchmal setzt man Tote aus, damit die Geier sie fressen.«

»Das kann nicht dein Ernst sein!« protestierte ich. Leichen auf den Straßen beschäftigten meine Phantasie. Simon hatte mich überredet, ihn nach Bombay zu begleiten, mit dem Versprechen, wir würden einige der Bosse von Indiens blühender Filmindustrie treffen. Jetzt schien es wahrscheinlicher, daß uns ein Treffen mit Geiern auf dem Weg zu ihrem Abendbrot bevorstand.

»Es stimmt wirklich«, beharrte Simon, als unser Flugzeug ausrollte. »Die Parsen, die aus Persien hierherkamen, sind Anhänger der Religion Zarathustras. Ihr Glaube verbietet Beerdigungen und Verbrennungen, weil sie die heiligen Elemente Erde, Feuer und Wasser entweihen.«

»Aber *Geier*, Simon?«

»Du wirst morgen ein paar Leute der Parsen-Gemeinschaft treffen, mein Freund. Du kannst dich selbst überzeugen.«

Wir fuhren vom Flughafen durch das Gewimmel der Straßen Bombays zum Taj Mahal Intercontinental Hotel, in dem ich für uns Zimmer nebeneinander im modernen Flügel reserviert hatte. Es war ein großer alter Bau von 1903, und irgendwie ließ er mich an die Jahre der britischen Herrschaft in Indien denken – an die großzügige Herrschaft *Raj*, die mit dem Empire verdämmert war. Ich verließ Simon an der Tür seines Zimmers und fragte mich erneut, warum ich hier war.

Komm mit nach Bombay und triff die Filmleute, hatte Simon

gesagt, und zu dem Zeitpunkt hatte der Vorschlag gut geklungen. Neptune Books suchten jemanden, der einen zuverlässigen Band über die indische Filmindustrie schrieb, um eine Serie von Filmbüchern zu ergänzen, die ich herausgab. Es war eine Gelegenheit, etwas zu arbeiten, während ich eine Woche mit Simon verbrachte. Ich sah ihn in dieser Zeit ziemlich selten, vor allem, da meine Frau Shelly eine ausgesprochene Abneigung gegen ihn entwickelt hatte.

»Der Mann ist ein Anachronismus«, behauptete sie eines Abends beim Essen. »Er tut so, als wäre er zweitausend Jahre alt, doch er braucht sich nicht immer aufzuführen, als lebte er in der Vergangenheit! Wir sind im zwanzigsten Jahrhundert – fast im einundzwanzigsten! Wir sorgen uns um Inflation und Energiekrisen und den Atomkrieg, nicht darum, wie wir dem Teufel gegenübertreten oder Geister suchen und ein Einhorn finden können. Wenn es den Teufel gibt, trägt er wahrscheinlich Anzug und Krawatte und arbeitet in New York, acht Stunden am Tag.«

»Nicht im Verlagsgeschäft, hoffe ich.« Ich hatte es gelernt, Shellys gelegentliche Ausbrüche gelassen zu ertragen, vor allem, wenn sie sich auf Simon Ark bezogen.

Und trotz Shellys Tiraden, oder zum Teil wegen ihnen, war ich hier mit Simon in Bombay und blickte aus dem Hotelfenster auf eine exotische Welt. Eine heiße, trockene Aprilbrise wehte vom Meer herein. Was mich nach Bombay geführt hatte, wußte ich, aber was Simon Ark nach Bombay geführt hatte, wußte ich noch immer nicht.

Nach einer angenehmen Nachtruhe, der besten Erholung von der Zeitverschiebung, bestiegen Simon und ich vor dem Hotel ein schwarzgelbes Taxi. »Was machen diese Männer?« fragte ich den startenden Fahrer und deutete auf ein paar Inder mit leuchtenden Turbanen, die sich mit den Ohren von Passanten zu befassen schienen.

Der Fahrer erklärte in dem sorgfältigen Englisch, das aus dem Indien unter dem Britischen Empire stammte: »Es sind *kansaf wallas* – professionelle Ohrenreiniger. Für etwa sechs Cents in

Ihrem Geld entfernen sie sanft das Ohrenschmalz mit einem kleinen Silberlöffel, warmem Senföl und Baumwollfasern.«

»Ich denke, ich habe genug gesehen«, sagte ich.

Simon interessierte sich mehr für unser Ziel als für die Ohrenreiniger. »Wir treffen uns mit Mitgliedern der Familie Sanjan. Sie sind sehr aktiv in der Filmindustrie von Bombay, und ich denke, sie werden eine große Hilfe für dich sein.«

»Und was ist mit dir, Simon? Du bist nicht deiner Gesundheit wegen um die halbe Welt geflogen. Was suchst du hier?«

»Mein Freund, ich suche immer das gleiche, obwohl es in verschiedenen Gestalten auftritt.«

»Den Teufel? Das Böse?«

»Vielleicht nur menschliche Gier. Man weiß nie.«

Ich hatte erwartet, daß das Taxi uns zu einem der Filmstudios oder vielleicht in die Gegend von Pali Hill bringen würde, wo viele der großen Stars luxuriöse Häuser besaßen, aber es fuhr um die Back Bay, die Hauptflanierstraße Marine Drive entlang und näherte sich den hochragenden Häusern des vornehmen Viertels Malabar Hill. Als ich Simon danach fragte, lächelte er nur und sagte: »Keine Filmstars heute. Die kommen später. Die Sanjans sind Leute im Hintergrund, Geldgeber. Sie wohnen hier.«

Wir fuhren mit dem Aufzug in den zehnten Stock. »Willkommen, willkommen«, sagte ein alter Mann, der eine Wohnungstür öffnete und uns hereinwinkte.

Simon stellte mich vor und erwähnte mein Interesse an einem Buch über die indische Filmindustrie. »Das ist Dilip Sanjan. Er weiß mehr über Filme als irgend jemand sonst in Bombay.«

Sanjan war klein und kräftig und mußte über siebzig sein, wie ich schätzte. Er blickte zum Wohnzimmer, und eine Frau kam auf uns zu. »Meine Frau, Reba«, sagte er. Sie schien nicht älter als vierzig zu sein, und ihre Schönheit war überwältigend. Ich war keineswegs überrascht, als er hinzufügte: »Reba war ein Star in mehreren Filmen, bevor wir heirateten.«

Während uns Reba Erfrischungen brachte, setzten sich Sanjan

und Simon zum Gespräch. »Simon und ich kennen uns seit fünzig Jahren«, sagte der Inder zu mir. »Als jetzt diese Sache geschah, war er der einzige Mensch, an den ich mich wenden konnte. Er ist Experte in satanischen Riten.«

Ich grinste Simon an und fragte: »Hat er vor fünfzig Jahren genauso ausgesehen, Mr. Sanjan?«

»Genau so, ja. Oder fast ein wenig älter. Was ist das Geheimnis deiner ewigen Jugend, Simon?«

»Vitamine«, erwiderte Simon lächelnd. »Aber kommen wir jetzt zu dieser Sache. Du hast ein ungewöhnliches Problem, Dilip.« Während Simon sprach, folgten seine Augen Reba, die hinüberging und eine Schiebetür aus Glas zum Balkon öffnete.

»Wie ich dir am Telefon schon sagte, alter Freund, geht es um die *Dakhmas*.«

»Erkläre meinem Freund hier, was das ist.«

Sanjan wandte sich an mich. »Wir sind Parsen, Anhänger des Propheten Zarathustra. Auf Malabar Hills stehen nebeneinander sieben runde Einfriedungen, Mauern, aber ohne Dächer; dort setzen wir unsere Toten aus, damit sie die Geier fressen. Diese Einfriedungen heißen *Dakhmas* oder *Türme des Schweigens*. In der Mauer jedes Turms ist eine Doppeltür, durch die eine Gruppe von vier professionellen Leichenträgern, ganz in Weiß gekleidet, den Leichnam ins Innere bringt. Die Türme sind ansonsten ständig verschlossen, niemand sonst darf sie betreten. Die Leiche wird nackt auf eine runde Plattform aus Stein gelegt, die etwa fünfundzwanzig, dreißig Meter im Durchmesser mißt. Die Plattform senkt sich leicht zu einer Grube in der Mitte hin, und nach angemessener Zeit kommen die Leichenträger zurück, um restliche Knochen in die Grube zu befördern.«

»Simon hat diese Sitte erwähnt«, sagte ich schwach und unterdrückte ein Schaudern. Immerhin, es war ihre Religion. »Gibt es noch viele Geier in Bombay?«

»Genug. Wir haben natürlich unsere Reformer, die behaupten, die Zahl der Geier ginge zurück, und die Toten sollten verbrannt werden. Aber ich kann Ihnen sagen, wenn eine Leiche in die *Dakhmas* gebracht wird, sind gewöhnlich Dutzende der Vögel da.«

»Sie sprechen aus persönlicher Erfahrung?«

Simon Ark schaltete sich ein. »Dilip setzt eine Familientradition fort – er ist Leichenträger.«

Der alte Mann verbeugte sich leicht zum Zeichen der Bestätigung. »Wie mein Vater und Großvater vor mir.« Er wandte sich Simon zu. »An der Sitte hat sich nichts geändert, seit wir vor rund fünfzig Jahren davon sprachen, Simon. Doch jetzt geschieht etwas ganz Unerhörtes. Jemand verschafft sich unerlaubten Zugang zu den Türmen.«

»Das hast du mir am Telefon erzählt«, sagte Simon. »Aber wie ist das möglich? Hat man sich an den Schlössern zu schaffen gemacht?«

»Nein, das nicht. Aber denk daran, daß die sieben Türme oben offen und dicht umwachsen sind. Die Mauern sind über sechs Meter hoch, aber man könnte auf dem nächsten Baum nach oben klettern und sich an einem Seil ins Innere hinunterlassen. Ein Seil wurde gefunden, das von einem Zweig hing.«

»Was ist mit den Geiern?«

»Sie lassen Lebende in Ruhe.«

Simon beugte sich vor. »Woher weiß man von diesem Eindringling?«

»Einer der Leichenträger, Vija Rau, ging vor ein paar Tagen in eine *Dakhma*, um Knochen in der Grube zu versenken. Er überraschte einen Mann – einen Mann, der über die Knochen gebeugt war, als würde er etwas Wichtiges suchen. Er sprang Vija an, stach ihm mit einem Messer in die Seite und entkam durch die offene Tür.«

»Lebt Vija noch?«

»Ja. Er erholt sich im Hospital.«

»Ich denke, ich will mit ihm sprechen«, sagte Simon. »Was gibt es noch für Hinweise darauf, daß . . .«

Er wurde von einem plötzlichen Keuchen unterbrochen. Reba stürzte durch den Raum zum Balkon, und ich sah eben noch am

Geländer einen riesigen Vogel mit schwarzen Schwingen; dann war er verschwunden. Reba stieß einen Schrei aus. Wir eilten an ihre Seite und folgten ihrem entsetzten Blick auf den Boden des Balkons.

Was dort lag, konnte ich auf den ersten Blick nicht erkennen. Und dann wurde mir klar, daß der gewaltige schwarze Geier, durch Reba aufgescheucht, das Ding aus seinem Schnabel hatte fallen lassen, als er geflohen war.

Es war ein menschlicher Finger.

Im Hospital warteten Simon und ich darauf, den verwundeten Vija Rau zu sehen. Ich hatte mich noch immer nicht ganz von dem Vorfall auf dem Balkon der Sanjans erholt, doch Simon hatte das Ereignis gelassen hingenommen. »Immerhin verhalten sich die Geier nur natürlich. Kein Mensch und kein Tier ist deswegen zu kritisieren. Die Parsen setzen die Leichen in den *Dakhmas* aus, damit sie gefressen werden, und die Geier verrichten ihr Werk. Wenn einer gelegentlich die Tafel mit einem Brocken seiner Mahlzeit verläßt, haben wir das zu kritisieren? Ich weiß von Dilip, daß so etwas schon öfter vorgekommen ist, und ich bin sicher, daß es wieder vorkommen wird.«

»Ich hoffe, daß ich dann nicht mehr hier bin.«

Man ließ uns in Raus Krankenzimmer.

Der Inder war ein junger Mann mit einem Lächeln auf den Lippen. Er richtete sich in seinem Bett auf, um uns zu begrüßen, obwohl ihn die linke Seite noch immer zu schmerzen schien. »Dilip Sanjan sagte mir, daß Sie kommen würden«, sagte er und streckte eine Hand aus. »Ich bin in ein paar Tagen hier draußen. Es war eine komische Geschichte.«

»Ein Messerstich ist niemals komisch«, sagte Simon. »Der Mann hätte Sie töten können.«

»Ich war so verblüfft, ihn in der *Dakhma* zu finden, daß ich ihm unwillkürlich den Weg nach draußen versperrt habe. Ich glaube nicht, daß er mir etwas antun wollte – er wollte sicher nur fliehen.«

»Der Arzt sagt, die Wunde hätte tödlich sein können«, beharrte Simon. »Haben Sie den Mann erkannt?«

»Seinen Namen könnte ich nicht sagen, aber er kam mir irgendwie bekannt vor. Es war so unwirklich – wie in einem Film.«

»Haben Sie dort je schon einmal einen Eindringling getroffen?«

»Ganz gewiß nicht! Die *Dakhmas* sind heilige Orte!«

»Und an den Leichen waren keinerlei Wertgegenstände?«

Der Verwundete schüttelte den Kopf. »Sie werden nackt für die Geier hingelegt. Keine Kleider, kein Schmuck. Und Indu – ich habe mich selbst um ihn gekümmert, zog ihm den Ring ab und leerte seine Taschen, nachdem man ihn zu uns gebracht hatte. Er hatte kaum so etwas wie Schmuck – einen kleinen Silberlöffel, ein paar Goldmünzen, sonst nichts.«

»Und in den *Dakhmas* bleibt nichts außer Knochen?«

»Nichts.«

»Wer war dieser Indu?« fragte Simon.

»Indu Sanjan, ein jüngerer Vetter. Die meisten Parsen sind irgendwie verwandt. Indu erledigte kleine Aufträge für Dilips Sohn, Dom Sanjan, im Filmstudio, doch sie standen sich nicht besonders nahe.«

»Ist das Sanjan-Studio erfolgreich?«

Vija Rau zuckte mit den Achseln. »Es ist klein.«

»Woran starb Indu?«

»Ein Autounfall. Er wurde angefahren, als er beim Taj Mahal Hotel über die Straße ging. Der Fahrer floh.«

Eine Schwester kam, um unseren Besuch zu beenden; wir verabschiedeten uns, und sie führte uns hinaus.

»Hast du etwas herausbekommen?« fragte ich Simon, als wir auf die Straße traten.

»Nicht sehr viel, mein Freund. Es liegt nahe, daß Indu Sanjan von diesem skrupellosen Fahrer ermordet wurde, aber das erklärt nicht, warum sich jemand für seine Knochen interessierte.«

»Glaubst du, die Sache hatte mit einer Art Satanskult zu tun?«

Simon lächelte nur. »Beschwöre niemals das Bizarre, ehe du nicht das Gewöhnliche erforscht hast, mein Freund.«

Als nächstes besuchten wir einen Mann, der die Produktion von Sanjans Studio vertrieb. Sein Name war Rudyard Chambers, und seine ausgesprochen britische Erscheinung verriet wenig von der indischen Mutter, die ihn nach Simons Versicherung geboren hatte. »Simon Ark«, wiederholte er den Namen. »Ja, Dilip hat Sie erwähnt.«

»Ich komme als sein Freund«, versicherte Simon. »Ich führe eine Untersuchung für ihn durch. Aber sehen Sie, es gibt ein paar Fragen, die man leichter einem Außenstehenden stellt.«

»Selbstverständlich.«

»Was können Sie mir über Dilips Filmproduktion sagen?«

»Da müssen Sie zuerst wissen, daß Dilip Sanjan hier so etwas wie ein Außenseiter ist. Die Filmindustrie von Bombay ist fast ausschließlich in den Händen der Hindus. Sie sind so übermächtig, daß die Produktion eines neuen Films oft mit einem heiligen Hindu-Feuer auf dem Gelände beginnt. Sanjans Parsen sind natürlich nicht Hindus, sondern Anhänger der Religion Zarathustras – einer ganz anderen Religion. In Indien spielt die Religion noch immer eine große Rolle. Die Parsen haben sich im Schiffsbau, im Handel und in der Industrie hervorgetan, aber nur wenige von ihnen sind im Filmgeschäft. Sanjans kleines Studio ist eine Rarität.«

»Gab es je Anzeichen von etwas Ungesetzlichem?«

»Nie, soweit ich weiß. Seine Filme sind bescheiden, aber recht respektabel. Er beschäftigt vor allem Schauspieler aus seiner eigenen Gemeinschaft, aber manchmal nimmt er auch Hindus.«

Simon schien mit diesen Auskünften zufrieden zu sein, obwohl ich selbst nicht einsah, daß sie uns irgend etwas nützen konnten. Chambers brachte uns zur Tür und sagte uns jede weitere Hilfe zu.

Es war spät am Nachmittag, als wir zum Hotel zurückkamen, und ich war verblüfft, daß Reba Sanjan in der Lobby auf uns wartete. Ihr Gesicht war vom Kummer gezeichnet, und ich dachte zuerst, daß ihrem Mann etwas passiert war. Doch sie war nicht wegen Sanjan gekommen.

»Vija Rau wurde in seinem Hospitalbett erstochen!« stieß sie hervor – so heftig, daß wir ihre Worte kaum verstanden. »Eine Stunde nach Ihrem Besuch!«

Simon Ark streckte ihr die Hand entgegen, um sie zu beruhigen. »Weiß man, wer es getan hat?«

»Nein – jemand muß sich an der Schwester vorbeigeschlichen haben!«

»Hat Ihr Mann Sie hergeschickt?«

Sie nickte. »Er gibt sich die Schuld. Er sagt, Vija wäre noch am Leben, wenn er Sie nicht gerufen hätte.«

Simon holte tief Atem. »Wir müssen in den *Turm des Schweigens*, in dem Vija verwundet wurde.«

»Es wird bald dunkel – dort gibt es kein Licht.«

»Am Morgen also. Können Sie uns helfen?«

»Nur die rechtmäßigen Leichenträger dürfen die *Dakhmas* betreten.«

»Ich weiß das.« Er wiederholte seine Frage. »Können Sie uns helfen?«

»Nur, wenn ich den Schlüssel meines Mannes zu der verschlossenen Tür stehle.«

»Dann tun Sie das, bevor es noch mehr Tote gibt.«

Sie seufzte und nickte. »Zu welcher Zeit werden Sie da sein?«

»Um neun Uhr. Treffen Sie uns am Fuß von Malabar Hill.«

»Das dürfte schwierig werden. Für diese Zeit ist eine Totenzeremonie festgesetzt.«

Simon zögerte.

»Der Tote ist Vija Rau«, erinnerte sie ihn.

Wir aßen im Hotel, in erstaunlich westlich gestalteter Atmosphäre; es gab echte französische Gerichte und Weine. Von draußen kamen die vertrauten Diskothekenlaute. »Die westliche Kultur ist überall zu finden«, kommentierte ich mit einem schiefen Grinsen.

Der alte Sanjan hatte uns für diesen Abend zu einer Studio-Party und einer Filmvorführung eingeladen, aber er rief im Hotel an und sagte, er könnte wegen Raus Tod nicht teilnehmen. Er drängte uns, ohne ihn zu gehen; sein Sohn, Dom, würde uns erwarten, betonte er.

Simon und ich kamen gegen acht. Schauplatz der Party war ein eindrucksvoller Dachgarten auf dem Studio-Gebäude. Man promenierte zwischen Blumen und Bäumen und hatte dabei einen grandiosen Blick auf die nächtliche Skyline der Stadt. Etwa hundert Leute, interessante Vertreter von Bombays Kultur, waren anwesend. Viele der Frauen waren nach westlicher Mode gekleidet, doch ein paar trugen traditionelle Saris. Manche, und das wirkte wie ein Kompromiß, trugen Saris über tief ausgeschnittenen, schulterfreien Blusen.

Ein etwa zwanzigjähriges Mädchen mit spektakulär arrangiertem Goldschmuck, der von seinem linken Ohrläppchen baumelte, fragte mich: »Sind Sie allein hier?«

»Nein, ich bin mit diesem Gentleman in Schwarz gekommen.«

Sie beäugte Simon kritisch. »Ist er ein Priester?«

»Etwas in der Art.« Ich nippte an meinem Drink. »Sind Sie Hindu oder Parsin?«

Sie kicherte und deutete auf das rote *Tika*-Zeichen in der Mitte ihrer Stirn. »Hindu. Ich dachte, das wüßte jeder! Aber heute abend sind viele Parsen da. Sie sind sehr erfolgreiche Geschäftsleute. Kennen Sie Dom Sanjan?«

»Nein, aber ich kenne seinen Vater.« Ich sagte ihr meinen Namen.

»Ich bin Sushi Mahim. Kommen Sie, ich mache Sie mit Dom bekannt.«

Sanjans Sohn war ein großer, hellhäutiger Inder mit einem grauen Anzug. Er war etwa in meinem Alter, und er schüttelte mir kräftig die Hand. »Ich kenne Simon Ark bereits«, sagte er in dem perfekten Englisch, das ich seit unserer Ankunft gehört hatte. »Ich hoffe, es gefällt Ihnen hier.«

»Zu schade, daß Ihr Vater nicht kommen konnte.«

Dom Sanjan nickte betrübt. »Zwei Todesfälle in der Familie sind ein schrecklicher Schlag. Vija Rau war nicht richtig verwandt mit uns, aber er und mein Vater waren beide Leichenträger.«

»Der andere Tote, Indu Sanjan – hat für Sie gearbeitet?«

»Gelegentlich erledigte er kleine Arbeiten im Studio. Ich habe Simon schon erzählt, daß ich dabei war, als ihn der Wagen anfuhr. Ich war als erster bei ihm. Ich versuchte künstliche Beatmung, aber es war zu spät.« Er musterte mit einigem Unwillen eine Gruppe jüngerer Leute und brachte uns aus der Reichweite des unverkennbaren süßen Geruchs von Marihuana. »Was führt Sie nach Bombay?«

»Ich bin für das Programm eines New Yorker Verlags verantwortlich. Wir machen eine Bücherserie über den Film in aller Welt, und ich möchte auch einen Band über die indische Filmindustrie veröffentlichen.«

»Sprechen Sie mit Sushi. Sie ist Scriptgirl in den Hindi-Studios, den größten in Indien.«

»Tatsächlich?«

»Wir machen fast zweihundert Filme im Jahr«, antwortete sie stolz. »Etwa ein Drittel der indischen Gesamtproduktion.«

»Ich dachte, Dilip Sanjan könnte ein Buch über die indische Filmindustrie schreiben.«

»Ach, sein Horizont ist so beschränkt!« behauptete sie. »Er ist kein Hindu.«

»Da haben sie recht.«

»Die Parsen sind Geschäftsleute, keine Künstler. Ihr Metier sind Diamanten und Drillbohrer – nicht Träume.«

Simon Ark war zu uns herübergekommen. »Sehr poetisch«, sagte er zu ihr.

Ehe sie antworten konnte, warf Dom Sanjan ein: »Wir müssen hinunter. Gleich beginnt der Film«

Wie die meisten indischen Filme dauerte er fast drei Stunden. Eine verwickelte Handlung wurde immer wieder von Gesang und Tanzszenen unterbrochen, aber das Publikum schien den Film zu genießen. Sushi saß zwischen Simon und mir und übersetzte leise, wenn sie es für nötig hielt. Am Ende des Abends versprach sie mir, mich wegen des Buchs mit einer Frau in ihrem Studio bekannt zu machen.

Auf dem Rückweg zum Hotel, etwa um Mitternacht, resümierte

ich: »Ich habe wenigstens etwas für das Buch in Aussicht. Aber für deine Sache hat der Abend nichts gebracht, Simon.«

»Sag das nicht, mein Freund. Etwas hat er vielleicht doch gebracht.«

Das war alles, was er dazu sagen wollte.

Am nächsten Morgen waren wir früh auf; wir frühstückten schnell und nahmen eines der schwarzgelben Taxis zum Malabar Hill. Dort sahen wir, wie sich mehrere Wagen einer Leichenprozession die gewundene Straße hinauf in Bewegung setzten.

»Folgen Sie ihnen«, wies Simon den Fahrer an.

Als wir den Gipfel erreicht hatten, stiegen wir aus dem Taxi und folgten einem Zug weiß gekleideter Trauergäste durch die dichte Vegetation. Voraus gingen vier Männer, die eine Art Bahre trugen, auf der die mit einem Tuch bedeckte Leiche lag. In ihrem weißen Aufzug mit weißen Schuhen und weißen Kappen erinnerten mich die Träger mehr an Sanitäter, die ein Unfallopfer ins Hospital transportierten, als an Leichenbestatter, die einen Verstorbenen zu seiner letzten makabren Ruhestätte brachten.

Der Trauerzug stoppte vor einer hohen gerundeten Mauer, die fast hinter Büschen und Bäumen verborgen war. Ein Schlüssel wurde in das Schloß der Doppeltür aus Metall geschoben, und sie schwang auf. Eine Frau weinte und klagte, als die Leichenträger mit ihrer Last den Turm betraten. Über mir hörte ich Flügel schlagen und blickte hinauf; gewaltige schwarze Geier ließen sich auf dem Rand der Mauer nieder.

Nach ein paar Augenblicken kamen die Träger zurück; das Tuch lag jetzt sauber gefaltet auf der Bahre. Der Zug begann sich den Hügel hinunter zu bewegen. Plötzlich jedoch löste sich Reba Sanjan aus der Reihe der Trauernden und kam auf uns zu.

»Hier ist der Schlüssel«, flüsterte sie und zog ihn aus den Falten ihres weißen Saris. »Seien Sie vorsichtig.«

»In welchem Turm war Rau, als er angegriffen wurde?« fragte Simon.

»Hier, im nächsten, rechts.« Schon lief sie den anderen nach.

Wir warteten, bis der Trauerzug nicht mehr zu sehen war, und gingen dann über den Pfad zu der nächsten Einfriedung. Von außen glich sie genau der ersten; aber ich war froh, daß ich über dieser keine Geier schweben sah. Sie waren anderweitig beschäftigt.

»Was erwartest du hier zu finden, Simon?« fragte ich.

»Derjenige, der Rau verletzte, wurde offensichtlich bei etwas gestört. Wenn seine Angst, erkannt zu werden, so groß war, daß er Rau im Hospital getötet hat, wagte er wahrscheinlich nicht, noch einmal herzukommen. Vielleicht finden wir, was er gesucht hat.«

»Was gibt es hier außer Knochen? Hat sich Sanjan nicht an dich gewandt, weil er glaubte, jemand wollte Knochen für irgendeine Art Satanskult stehlen?«

»Es gibt einfachere Möglichkeiten, Knochen zu bekommen. Hier haben wir es wohl mit etwas anderem zu tun.«

»Aber die Leiche war nackt, Simon! Und die Geier fressen alles außer den Knochen!«

»Wir wollen sehen, mein Freund.« Er schob den großen Schlüssel in das Schloß und drehte ihn um. Die Metalltür schwang ächzend auf. Simon ließ den Schlüssel im Schloß stecken, und wir betraten den heiligen Ort.

Die Morgensonne hatte eben den oberen Rand der hinteren Mauer erreicht, und ihre Strahlen blendeten uns einen Augenblick. Wir schirmten unsere Augen mit den Händen ab und bewegten uns vorsichtig und in gewissem Abstand zu der Grube mit den Knochen über die Steinfläche. Die Plattform war fast leer, nur ein paar vereinzelte Knochen erinnerten an ihre Bestimmung. Ich war immerhin dankbar, daß wir keine komplette Leiche vorfanden. Als Simon sich bückte, um die Knochen zu untersuchen, verdunkelten schlagartig Schatten den Himmel.

»Geier, Simon.«

»Sie glauben, wir bringen ihnen eine Mahlzeit.«

»Sind sie nicht mit der nebenan zufrieden? Gehen wir!«

»Geier lassen die Lebenden in Ruhe.«

Als sie so bis in die Nähe meines Kopfs herunterstießen, war ich mir dessen nicht so sicher. »Vielleicht bemerken sie den Unterschied nicht.«

Simon ignorierte sie und setzte seine Suche fort. Als er die Steinplatte umrundet hatte, wandte er sich der Grube zu. In ihr türmten sich Schädel und Knochen – etwa einen Meter hoch. »Du steigst da doch sicher nicht hinein, Simon!«

»Nein, mein Freund.« Er schaute zum Himmel »Aber wir warten eine Weile hier.«

»Worauf?«

»Vielleicht wird uns die Sonne zeigen, was wir suchen.«

»Die Sonne?«

»In weniger als einer Stunde müßte sie so hoch stehen, daß sie direkt in die Grube scheint.«

»Du meinst, daß wir eine Stunde hierbleiben müssen?«

»Vielleicht freundest du dich in dieser Zeit mit den Geiern an.«

»Das bezweifle ich.«

Wir warteten. Ich konnte mir nicht vorstellen, was ihm die Sonne zeigen sollte, aber wir blieben.

»Der mysteriöse Angreifer konnte sich leicht an einem Seil herunterlassen und auch auf diesem Weg entkommen«, bemerkte Simon.

»Wenn er verrückt genug war.« Ich warf den Geiern, die sich auf den oberen Rand der Mauer zurückgezogen hatten, einen Blick zu. »Was ist mit dem Seil, das der Angreifer zurückgelassen hat, nachdem er Rau verletzt hatte? Läßt das irgendeinen Schluß zu?«

»Dilip Sanjan zufolge nicht. Es war ein ganz gewöhnliches Seil, wie man es überall kaufen kann.«

Ich wurde von Minute zu Minute nervöser. »Sollten wir nicht besser gehen und Raus Mord im Hospital untersuchen?«

»Dieser Mord hatte hier seinen Anfang. Er endete nur im Hospital.«

Kurz danach ging Simon zum Rand der Grube, um zu prüfen, ob die Sonne etwas zwischen den bleichen Knochen offenbarte.

»Siehst du schon irgendwas?« fragte ich.

»Nein«, gab er zu. »Warten wir noch fünf Minuten, bis die Sonne die hintere Seite erreicht.«

»Glaubst du, daß der Eindringling einen Schlüssel hatte?«

»Dann hätte er nicht das Seil gebraucht, oder?«

»Sicher.«

Plötzlich packte mich Simon an der Schulter. »Dort! Sieh dort!«

Ich schaute in die Richtung, in die sein Finger deutete, aber ich sah nur ein Glitzern. »Was ist das? Ein Stück Glas?«

Ehe er antworten konnte, tönte hinter uns ein klirrendes Geräusch. Simon fuhr herum und rief: »Der Schlüssel!« Ich rannte zur Tür, aber es war zu spät. Ich hörte, wie sich der Schlüssel im Schloß drehte.

»Wir sind eingeschlossen, Simon!«

»Scheint so.«

Erst versuchten wir es mit Rufen und Klopfen. Dann ließ ich Simon auf meine Schultern klettern, und er bemühte sich, den Rand der Mauer zu erreichen. Aber es gelang ihm nicht.

»Kannst du nicht irgendwo Halt finden?« fragte ich. Simon tastete die Wand ab, aber die alte Mauer war glatt und hatte keine Vorsprünge. Er kam wieder auf den Boden. Ich setzte mich neben ihn. »Wer kann das gewesen sein? Raus Mörder?«

»Ohne Zweifel. Ich hätte mir denken sollen, daß er nach der Totenzeremonie zurückkommen würde, um noch einmal nach seinem Schatz zu suchen.«

»Schatz? Dieses Stück Glas in der Grube?«

»Wenn ich mich nicht irre, mein Freund, ist dieses Stück Glas ein Diamant.«

»Ein Diamant! Aber wie ist er hierhergekommen? Sanjan hat doch gesagt, daß man den Toten alle Kleider und Schmuckstücke abnimmt, bevor man sie für die Geier hinlegt.«

»So ist es. Der Diamant – falls es einer ist – war *im* Körper des Toten.«

Ich starrte ihn an.

»Verstehst du nicht, mein Freund? Vija Rau hat uns erzählt, daß er den Eindringling überrascht hat, als er in Indus Knochen stöberte. Mir kam sofort der Verdacht, daß Indu etwas in seinem Körper gehabt haben muß, was der Verbrecher haben wollte. Auf der Party gestern abend hat Sushi erwähnt, daß viele Parsen mit Diamanten handeln. Das brachte mich darauf, daß das Motiv dieses Verbrechens ein Diamant sein könnte.«

»Und wenn ein Geier den Diamant verschluckt oder verschleppt hätte – falls es überhaupt einen Diamant gibt?«

»Das wäre natürlich möglich. Indu könnte auch mehrere Diamanten verschluckt haben, bevor er überfahren wurde. Aber ich glaube, mindestens einer von ihnen liegt in dieser Grube.«

»Es ist schön zu wissen, daß ich in der Nähe eines Diamanten sterben werde«, sagte ich.

»Du wirst nicht sterben«, versicherte er.

»Nicht? Kannst du mir dann vielleicht sagen, wie wir hier rauskommen sollen? Wir sind von einer sechs Meter hohen Mauer eingeschlossen. Auf diesen Hügel kommt niemand, wenn es keine Trauerzeremonie gibt, also kann niemand unsere Schreie hören. Und ich bin sicher, daß die Geier an uns herumknabbern, wenn wir einschlafen.«

»Du regst dich ohne Grund auf«, behauptete Simon. »Es gibt mindestens drei Möglichkeiten, hier herauszukommen. Mach dir keine Sorgen.«

»Eine Möglichkeit reicht mir.«

»Also gut. Zieh dein Hemd aus und gib es mir.«

»Mein Hemd?« rief ich und tat, was er wollte.

»Jetzt gib mir dein Feuerzeug.«

Ich habe dem Rauchen abgeschworen, aber ich habe immer ein Feuerzeug bei mir. Ich gab es ihm und sah zu, wie er ein Knochenstück in das Hemd wickelte. Dann hielt er die Flamme des Feuerzeugs an das Hemd. Es dauerte einen Moment, bis es Feuer fing, und einen weiteren Moment, bis die Flammen größer wurden. Dann reichte er mir schnell das brennende Bündel.

»Dein Wurfarm ist kräftiger als meiner. Wirf es über die Mauer. So hoch du kannst.«

»Aber...«

»Schnell!«

Ich schleuderte das brennende Hemd mit dem Knochen, und es flog über die Mauer.

»Willst du ein Fegefeuer inszenieren, bevor uns die Geier kriegen?«

»Ganz recht«, antwortete er ernst. »Die Vegetation draußen ist ziemlich trocken.«

»Glaubst du, daß dort irgend etwas Feuer fängt?«

»Falls nicht, versuchen wir es noch mal mit meinem Hemd.«

Bald kräuselte sich eine Rauchfahne über der Mauer, und wir hörten das Knacken des trockenen Gestrüpps. »Und wenn niemand kommt, um uns zu retten, Simon?« fragte ich.

»Wir sind sicher hier drin. Selbst wenn der ganze Hügel in Flammen aufgeht, würde das Feuer diese dicken Mauern nicht erfassen, aber ich denke, daß die Feuerwehr in Kürze kommt. Sie kann uns hier herausholen. Ich hoffe nur, daß die Feuerwehrleute Hindus und nicht Parsen sind, die den heiligen Ort vielleicht nicht betreten wollen.«

Wieder hatte Simon recht. Die Feuerwehr kam nach kaum zwanzig Minuten. Und die Männer waren Hindus.

Im Hotel kramte ich ein Hemd aus meinem Koffer. »Was waren die anderen zwei Möglichkeiten zu entkommen, Simon?«

»Dafür ist jetzt keine Zeit. Wir haben immer noch einen Mörder zu entlarven.«

»Wo fangen wir an zu suchen?«

»Ich schlage vor, direkt vor diesem Hotel, mein Freund. Indu wurde hier auf der Straße überfahren.«

»Ich frage mich, was er hier zu suchen hatte.«

»Du brauchst nur nachzudenken, dann weißt du es. Er wurde mit einem winzigen Silberlöffel in der Tasche gefunden, ja?«

»Für Drogen?«

»Nein – für die Reinigung von Ohren.«

Ich erinnerte mich an die professionellen Ohrenreiniger, die wir bei unserer Ankunft neben dem Taxistand des Hotels beobachtet hatten. Wir gingen zu dem Stand und sahen den Ohrenreinigern eine Weile zu. »Was hast du vor, Simon?« fragte ich.

»Geduld.«

Wir hatten die Feuerwehrleiter benutzt, um den Diamant aus der Grube in der *Dakhma* zu holen. Jetzt steckte er in Simons Tasche. Ich wußte, daß er wartete, aber ich wußte nicht, worauf oder auf wen. »Woher weißt du, daß sich heute etwas tut?«

»Weil der Mörder glaubt, daß wir im Turm in der Falle sitzen.«

»Aber ich sehe hier nur Passanten, die sich die Ohren reinigen lassen.«

»Eine indische Sitte, ja. Aber sieh dir diesen Mann dort an. Er ist kein Inder.«

Ich folgte Simons Blick, der einem gut gekleideten Mann mit westlichen Zügen galt. Der Ohrenreiniger hatte sein langes blondes Haar zur Seite geschoben, um sein Ohr freizulegen. »Du hast recht, Simon. Das ist seltsam.«

»Mehr als seltsam. Komm!«

Ich folgte ihm über den Gehsteig und beobachtete erstaunt, wie er die Hand des Ohrenreinigers ergriff. »Hol einen Polizisten!« rief er mir zu. »Schnell!«

Doch plötzlich war eine vertraute Gestalt an unserer Seite aufgetaucht. Es war Sanjans Sohn, Dom Sanjan. »Was geht hier vor? Kann ich Ihnen behilflich sein?«

Es gab einen Augenblick der Verwirrung, in dem Dom Sanjan seinen Arm nach Simon ausstreckte. Dann sah ich Simon fallen und hörte das Kreischen von Bremsen. Ich reagierte schneller, als ich es für möglich gehalten hätte, und riß Simon zurück, während ein Wagen an uns vorbeiraste.

»Kümmere dich nicht um mich«, befahl Simon. »Laß ihn nicht entkommen!«

»Wen?«

»Dom Sanjan! Er ist der Mann, der diese Morde zu verantworten hat!«

Die Ereignisse überstürzten sich in den nächsten Stunden. Wir hielten Dom Sanjan fest, bis die Polizei kam, und sehr bald faßte man auch den Ohrenreiniger, seinen blonden Kunden und den Mann mit dem Wagen, der Simon beinahe überfahren hatte. Wir saßen in der Polizeistation in der Nähe unseres Hotels und erzählten den Vertretern des Gesetzes, was wir wußten, als Dilip Sanjan mit seiner Frau auftauchte.

»Was soll das, Simon? Habe ich dich durch die halbe Welt kommen lassen, um Schande über meine Familie zu bringen?«

»Es tut mir leid, alter Freund«, sagte Simon zu ihm. »Ich wünschte, es wäre alles anders.«

»Dom kann nichts damit zu tun haben.«

»Er hat sehr viel damit zu tun. Setz dich und hör mir zu.«

Der alte Mann setzte sich, und Simon erzählte, was er vor nicht einer Stunde schon einmal dem Polizisten berichtet hatte. »Es ging um Diamanten, die über obskure Kanäle aus Südafrika ins Land geschmuggelt wurden. Der blonde Mann war einer der Südafrikaner, die Diamanten aus der Mine nach Indien gebracht haben. Ihr System war fast narrensicher. Der Südafrikaner versteckte die Diamanten in seinen Ohren; er trug sein Haar lang, um sie zu verbergen. Vor unserem Hotel ging er zu einem der professionellen Ohrenreiniger, der die Diamanten während seiner Reinigung entfernte. Die Steine wurden dann Dom Sanjan überbracht, der sie, denke ich, in Filmkassetten, die von deiner Gesellschaft verschickt wurden, an die Kunden schickte.«

»Das kann ich nicht glauben!« protestierte Dilip.

»Laß Simon reden«, sagte Reba und legte ihre Hand auf seinen Arm.

»Aber Indu muß die Schmuggler betrogen und ein paar Diamanten für sich behalten haben, deshalb hat Dom Sanjan den Verkehrsunfall arrangiert. Die Diamanten, die er hatte, wurden aber nicht gefunden, und erst nach der Beisetzung wurde deinem Sohn und seinen Helfershelfern klar, daß Indu die Edelsteine immer verschluckte, nachdem er sie aus den Ohren der Schmuggler entfernt hatte. Also wurde ein Mann in die *Dakhma* geschickt. Vija Rau überraschte ihn, als er zwischen Indus Knochen nach Diamanten suchte. Der Eindringling stach auf Rau ein.«

»Aber warum wurde Rau später im Hospital getötet?« fragte Reba.

»Er erzählte mir, daß ihm die Szene in der *Dakhma* wie in einem Film vorkam. Ich vermutete, daß er vielleicht einen jungen Schauspieler, der bei Dom im Studio arbeitete, zwischen den Knochen gesehen hatte. Der Mann konnte nicht riskieren, daß Rau ihn später identifizierte. Raus Angreifer fuhr den Wagen, der Indu getötet und mich heute beinahe erwischt hat.«

»Es ist eine gute Geschichte«, sagte Dilip. »Aber gibt es Beweise, daß mein Sohn etwas damit zu tun hat?«

»Er hat versucht, mich vor den Wagen zu stoßen, als ich den Ohrenputzer festhielt. Das ist für die Polizei Beweis genug. Für mich existiert die schlichte Tatsache: Der *Dakhma*-Eindringling mußte wissen, daß Indu die Diamanten verschluckt hatte, bevor er starb. Der einzige, der ihm das sagen konnte, war dein Sohn Dom, der, wie er selbst gesagt hat, der erste an der Unfallstelle war. Er sprach sogar von künstlicher Beatmung – kaum eine ratsame Maßnahme nach einem Verkehrsunfall, der Knochenbrüche und innere Verletzungen verursacht haben konnte. Aber so konnte Dom seine wahre Absicht tarnen und den Toten nach den Diamanten absuchen. Tut mir leid, Dilip, aber es spricht noch mehr gegen deinen Sohn.«

»Zum Beispiel?«

»Rau dachte an einen Film, als er den Eindringling sah, und Indu arbeitete im Studio für deinen Sohn. Dom hat wahrscheinlich den Kontakt zwischen den Männern hergestellt. Du oder Reba – ihr konntet nicht beteiligt sein, denn dann hätte der *Dakhma*-Eindringling einen Schlüssel gehabt und kein Seil gebraucht, um in den Turm zu kommen und die Diamanten zu suchen.«

Dilip Sanjan hatte wenig mehr zu sagen, und noch in derselben Stunde legte sein Sohn Dom ein volles Geständnis ab; er gab sogar zu, daß er uns in die *Dakhma* eingeschlossen hatte.

Später traf uns Reba allein und sagte: »Sie haben meinem Mann große Traurigkeit gebracht, doch Sie haben ihm auch die Wahrheit gebracht. Es ist besser für ihn, die menschliche Gier zu erkennen, die unsere Toten entweiht hat, als an Dämonen zu glauben, wo keine existieren.«

Ich traf Sushis Freundin am nächsten Morgen und sprach mit ihr über das Buch. Dann flogen Simon und ich nach Hause. Shelly holte uns vom Flughafen ab – ich erzählte ihr nichts von den Geiern.

Aus dem Englischen von Reinhard Wagner

HELENE JUAREZ PHIPPS

Die Frau des Heiligenschnitzers

Bis auf die Haare und den Bart war die Figur, ein stehender Christus, fertig. Bald sollten die Brüder kommen, um sie zu holen, dann würde Cayetano der stolzeste *santero* von ganz New Mexico sein. Er, der schon so viele Heilige aus Holz geschnitzt hatte, wußte genau, daß diese Figur sein Meisterwerk war. Als er seine Initialen in den rohen Sockel aus Kiefernholz ritzte, seufzte er zufrieden; dann setzte er noch die Jahreszahl 1852 in prächtigen Schnörkeln darunter. Als er damit fertig war, stellte er den *santo* auf den Sims neben die runde Abdeckplatte des offenen Herdes und räumte seine Pinsel und Schnitzwerkzeuge beiseite. Meche, seine junge Frau, brachte ihm das Mittagessen. Sie weigerte sich, die Figur auch nur anzusehen.

»Sie ist zu blutig«, sagte sie. »Seine Rippen sind blutüberströmt. Es macht mich krank, ihn anzusehen.«

»Du dummes Kind«, sagte Cayetano, »so ist es nun mal gewesen. Gottes Sohn blutete sehr, sehr stark. Das Blut strömte aus seinen Händen, seinem Rücken und seinen Hüften, und dann haben sie ihn mit Essig eingerieben, um ihn noch mehr zu peinigen.«

»Wer hat dir das erzählt?« fragte Meche, als sie ihm eine irdene Schüssel mit Maistortillas und weichgekochten Bohnen vorsetzte, die sie mit einem Holzlöffel zerdrückte, damit der alte Mann das Essen besser beißen konnte.

»Das habe ich schon immer gewußt«, sagte Cayetano. »So habe ich ihn in vielen Kapellen in ganz New Mexico am Kreuz hängen sehen, in Ranchos, in Truchas, in Chimayo; überall dort, wo die Brüder vom dritten Orden meine Heiligenfiguren aufgestellt haben. Ich habe gesehen, wie ihm das Blut in die Augen floß und wie es über sein Gesicht rann.« Er rollte eine Tortilla zusammen und schaufelte ein Häufchen Bohnen darauf. »Du fragst zuviel dummes Zeug, und du weißt nicht, noch nicht, wie man Bohnen kocht. Die hier sind sauer...«

Meche beobachtete, wie der dunkle Bohnenbrei langsam aus seinen Mundwinkeln lief. »Das ist die Hitze«, sagte sie. »Wenn es heiß ist, werden sie immer sauer. Aber wenn du nicht nur mit deiner Christusfigur beschäftigt gewesen wärst, hätten wir in die Berge gehen können. Dort ist es kühler. Wir hätten am Ufer des Flusses kampieren und uns auf einem weichen Polster aus Sumpfgras lieben können. Hier ist es zu heiß für die Bohnen und zu heiß für die Liebe.«

»Liebe...?« fragte der alte Heiligenschnitzer. »Was ist Liebe?« Er ging zu der Figur, die er gerade vollendet hatte. »Etwas mit seinen Händen zu bearbeiten ist Liebe. Etwas für unseren Herrgott zu machen ist Liebe. Zu lieben bedeutet, eins zu sein mit dem Schmerz.«

»Eine blutige Statue zu schnitzen wie die deines stehenden Christus, das ist nicht meine Art von Liebe«, entgegnete Meche und schüttelte dabei energisch ihre Zöpfe. »Daß du deine alten Finger für die Brüder vom Orden der bußfertigen Sünder kaputtarbeitest, hat nichts mit Liebe zu tun. Es ist eine Strafe. Wenn du eine Frau hast, mit der du schlafen willst, dann solltest du auf deine Hände achtgeben. Ich will nicht deine rauhen Fingernägel und deine Schwielen spüren, und ich will nicht, daß du nach Farbe stinkst. Wenn du nur das harte Holz mit all seinen Splittern zärtlich streicheln willst, warum hast du mich dann von meinen Eltern weggeholt? Ich hätte auf einen jungen Mann warten können...«

»Du mußt noch viel lernen, meine Kleine. Deshalb habe ich dich zu mir genommen. Nur ein Mann kann dir etwas beibringen. Von einem Jungen kannst du nichts lernen.«

»Du glaubst, daß du lange genug leben wirst, um mir irgend etwas beizubringen?« Meche räumte die Schüssel fort, die der alte Mann mit dem letzten Stück Tortilla sauber ausgewischt hatte.

»Das habe ich vor«, sagte Cayetano. »Das habe ich fest vor.«

Die dicken Wände der Hütte waren mit Lehmziegeln gemauert, die die Hitze abhielten, aber durch die Tür, die sich knarrend öffnete, drang ein Luftschwall herein, der heißer war als jedes Herdfeuer. Meche stand in dem niedrigen Türrahmen und sah auf den Bach, der verdrießlich über die weiter unten liegenden Felder rieselte.

Vier Brüder vom Orden der bußfertigen Sünder aus der neuen Siedlung, die auf der anderen Seite des Berges lag, standen in ihren schwarzen Mänteln und weißen Tuniken vor der Hängebrücke, die über das gemächlich dahinfließende Wasser gespannt war. Vorsichtig gingen sie, einer nach dem anderen, hinüber.

»Da kommen sie, die alten Krähen«, sagte Meche, »um ihren Christus für die neue Kapelle abzuholen. Eine neue Kirche..., das ist alles, woran ihr, du und die Ordensbrüder, denken könnt. Warum arbeitet ihr euch für eine Kirche auf, die vorschreibt, daß man sich selbst zu blutigem Brei schlagen muß, um in den Himmel zu kommen?«

»Meche, du wirst sicher geradewegs in die Hölle wandern.« Cayetano deutete dabei auf den mit Holzstückchen übersäten Fußboden und gab ihr das Gefühl, daß die Dämonen schon unter der Oberfläche lauerten und auf ihren Abstieg warteten. »Du denkst, du bist so rein, du hast nicht das Verlangen, dich im Namen Gottes selbst zu strafen. Aber es wird eine Zeit kommen, in der auch du die Verzückung göttlicher Liebe spüren willst.« Der alte Mann kratzte den Schorf von einer Wunde auf seinem Arm, der fest und knorrig geworden war wie der Ast einer verwitterten Eiche.

»Ich brauche mir nicht den Rücken mit einer Yuccadornen-Peitsche zu geißeln, um Gottes Vergebung zu erlangen«, entgegnete Meche heftig, und ihre Stimme klang schroff und verächtlich. Dann fiel ihr Blick auf die Wand hinter ihrem Mann, an der die Lederriemen und Ketten hingen, die er für die Rituale der Bruderschaft verwendete. »Und ich brauche auch keine Schläge mit Metallzinken, damit ich hinterher voller blauer Flecken und Wundmale bin.«

»Ihr Frauen seid eben einfach zu schwach. Nur ein Mann kann mit aller Kraft bereuen.«

»Dann mußt du mehr zu bereuen haben. Peitsch dich selbst, soviel du willst. Meine Buße wird sein, danebenzustehen und dir dabei zuzusehen, wie du dich für die Bruderschaft zu Tode schuftest.«

»Hör auf, so zu reden!« sagte Cayetano. Und für einen Moment dachte Meche, daß er vergessen hatte, daß sie hier vor ihm stand. Er sah zu dem *santo*, der auf dem Sims stand, und murmelte: »Du wirst dir dein Haar abschneiden müssen, Meche. Der stehende Christus soll echtes Haar auf seinem Haupt und ein Büschel für seinen Bart haben.«

Meche griff mit beiden Händen nach ihren hüftlangen Zöpfen. Sie zog ihre dichten Augenbrauen, die sich in der Mitte ihres schmalen spanischen Gesichtes berührten, hoch, als ob sie gerade dem Leibhaftigen begegnet wäre. »Mein Haar? Warum braucht er mein Haar?«

»Weil er ein Mann ist. Was ist ein Mann ohne Haare? Ich kann den Brüdern den *santo* doch nicht unvollendet übergeben.«

Meche sah Cayetano an. Sein dichtes Haar fiel von seiner schmalen, asketischen Stirn nach hinten und war von weißen Strähnen durchzogen. »Nimm dein eigenes Haar!« sagte sie. »Schließlich hast du ihn geschaffen.«

Cayetanos Augen verfinsterten sich vor Sehnsucht und Trauer. »Der Sohn Gottes war ein junger Mann, als er am Kreuz starb. Sein Haar wird nicht weiß gewesen sein, so wie meines. Er hatte deine Jugend und deine Kraft, und dann war für ihn mit einem Mal alles vorbei.«

»Du hast doch schon andere Heilige geschnitzt. Woher hattest du da das Haar?« fragte Meche.

»Ich hatte schon eine Frau vor dir. Als sie starb, war ihr Haar noch immer schwarz. Sie bat mich, ihr Haar für die *santos* aufzuheben. Auf diese Weise hatte sie das Gefühl, ein bißchen länger zu leben. Aber jetzt... ist keins mehr da.«

»Dann ist sie in deiner Erinnerung noch immer lebendig. Du siehst sie, wenn du in die Kapelle gehst. Die Heiligen dort in der Nische tragen ihr Haar.«

»Ich habe nichts mehr von ihr«, sagte Cayetano. »Die Erinnerung an sie verblaßte in jenem Augenblick, als ich dich zum ersten Mal sah. Es ist sehr töricht von dir, auf eine Tote eifersüchtig zu sein. Aber du bist töricht, weil du jung bist. Du hattest noch keine Zeit, deine Wünsche und Träume abzuwägen.«

»Ich habe keine Träume«, sagte Meche. »Deine Frau – die, die gestorben ist – kannte dich, als du jung warst. Was habe ich denn noch vor mir?«

»Das Leben. Ein langes Leben«, erwiderte Cayetano.

»Dann wirst du mir Geld geben müssen, damit ich in die Stadt gehen und Bohnen und Mais kaufen kann. Wir brauchen etwas zu essen, um zu leben. Und wir haben nie genug. Wenn du mit dem Schnitzen aufhören und statt dessen das Land bestellen würdest, wären wir reicher...«

»Es gibt sonst niemanden im ganzen Tal, der einen Heiligen mit einem seelenvollen Gesicht und dem Körper eines richtigen Mannes schnitzen kann. Warum soll ich mir die Hände mit einer Egge ruinieren?«

»Also, dann schone deine Hände. Aber dann werde ich dafür sorgen müssen, daß wir nicht verhungern.« Meche hängte den Korb an ihren zarten Arm. Ihr blieb gerade noch Zeit für einen flüchtigen Blick in Cayetanos bekümmertes Gesicht, ehe sie durch die Tür verschwand.

»Warte, Meche«, rief er ihr nach. Aber sie hatte schon den halben Weg zur Brücke zurückgelegt. Er rannte ihr unbeholfen hinterher, um sie noch einzuholen.

Meche wartete ungeduldig, versuchte aber ihre Verärgerung darüber, daß er so lange brauchte, bis er sie erreichte, nicht zu zeigen. Cayetano atmete schwer, als ob eine widerspenstige Luftblase seine Brust gleich sprengen würde. Er holte ein paar Münzen aus dem perlenbestickten Wildlederbeutel, den er an seinem Gürtel trug.

Seine Hände zitterten. »Hier, ich möchte dir etwas mehr Geld für den Markt mitgeben.« Er gab ihr eine Handvoll Silbermünzen. »Da hast du noch etwas ... für einen Rock. Die Brüder kommen, um mir das Geld für den *santo* zu bringen. Kauf dir etwas Hübsches. Ich möchte, daß du schön aussiehst.«

Meche nahm das Geld. »Du hättest dich nicht so beeilen müssen«, meinte sie. »Ich hätte gewartet.« Sie warf die Münzen in ihren Korb. »Wenn ich zurück bin, werde ich mein Haar für dich abschneiden.«

Als sie zu einer Baumgruppe kam, begegnete sie den Brüdern, die im Gänsemarsch hintereinander hergingen. Sie trat zur Seite, um sie vorbeizulassen. Dabei öffnete sie ihr Tuch, so daß ihre weiße Bluse zu sehen war und die Brüder einen kurzen Blick auf ihren bunt bestickten Rock werfen konnten. Dann raffte sie den Rock hoch über die Knie. Sie vermied es, sich noch einmal umzusehen und dabei vielleicht Cayetanos Blick zu begegnen; statt dessen sah sie auf den unsicheren Fußweg vor sich. Und sie zerrieb ihre Gedanken, so wie das Getreide in der Mühle des Nachbarn zu Puder zermahlen wurde.

Der Weg nach Santa Cruz war ein sandiger Trampelpfad, der mit Büscheln von vertrockneten Gräsern und sprödem Unkraut überwuchert war. Er schlängelte sich durch einen dichten Kiefernwald. Eine Zeitlang stolzierten zwei wilde Truthähne vor Meche her, bis sie wie verrückt anfingen zu glucken, dabei ihre Kehllappen schüttelten und schließlich im Unterholz verschwanden.

Als Meche aus dem Schatten der Bäume trat, lag ihr das Tuch heiß und schwer auf den Schultern. Zunächst kam sie an den tiefgelegenen Hütten aus Luftziegeln vorbei, dann an einer ganzen Reihe von Baracken, den Randsiedlungen der Stadt. Das Geräusch, das sie mit den weichen Sohlen ihrer Mokassins verursachte, wenn sie die vertrockneten Blätter auf dem Weg zertrat, schreckte die angebundenen Hunde auf. Sie knurrten und kläfften.

Als sie die Plaza erreichte, stand die Sonne im Zenit. Es war Zeit für die ausgiebige, geheiligte Siesta unter der schweren Last der

Hitze und der Stunde. Auf dem Marktplatz saßen noch ein paar Indianer in Decken gehüllt. Die spanischsprechende Bevölkerung ruhte sich hinter verschlossenen Türen aus.

Hier und da lag noch ein Haufen Tomaten auf einem Fetzen Baumwolle, ein Korb Zwiebeln stand herum, silberne Ohrringe lagen auf dem Boden, und getrocknete Kräuter – Kümmel, Oregano und Thymian – waren gebündelt und zu kleinen Häufchen aufgeschichtet. All das hatten die Händler für die Siesta im Stich gelassen. An einer Ecke, die in eine schmale Seitenstraße mündete, lag ein ausgehöhlter Kürbis, in dem kleine Peyote-Stücke steckten.

Ein Junge tippte ihr auf die Schulter und hielt ihr ein paar verschrumpelte Stückchen auf seiner Handfläche hin. Sein sehniger Körper war schlammgrau und seine Beine spindeldürr. »Ein Traum, Señorita, kaufen Sie einen Traum ... eine Handvoll Träume«, sagte der Junge im sanften Singsang. In der Hitze fielen ihm seine dunklen Augen mit den schweren Lidern fast zu.

»Señora«, verbesserte ihn Meche. »Wieviel?«

»Sehr wenig. Wieviel ist Ihnen ein Traum wert?«

»Ich habe keine Träume«, sagte sie. »Wie soll ich das wissen?«

»Bitte«, drängte er und zupfte sie am Rock. »Ein Traum wird sie glücklich machen.«

»Anstatt zu träumen, würde ich lieber etwas Kaltes trinken. Zeig mir, wo ...« Sie folgte dem Jungen zu einem Stand, an dem man ein Glas Tamarindensaft bekommen konnte.

Während sie im Schatten unter einem Sonnendach aus Kiefernzweigen und Yuccablättern saßen, hörte sie gespannt dem Jungen zu, der ihr den neuesten Klatsch aus dem Ort erzählte. »Sehen Sie die da drüben«, sagte er, »die jetzt gerade herauskommen?« Er zeigte auf die Kirche auf der anderen Seite des Platzes. Als er seine Neuigkeit enthüllte, wurden seine Augen immer größer.

Meche sah über seinen Kopf hinweg auf die kleine weißgetünchte Kapelle. Ein Priester in schwarzer Robe folgte einem Sarg mit hoch erhobenem Kreuz. Neben ihm schlurften ein Mann und eine Frau in Trauerkleidung durch den Staub, drei kleine Jungen in engsitzenden

Anzügen folgten ihnen langsam. »War wohl niemand Bekanntes«, sagte Meche, »wenn der Leichenzug so klein ausfällt.«

»Ihr Name ist Luisa. Luisa Valdez.«

»Luisa Valdez? Ich kann mich nicht an sie erinnern«, meinte Meche.

»Das sollten Sie auch nicht. Sie hat schwer gesündigt. Niemand wollte zu ihrer Beerdigung kommen.«

»Man kann Menschen nicht noch nach dem Tod bestrafen«, sagte Meche. »Was hat sie getan?«

Drei Männer mit Gewehren in der Hand liefen neben dem Leichenzug her und gingen unter den überhängenden Dächern der Gebäude gegenüber der Kirche in Deckung.

»Ihr Ehemann hat sie mit seinem Freund Pelayo überrascht. Er brachte sie um. Er stach zweiundzwanzig-, vielleicht auch siebenundzwanzigmal auf die Frau ein.«

»Ihr eigener Mann?« Meche spürte, wie ihr ein kalter Schauer über den Rücken lief, die Schwingen der Gefahr umflatterten sie. »Und der andere Mann? Was ist mit ihm passiert?«

»Der Ehemann hat nur zweimal auf ihn eingestochen. Mehr war gar nicht nötig. Er war nicht mehr jung. Er starb beinahe sofort.«

Meche trank einen Schluck aus ihrem Glas und fand, daß der Saft zugleich bitter und ekelhaft süß schmeckte. »Wo ist er jetzt? Der Ehemann?«

»Valdez. Antonio Valdez?« Der Junge zuckte mit den schmalen Schultern. »Irgendwo auf einem Dach? Vielleicht in einer Scheune? Oder er versteckt sich im hohen Gras auf einer Wiese? Jeder hier im Ort sucht nach ihm. Das ist ein weiterer Grund dafür, warum keiner zu der Beerdigung geht.«

»Möchtest du noch was trinken?« fragte ihn Meche.

»Nein. Ich muß mich ums Geschäft kümmern. Sind Sie sicher, daß Sie nichts wollen?« Er hielt ihr ein Peyote-Stück hin, das in der Mitte ganz flaumig war. »Das läßt Sie schlafen. Das bringt Sie zum Träumen.«

»Wovon soll ich schon träumen?« fragte sie. »Komm und bring

deine Träume jemand anderem.« Sie griff nach dem dünnen, staubigen Arm des Jungen und versuchte, ihn festzuhalten. Sie hatte keine Lust, allein in dieser Stadt zu bleiben. »Wann hat er Luisa umgebracht?«

Der Junge wußte es nicht genau. Als man sie fand, hatte er sie grausam zerstückelt. Die Sonne wurde schwächer, und der Nachmittag neigte sich allmählich seinem Ende zu. In der Ferne braute sich über der Hochebene ein Unwetter zusammen.

»In meinem Dorf gab es einen Jungen, der hieß Valdez.« Meche ließ den Namen auf ihrer Zunge zergehen, kostete ihn aus. »Ich glaube, sein Vorname war Antonio. Ich erinnere mich an ihn. Er war wild... rannte immer weg... Ja, ich hätte zu gern diesen Valdez kennengelernt. Aber dann haben mich meine Eltern mit meinem Mann verheiratet. Er brachte mich in die Berge. Jetzt leben wir ganz weit weg von der Stadt – dort, wo überhaupt nie etwas passiert.« Während sie redete, sammelte der Junge seine Peyote-Stückchen ein und steckte sie sich in das Futter seiner Hose. Er wollte gehen.

Gerade, als sie den Platz überqueren wollten, fielen die ersten dicken Regentropfen auf die dunkelrote Erde.

Nach der Siesta waren viele Leute in der Stadt unterwegs. Fast jeder Mann trug ein Gewehr, sogar der Trapper mit den sechs Fallen auf dem Rücken, der seine Häute an der Plaza aufsammelte. Als es immer stärker regnete, rafften zwei Frauen, die miteinander gefeilscht hatten, ihre Röcke und suchten Schutz unter den Arkaden, wo sich der Gemischtwarenladen und die Schenke befanden. Meche folgte den Frauen ins Innere des Ladens und entdeckte dort einige leuchtendbunte Decken und Röcke, die von Indianern gemacht worden waren.

Die Frau des Kaufmanns kam hinter den Ballen Baumwolle hervor, um ihr zu helfen. Zwei Männer mit Gewehren und der Trapper rempelten Meche an, als sie zum Tresen am anderen Ende des Ladens hinübergingen. Sie unterhielten sich über die Morde.

»Warum hat man ihn noch nicht gefaßt?« fragte Meche die Frau.

»Es sind doch so viele Männer hier. Diese Stadt ist klein. Es gibt wenige Häuser. Kaum Bäume...«

»Die Frauen würden ihn verstecken«, sagte die Frau des Kaufmanns. Ihre Ohrringe klimperten, als sie den Kopf bewegte. Sie trug eine silberne Perlenkette um ihren faltigen Hals. »Das Mädchen war dumm.« Die Frau sah auf Meches Füße. Meche konnte deutlich den breiten Scheitel sehen, der ihren Kopf in zwei Hälften teilte. »Sie hat einen jungen Mann wegen eines Mannes verlassen, der mindestens dreimal so alt war wie sie.«

Während Meche mit den Fingern über die weiche Schafwolle strich, sortierte sie ein Kleidungsstück nach dem anderen aus, bis sie schließlich einen Rock mit lila und gelben Streifen fand, die zickzackförmig auf einem leuchtendblauen Untergrund verliefen. Sie hielt sich den Rock an und überprüfte seine Länge, dann faltete sie ihn zusammen und legte ihn in ein Tuch, das sie an den vier Enden zusammengeknotet hatte, um einen Beutel zu haben. Sie drehte alles zu einem handlichen Bündel zusammen, das noch in ihren Korb paßte. »Wie alt war Luisa?« fragte sie die Frau, als sie den Rock bezahlte.

»Ungefähr in Ihrem Alter... siebzehn? Was hatte sie bloß erwartet? Der Mann war doch viel älter als sie... nun ja, er hatte etwas Geld, ein Haus und Möbel und einen Stuhl für den Priester.«

»Einen Stuhl für den Priester haben wir auch«, sagte Meche. »Aber da muß noch etwas anderes gewesen sein. Die jungen Leute wissen eben nicht alles.«

Draußen zuckte ein greller Blitz über den Himmel. Meche kauerte sich in den Eingang. Sie fürchtete sich, hinauszugehen. Vor der kleinen Kirche auf dem Platz standen zwei Espen, die sich im Wind bogen. Die Geranien, die um sie herum gepflanzt waren, wurden durch die Wucht des Regens auf den Boden gedrückt. Das Wasser, das über die Straße lief, war rostfarben wie die Erde und die Steine.

Ein Teil des Ladens war abgetrennt, und hinter einer Tür befand sich die Theke. Der obere Teil der Tür war offen, und als Meche darauf zuging, entdeckte sie den Jungen mit den Peyote-Stücken an der Bar. Er trank aus einem großen Krug. Sie bewegte sich so auf die Tür zu, daß er sie bemerken mußte. Sie wollte, daß er sie begleitete, damit sie draußen bei dem Sturm nicht allein war.

Die Männer tranken und redeten lauthals über Luisa und Antonio. Ihre Stimmen übertönten das Rauschen des Regens.

Meche stieß den unteren Teil der Schwingtür auf. »Laßt ihren Namen aus dem Spiel«, schrie sie. »Sie kann sich nicht mehr wehren.«

»Sie hat bekommen, was sie verdient.« Der Trapper, der an der Bar stand, nahm sein Glas und kam zu ihr herüber.

»Was wird er bekommen?« fragte Meche. »Wenn sie es verdient hat, zu sterben, dann hat er es verdient, zu leben.«

»Wer weiß, was sie ihm antun werden. Ich möchte jedenfalls nicht in seiner Haut stecken. Ein Stich wäre genug gewesen.« Der Trapper kam näher und hielt sein Glas, das er noch nicht ausgetrunken hatte, in der Hand.

Der Geruch des starken Alkohols schlug Meche auf den Magen. Die kräftigen Muskeln des Mannes und sein dunkler, ungekämmter Bart widerten sie an. Sie ging nach draußen und stellte sich unter den Rand des Vordachs. Der Regen klatschte ihr ins Gesicht. Ihre schweren Zöpfe wurden feucht. Meche versuchte, die Nässe abzuschütteln. Sie erinnerte sich daran, was sie Cayetano versprochen hatte, und sah zum Himmel hinauf. Die schwarzen Wolken zogen in dichten, dicken Trauben zu den Bergen.

Plötzlich hielt ihr jemand ein Glas unter die Nase. Sie stieß den Arm des Trappers beiseite. Dennoch mußte sie ihre Frage stellen. »Warum war sie mit Antonio nicht zufrieden? Warum ging sie zu jemand anderem?«

»Warum macht das überhaupt jemand?«

»Aber sie war schon tot. Wie konnte er weiter auf sie...?« Sie machte mit ihrer Hand eine heftige Bewegung und ließ den Korb mit dem Rock fallen.

Der Trapper beobachtete sie, als sie sich bückte, um ihn aufzuheben. »Was hast du da drin?«

»Einen neuen Rock.«

»Mädchen wollen immer nicht nur für ihren Mann hübsch aussehen, aber den Ehemännern ist das egal.«

»Meinem nicht. Er ist anders. Er ist Künstler. Er achtet auf die schönen Dinge in der Welt. Er will, daß ich hübsch aussehe.«

»Dann ist er wohl ein reicher Mann. So wie Luisas toter Freund.« Er lachte heiser.

»Aber warum brauchte sie noch einen Mann? War einer nicht genug?«

»Er hat sie mit einem alten Mann erwischt. Deshalb hat er sie so hart bestraft. Der Mann war älter als ihr Vater.«

»Wie alt war er?« fragte Meche.

»Ungefähr siebzig«, mischte sich der Junge ein.

»Nein, mein Kleiner, da irrst du dich. Er war eher in meinem Alter. Er war ein reicher Mann. Ihm gehörten drei Kühe, vielleicht mehr.«

»Vielleicht wollte sie bloß Milch.« Das Lachen aus der Schenke wurde immer derber, und Meche, die auf das Wasser starrte, das über die Straße floß, trat schließlich in die kleinen Strudel. Sofort färbten sich ihre Schuhe und die Beine bis zu den Knöcheln rostbraun. Sie stakste durch die Pfützen, um auf der anderen Seite des Platzes trockenen Boden unter die Füße zu bekommen.

Ein halbes Dutzend Männer standen mit ihren Gewehren an der Plaza und sahen zum Himmel hinauf, der allmählich aufklarte.

»Jemand sollte auf einen Baum klettern und von dort die Hausdächer beobachten«, sagte ein Mann, der offensichtlich der Anführer war und zwei Revolver im Anschlag hatte.

»Warum?« Ein Junge, der ihm ähnlich genug sah, um sein Sohn sein zu können, setzte seine Winchester ab. »Soll ich es versuchen?«

»Er könnte dort oben irgendwo sein und sich hinter den Wachtürmen verstecken.«

»Warum sollte er sich verstecken? Er hat doch nur seine Pflicht getan«, sagte Meche zu der Frau, bei der sie Bohnen und Maiskolben kaufte.

»Luisa stammt aus einer großen Familie. Die Hälfte der Männer, die du hier siehst, sind ihre Brüder. Wenn er nicht sooft auf sie eingestochen hätte, wären sie jetzt nicht so wütend.«

»Vielleicht empfand er noch zuviel Leidenschaft für sie, und es gab keinen anderen Weg...«, sagte Meche. Es war in der Stadt so aufregend, sie wollte noch nicht gehen. Soviel konnte noch geschehen, und sie würde das alles verpassen. Doch der Regen hatte aufgehört, und sie hatte keinen Grund mehr, länger hierzubleiben. Cayetano würde schon auf sein Abendessen warten, und auf ihr Haar. Die Brüder hatten ohne die Christusfigur wieder gehen müssen. Bei dem Gedanken daran, daß sie ihnen einen ergebnislosen Fußmarsch beschert hatte, mußte sie lächeln.

Langsam machte sie sich auf den Heimweg. Die nasse Erde klebte an ihren Schuhen. Sie ging an den mit Flieder bewachsenen Mauern der Stadt vorbei aufs Land. Sie hatte das Gefühl, viele Meilen gelaufen zu sein, bis sie endlich den ersten Gipfel mit dem schlichten Kreuz der Bruderschaft erreicht hatte. Dann folgte sie dem langen, steilen Pfad ins Tal. Sie konnte erkennen, daß die Regenfälle den Verlauf des Baches geändert hatten. Sie machte einen Umweg durch eine Apfelplantage, die von Sandsteinfelsen umgeben war. Dahinter kam eine kleine Anhöhe, die mit hölzernen Kreuzen übersät war. Vor ihr lag der Kiefernwald, dessen Pfad direkt zu Cayetanos Haus führte. Durch das Dickicht aus Nadelbäumen konnte sie kaum die Espen erkennen, deren Blätter in der späten Nachmittagssonne leicht golden schimmerten.

Als sie tiefer in den Wald kam, tropfte immer noch Regen von den Kiefernzweigen. Sie zog sich ihr Tuch über den Kopf.

Sie war erst ein paar Schritte gegangen, als sie ein ersticktes Husten hörte. Hinter einem Felsblock – von Wildkirschen und Gestrüpp verdeckt – sah sie, als sich die Zweige im Wind bewegten, den Saum einer Decke und die Umrisse eines mit einer weißen Hose bekleideten Beins.

Antonio Valdez war schon seit ein paar Minuten wach, als sie auf ihn zukam. Er saß aufrecht unter den Ästen einer Kiefer und sah mit blutunterlaufenen Augen über die Lichtung. Sein dunkles Haar sah aus, als sei es ihm auf die Kopfhaut gemalt, und seine Kleider klebten ihm am Körper.

Meche versuchte, nicht zu schwer zu atmen; er sollte nicht merken, wie sehr sie sich vor ihm fürchtete. »Antonio... Antonio Valdez. Ich kenne dich. Ich weiß, wer du bist. Hab keine Angst...«

Antonio sprang plötzlich auf, und Meche sah, wie er nach seinem Messer griff.

»Nein, nein. Ich werde dich nicht verraten. Geh ein Stück mit mir, und ich zeige dir, wie du von hier fliehen kannst.«

Er war barfuß in seinen Ledersandalen und hatte keine Jacke. Als er aufstand, zog er eine Satteldecke hinter sich her; das Messer hatte er noch immer in der Hand, er war unschlüssig.

»Du konntest nach allem, was passiert ist, schlafen?« fragte ihn Meche mit leiser und ruhiger Stimme. »Ich hätte gedacht, du würdest fliehen. Hier darfst du nicht bleiben. Sie suchen nach dir, und sie haben Gewehre. Ich gebe dir nicht die Schuld für das, was du getan hast, aber du mußt von hier weg.«

Er schaute sie an, ohne sie zu sehen. Sie fragte sich, ob er überhaupt spürte, daß sie wirklich da war. »Du mußt mit mir kommen. Ich werde dir helfen, das verspreche ich.«

Er folgte ihr.

Was hatte Antonio Valdez vor? Sie sah, wie er neben ihr herging. Sie verschlang ihn mit ihren Blicken, diesen kräftigen, erschöpft aussehenden jungen Mann, der im leidenschaftlichen Wahn die Frau, die er geliebt hatte, zerstückelt hatte. Konnte er hören, wie sehr ihr Herz raste? Sie gingen durch den dunkelsten Teil des Waldes. Die goldenen Blätter der Espen vor ihnen verblaßten im schwächer werdenden Licht.

Meche blieb stehen und sah ihren schweigsamen Begleiter an. »Wenn du hierbleibst, Antonio, kann ich dir etwas zu essen bringen. Aber sie werden dich finden. Du kannst nicht für immer in der Gegend bleiben. Du solltest diese Berge verlassen. Die ganze Stadt ist in Aufruhr. Wenn es dir gelänge, nach Santa Fé zu kommen! Dort könntest du untertauchen...« Sie griff in den Korb und holte eine Handvoll Münzen hervor. Sie gab ihm das Geld, das von ihren Einkäufen übriggeblieben war. Dann nahm sie ihr Tuch von der Schulter. »Gib mir dein Messer!«

Zögernd nahm er das Geld und gab ihr die Waffe, mit der er vor kurzem das Leben zweier Menschen ausgelöscht hatte.

»Mit meinem Haar, meinem Tuch über dem Kopf und meinem Rock kommst du bestimmt weit, ohne daß dich jemand erkennt.« Meche kniete sich neben einem Baumstumpf nieder und bedeutete ihm, er solle ihr die hüftlangen Zöpfe abschneiden.

Er schüttelte den Kopf und griff nach dem Messer, das sie ihm reichte. Er stand reglos da und sah ihr zu, wie sie begann, ihre schweren Haarsträhnen abzuschneiden. Einen Strang wickelte sie sich um den Finger und drehte ihn zu einer Locke; das restliche Haar legte sie zu einem Haufen zusammen und machte ein kleines Nest daraus. Dann gab sie ihm ihren neuen Rock und das Tuch. »Mach schon«, drängte sie, »zieh das an, dann werde ich das Haar unter dem Tuch feststecken. Es geht um dein Leben.« Er weigerte sich noch immer. »Sie suchen nach einem Mann, und nicht nach einer Frau. Du wirst dich eine Weile verkleiden müssen. Niemand wird etwas davon erfahren.«

Wieder schüttelte er den Kopf. »Der Rock ist neu«, sagte er. »Du hast ihn noch nie getragen. Gib mir deinen alten.«

Meche sah das Verlangen in seinen Augen. Er ist ein Mann, der etwas von Frauen versteht, dachte sie bei sich. Im stillen verfluchte sie das Mädchen, das ihn betrogen hatte. Schüchtern zog sie sich aus. Als sie nackt vor ihm stand, drehte sie sich um, und seine Augen wanderten über ihren Körper.

Antonio fiel vor ihr auf die Knie und preßte seinen Kopf in ihren Schoß.

»O nein«, protestierte sie schwach.

»O doch«, sagte er. »Sì, sì, sì...«, zischte er wie eine Schlange. Und dann tat er all das mit ihr, was er – wie Meche vermutete – schon viele Male mit seiner Frau gemacht hatte, bevor er beschlossen hatte, sie zu töten. Würde er sie auch töten, fragte sie sich, als sie sich in einer letzten Umarmung an ihn preßte. Er drückte sie fest an sich, und sie spürte, wie das Hämmern ihres Herzens schwächer wurde. Der feuchte Boden und die Angst, die in ihr aufstieg, ließen sie erschauern.

Er half ihr auf und drehte sich höflich um, als sie sich beide anzogen. Ihre Augen füllten sich mit Tränen. Sie hatte ihren Mann betrogen, und es hatte ihr gefallen; und sie half einem Frauenmörder, zu entkommen. All das war unrecht. Aber es war es wert.

Antonio wollte sie noch einmal berühren, bevor er ging, aber sie drehte sich weg und ging schnell, zwischen zwei Espen hindurch, davon. Die Dunkelheit brach ohne Dämmerung herein. Ihre Füße trugen sie weiter, bis sie Rauch aus dem rundlichen Schornstein aufsteigen sah. Da fing sie an zu laufen.

Die Tür stand offen. Die kühle Feuchtigkeit des Regens hatte sich unten an der Treppe gesammelt, und der Boden unter ihren Mokassins war aufgeweicht, als Meche eintrat und in den kleinen, zellenartigen Raum hinunterstieg.

Der Geruch von Erde, Getreide und Chili wehte durch das Haus. Die dicken Wände, der kleine Raum, die niedrigen Deckenbalken, alles war von diesem Duft erfüllt. Antonio Valdez und seine Toten konnten sich nicht mehr an diesem Geruch erfreuen.

»Ich muß dir sagen ...«, begann Meche.

Aber Cayetano war vor der Figur seines *santo* eingeschlafen. Meche sah, daß er noch mehr Blut auf die Rippen des Heiligen geschmiert hatte, während er auf ihre Rückkehr gewartet hatte. Spritzer der roten Farbe, die er dafür verwendet hatte, waren auf die indigofarbene Decke getropft, die er auf dem Fußboden ausgebreitet hatte. Die Peitsche mit den Yuccadornen, die an der Wand gehangen hatte, war nicht mehr an ihrem Platz.

Meche wußte, daß sie ihn eigentlich hätte wecken sollen, um ihm zu sagen, daß sie wieder da war, aber ihr Körper jubilierte noch immer, und sie wollte dieses Gefühl der Erneuerung, das durch ihre Adern strömte, festhalten. Sie wollte es in ihrem Innern bewahren.

Sie kniete sich neben Cayetano und sah seine alten Zehen, die sich gelblich verfärbt hatten. Die gekräuselten Zehennägel waren gesplittert. Er ist so alt, dachte sie. Das war ihr vorher nie richtig klar gewesen. So alt und runzelig und rauh und hart. Seine Haut war wie die von Eidechsen und Kröten. Und sie erinnerte sich an den triumphierenden Zischlaut, der dem einer Schlange ähnelte, die sich zum ersten Mal häutet. Antonio war wie sie, er würde die Launen des Schicksals überstehen, den Tod und die Gefahren, und ihm würde eine zweite Haut wachsen.

Meche stand auf und legte dem stehenden Christus die Haarsträhnen zu Füßen, die sie von ihrem Zopf noch übriggelassen hatte – eine Opfergabe. Und wenn es Antonio gelingen sollte, unterzutauchen und in den Kleidern und mit ihrem Tuch unerkannt zu bleiben, dann würde auch er wieder auferstehen.

Aus der mit Blumen verzierten Truhe aus Leder, die neben dem Stuhl für den Priester stand, holte sie eine weitere Decke und breitete sie über Cayetano. Unter ihrem Gewicht regte er sich kurz, und Meche sah, daß er die Dornenpeitsche in der Hand hielt.

Er wartete, bis sie neben ihm lag, und fragte dann: »Was wolltest du mir sagen? Ich habe gehört, wie du hereingekommen bist. Ich habe nicht geschlafen.« Er wartete lange auf eine Antwort von ihr, aber sie schwieg und war ihm dankbar, daß er nicht weiter drängte.

Sie lagen beide auf dem Rücken. Auf dem harten Erdboden hatten sie sich ihre Hüften wund gescheuert. Meche mußte diesen Schmerz ertragen. Sie stand auf, um noch eine Decke zu holen. Die Deckenbalken schienen sich langsam auf sie herabzusenken. Die Luft im Raum war stickig.

»Ich liebe dich, Meche«, hörte sie Cayetano in ihr Ohr flüstern. »Der Christus wird mit deinem dunklen Haar wunderschön aussehen.«

Der Raum drehte sich. »Ja, ich weiß«, sagte sie. Sie zog sich die Decke über, doch sie konnte noch immer Cayetanos Zehen sehen. Als sie sich an ihn schmiegte, streckte sie ihren Arm über ihn hinweg, nahm ihm die Peitsche aus der Hand und legte sie neben sich. Sie sank schwerfällig wieder auf das Lager und spürte, wie sich die spitzen Stacheln hart gegen ihre Schenkel drückten. Sie hatte ihren Traum gehabt, und nun war er vorbei; und sie wußte, daß sie in der langen Nacht, die vor ihr lag, keinen anderen mehr finden würde. Als sie einschlief, hielt sie mit einer Hand den Griff der Peitsche fest umklammert. Ihr Kopf lag auf der Schulter ihres Mannes.

Aus dem Englischen von Barbara Reitz (Kollektiv Druck-Reif)

HERBERT RESNICOW

Größere Liebe als dies . . .

Der erste Mord im All? Hier draußen auf der Asteroidenstation für Schürfarbeiten. Ich war eine der fünf Personen, die darin verwickelt waren. Da waren drei. Drei und zwei weitere . . . zwei weitere, die eigentlich eine einzige war. Das ist die Wahrheit. Es kommt ihr jedenfalls nahe.

Es ist schon lange her, es geschah, kurz nachdem ich zum Stationsleiter ernannt worden war. Nein, er wurde nicht verurteilt; nicht einmal versucht hat man's. Es war ja damals verdammt schwer, geeignete Leute für hier draußen zu bekommen. Und er war bestraft genug. Seit dieser Geschichte hab' ich ihn nicht wieder gesehen. Er ist mir noch ein sehr teures Teil der Ausrüstung schuldig.

Zu jener Zeit war es wie im Wilden Westen vor zweihundert Jahren. Ein Schürfer kaufte sich eine Ausrüstung – Lebensmittel, Geräte, ein Maultier – und machte sich auf Goldsuche. Auf der Asteroidenstation übergebe ich der Mannschaft die Raumfähre, Lebensmittel, Geräte und ein Flügelboot, einen sogenannten Schmetterling; und damit machen sie sich auf die Suche nach Iridium. Man kann hier eine Menge verdienen, wenn man schwer arbeitet. Sich nach zehn Jahren zur Ruhe setzen, vorausgesetzt, man lebt so lange. Einige schaffen's.

Aber Iridium ist nicht das einzige. Jeder Schürfer träumt davon, eine Lagerstätte von Asteriten zu finden; die sind schöner als Opale, seltener als Alexandriten und bringen eine Million Punkte pro Karat.

Ein Schmetterling ist eine Miniaturversion der Raumfähre; nur sind seine Flügel um ein Vielfaches größer, damit die gesamte fotovoltaische Membran darauf Platz hat. Die Raumfähre schwebt einfach nur über der Asteroidenzone. Man kann sehen, wie sie sich langsam über uns hinwegbewegt – ein wunderbarer Anblick im All! Farbenprächtig, gewaltig, erhaben – wie das Rad Gottes. Ich beobachte es oft stundenlang, wenn ich nicht schlafen kann. Aber in einem Schmetterling hat man keine Zeit zum Schauen. Ein Schmetterling muß mindestens zwölf Asteroiden pro Exkursion ansteuern, damit es sich lohnt. Und er benötigt eine Menge Sprit für seine Ionenmotoren und für die Funktionsfähigkeit seiner Akkumulatoren, die zur Notausrüstung gehören. Jeder Schmetterling ist mit zwei bizyklischen Generatoren ausgestattet. Die Mannschaft muß mechanisch pumpen; wir halten die Flügelmasse gering. Denn Masse ist der alles entscheidende Faktor hier draußen.

Deshalb bilden auch zwei erwachsene Philas die optimale Mannschaft. Sie sind kleiner als Männer, und die Gefahr ist weniger groß, daß sie mißgestimmt oder depressiv werden wie manche Philos. Am zweitbesten ist ein erwachsenes Heteropaar. Danach, man mag es glauben oder nicht, kommen zwei junge weibliche Heteros. Einmal hatte ich zwei chinesische Teenager, die brachen alle Produktionsrekorde, bis die Flügel ihres Schmetterlings ein Loch bekamen. Sie waren zwar nicht besonders stark, aber zusammen brachten sie ein Gewicht von nur einundachtzig Erdenpfund auf die Waage; das ist weniger als jeder einzelne meiner fettwanstigen männlichen Schürfer.

Ich achte sehr genau auf die Massenverhältnisse; je kleiner die Masse, um so mehr Lebensmittelvorräte kann man ins Boot packen. Mehr Lebensmittel bedeutet eine längere Exkursion, und je länger die Exkursion dauert, desto mehr Asteroiden können angesteuert und desto mehr Iridium kann gefunden werden. Und um so größer ist die Wahrscheinlichkeit, ein Asteritenvorkommen zu entdecken.

Ich zögerte, als die Marsbasis mir Donald Albert und Bertram Kane schickte. Ich nehme nie gern unerfahrene männliche Heteros; todsicher begehen sie auf ihrer ersten Expedition irgendeine Dummheit. Mir macht es nichts aus, Leute zu verlieren, die sich dumm anstellen, aber Schmetterlinge sind sehr teuer.

Donald und Bertram jedoch waren einfach toll. Klein, gerade fünf

Fuß groß und einundzwanzig Erdenpfund schwer, mit großen Muskeln und hüftdicken Schenkeln. Waren grade mit der Schule fertig. Ich rechnete mir schon meinen Gewinnanteil an den Funden einer Vierundzwanzig-Asteroiden-Expedition aus. Was mich jedoch endgültig überzeugte, das war... außer, daß Bertram blond war, die Tatsache, daß sie aussahen wie Zwillinge, und sie hatten genau das richtige Alter. Ich betrachtete sie und sah im Geist die Zwillinge vor mir, die Marge – Gott sei ihr gnädig – und ich gerne gehabt hätten, und die wir auch bekommen hätten, wenn... sie sahen ihr sogar ähnlich.

Donald und Bertram blinzelten mich an, Schulbuben mit strahlendem, erwartungsvoll-eifrigem Gesichtsausdruck, die von hundertkarätigen Asteriten träumten. »Ihr beide seid wohl Freunde fürs Leben?« fragte ich.

»Ja«, antwortete Donald.

»Es ist eine strenge Vorschrift«, sagte ich, »daß nur jeweils einer auf einen Felsen geht. Der andere bleibt im Boot und hält die innere Luke geschlossen.«

»Ja, gut.« Donald nickte mit geheuchelter Zustimmung.

»Früher«, fuhr ich fort, »als jeder Trottel dachte, die Felsen seien mit Asteriten übersät, hatten einige die glorreiche Idee, gleichzeitig hinunterzugehen und auf doppelt so vielen Felsen zu schürfen. Also tricksten sie etwas mit den Luken. Das werdet ihr nicht tun, Jungs, nicht wahr?«

»Nein«, beteuerten sie wenig glaubwürdig.

»Gut«, sagte ich. »Denn bevor ihr noch auf der Welt wart, war ich selbst neun Jahre lang Schürfer, und ich kenne alle Tricks. Auf meinen Schmetterlingen kann die innere Luke nicht von innen geöffnet werden, wenn die äußere Luke offen ist; und die äußere Luke kann nicht geschlossen werden, wenn jemand draußen ist, auch dann nicht, wenn die Sicherheitssperre abmontiert wird. Es besteht also keine Möglichkeit, daß ihr beide gleichzeitig hinausgeht.«

Sie waren überrascht, das zu erfahren. Was, zum Teufel, wird den jungen Leuten heutzutage eigentlich auf der Marsbasis beigebracht? Strichmännchen malen?

»Warum denn das?« fragte Bertram.

»Weil ich meine Schmetterlinge wiederhaben möchte«, erklärte ich. »Dummköpfe gibt's genug, daran ist kein Mangel.« Sie konnten es immer noch nicht fassen. »Der Weltraum ist kein Ort der Geborgenheit wie der Mutterschoß«, betonte ich. Ich glaube, das hat ihnen ein bißchen zu denken gegeben.

»Was passiert, wenn der Freund draußen sich verletzt?« fragte Bertram. »Wie kommt man dann raus, um ihm zu helfen?« Ja, das dachte ich mir: Genau wie sie's im Gefühlssimulator gesehen haben – der tapfere Held, der, nur mit einem Schnorchel ausgerüstet, die glupschäugigen Monster besiegt, seinen Freund befreit und die Welt rettet. Und natürlich das Mädchen kriegt. Schlußblende.

»Du gehst nicht raus, um ihm zu helfen, Junge! Du richtest dich nach den Vorschriften! Sonst sterbt ihr alle beide. Ganz schnell. Dein Partner macht sich an seinem Seil fest, du setzt die Steuerung Richtung Basis in Gang und trittst mit aller Kraft in die Pedale. Wenn du hier bist und dein Partner noch am Leben ist – das ist allerdings äußerst unwahrscheinlich –, werden wir versuchen, ihm zu helfen. Wenn ihr weit draußen und fast schon am Ende der Expedition angelangt seid, dann mußt du mit aller Kraft pumpen, zehn Stunden lang. Aber mehr kannst du nicht machen.«

Einmal bin ich allein zurückgerudert, mit Höchstgeschwindigkeit, acht Stunden lang. Das war auf unserer letzten Expedition. Wir hatten uns entschlossen, uns nach Luna Port zurückzuziehen und eine Familie zu gründen, denn Marge – Gott sei ihr gnädig – wollte Zwillinge, bevor sie dreißig war. Wir hatten noch nicht genug verdient, aber irgendwie wär's schon gegangen. Es war meine Idee, noch eine weitere Expedition zu starten; dann hätte sich Marge nie wieder Sorgen ums Geld zu machen brauchen.

Marge – Gott sei ihr gnädig – war gerade unten auf einem vielversprechenden Felsen, ich war an Bord und ruhte mich aus. Ihr Aufschrei schreckte mich auf. Ich sprang mit einem Satz hoch und wollte in meinen Anzug schlüpfen. Irgendwie ahnte sie, was ich vorhatte. Sie war immer schneller als ich. »Tu's nicht!« rief sie. »Fahr schnell zurück, das ist unsere einzige Chance!« Sie schaltete das Mikrophon aus; wollte nicht, daß ich sie sterben hörte.

Meine Frau baumelte also an einem fünfhundert Meter langen Seil, und ich ruderte zurück. Acht Stunden lang. Tot. Erledigt. Auch ich. Ich konnte nicht wieder hinaus, nicht einmal auf eine Fähre. Da mußten sie mich notgedrungen zum Basisleiter ernennen. Ich bin jetzt in der Lage, weitere Kinder zu töten. Danke, Gott, für die Beförderung!

Natürlich gefiel weder Bertram noch Donald der Gedanke, voneinander getrennt zu sein; sie waren Freunde auf Leben und Tod. Und das Innere eines Schmetterlings war genau das Richtige für die traute Zweisamkeit. »Noch etwas«, sagte ich, »ihr werdet ein Simula benutzen müssen.«

»Was ist ein Simula?« fragte Donald. Was hatte man ihnen auf der Marsbasis denn überhaupt beigebracht? Ohne Zweifel irgendwelche trivialen Dinge: zum Beispiel, wie man die Raumfähre in einen glitzernden astronomischen Körper verwandeln kann, der von der Erde aus am Tag sichtbar ist.

Als wir mit den Schürfarbeiten auf den Asteroiden anfingen, war alles nicht so einfach wie heute. Auch nicht so sicher. Und es bewarben sich eine Menge Verrückter. Die meisten von ihnen waren auf der Marsbasis bereits ausgesondert worden, aber ein paar Selbstmordkandidaten kamen doch durch. Die erhielten, was sie wollten, nahmen aber ein paar gute Leute mit in den Tod. Daraufhin versuchte man's mit Psychoprofilen. Das ging eine Zeitlang gut, aber dann stieg die Verlustrate der Schmetterlinge wieder an.

Schließlich fand man die Ursache heraus: Die Gefahr, die Isolation, die Aussicht, schnell reich zu werden, zog junge, allein lebende, männliche Heteros an. Wenn man zwei zusammen drei Monate lang in eine enge Kabine steckt, sind sie praktisch dazu verurteilt, sich gegenseitig zu töten. Deshalb wurden die Simulas erfunden. Die Technologie stand zur Verfügung; sie mußte nur noch angewandt werden. Ein Simula besteht aus ein paar Gramm molekularer Schaltungen, die in eine kleine schwarze Box eingekapselt sind – ein sehr teures Teil der Ausrüstung, mit einem Eingabestecker auf der einen und einem Empfängeranschluß auf der anderen Seite. Ich halte für jeden Schürfer ein solches Gerät bereit, ebenso einen Regulator, denn ich weiß ja nie, welchen der vierundzwanzig männlichen oder der vierundzwanzig weiblichen Typen ich benötige.

Ich erklärte Bertram und Donald, wie man ein Simula benutzt. Es funktioniert genau wie ein Gefühlssimulator. Man schließt den entsprechenden Hintergrund- und Atmosphärenkubus an das Simula an. Man steckt seinen eigenen Sensorstecker in den Empfängeranschluß. Alles, was aus dem Computer kommt, durchläuft das eigene Simula, bevor es auf das Nervensystem trifft. Man setzt dann den Helm und die Brille auf, zieht die Handschuhe an und schaltet ein. Und entspannt sich. So einfach ist das.

Schwierig ist für mich nur herauszufinden, welchen Simulatyp ich wem geben muß, und wie ich ihn einstellen soll. Es gibt zweiunddreißig Charakteristika, die ich auf zwanzig verschiedene Intensitätsstufen einstellen und regulieren kann; das heißt, es gibt zwanzig hoch zweiunddreißig verschiedene Kombinationsmöglichkeiten für jedes weibliche und für jedes männliche Simula. Das reicht für mehr Menschen aus, als jemals im gesamten Universum leben werden. Und aus dieser Menge muß ich die richtige Kombination für jeden Schürfer herausfinden.

Ich vertiefte mich in die Psychoprofile der beiden Jungen. Der Unterschied zwischen beiden war geringfügig. Also entschied ich mich dafür, sie auf die Zehner-Intensität einzustellen, und zwar über die gesamte Skala der zweiunddreißig Charakteristika. Natürlich gab ich jedem von ihnen ein Simula vom Typ I. Bei fast fünf Billionen Trillionen Trillionen möglicher Kombinationen mußte ich in diesem Fall beide Simula auf genau die gleiche Kombination einstellen. Weshalb auch nicht? Bei diesen Profilen hätte das jeder so gemacht.

Ich sagte den Jungs natürlich nicht, daß ihre Simula identisch waren. In weißen Großbuchstaben gravierte ich »Alice« auf den Deckel der einen und »Betsy« auf den der anderen Box. Als ich die Stufen einstellte, tat ich »Alice Adams« in den einen Namensinput und »Betsy Brown« in den zweiten. Ich händigte das »A« an Donald und das »B« an Bertram aus und schickte sie auf ihre erste Expedition.

Zwei Dinge sind nie ganz identisch; im subatomischen Bereich gibt es immer leichte Schwankungen; dies scheint unvermeidlich dazuzugehören, vielleicht hat Gott es so gemacht, damit das Universum nicht völlig durchschaubar und uns die Möglichkeit einer Wahl gegeben ist: die Wahl zwischen dem Wahren und dem Falschen, dem Guten und dem Bösen, zwischen dem Richtigen und dem Unrichtigen. Danke dafür, Gott! Du hast es zugelassen, daß ich mich entschloß, Donald und Bertram mit Alice und Betsy auf Expedition zu schicken; zwei Simula vom Typ I, die, makroskopisch gesehen, identisch waren.

Ein Simula ist ein Programm mit einer Persönlichkeit. Nicht so, wie man von einem Computer sagt, er habe eine Persönlichkeit, sondern eine richtige Persönlichkeit, eine menschliche Persönlichkeit. Darauf ist es ausgelegt: Eine Person mit einer Persönlichkeit zu sein. Begleiter, Freund, Liebhaber, Vertrauter, Ehemann – was man will, was man braucht, um eine Expedition geistig gesund zu überstehen.

Ein Simula herzustellen, ist das gleiche, wie einen Gefühlssimulator herzustellen, aber doch auch wieder anders. Um, sagen wir, ein weibliches Simula vom Typ III herzustellen, nimmt man zweihundert Frauen vom Typ III. Jeder von ihnen wird ein Registrator oder Impressor implantiert, und ein telemetrisches Kontrollpersonal steht zur Überwachung ein Jahr lang Tag und Nacht bereit. Alles, was das Model macht, wird registriert: essen, schlafengehen, sprechen, Sex, zur Kirche gehen, einfach alles. Nach sechs Monaten sind bereits die Hälfte der Models ausgestiegen, und die andere Hälfte beklagt sich über den Verlust der Privatsphäre – trotz der hohen Bezahlung, die sie für die Teilnahme erhalten (Personen vom Typ III sind keine Exhibitionisten). Dann müssen sie Fragen beantworten. Wochenlang. Es werden Worte, Verwirrung und Erröten, Müdigkeit, Wut, Charme registriert; auch die feinsten Nuancen, Körperhaltungen, Gewohnheiten, Einstellungen; dann folgen freie Assoziationen: Träume, Wünsche, Hoffnungen, Phantasien, Ängste. Dann Rollen, die die Models spielen: Märchenprinzessin, Küchenmädchen, Nonne, Kurtisane, Heroine, Opfer, Krankenschwester, Ärztin. Sie müssen verschiedene Trachten, Frisuren, Make-ups tragen. Lachen, weinen, traurig sein, glücklich, schläfrig, wach, krank, gesund, angespannt, entspannt. Alles wird registriert.

Nach zwei Jahren werden sie ausbezahlt. Und sie bekommen nicht wenig. Ein Simula ist schon ein sehr teures Ausrüstungsteil.

Die Prägungen werden in einen großen Computer eingespeichert; Anomalien werden ausgesondert, es wird gewichtet, gemischt, Daten verschmolzen, Spuren verwischt, bis eine einzige Datenspur übrigbleibt: die Essenz eines weiblichen Typ III. Der wird dann an hundert Männern vom Typ III getestet; wiederum wird angeglichen, geglättet, bis eine einzige schmale Datenspur übrigbleibt: die Quintessenz eines weiblichen Typ III. Jetzt wird noch die Intensitätsregulierung für jedes der Grundcharakteristika eingestellt. Lernen, Anpassung, ein winziger Bereich von Variationen und Stimmungsschwankungen. Das kann man nicht von einer realen Frau übernehmen.

Es gibt vierundzwanzig männliche Typen und vierundzwanzig weibliche Typen. Alles in zwei kleinen schwarzen Boxen. Ich händige jedem der zwei gleichgeschlechtlichen Heteros, die zusammen eine Mannschaft bilden, ein Simula aus. Jedem eines, das zu ihm paßt. Ich tue, was ich kann, um ein möglichst gutes Simula für ihn zu finden. Bisher habe ich's immer ganz gut getroffen; sicher gab es ab und zu Divergenzen im Simula-Profil, aber das schien keine allzu große Rolle zu spielen. Doch die exakte Übereinstimmung ist das Schönste überhaupt. Für die, die es betrifft jedenfalls.

Ich habe Donald Albert und Bertram Kane ihr vollkommenes Ebenbild mitgegeben. Das weiß ich genau.

Ein Simula macht alles, was man will; natürlich innerhalb der Grenzen seiner Persönlichkeit und Fähigkeiten, und entsprechend der Situationen und der Atmosphäre, die im Gefühlssimulator herrscht. Selbstverständlich muß alles mit den gemeinsamen Erfahrungen beider, das heißt von dir und deinem Simula, übereinstimmen, sonst geht's schief. Ein Simula lernt und ändert sich; es ist nicht statisch, außer, wenn es ausgeschaltet ist. Es wächst, nimmt zu an Reife und Alter, hat seine Launen und kann seinen Partner wirklich lieben, wenn er es nur will. Die beiden sind schließlich füreinander geschaffen.

Wenn du mit deinem Simula gleich in die vollen gehen willst, ist auch das möglich, es kommt nur auf den Typ an. Aber weshalb solltest du? Dazu kannst du doch einen Gefühlssimulator benutzen. Ein Autor hat mehr Phantasie als du, ein Dirigent ist geschickter, ein Schauspieler hat mehr Talent, und Hauptdarstellerinnen sind schöner und attraktiver als dein Simula, auch wenn sie ein weiblicher Typ XXIV ist. Schließlich werden Schauspieler dafür bezahlt, daß sie gut spielen.

So soll man das Simula nicht benutzen. Ein Simula ist real. Kann sein, daß es einem ganz bestimmten Typ Frau entspricht, aber es ist keine Fälschung. Es ist das Amalgam charakteristischer Eigenschaften eines bestimmten Typs Frau, den es verkörpert. Kann sein, daß es eine wirkliche Frau mit exakt denselben Charakteristika gibt, für dich gibt es dein Simula wirklich. In der kleinen schwarzen Box, auf der ihr Name oben auf dem Deckel eingraviert ist. Und sie wird sich in dich verlieben. Sie wird nicht dazu gezwungen wie bei einem Gefühlssimulator, sondern sie wird sich in dich verlieben, wenn du nicht selbst alles verdirbst.

Am besten, man geht behutsam vor, mit Anstand, so wie bei einer wirklichen Frau, die einem etwas bedeutet. Man wählt den Kubus mit einem Park, einer Cocktailparty oder einem Tanzabend, einem Abendessen oder einer Nachtbar – wie es dem eigenen Stil entspricht. Alles wird vom Schaltkreislauf deines Simula modifiziert und filtriert. Sie wird da sein. Rein zufällig und ohne Verabredung, und ihr beide werdet Gefallen aneinander finden. Weil sie genau der Typ ist, der zu dir paßt. Ihr werdet euch unterhalten und euch allmählich besser kennenlernen. Alles, was du an ihr entdeckst, wird sie dir und dich ihr noch begehrenswerter erscheinen lassen. Das entspricht dem Plan. Deinem Schicksal.

Wenn du ihr wieder begegnest, wird sie dich schon kennen. Sie wird sich an das erinnern, was du voriges Mal getan und gesagt hast. Sie wird sich dir und du wirst dich ihr anpassen. Wie im wirklichen Leben. Du wirst ein wenig nachgeben und sie auch. Jedesmal wenn ihr euch wieder begegnet, werdet ihr euch ein wenig näherkommen. Genau wie im wirklichen Leben. Das entspricht der Konzeption: Es soll ja sein wie im wirklichen Leben. Du wirst glücklich sein, und sie wird glücklich sein. Weil ihr füreinander geschaffen seid. Vollkommen aufeinander bezogen.

Du kannst um sie werben, sie liebkosen, heiraten, eine Familie gründen, Probleme wälzen, Auseinandersetzungen und Meinungsverschiedenheiten haben, Schwierigkeiten bewältigen, krank werden, alles. Sie kann auch sterben, wenn ihr lange genug zusammengelebt habt. Sie ist eine wirkliche Person, nicht nur in bezug auf ihr eigenes Leben, sondern für dein Leben. Sie weiß nicht, daß sie nicht wirklich existiert; sie erlebt sich als wirklich. Sie kann's dir sogar beweisen, du aber kannst ihr nicht das Gegenteil beweisen. Denn du diskutierst doch mit ihr, oder etwa nicht?

Wenn du einen bestimmten Kubus anschließt, kannst du mit ihr nach Luna Port auf Hochzeitsreise fahren. Oder mit ihr frühstükken, bevor du zum Felsen hinuntersteigst, um zu schürfen. Die Exkursion wird dein Job, und dein Mannschaftskamerad wird zum bloßen Arbeitskollegen. Wenn du dich über ihn ärgerst, mach dir nichts daraus! Nach der Arbeit gehst du heim zu deiner Familie, und er geht zu seiner. Und ihr werdet beide heil von der Exkursion zurückkehren. Und auch geistig fit. Und mit dem Wunsch, bald wieder hinauszufahren.

Die Schürfer, denen ich Simulas mitgab, baten mich, ihre Simulas während der Ruhezeit nicht zu löschen. Sie freuen sich schon darauf, wieder hinauszufahren und ihr Leben wieder aufzunehmen; ihr wirkliches Leben, und zwar an dem Punkt, an dem sie das vorige Mal stehengeblieben sind. Es ist real für jeden von ihnen. Es ist genau das Leben, das sie geführt hätten, wenn sie ihrer Traumfrau begegnet wären.

Es verstößt gegen die Vorschrift, die Schürfer auf der Basis ihr Simula benutzen zu lassen. Wenn ihnen das gestattet wäre, würden sie niemals wieder auf Exkursion gehen. Und ich gebe niemals ein Simula an ein Paar aus, egal, ob verheiratet oder nicht. Es würde deren Beziehung zerstören. Keine lebende Person könnte es mit einem Simula aufnehmen.

Ich selbst habe niemals ein Simula benutzt, doch ich träume jede Nacht von Marge.

Ich habe Donald und Bertram jeweils Typ I gegeben. Typ I ist der Typ, dem man an einem Sonntagsausflug mit der Klasse begegnen kann: jung, blond, reizend, unschuldig, frisch, hübsch. Ein bißchen mollig. Benutzt fast kein Make-up. Man muß den Vater fragen, ob man sie am Sonntag von der Kirche abholen darf. Genau das Richtige für Donald. Und für Bertram. Eine für dich, und eine für dich. Nur, daß es für dich, Donald, genau die gleiche ist wie für dich, Bertram. Exakt die gleiche, aus fünf Billionen Trillionen Trillionen Möglichkeiten. So in etwa.

Auf einer Box steht »Alice«. Die ist für Donald. Auf der anderen steht »Betsy«. Die ist für Bertram. Wenn die Namen nicht wären, könnte man sie nicht auseinanderhalten. Sind sie nicht ein reizendes Paar: Alice und Donald? Betsy und Bertram? Wirklich entzückend.

Ihr Schmetterling kam schon nach einem Monat zurück.

O Gott, war es möglich, daß einem von ihnen etwas passiert ist?

Ich überprüfe den Zählerstand. Gott sei Dank, die Masse ist gleichgeblieben. Keiner hängt am Seil. Sie sind beide zurückgekommen.

Vielleicht ist einer von ihnen krank?

Ich gehe selbst zum Landeplatz. Ich schließe die Luftschleuse an, ebenso die Energie- und Kontrollkabel. Gehe zum Steuerpult. Lasse die Schalter hochschnellen. Die Luke öffnet sich.

Bertram kommt heraus. Er sieht völlig verwirrt aus.

Er bewegt sich langsam auf mich zu. Ganz langsam.

Ich behalte die Luke im Auge. Donald kommt nicht heraus.

Ich werfe Bertram einen fragenden Blick zu. Er sagt es mir: Donald ist tot.

Gottverdammte Asteriten! So etwas wird immer wieder passieren, aber ich hätte nie gedacht, daß es meine Jungs treffen würde. Meine süßen Kleinen!

Gewöhnlich passiert es bei älteren Schürfern. Bei solchen, die den Kopf verlieren, weil sie verzweifelt sind und alle Illusionen verloren haben. Sie entdecken ein großes Asteritenlager. Der eine fängt an zu rechnen. Rechnet, wieviel mehr er verdienen könnte, wenn er nicht mit dem anderen teilen müßte. Ein Knopfdruck, wenn der andere unten auf dem Felsen ist. Und der Schmetterling verändert seine Position. Er schwenkt mit einem Ruck zum Felsen zurück, und der Schlitten am Ende des Seils wird gegen den Asteroiden geschleudert.

Beide Anteile bekommt dann einer allein. Es war ein Unfall. Ehrlich, ich schwör's dir!

Das hab' ich dreimal erlebt.

Aber Donalds Körper hängt nicht am Seil. Er ist noch in der Kabine.

Was ist passiert, Bertram? Wie kann jemand im Schmetterling sterben?

»Ich hab' ihn getötet, das ist passiert. Ich konnte einfach nicht anders. Ich habe nur getan, was jeder gemacht hätte. Ich mußte ihn töten.«

Deinen besten Freund? Den anderen süßen Kleinen? Meinen hübschen Jungen? Weshalb?

»Ich mußte ihn töten. Ich hatte ein seltsames Gefühl. Irgend etwas stimmte nicht. Betsy war anders zu mir. Mitten in meiner Schicht ging ich in die Kabine zurück. Donald war bei Betsy eingestöpselt. Bei meiner Betsy. Da hab' ich sie alle beide umgebracht.«

Meine Betsy. Deine Alice. Beide exakt gleich. Es ist kein Spaß! O Gott, absolut kein Spaß!

Aus dem Englischen von Rita Seuß (Kollektiv Druck-Reif)

JOE GORES

Riffhyänen

Langsam kam Bora-Bora in Sicht, nahm Formen an. Eine halbe Meile vom Zentrum der enormen Lagune erhob sich der unregelmäßige Vulkankegel, der aus dieser Entfernung fast schwarz war. Es herrschte eine solche Totenflaute, daß die Segel der *Te Manu* träge herabhingen und Ferro den Hilfsmotor selbst auf offener See vor sich hintuckern ließ.

Jennings kam aus der Kajüte und gesellte sich zu ihm ans Steuerrad. Er war mager und hatte sandfarbenes Haar; laut eigener Aussage war er ein Universitätsprofessor aus Los Angeles, der sich mit Meereszoologie beschäftigte.

»Bora-Bora!« rief er aus, als wäre er Captain Cook, der das Eiland gerade entdeckte. »Eine einzigartige Insel, von der irgendwann nur ein Atoll übrigbleiben wird!« Er schwang den Arm in einer dramatischen Geste. »Sie sinkt! Kommen Sie in ein paar Millionen Jahren wieder, dann werden Sie sehen, daß von Bora-Bora nichts als ein vorgelagertes kreisförmiges Riff und eine tote Lagune geblieben ist.«

»Yeah. Und jetzt sagen Sie Ihrer Frau besser, daß wir bald da sind«, sagte Ferro.

Jennings verschwand im Bauch der Ketsch, wo Margo sich auf ihren großen Auftritt in Bora-Bora vorbereitete. Keiner hatte je daran geglaubt, aber jetzt gab es zwei Luxushotels, täglich Flüge von Tahiti, Boote mit Glasfiberböden und Inselrundfahrten mit allen Finessen.

Ferro schwang das Steuerrad herum, brachte die *Te Manu* auf Kurs, Richtung Teavanui Pass; im Zweiten Weltkrieg war die Lagune U-Boot-Stützpunkt der Amerikaner gewesen. Jetzt, während er in die sechs Faden tiefen, dunklen Strudel unter dem Kiel hinabstarrte, sah er einige schwarze, fledermausähnliche, im Durchmesser vier Fuß große Schatten, die sich durch das Wasser bewegten.

»Oh! Was sind das denn für Fische?«

Margo Jennings war an Deck gekommen. Feingeschwungene, aufgeworfene Lippen, die Sünde im Blick und unglaublich blondes Haar. Eine enge Bluse und knappe Shorts brachten ihre Figur zur Geltung.

»Das sind Rochen«, sagte Ferro. »Wahrscheinlich Adler- oder Leopardenrochen. Sie treiben sich gern an den Rifföffnungen herum.«

Merkwürdig, daß die Frau eines Meereszoologen das nicht wußte, dachte er, während er die *Te Manu* über die weite, kobaltblaue Lagune steuerte. Als er auf das erst kürzlich errichtete Anlegedock des Bora-Bora-Hotels zuhielt, versammelten sich ein paar eifrige braune Burschen, um die Taue aufzuschnappen. Ferro schaltete den Motor ab, richtete sich auf und streckte sich.

»Wir können Ihre Ausrüstung genausogut hier ausladen.«

Auf der seewärts gewandten Seite des Zweimasters schoß ein Stachelfisch durch das Wasser. Aus seiner rotfarbenen Flanke ragte eine Metallspitze hervor. Dem Fisch folgte ein Stahlspeer, dann eine Hand. Der Kopf eines Mannes durchbrach die Wasseroberfläche. Er hatte schwarzes, gelocktes Haar und eine hagere untere Gesichtspartie; als er seine Maske hochstreifte, wurden lachende braune Augen und ein griechisches Profil sichtbar.

»Hey, Alter, wie wär's mit Fisch?«

Ferro schüttelte den Kopf. Ein paar Sekunden später, während Margo sich in Pose warf, erschien der Taucher auf dem Dock. Er war Mitte Zwanzig, athletisch durchtrainiert und trug einen Männerbadeanzug.

Jennings kam nach achtern. »Wer ist das?«

»Irgendein Bursche, der uns Fisch andrehen will.«

Während der nächsten Stunde waren sie vollauf damit beschäftigt, die Berge von Unterwasserausrüstung von Bord zu schaffen – für den Transport hatte Jennings Ferros Ketsch in Tahiti gechartert.

Der Taucher, der sich als Chuck Payne vorstellte, half beim Ausladen. Neben den üblichen Unterwasserkameras, Taucheranzügen und Atemgeräten hatten Ferros Passagiere wasserdichte Flutlampen, einen tragbaren Kompressor, diverse Sauerstoff- und Acetylenflaschen sowie eine Unterwassertaschenlampe dabei.

»Wann geht's zurück nach Tahiti, Mann?« fragte Payne nebenbei.

»Morgen«, erwiderte Ferro kurzangebunden.

Er aß in einem kleinen, zur Straße hin offenen, strohgedeckten Café zu Abend, in dem kleinwüchsige Schweine herumflitzten und wie Hunde um die Tischabfälle bettelten. Ein junger Insulaner schrammelte auf einer Gitarre herum, während ein braunhäutiges, leicht untersetztes Mädchen seine Akkorde mit schwerer, gutturaler Stimme begleitete. Zwei Goldzähne blitzten in ihrem Mund. Schließlich kam sie zu Ferros Tisch herüber.

»Hey, Bruder, ich Otera. Du Mann mit Namen Ferro?«

»Ja.«

»Matua erzählt mir von Boot mit Namen *Te Manu*, Mann mit Namen Ferro.«

Matua Tearea, der Ferro gewöhnlich auf der Ketsch zur Hand ging, war in Papeete geblieben, weil wegen der Ladung nicht genug Platz für vier Leute gewesen war.

Sie tranken Hinano, während der Junge, Oteras Bruder, Limonade bekam. Er war ein kleiner, stämmiger, gutgebauter Fünfzehnjähriger namens Matara mit einem offenen Strahlergrinsen, das seine Wirkung wohl selten verfehlte. Letzte Nacht hatte er draußen am Riff *urua* gejagt – die großen, pferdeäugigen Hechte, die vor allem dort zu finden waren, wo die See am unruhigsten war – und, wie er sagte, »seltsame Dinge« gesehen.

»Seltsame Dinge? Was denn?«

Die Augen des Jungen leuchteten vor Aufregung. »Zuerst Licht, tief unten irgendwo. Schwaches Licht. Dann, als See still, Wasser fängt zu brodeln an.«

»Das Wasser brodelte?« Ferro richtete sich auf. »Du meinst, als ob es kochen würde?«

»*Ae*. Oder wie große *pahua*, die Beute gepackt hat.«

Ferro wußte, daß *pahua* das tahitische Wort für die Tridacna-Muschel war, einer riesigen Molluske, die vor allem in den Korallenriffs zu finden war. Eine unverhoffte Begegnung mit ihr konnte einen unachtsamen Taucher einen Arm oder ein Bein kosten. Meist sogar das Leben. Außerhalb Polynesiens hieß sie wegen ihrer Gestalt die Bärentatzenmuschel. Die Tridacna konnte eine halbe Tonne wiegen und einen Durchmesser von knapp zwei Metern erreichen.

Eine von der Größe, dachte Ferro, während er zur *Te Manu* zurückging, konnte vielleicht, wenn sie sich schloß, einen Strudel erzeugen, in dem ein Beobachter dann fälschlicherweise »brodelndes« Wasser sah. Aber was hatte es mit dem Licht auf sich, das Matara gesehen hatte? Waren es die Augen der *pahua* gewesen, wie der Junge geglaubt hatte? Wohl kaum.

Nach wie vor existierte die Legende von einer riesigen *pahua*, die in unerforschten Riffgebieten lebte und ganze Schiffe verschlang; und seit dem unerklärlichen Verschwinden eines gewissen Ernest Dandela war Ferro der letzte, der über Legenden die Nase gerümpft hätte.

Mit der klaren Morgendämmerung erwachten die Märkte, begann das Leben in der friedlichen Lagune zu pulsieren. Ferro aß eine halbe Banane und machte sich auf den Weg zur Mole, um ein paar Fische zum Frühstück zu fangen. Kurze Zeit später tauchte Otera auf.

»Ia orana«, sagte Ferro, *»maitai oe?«*

»*Aita.* Verdammt nich' gut.« Ihre Miene war unbewegt und unergründlich. »Matara letzte Nacht nicht zurückgekommen von Riff.«

»Wo wollte er denn hin?«

»*Ae.* Wo sonst auch. *Tau tohora.*«

Das Walriff. Ein merkwürdiger Name, dachte Ferro. »Wollen wir sehen, wo er geblieben ist?«

»Ja«, sagte sie.

Das schmale Auslegerkanu war fünfzehn Fuß lang, sorgfältig aus einem einzigen Baumstamm gearbeitet und mit einem Leinensegel ausstaffiert. Der parallel laufende Ausleger stabilisierte den Einbaum, während eine von der Küste kommende starke Bö das Segel blähte. Ferro saß an der handgeschnitzten Ruderpinne, während sie durch die Lagune schnitten und Kurs nach Norden nahmen.

Die Farbe des Wassers, das an der Küste noch blaßgrün gewesen war, ging in ein dunkles Aquamarinblau über, während sie durch die Lagune kreuzten, wurde dann türkis, als sie sich der inneren Zone des Riffs näherten. Der Ausleger kratzte über Korallen.

Otera stieß einen jähen wilden Schrei aus. Mit ausgestrecktem Arm rief sie: »*Aue!* Matara!«

Ferro sah in die Richtung, in die sie gedeutet hatte, warf das Ruder herum und holte gleichzeitig das Segel ein.

Die Leiche lag bäuchlings im Wasser, und als Ferro hinüberwatete, sah er, daß ein Fußgelenk zwischen den Korallen eingeklemmt war. Das Messer des Jungen steckte noch in seinem Gürtel, und seine selbstgebastelte Taucherbrille befand sich noch auf seinem Gesicht. Ferro griff unter die Arme des Toten und hievte ihn in den Einbaum.

»*Aue!*« sagte Otera schließlich. »War *te pahua*.«

Der rechte Vorderarm des Jungen war verstümmelt und zerfleischt. An der Ober- und Unterseite des Arms fanden sich Spuren wie von einem überdimensionalen Gebiß oder wie von den gezackten Schalenrändern der Tridacna-Riesenmuschel. Die Bärentatze. Sie hatte viele Taucher getötet. Aber... Ferro beugte sich abrupt vor. Aus der Nähe sah er, daß sich in dem zerfetzten Fleisch rötlichbraune Splitter befanden.

Es war bereits spät am Nachmittag, als Ferro sich zu einem einsamen Bier in die Bar des Bora-Bora-Hotels setzte. Der Arzt hatte Ertrinken als Todesursache festgestellt. Aber Ferro war auch klar, was das für rötlich-braune Splitter gewesen waren.

Also, was war am Walriff wirklich passiert? Wieso hatte der Junge nicht, wie die Taucher es seit Urzeiten machten, mit dem schweren

Messergriff auf den Schalenrand eingeschlagen. Er wäre zersplittert, keine Frage.

»Ich dachte, Sie wollten sich auf den Rückweg machen, Alter?!«

Jennings, Margo und der Taucher, Chuck Payne, hatten gerade die Bar betreten.

»Ich habe heute einen toten Taucher am Riff gefunden, deshalb mußte ich bleiben«, sagte Ferro.

»Verstehe, Mann. Dann legen Sie wohl morgen ab, was?«

Ferro sah ihn kalt an. »Das wird sich zeigen.«

Er aß wieder in dem kleinen Café zu Abend und ließ den Tag am Vaitape Pier ausklingen, wo die *Te Manu* vertäut lag. Dann hörte er seinen Namen. Als er sich umdrehte, stand der nichtssagende Gerald Jennings vor ihm.

»Wo ist Margo?« wollte Jennings wissen. Sein Blick sprach Bände, auch wenn er sich alle Mühe gab, seiner Stimme einen beiläufigen Klang zu geben. »Sorry, Ferro, ich wollte nicht – bloß – ich habe Margo im Hotel vermißt und dachte, daß Sie vielleicht ...«

Er stockte, machte kehrt und verschwand abrupt in der Dunkelheit.

Armer Bastard, dachte Ferro, als er an Bord der Jacht ging. Fünfzehn Jahre zu alt für Margo, viel zu verletzlich für eine Frau ihres Kalibers. Er stieg die Stufen zu seiner Kabine herab, die jetzt seit annähernd vier Jahren sein Zuhause war, und zündete eine der Kerosinlampen an. Margo – wo die auftauchte, war der Ärger vorprogrammiert.

Als er sich, immer noch leicht geblendet vom Schein der Lampe, zur Koje wandte, glitt Margo Jennings mit einer geschmeidigen Bewegung in seine Arme. Ihre offenen Lippen suchten Ferros Mund. Sie war nackt.

»Darling«, wisperte sie, »bring mich von hier weg! Heute nacht! Nach Tahiti, nur wir beide!«

Ferro, der sich an die Blitzlichter erinnerte, als er vor Jahren in San Francisco in einer ähnlichen Situation gewesen war, löste sich aus ihrer Umarmung, ging in die Knie und stieß ihr eine unsanfte

Schulter in den Magen. Er legte einen Arm fest um ihre überrascht strampelnden Beine und richtete sich mit ihr über der Schulter wieder auf.

»Du verfilzter Affe, laß mich runter! Laß mich –«

Mühelos erklomm Ferro die Stiege und trat an Deck. Ohne eine Pause einzulegen, hievte er sie hoch.

»Was machst du da?« japste sie.

Dann schlug ihr nackter Rücken auf der Wasseroberfläche auf. Ferro ging wieder nach unten und kam mit einem großen Frotteehandtuch, ihren Klamotten und einem Liter Hinano für sich selbst zurück an Deck. In der Zwischenzeit hatte sie sich wieder an Bord gezogen. Während das Meerwasser von ihr herabtropfte und der Mond ihren exquisiten Körper in silbernes Licht tauchte, begann sie ihn mit einem erstaunlichen Schwall von Obszönitäten zu überhäufen. Ferro warf ihr das Handtuch zu.

»Hier, schieb's dir in den Mund. Und dann zieh dich an.«

»Gottverdammter Schwuler«, schnauzte sie und stolzierte davon.

Ferro folgte einem Impuls und machte vorn und achtern die Leinen los, startete den Motor und steuerte die *Te Manu* in die mondbeschienene Lagune. Als er fünfzig Yards weit vom Dock entfernt war, erschien eine Gestalt, die ihm entweder hinterherwinkte oder die Faust nach ihm schüttelte. Es konnte Jennings gewesen sein. Ferro fuhr weiter, um die Landzunge von Farepiti Point herum Richtung Fanui Bay. Das dortige Dock war, wie er sich erinnerte, ein langer, grauer Zementquader, der vom einstigen U-Boot-Stützpunkt übriggeblieben war. Es verfiel langsam, aber die beiden großen Eisenpoller waren kaum von Rost angegriffen, so daß er die *Te Manu* problemlos vertäuen konnte.

Unter dem Kiel waren fünf Faden schwarzen Mitternachtswassers, die schnell auf zwölf oder mehr abfielen. Er zog sich aus und sprang über Bord.

Nach ein oder zwei Minuten tiefen, pfeifenden Ein- und Ausatmens, wie er es in den Muschelbänken von Tuamoto gelernt hatte, begann er zu tauchen. Kurz darauf fing er an, die Sekunden zu zählen, während er versuchte, mit jedem Stoß seiner Arme länger und tiefer zu tauchen. Dann, in siebzig Fuß Tiefe, kam er auf Grund, bevor er sich hochstieß und schließlich keuchend die Wasseroberfläche durchbrach. Das Zählen. Er war bis zweihundertsechsundsiebzig gekommen.

Wieder an Deck, schüttelte er sich wie ein nasser Hund. Die Narbe unter seinem rechten Arm, wo ihn Dandelas Speer erwischt hatte, sah immer noch dick und geschwollen aus.

Als er in seine Kabine hinuntergehen wollte, tauchte Jennings auf der anderen Seite der Brücke auf. Er hielt einen vernickelten 32er Revolver auf Ferros Brust gerichtet.

»Sieh mal einer an!« brüllte Jennings, Mordlust im Blick. »Tänzelt hier rum wie ein – wie ein Hengst! Ich weiß, daß Margo heute abend bei Ihnen war!«

Ferro verkürzte die Distanz zwischen ihnen um einen Meter. Langsam und sachte.

»Ich habe sie auf Deck gesehen!« stotterte Jennings. »*Nackt!* Also bin ich – bin ich ins Hotel und hab mir *das*...« Er fuchtelte mit dem Revolver herum, was Ferro wiederum Gelegenheit gab, noch einen Meter weiter heranzukommen. »Ich war zu spät an der Mole, und...«

Ferro sprang nach rechts wie ein Mungo, der einer Schlange ausweicht, und schlug Jennings mit der Handkante hart auf den Unterarm. Gleichzeitig packte er Jennings' Revolverhand und verdrehte sie so, daß der schmächtige Mann vor Schmerz aufheulte. Er ließ die Waffe los. Ferro wich einen Schritt zurück, um die Ladung aus der Trommel zu entfernen.

»Sie – Sie haben mich am Arm verletzt!« wimmerte Jennings.

»Ihrem Schädel hätte ich eine verpassen sollen.« Ferros Gegenschlag war noch nicht abgeschlossen. »Ketten Sie sie ans Bett, wenn Sie nicht wollen, daß sie herumhurt.«

Er beobachtete, wie die schmächtige, unterlegene Figur in den Schatten der Palmen verschwand. Zur Hölle, Jennings hätte ihm sowieso nicht geglaubt, egal, womit er ihm gekommen wäre! Er holte sich eine Hängematte und spannte sie zwischen zwei Palmen, von denen er gute Sicht auf die Ketsch hatte; weitere unerwartete Besucher in der Nacht wollte er sich ersparen. Eines war sicher. Er würde auf Bora-Bora bleiben, und zwar so lange, bis er herausgefunden hatte, wer – ganz sicher nicht Jennings – daran interessiert war, daß er von der Insel verschwand. Und inwiefern dieser Umstand mit einer Bärentatzenmuschel zu tun hatte, bei der nicht nur das Wasser auf eine Weise brodelte, daß man unweigerlich an Sauerstoffblasen denken mußte, sondern die auch noch Rostsplitter in menschlichem Fleisch hinterließ.

Als Otera am nächsten Morgen vorbeikam, fragte er sie, wie das Walriff zu seinem Namen gekommen war. Was sie ihm antwortete, paßte wie die Faust aufs Auge.

Er wies Otera an, ihren Vater zu holen, und ließ sich auf dem Zementdock nieder, um die ganze Angelegenheit logisch zu durchdenken.

Ein Junge, der draußen am Riff fischen ist, sieht unter Wasser etwas, was ihn neugierig macht. Als echter Insulaner, der die See respektiert, ohne sie zu fürchten, taucht er hinunter, um der Sache im wahrsten Sinne des Wortes auf den Grund zu gehen, und kommt dabei ums Leben. Nur ein Mann scheint daran zu zweifeln, daß die Todesursache ein Unfall war: Ferro. Lösung: ihn loswerden. Methode: eine Frau. Oder: eine Kugel aus der Waffe eines gehörnten Ehemanns.

Also … Jennings war wahrscheinlich gar kein Zoologe; und Margo war mit einiger Sicherheit der Köder, der ihn ins Spiel gebracht hatte.

Blieb noch derjenige, der die ganze Sache geplant hatte – jemand, der schon vor der *Te Manu* auf Bora-Bora gewesen war, weil Matara das Licht und das »brodelnde« Wasser in der Nacht vor ihrer Ankunft gesehen hatte. Chuck Payne, keine Frage. Der Taucher mit dem griechischen Profil.

Aber wohinter waren sie her?

Und wie sollte Ferro ohne Beweise gegen Mataras Mörder vorgehen?

Otera erschien mit ihrem Vater, einem großen, langsam ergrauenden Mann namens Taho'o, dessen Haut die Farbe dunklen Mahagonis hatte, wie die jedes eingeborenen Polynesiers, und der trotz seiner über sechzig Jahre von oben bis unten mit Muskeln bepackt war.

»Wir werden uns diejenigen vorknöpfen, die meinen Sohn ermordet haben«, sagte er mit tiefer Stimme.

»Nicht solange ich nicht sicher bin, daß es Mord war«, sagte Ferro.

Er konnte den alten Mann überzeugen, noch zu warten; dann setzte Ferro die Segel und steuerte die Jacht zur Südwestspitze der Insel, wo das Hotel mit dem Traumblick auf die Lagune lag. Während er die Jacht am Hoteldock vertäute, fiel ihm einmal mehr auf, wie sich die Südsee-Luxushotels untereinander glichen: immer dieselben strohgedeckten Restaurants mit Blick auf die Lagune; immer dieselben strohgedeckten Bungalows, für die man fünfzig Dollar pro Übernachtung hinlegen mußte.

Ferro widmete sich den letzten Abfahrtsritualen, füllte die Trinkwasser- und Treibstofftanks auf, kaufte ein paar frische Eier und erzählte den Burschen am Dock, daß er nach Tahiti zurücksegeln würde. Er war sicher, daß die Nachricht Payne in Kürze erreichen würde.

Er entfernte sich weiter und weiter von Bora-Bora und änderte seinen Kurs erst, als die Schatten länger wurden. Er passierte Teavanui Pass bei Sternenlicht und nahm dann Kurs auf die Westseite der Insel und einen bestimmten Ankerplatz an der nördlichen Landzunge in der Nähe von Tercia Point.

Taho'o und Otera warteten in dem Auslegerboot auf ihn.

Kein Mond. Taho'o saß am Ruder, lenkte das Boot sicher durch die Wellen; Otera stand auf dem Ausleger, um ihn im Wasser zu halten, das unter ihnen zischte. Ferro trug einen Taucheranzug und Schwimmflossen. Er hatte die Maske auf die Stirn geschoben; das Mundstück hing um seinen Hals. Auf seinem Rücken befanden sich zwei Preßluftflaschen mit 71,2 Kubikfuß Fassungsvermögen, die mit einem Doppelschlauch und einem Zwei-Stufen-Regler verbunden waren.

»Hier!« rief Taho'o über das Meeresdröhnen hinweg.

Ferro verließ das Boot und watete schwerfällig und geduckt wie ein Skiläufer durch die tosende Brandung. Er war auf dem Riff, eine gute Viertelmeile nördlich der Stelle, wo sie Mataras Leiche gefunden hatten.

Eine Sturzwelle begrub ihn beinahe unter sich. Während das Wasser zurückströmte, ließ er sich mitreißen, stieß sich nach vorn, um sich unter dem nächsten Brecher zu halten. Der fluoreszierende Kompaß an seinem Handgelenk sagte ihm, daß er sich 165° Südost befand: Er mußte das berücksichtigen, um parallel zum Riff zu bleiben. Er blieb auf dreißig Fuß, nichts als Schwärze vor sich, während er mit geschlossenen Augen weiterschwamm, ausgenommen den Augenblick, als lumineszierendes Plankton seine Bewegungen in grünes Licht tauchte.

Ferro spürte, wie sich sein Puls beschleunigte; vor sich sah er den schwachen Strahl einer Unterwasserlampe. Er schwamm darauf zu, bestens vorbereitet auf den düsteren, walgleichen Anblick, der sich ihm gleich bieten würde. Der eines gesunkenen U-Boots, das während eines Beinahe-Hurricans im Jahr 1943 auf das Riff aufgelaufen war.

Zwischen ihm und dem Licht ragte der Kommandoturm auf, dessen Silhouette durch das langjährige Werk von Korallen, Seeanemonen und Entenmuscheln sichtlich verändert war. Er schwamm weiter. Das Riff hatte die vordere Backbordseite wie eine Sardinendose geöffnet. Das Licht der Flutlampe beleuchtete eine geöffnete Luke, die in die Geschützkammer führte, die hinter der Deckskanone lag. Die Kammer war, wie er wußte, ein vertikaler Zylinder von sechs Fuß Höhe und vier Fuß Durchmesser. Eine zweite Luke führte von ihrem Inneren in den Kontrollraum.

Ferro spähte über den Lukenrand. Wenn der Kontrollraum luftdicht verschlossen gewesen war, als Payne die Luke erstmals geöffnet hatte, konnte die Luft in einer großen Blase an die Wasseroberfläche gestiegen sein; für Matara hatte es so ausgesehen, als ob das Wasser brodelte.

Im Kontrollraum nahm er ein grell flackerndes, blaugrünes Licht wahr. Irgend jemand benutzte eine Sauerstoff-Azetylen-Lampe, während er durch die Druckkammer zu den Ballasttanks vorzudringen versuchte. Ferro sah Matara direkt vor sich, wie er durch die Luke hinunterstarrte und sich den Hals verrenkte... den schweren Lukendeckel, der plötzlich auf seinen Arm schlug, seine schwächer und schwächer werdenden Bemühungen, sich zu befreien... die Leiche, die sie in der Brandung zurückgelassen hatten und die irgendwie relativ unversehrt geblieben war.

Ein harter Stoß von hinten brachte Ferro aus dem Gleichgewicht; wie in Zeitlupe fiel er durch die Einstiegsluke. Hinter ihm wurde der Lukendeckel zugeschlagen. Er sah nichts mehr außer dem flackernden Licht der Lampe. Der Taucher in dem engen Raum wandte sich um, sah Ferro und erkannte im selben Augenblick – an irgendeinem Detail an Ferros Ausrüstung –, daß sein Gegenüber ein Eindringling war.

Verzweifelt versuchte Ferro der Attacke des anderen auszuweichen, der blaugrünen Zunge, deren Berührung nichts als verkohltes Fleisch hinterlassen würde. Er prallte schmerzhaft gegen das Steuerruder und duckte sich in genau dem Moment, als der andere die Lampe auf ihn niederschmetterte und es rote Funken regnete, nachdem sie die Innenverkleidung des U-Boots gestreift hatte. Er tauchte in die entgegengesetzte Richtung und unter dem tödlichen Arm seines Gegenübers hindurch, während der heiße Atem der Lampe ein Stück seiner Schwimmflossen wegbrannte.

Mit wilden scherenartigen Bewegungen schwamm Ferro auf die Sauerstoff- und Acetylentanks unter der Hauptschalttafel zu. Sie waren mit einstufigen Reglern ausgestattet und speisten die Lampe durch dünne Schläuche. Wenn er es schaffte, die Gaszufuhr abzudrehen...

Er drehte panisch an den Zufuhrreglern, während sein Nacken in Erwartung der tödlichen Flammen kribbelte. Ein dumpfer Knall. Geheiligte Dunkelheit. Die Lampe war aus, harmlos, und in diesem Augenblick ging die Initiative an Ferro über. Sein Gegenspieler – Payne, da war er sicher – war wahrscheinlich ein guter Taucher; aber Ferro war exzellent und sich dieser Tatsache voll bewußt. Jetzt war alles nur noch eine Frage der Zeit.

Es dauerte fünf Minuten. Dann streifte Ferros Hand etwas, das sich bewegte. Seine Eisenfinger bekamen zu packen, worauf er aus war; mit einem Ruck riß er Mundstück und Doppelschlauch von Paynes Preßluftflasche. Von totaler Finsternis umgeben, wußte er, daß Payne ertrank, und empfand nicht einmal einen Anflug von Mitleid. Er wartete den makabren Todestanz des anderen ab und ertastete sich dann den Weg zum Ausstieg.

Die Luke war von außen verriegelt worden. Der Mann, der ihn gestoßen hatte, war darauf ausgewesen, sie *beide* im Inneren des U-Boots einzuschließen. Es fiel Ferro wie Schuppen von den Augen: Es war Jennings gewesen, der gerade ertrunken war, nicht Payne. Jennings, der bemitleidenswerte Trottel, der immer nach Paynes Pfeife hatte tanzen und jetzt sterben müssen, weil er für das Unternehmen nicht mehr von Nutzen war. Wahrscheinlich hatte ihn Payne auch aufgestachelt, Ferro einen nächtlichen Besuch mit der Waffe abzustatten, in der Hoffnung, daß sie sich gegenseitig umbrachten. Diesmal hatten sie in dem eisernen Sarg verrecken sollen.

Mit grimmigem Lächeln tastete sich Ferro vorwärts, um das U-Boot schließlich durch die Vorderluke zu verlassen.

Es war Mitternacht, als er leise an die Tür von Jennings Bungalow klopfte. Chuck Payne öffnete; sein Gesicht wurde leichenblaß. Drinnen warf sich Margo, die ihr blondes Haar heute offen trug, hastig ein hauchdünnes Negligé über und starrte ihn aus schreckgeweiteten Augen an.

»*Sie!* Ich dachte, daß... Chuck sagte, daß Sie... daß er...«

»Cool bleiben, Baby.« Payne hatte die Fassung wiedererlangt und tat sein Bestes, sich nichts anmerken zu lassen. »Sie haben nichts gegen uns in der Hand, Alter. Ganz und gar nichts.«

Ferro lehnte sich mit der Hüfte an Margos Frisierkommode. »Ich brauche keine Beweise. Alles, worum es mir geht«, sagte er, »ist, daß Sie nicht noch mal zu dem U-Boot hinuntertauchen.«

Payne dachte darüber nach. »Sie meinen, daß Sie einsteigen wollen?«

»Warum eigentlich nicht? Sagen wir, fünfzig Prozent.«

»Fünfzig Prozent?« kreischte Margo. »Nie im Leben kriegen Sie...«

»Cool bleiben, Baby«, sagte Payne nochmals mit nahezu teilnahmsloser Stimme. Ein Pärchen wie aus dem Bilderbuch, dachte Ferro, gerade in Los Angeles, wo Nepp und Bauernfang sowieso zum guten Ton gehörten. Wahrscheinlich hatten sie Margo auf Jennings angesetzt, und der hatte nichts Besseres vorgehabt, als gleich die Schecks auszustellen.

»Wie wär's mit einem Drittel?« sagte Payne.

»Einem Drittel von was?«

»Einhunderttausend Dollar! Quecksilber aus dem U-Boot, das als Ballast benutzt worden ist!«

»Wie sind Sie denn auf die Idee gekommen?« fragte Ferro beinahe sanft.

»Ich hab ein Buch gelesen über diesen verrückten Taucher, Bob Marx, der hinter dem Quecksilber in zwei deutschen U-Booten her war, die während des Zweiten Weltkriegs bei Cape Hatteras auf Grund gegangen waren.«

»Und? Ist er mit dem Quecksilber reich geworden?«

»Die US-Marine verjagte ihn, bevor er es bergen konnte.«

Es hätte eine komische Nummer sein können, dachte Ferro, wenn das Ganze nicht so grotesk gewesen wäre. Und Jennings war dabei draufgegangen!

»Wie haben Sie von dem U-Boot hier bei Bora-Bora erfahren?« fragte er.

»Mein alter Herr pflegte davon zu erzählen – natürlich ohne jeden blassen Schimmer von dem Quecksilber zu haben. Er war als Funker auf Bora-Bora stationiert und empfing ihre letzte Positionsangabe. Bloß, daß er vergaß, sie schriftlich festzuhalten, und als das U-Boot dann als verschollen galt, hielt er lieber den Mund, weil er Angst hatte, vors Kriegsgericht gestellt zu werden. Die Marine hakte die Sache als *Missing in Action* ab. Die hatten keine Ahnung, daß das U-Boot da draußen am Riff auf Grund lag.«

Ferro nickte. »Und der Junge, den Sie ertränkt haben? Warum mußte er sterben?«

Margos wohlgerundeter Busen hob sich ungeduldig. »Weil er das U-Boot gesehen hatte, deshalb!« sagte sie verächtlich. »Chuck mußte dafür sorgen, daß er die Sache nicht in aller Öffentlichkeit herumtratschte. Wir konnten uns das Ganze nicht von einem schmuddeligen Insulanerbengel versauen lassen!«

»Also hab ich den Jungen beseitigt. Wir konnten uns den Deal nicht durch die Lappen gehen lassen«, sagte Payne. »Also, Mann, wir haben die Sache von Anfang bis Ende geplant, und ein Drittel ist eine faire Beteiligung, denke ich. Sie können das Drittel haben, das Jennings bekommen hätte.«

In diesem Moment begann Ferro zu lachen. Es war ein angenehmes Lachen; genau gesagt war es eiskalt. »Also haben Sie den Jungen umgebracht, damit nicht alle Welt von dem U-Boot erfuhr. Wissen Sie, wie die Eingeborenen das Riff da draußen nennen?«

»Irgendein blöder Insulanername. Aber was hat das...«

»*Tau tohora* – das bedeutet ›Walriff‹ in der Eingeborenensprache. In ihrer Sprache gibt es kein Wort für ›Unterseeboot‹, deshalb nahmen sie statt dessen das Wort ›Wal‹. Jeder auf der Insel – von der Marine vielleicht mal abgesehen – weiß von dem U-Boot, schon seit dem Tag, als es gesunken ist.«

»Aber das Quecksilber!« fuhr Margo auf. »Was, wenn jemand...«

»Ach so. Es gibt gar kein Quecksilber«, sagte Ferro. »Und es hat nie welches gegeben. Amerikanische U-Boote benutzen keinen Festballast. Sie benutzen Meerwasser – sie fluten die Tauchzellen oder pressen das Wasser mittels Druckluft wieder hinaus, um Auf- und Abtrieb zu regeln. Sie haben den Jungen für Nichts umgebracht. Für Salzwasser.«

Er erhob sich und durchquerte den Raum. Als er die Tür bereits geöffnet hatte, drehte er sich noch einmal um.

»Sie hätten den Jungen nicht umbringen sollen«, sagte er scharf.

Payne sah ihn mit unbeweglicher, lauernder Miene an. Er sah auch nicht ansatzweise so selbstbewußt aus wie zu dem Zeitpunkt, als Ferro den Bungalow betreten hatte.

»Sie haben's selbst gesagt, Mann – Sie haben nicht den geringsten Beweis gegen uns in der Hand.«

»*Sie* haben das gesagt«, berichtigte ihn Ferro. »Ich habe gesagt, daß ich keine Beweise brauche. Und sie«, er wies in die tropische Dunkelheit hinaus, »brauchen auch keine. Die Verwandten des Jungen, seine Freunde, irgendwo da draußen sind sie und warten. Hier auf der Insel überleben Sie nicht mal bis morgen früh. Vielleicht haben Sie noch eine winzige Chance, wenn Sie sich sofort aus dem Staub machen.«

»Sie versuchen bloß, uns Angst einzujagen«, sagte Margo unsicher.

»Und wie ich das versuche«, sagte Ferro.

Er schloß die Tür hinter sich und ging. Ein betäubender Duft von Jasmin hing in der Luft. Die Nacht war frisch und kühl. Gegenüber dem strohgedeckten Bungalow erklang der gedämpfte Ruf eines tropischen Nachtvogels. Ein anderer Vogel antwortete, und für Ferro hörte es sich so an, als fordere er seinen Gesprächspartner auf, fortzufahren. Irgend etwas raschelte in den Büschen vor dem Bungalow. Irgend etwas Großes.

Natürlich war das nur ein herumstreifender Kater in den Büschen. Und die Vögel waren lediglich Vögel. Sowieso.

Aber während er über die Mole zur *Te Manu* ging, dachte Ferro bei sich, daß er verdammt froh war, am Morgen zurück nach Tahiti zu segeln. Er erinnerte sich, daß in alten Zeiten gefangengenommene Feinde immer den Frauen übergeben worden waren. Und er erinnerte sich an Oteras versteinertes Gesicht, als sie ihren toten Bruder am Riff gefunden hatten.

Aus dem Englischen von Sky Nonhoff

LILLIAN DE LA TORRE

Das Zweite Gesicht des Dr. Sam Johnson

»Sir«, sagte der gelehrte Dr. Sam Johnson zu dem Gutsherrn, dem Laird von Raasay, »wer sich mit dem Unheimlichen einläßt, begibt sich in Gefahr. Aber dennoch hat der Philosoph die Pflicht, dem Wahrheitsgehalt dieser Dinge gewissenhaft auf den Grund zu gehen.«

Alle stimmten dem Gedankengang meines gelehrten Freundes zu, wobei keiner auch nur ahnen konnte, wie bald und wie schnell seine Worte an Bedeutung gewinnen sollten und daß seine Unerschrokkenheit auf die Probe gestellt werden würde.

Keine Vorahnung kommender Ereignisse trübten die Freude, mit der mein gelehrter Begleiter so zufrieden das Leben auf der Insel Raasay genoß. Unser lange gehegter Plan, die westlichen Inseln Schottlands zu besuchen, war jetzt Wirklichkeit geworden, und der ehrenwerte Autor des *Dictionary* äußerte sich anerkennend zu den Plänen des Laird, daß wir die Wunder der Insel erforschen sollten.

Während er dies tat, betrachtete er zufrieden seine Gefährten, die am Kamin des Laird saßen. Es war eine Gruppe von Gentlemen aus den Highlands, die angeberisch wirkten und jene Überheblichkeit zur Schau trugen, die sich allein auf Herkunft und Ausbildung gründet. Der Gutsherr selbst, ein vernünftiger, höflicher und äußerst gastfreundlicher Gentleman, gehörte zur Familie MacLeod. Sein Bruder, Dr. MacLeod, ein sehr erfahrener Arzt. Diese Gentlemen zeigten eine ausgeprägte Familienähnlichkeit. Sie waren groß und kräftig gebaut und hatten entschlossene, rötliche Gesichter. Sie trugen vornehme traurig-dunkle Anzüge mit weißen Rüschen.

Ihre Begleiter, die in der Kaminecke vor dem glühenden Torffeuer saßen, waren ebenfalls Brüder, Angus und Colin MacQueen, Söhne des Pfarrers der Gemeinde Snizoort on Skye. Sie sahen sich sehr ähnlich, waren schlank, unbeschwert und wirkten tatkräftig. Ihre dunklen Gesichter waren knochig. Sie trugen Anzüge im Schwarz der Geistlichen. Ihr kräftiges dunkles Haar war kurz geschoren.

Der Ältere, Mr. Angus MacQueen, ein gebildeter junger Mann, beobachtete aufmerksam die Naturphänomene der Insel. Er hatte die Vertrauensstelle als Privatlehrer von Raasays Nachkommen inne. Der jüngere Bruder, Colin, der gerade von der Universität gekommen war, war ebenso umfassend gebildet wie sein älterer Bruder, legte aber obendrein eine diffuse geistige Unsicherheit und ein hektisches Verhalten an den Tag, das der Respekt vor Raasay und meinem gelehrten Gefährten kaum zu hemmen vermochte.

Dr. Samuel Johnsons Charakter – nein, seine Gestalt und sein Wesen sind, wie ich glaube, besser bekannt als die fast jedes anderen Mannes, aber es mag vielleicht doch nicht überflüssig sein, ihn hier zu beschreiben. Er war von großer, robuster Gestalt, fast möchte ich sagen ans Gigantische grenzend, und wirkte durch seine Korpulenz unbeholfen. Sein Gesicht war wie das einer alten Statue geschnitten, aber durch die Male jenes Bösen etwas entstellt, von denen man früher glaubte, daß eine königliche Berührung sie heilen würde. Er war jetzt vierundsechzig Jahre alt und wurde ein wenig schwerhörig. Sein Sehvermögen war schon immer etwas schwach gewesen, aber sein Verstand war beherrschend und glich die körperlichen Mängel aus. Sein Verstand funktionierte ungewöhnlich schnell und präzise. Sein Kopf und manchmal auch sein Körper zitterten wie bei einer Schüttellähmung. Er schien häufig von Krämpfen oder krampfartigen Zuckungen jener Art geplagt zu sein, die man als Veitstanz bezeichnet. Er trug einen Anzug aus schlichtem braunen Tuch mit zwirnbezogenen Knöpfen gleicher Farbe, eine riesige, buschige graue Perücke, ein ungemustertes Hemd, schwarze Wollstrümpfe und Schuhe mit silbernen Schnallen. Er hatte eine laute Stimme und eine bedächtige Ausdrucksweise, die seinen fundierten Ausführungen im Gespräch zusätzliches Gewicht verlieh. Melancholie war ihm angeboren, und die Wolken dieses Gemütszustandes verdunkelten seine muntere Phantasie und tauchten seine ganze Denkweise in ein düsteres Licht. Doch obwohl er in seinem Verhalten so ernst und schrecklich war, wenn er es für nötig oder angemessen hielt, gab er sich häufig der Heiterkeit und spaßigen Einfällen hin. Er neigte zum Aberglauben, nicht aber zu Leichtgläubigkeit. Obwohl er aufgrund seiner ausgeprägten Phantasie manchmal an Wunder glaubte, prüfte sein wacher Verstand jeden Beweis gründlich. Dies also war mein gelehrter Freund während unseres Besuches auf den westlichen Inseln. Und so steuerte unser Gespräch am ersten Abend unseres Aufenthaltes auf Raasay auf die Topographie, die Altertümer und besonders auf den Aberglauben, der auf der Insel Raasay herrschte, zu.

Dr. Johnson hatte eifrig bekundet, daß er das Phänomen unserer Highlands, das Zweite Gesicht, erforschen wolle.

»Sir«, sagte Angus MacQueen, »ich bin entschlossen, nicht daran zu glauben, weil es auf keinen Prinzipien basiert.«

»Dann gibt es aber«, sagte Dr. Johnson, »viele bewiesene Tatsachen, die Sie nicht glauben werden. Welches Prinzip gibt es dafür, daß ein Magnet Eisen anzieht? Warum schlüpft unter Einwirkung von Hitze ein Küken aus dem Ei? Warum wächst ein Baum nach oben, obwohl doch alle Dinge in der Natur dazu neigen, nach unten zu streben? Sir, das hängt von der Kraft des Beweises ab, den man hat.«

Der junge Angus MacQueen erwiderte daraufhin nichts. Colin MacQueen rollte wild seine dunklen Augen, als er die Ehrfurcht gebietende Gestalt meines Freundes beobachtete und fragte: »Welcher Beweis würde Sie denn zufriedenstellen?«

»Psst, Colin«, warf sein Bruder ein, »laß vergangene Dinge ruhen.«

»Ich kannte einen MacKenzie«, sagte Dr. MacLeod fröhlich, »der stets ohnmächtig wurde, und wenn er wieder zu sich kam, berichtete er von Visionen, die er gehabt hatte. In einem Fall erzählte er mir, ich würde an der Straßengabelung einer Leichenprozession begegnen, und die Sargträger wären Menschen, die ich kenne, und er nannte auch ihre Namen. Nun, Sir, drei Wochen später begegnete ich auf dieser Straße tatsächlich einem Trauerzug und genau den Menschen, die er namentlich genannt hatte. War das etwa kein Zweites Gesicht?«

»Sir«, sagte mein Freund, »was, wenn dieser Mann im Sterben gelegen hatte und Ihr MacKenzie und die ganze Stadt wußte, wer die Freunde sein würden, die ihn zu Grabe tragen würden? – Tja, und zudem noch auf dem nächsten Weg zum Friedhof?«

»Und was halten Sie dann von den Frauen von Skye«, sagte der ehrenwerte Laird, »die mich auf der Straße anhielten, um mir zu sagen, daß sie zwei *Taisks* gehört hatten, und eine, eine Engländerin...«

»Was ist ein *Taisk*?« erkühnte ich mich zu fragen. Es ist Aufgabe eines Chronisten, keine Gelegenheit auszulassen, seine Aufzeichnungen zu erläutern.

»Ein *Taisk*, Mr. Boswell, ist die Stimme eines Sterbenden. Viele von uns in den Highlands hören *Taisks*, obwohl wir nicht das Zweite Gesicht haben.«

»Sir«, sagte Dr. Johnson, »für die Frauen von Skye ist es leicht zu sagen, sie hätten das gehört. Haben *Sie* es gehört?«

»Ich habe diese Gabe nicht«, sagte der Laird von Raasay, »doch als ich auf derselben Straße zurückkehrte, begegnete ich zwei Trauerzügen, und die eine Tote war eine Engländerin.«

»Gibt es auf der Insel Raasay niemanden, der das Zweite Gesicht hat?« fragte mein gelehrter Freund.

»In der Tat gibt es da jemand«, erwiderte Colin MacQueen mit gesenkter Stimme. »Auf der anderen Seite der Insel lebt eine alte Frau, die das Zweite Gesicht hat. Sie sah die Ermordung meines Bruders voraus.«

»Wie entsetzlich, Sir!« rief Dr. Johnson aus. »Mord! Ich hatte nicht die Absicht, Sie zu betrüben.«

»Ich werde Ihnen die Geschichte erzählen.« Die Augen des jungen MacQueen glitzerten im Feuerschein. »Rory war jünger als ich, und er pflegte unbekümmert den Umgang mit allen Mädchen. Eines

Nachts kommt die alte Kristie zu Angus und mir, beginnt zu weinen und jammert, sie habe den *Taisk* von Rory gehört, und sie hätte ihn mit gebrochenem Schädel tot daliegen sehen. War's nicht so, Angus?«

»Es war so«, sagte der junge Lehrer feierlich.

»Und trat das so ein?« wollte ich wissen.

»Genauso trat es ein, denn Angus und ich waren da und haben es gesehen«, erwiderte der junge Colin. »Und wenngleich es für uns schon Kummer genug war, so brach es der alten Kristie das Herz, denn es war ihr eigener Sohn, der ihn getötet hatte. Er war ein strammer Bursche, der Finstere Fergus, Black Fergus, wie er bei uns hieß, und er schlug Rory wegen eines Mädchens den Schädel ein.«

»Hat der Schurke für sein Verbrechen gebüßt?« forschte Dr. Johnson, stark berührt von dieser unmoralischen Geschichte.

»Das hat er in der Tat, Sir, obwohl es seit jenen schweren Tagen nach Kriegsende auf Raasay weder Gericht noch Richter gegeben hat. Er wurde nicht gefaßt, sondern stürzte sich selbst ins Meer. Und seine Mutter sah ihn in einem Traum triefendnaß aus dem Meer wieder aufsteigen, und sein Gesicht war völlig verwest.«

»Ich wäre sehr daran interessiert«, sagte Dr. Johnson, »diese alte Seherin persönlich kennenzulernen.«

»Nichts leichter als das«, erwiderte Dr. MacLeod, »da ich beabsichtigte, Ihnen morgen die eigenartigen Höhlen unserer Ostküste zu zeigen. Die alte Frau lebt in der unmittelbaren Nähe. Sie werden sie nach Herzenslust befragen können.«

»Sir«, sagte Dr. Johnson, »ich bin Ihnen zu größtem Dank verpflichtet. Welcher Art sind die Höhlen, die Sie erwähnten?«

»Es sind Seehöhlen«, entgegnete Dr. MacLeod, »sehr alt und sehr weitläufig. Niemand hat je dieses Labyrinth ganz erforscht.«

»Mein junger Freund MacQueen«, fügte der Laird hinzu, wobei er sich zu Angus neigte, »der Botaniker, Steinkundiger und Altertumsforscher unserer Insel ist, kennt sie besser als irgendein anderer Mensch. Doch nicht einmal er ist ganz in ihre Tiefen vorgedrungen.«

»Er fürchtet den Kelpie«, sagte der junge Colin unbekümmert.

»Den Kelpie?« echote ich.

»Ein Wasserdämon«, sagte Colin. »Er lebt in Kelpie's Pool unter dem Kelpie-Fenster und frißt Menschen.«

»Das glauben die Inselbewohner«, pflichtete Angus MacQueen ihm bei. »In ihrem Aberglauben bringen sie dieses übernatürliche Wesen mit einer gewissen natürlichen Öffnung in der Höhlenwand über einer besonders tiefen Stelle des Meeres in Verbindung.«

»Dieser Pool hat keinen Grund«, fiel Colin ein, »und tief drunten sitzt der Kelpie und haßt die Menschheit.«

»Es ist unmöglich«, verkündete Dr. Johnson, »von Natur aus unmöglich, daß eine Vertiefung, die Wasser enthält, keinen Grund haben sollte.«

»Bei dieser ist es aber so«, murmelte Colin.

»Es ist wirklich wahr«, sagte Raasay, »der Kelpie ist nie ausgelotet worden.«

»Ein Beweis für die Leichtgläubigkeit schlecht informierter Menschen«, rief Dr. Johnson aus, der den jungen Colin dabei hitzig anblickte, »die nur deshalb, weil etwas noch nie getan worden ist, unlogischerweise schließen, daß es nicht getan werden könnte.«

»Sie werden morgen Kelpie's Pool sehen«, sagte der gelehrte junge Tutor, »und dann können Sie selbst urteilen. Ich kann Ihnen überdies einige interessante Versteinerungen versprechen. Und Sie werden dort eine von mir konstruierte Vorrichtung sehen, mit der das Steigen und Fallen der Gezeiten gemessen wird.«

»Ich bilde mich gern weiter«, erwiderte Dr. Johnson höflich.

»Sagen Sir mir bitte«, drängte ich, »ist die Insel Raasay reich an Fauna?«

»Hier gibt es das schwarze schottische Moorhuhn, Moorhähne, Gelbschenkelwasserläufer und Tauben im Überfluß.«

Johnson: »Und Vierbeiner?«

MacQueen: »Wir haben weder Kaninchen noch Hasen, und bis vor einiger Zeit gab es auch keine Füchse auf der Insel. Doch jetzt werden unsere Vögel gerissen, und man erlebt häufig den traurigen

Anblick eines kleinen Haufens gerupfter Federn an jenen Stellen, wo die Brut vertilgt worden ist.«

Boswell: »Aber wie ist ein Fuchs nach Raasay gekommen? Ist er vom Festland durch den Kanal geschwommen?«

MacLeod: »Das glauben wir nicht, da der Fuchs ein schlechter Schwimmer ist. Wir können nur mutmaßen, daß irgendeine Person ihn aus purer Bosheit mitgebracht hat.«

Johnson: »Sie müssen eine Falle für ihn aufstellen.«

MacQueen: »Das beabsichtige ich, da die Reste seiner Beute verraten, wo er sich aufhält.«

Boswell: »Wenn es Pferde auf der Insel gäbe, könnten wir Meister Reinicke hetzen.«

Nach diesem Wortwechsel erhoben wir uns alle in stummem Einvernehmen. Dr. Johnson und der Laird schlenderten mit Mr. Angus MacQueen davon, um die Sterne dieser nördlichen Breite zu betrachten. Dr. MacLeod begab sich gähnend zu Bett. Der junge Colin verschwand wie ein Phantom in der Nacht, und so sah ich mich mit der angenehmen Aufgabe allein gelassen, die Notizen über das Gespräch dieses Abends zu ordnen.

Der Morgen dämmerte feucht und stürmisch. Es war einer dieser Hebridentage, über die Dr. Johnson klagte, daß sie alle Unannehmlichkeiten von Sturm mit sich tragen, ohne deren Erhabenheit zu besitzen. Unser erzwungener Hausarrest wurde durch die geistvolle Unterhaltung mit Reverend Donald MacQueen und seines nicht minder gebildeten Sohnes recht vergnüglich. Als der Sturm sich dann schließlich legte, verließ uns der jüngere Mann kurz vor Sonnenuntergang, um seinen Wasserstandsanzeiger an der Küste zu inspizieren. Er und Dr. Johnson verabschiedeten sich mit gegenseitigen Ehrbezeugungen voneinander, und er versprach, dem Doktor einige besondere Versteinerungen mitzubringen.

Die Nacht brach mit unzähligen glitzernden Sternen an. Wir beglückwünschten uns zu der Aussicht auf eine ungetrübte Morgendämmerung, in der wir unseren Gang über die Insel antreten würden.

Colin stand am nächsten Morgen zwischen fünf und sechs Uhr neben meinem Bett. Ich sprang auf und weckte meinen ehrwürdigen Gefährten. Dr. Johnson rüstete sich rasch für die Expedition und ergriff seinen gewaltigen Spazierstock, ohne den er sich in Schottland nie bewegte. Das war ein mächtiger Eichenknüttel, knorrig und massiv. Solchermaßen ausgestattet, fühlte sich der tapfere Philosoph jedem Mann gewachsen.

Wir nahmen einen Schluck Whisky und aßen einen Bissen frisches Brot. Ein Junge namens Stewart wurde uns als Träger unserer Verpflegung mitgegeben. Insgesamt waren wir zu fünft: Colin MacQueen, Dr. MacLeod, der Knabe Stewart, Dr. Johnson und ich.

»Sagen Sie bitte, Sir, wo ist Mr. Angus MacQueen?« erkundigte sich Dr. Johnson.

»Er streift noch immer umher«, erwiderte sein Bruder unbekümmert.

»Zweifellos wird er die Sterne beobachten«, sagte Dr. MacLeod. »Aber das macht nichts. Wir werden ihm sicher auf unseren Wanderungen begegnen.«

Wir schritten zügig voran, doch das Land war zuerst sehr steinig, und unser Weg führte uns über unzählige Steigungen und Senken, Wir schossen einmal auf einen Schwarm Kiebitze, aber ich traf nicht. Zuerst gelangten wir an einen recht großen See, der im Verhältnis zum umgebenden Land tief lag. Dann an einen anderen. Und endlich bestiegen wir den Gipfel des Duncaan, wo wir uns niederließen, kaltes Hammelfleisch, Brot und Käse aßen und Brandy und Punsch tranken. Darauf lauschten wir einem Highland-Song von Colin, den Dr. Johnson unbedingt erlernen wollte. *Hatyin foam foam eri.* Nach der Rast wanderten wir über weit besseres Land, sehr guten Weidegrund. Wir sahen viele Moorhühner, ohne aber in ihre Nähe gelangen zu können. An der Ostseite der Insel stiegen wir einen Hügel hinab und gelangten schließlich zu einer Hütte, die unmittelbar am Meer lag. Sie war irgendwie rund gebaut, und die Tür war unverschlossen.

Wir riefen einen Gruß und traten ins Haus. Darin hockte eine alte

Frau an einem Torffeuer. Als wir eintraten, ließ sie die dampfenden Stiefel fallen, die sie vor dem glühenden Torf getrocknet hatte, und schaffte Ordnung für ihren Besuch, indem sie sie hastig unter die Bettstatt schob.

»Hallo, Kristie«, begrüßte Colin MacQueen sie, »dies ist Dr. Johnson, der die lange Reise von London hierher gemacht hat, um mit dir über deine Gabe des Zweiten Gesichts zu sprechen.«

Zu unserem Erstaunen fiel das verhutzelte alte Geschöpf auf die Knie und begann mit schrecklicher Stimme zu klagen, wobei sie sich hin und her wiegte und die Hände rang.

»Aber, aber, meine Gute«, sagte der sehr menschenfreundliche Doktor, »ich bin sicher, daß es dafür keinen Anlaß gibt«, und er tröstete sie, indem er mildtätig eine halbe Krone in ihre klauengleiche Hand steckte.

Die alte Seherin warf einen kurzen Blick darauf und ließ die Münze verschwinden. Aber sie klagte weiter, und schließlich wurden ihre Worte vernehmbar.

»O Gott, es ist keine Gabe, sondern ein Fluch, zu sehen, was ich gesehen habe, den Tod des armen Rory, mein eigener Sohn ertrunken, und jetzt, gerade heute...« Das Klagen steigerte sich zu einem Jammern.

»Mit unseren Fragen verursachen wir zuviel Gram«, murmelte mein Freund.

Aber die alte Vettel packte ihn am Handgelenk.

»Mir ist gegeben, nicht weniger als das zu sagen, was ich sehe.«

»Was hast du denn heute gesehen?« forschte Dr. MacLeod tröstend.

»Hören Sie auf«, sagte Colin grob, »wir gewinnen nichts, wenn wir bleiben.«

»Angus! Angus! Angus!«

«Was ist mit Angus?« fragte Dr. Johnson ahnungsvoll.

»Ich habe seinen *Taisk* gehört! Ich habe ihn liegen sehen, zerschmettert und tot! Er ist verschieden wie Rory, wie mein eigener Sohn, der ertrunken ist! O weh! O weh!«

»Kommen Sie!« rief Colin und stürmte zur Tür. Meine Freunde eilten ihm nach, und ich folgte ihnen ebenfalls, aber erst nachdem ich dem bemitleidenswerten alten Geschöpf ein kleines Almosen gegeben hatte.

Colin ging mit schnellem Schritt voran, mein Freund und ich notgedrungen hinterher.

»Das ist äußerst bemerkenswert«, sagte Dr. Johnson. »Sollten wir in der Tat feststellen, daß diesem jungen Mann ein Unglück widerfahren ist – was der Himmel verhüten möge...«

»Können wir als Augenzeugen über dieses oft bezweifelte Phänomen sprechen«, ergänzte ich.

»Nichtsdestoweniger, Sir«, verkündete der gelehrte Philosoph, »ist dem Menschen Verstand gegeben, damit er sich *vor Leichtgläubigkeit schützen kann*. Hüten wir uns davor, in Aberglauben an die Kräfte der alten Dame zu verfallen. Bis jetzt ist ihre Aussage ungestützt.«

Inzwischen hatten wir die Höhle erreicht. Sie liegt an einem Teil der Küste, an der die Klippen in bedrohliche Höhe aufragen. Darunter – dort, wo zerklüftete Felsen die Wucht des Meeres hemmen – dröhnte ein tiefes, unheimliches Geräusch.

Dr. Johnson zeigte besonderes Interesse für die Mineralien der Insel. Stets darauf bedacht, die Annehmlichkeiten menschlichen Lebens zu verbessern, fragte er, ob es Kohlevorkommen auf der Insel gäbe, »denn«, so sagte er, »Kohle findet man gemeinhin in so bergigem Land wie Raasay.«

»Sehen Sie nur hier«, fuhr er fort, »diese Ader schwarzen Sandes, obwohl der Sand ansonsten weiß ist.«

Er nahm eine Handvoll davon auf. Sie beschmutzte seine Hand, und er warf den Sand fort.

»Das ist sicher Pulverkohle«, schloß mein gelehrter Freund, wobei er mit seinem knorrigen Stock in die Stelle stach.

»Sir«, erlaubte ich mir zu sagen, »das ähnelt mehr Holzkohle.«

»Ob Kohle oder Holzkohle, das ist alles eins«, erwiderte mein Freund. »Wenn ich auf Raasay lebte, würde ich versuchen, die kohleführende Ader zu finden, denn kein Feuer ist einem richtigen Kohlefeuer vergleichbar.«

»Kommen Sie. Wir wollen in die Höhle gehen!« rief Colin MacQueen ungeduldig.

Zu meiner Überraschung weigerte sich der Bursche, der unsere Vorräte trug, die Höhle zu betreten. Er behauptete, in ihr spuke es. Ein Umstand, der für seinen ungebildeten Verstand durch ein seltsames Echo bestätigt wurde, das aus der Höhle drang, gerade so, als ginge da jemand und übertönte mit seinen Schritten die Brecher.

»Da gehe ich nicht hinein«, sagte der Junge starrsinnig. »Da brennen Irrlichter, und irgendwas geht dort um.«

»Euer Fuchs geht dort um«, stellte Dr. Johnson fest, der in einem Federhaufen stocherte, der vor dem Eingang lag.

»Nun, mein Junge, wenn du nicht mitkommen willst, kannst du hierbleiben«, sagte Colin MacQueen ungeduldig. »Ich fürchte weder Fuchs noch Irrlichter und gehe in die Höhle. Kommen Sie, Gentlemen.«

Er ging uns voran auf eine leichte Anhöhe und durch einen niedrigen Eingang. Dr. Johnson mußte seine mächtige Gestalt beugen, als er eintrat. Drinnen knirschten unsere Schritte auf kiesigem Weg. Colin trug eine Fackel, deren Schein bis zu der gewölbten Höhlendecke und den Stalaktiten reichte, die daran hingen, gebildet von Tropfen, die dort allmählich herunterrannen. Sie sind wie kleine Bäume. Ich brach einige davon ab.

Die Höhle erweiterte sich und wurde sehr geräumig, als wir tiefer eindrangen. Dr. Johnson war von der absoluten Stille sehr beeindruckt, die nur durch unsere Schritte und dem Echo gestört wurde.

Ich machte Colin auf gewisse Stellen am Boden aufmerksam, an denen Vertiefungen im Gestein von Menschenhand geschaffen zu sein schienen. Sie enthielten noch Überreste verrotteten Laubes, mit dem sie einst gefüllt gewesen waren.

»In den Tagen der Piraten«, erklärte er, »war diese Höhle ein Zufluchtsort. Das ist von ihren Betten übriggeblieben. Hier«, fuhr er fort, »teilt sich die Höhle. Der linke Arm führt zum Meer hinunter. Dort bot eine große Öffnung Schutz für Boote und ein Versteck. Auf halbem Wege dort hinunter sprudelt eine Quelle. Wir nehmen die rechte Abzweigung, Gentlemen.«

»In früheren Zeiten«, ergänzte Dr. MacLeod, während wir die Steigung zur Rechten erklommen, »diente die Höhle zuweilen Übeltätern als Zufluchtsort. Doch sie erwies sich letztlich als Falle.«

»Wie dies, Sir?« fragte ich. »Es gibt doch eine Quelle, Fluchtmöglichkeiten über Meer und Land, und zudem sind die Tiefen der Höhle unerforscht.«

Ein Luftzug war plötzlich spürbar, und die Fackel, mit der Colin den Weg ausgeleuchtet hatte, erlosch unvermittelt. Es wurde pechrabenschwarz.

»Sie können ohne Angst weitergehen«, war Colin aus der Dunkelheit zu hören, »wenn Sie sich an die Höhlenwand zu Ihrer linken Hand halten. Ich werde versuchen, die Fackel wieder zu entzünden.«

»Colin kennt die Höhle wie seine eigene Hosentasche«, versicherte uns Dr. MacLeod.

Wir tasteten uns voran.

»In der Dunkelheit dieser Steigung warteten Männer darauf, von dem Geächteten angegriffen zu werden oder ihn überwältigen zu können«, setzte Dr. MacLeod seinen Bericht fort. »Hinter dieser Biegung kommen wir ins Licht.«

Er sagte die Wahrheit, denn schon durchdrang ein schwacher Lichtstrahl die Dunkelheit. Als wir die Biegung umrundeten, sahen wir ziemlich nah vor uns eine unregelmäßige Öffnung, durch die der Himmel schimmerte.

»Wer immer in den tiefsten Tiefen dieser Höhle Zuflucht sucht«, sagte Dr. MacLeod, »muß diese Öffnung stets passieren, wenn er seinen Durst an der Quelle stillen will. Ein Scharfschütze, der an der Biegung steht, kann den Übeltäter nicht verfehlen, weil er sich direkt im Licht befindet.«

»Das ist Kelpie's Fenster«, sagte Colin neben mir. Ich zuckte zusammen und entdeckte ihn dann im diffusen Licht. Er lehnte in einer kleinen Vertiefung und schlug mit Feuerstein und Stahl Funken.

»Gehen Sie nur weiter«, sagte Colin. »Ich werde Ihnen mit der Fackel folgen.«

Ich gestehe, daß ich von unheimlichen Gedanken erfüllt war, als ich in der Dunkelheit diesen Weg erklomm, auf dem wilde und gesetzlose Männer der Vergangenheit gestorben waren. Mein ehrenwerter Gefährte ist da unerschrockener. Er und Dr. MacLeod drangen unbeeindruckt weiter vor.

»Ich war zuletzt vor drei Monaten auf diesem Pfad«, fuhr der Arzt fort, »als der Mörder Black Fergus Schutz in den Höhlen suchte.«

»Haben Sie ihn erwischt?« erkundigte sich Dr. Johnson interessiert.

»Das haben wir nicht«, sagte Dr. MacLeod. »Wir warteten hier in der Dunkelheit drei Tage und drei Nächte. Die Posten wechselten sich dabei ab.«

»Kam er nicht herunter?«

»Als er kam, rannte er. Und bevor wir ihn ins Visier nehmen konnten, hatte er sich in die See gestürzt.«

Seine Erzählung nahm mich sehr mit. Ich glaubte, die gehetzte Gestalt zu sehen, die sich vom Durst getrieben in ihr feuchtes Grab stürzte.

Wir erreichten die Spitze dieser unheimlichen Anhöhe und standen an Kelpie's Fenster, gut dreißig Meter hoch über den schwarzen Wassern von Kelpie's Pool. Die Höhe erschreckte mich. Ich zog mich hinter einen Felsen zurück.

Dr. Johnson stand unbeirrt da und blickte neugierig in die Tiefe. Die Klippe fiel fast senkrecht ab. An ihrem Fuß türmten sich herabgefallene Felsen, und das Gestein war von Kaminen durchsetzt.

»Von dieser Stelle aus hat sich Black Fergus in die See gestürzt«, sinnierte Dr. Johnson. »Ein schrecklicher Sturz. Sein Leib muß auf den zerklüfteten Felsen dort unten völlig zerschmettert worden sein.«

»Wir haben seine Leiche nie bergen können«, erwiderte Dr. MacLeod. »Er versank, bevor wir das Fenster erreichten, und er trieb nie wieder an die Oberfläche.«

Colin trat mit entzündeter Fackel hinter uns.

»Im Lauf der Zeit muß er an die Oberfläche steigen«, sagte Dr. Johnson. »Was ist das da unten am Ufer von Kelpie's Pool?«

Der Arzt starrte wie gebannt nach unten.

»Das ist mit absoluter Sicherheit ein Körper«, verkündete er.

»Das ist Black Fergus!« schrie ich, um auch etwas zum Gespräch beizutragen.

Colin beugte sich kühn vor, um nachzuschauen.

»Das ist niemals Black Fergus«, sagte er. »Allmächtiger Gott! Das ist mein Bruder!«

Er drehte sich um und eilte den düsteren Hang hinunter, wobei er die Fackel mitnahm.

»Warten Sie, Sir!« rief Dr. Johnson ihm nach.

»Ich fürchte, er hat recht«, sagte Dr. MacLeod ruhig. »Dieser breitkrempige Hut gehört zweifelsfrei Angus. Ich muß zu ihm.«

Und nun eilte auch er den Hang hinab und folgte dem schwindenden Schein von Colins Fackel.

Es war tatsächlich der unglückliche junge Privatlehrer. Sein gramgebeugter Bruder zog den Leichnam behutsam an Land, und dann trugen wir ihn zum Höhleneingang. Der junge Bursche rang die Hände und plapperte von dem Kelpie, aber Dr. MacLeod ersuchte ihn, den Mund zu halten und zum Gutshof zu laufen, um Leichenträger zu holen.

»Armer Kerl«, sagte Dr. MacLeod, »diese Tropfsteine waren sein Tod. Er muß das Gleichgewicht verloren haben und aus Kelpie's Fenster gefallen sein.«

»Ich verstehe das nicht«, jammerte Colin. »Angus hatte nie Höhenangst. Er konnte wie eine Katze klettern.«

»Trotzdem ist er aus Kelpie's Fenster gestürzt und in Kelpie's Pool ertrunken«, sagte ich erschauernd.

»Nicht ertrunken«, sagte der Arzt. »Er war schon tot, als er ins

Wasser fiel. Er muß beim Sturz mit dem Kopf aufgeschlagen sein. Sein Schädel ist zerschmettert.«

Die Leichenbestatter kamen, und wir trugen den unglücklichen jungen Mann in das Haus seines Gönners und bahrten ihn auf. Dieses traurige Ereignis warf, wie man sich denken kann, einen Schatten auf Raasay. Alle begaben sich mit düsteren Gedanken über die Unbeständigkeit menschlichen Lebens früh zu Bett.

Es war tiefe Nacht, als ich jäh erwachte und erstaunt sah, daß mein ehrwürdiger Freund aufgestanden und für einen Spaziergang ausgestattet war. Er trug seinen mächtigen Übermantel aus braunem Tuch, dessen Taschen sich ausbuchteten, hatte seine Hebriden-Stiefel angezogen und seinen Dreispitz mit einem Schal gesichert. Ich schaute zu, wie er sich aus der Kammer stahl, erhob mich dann ebenfalls und beeilte mich, ihm zu folgen.

Im hellen Mondlicht überquerte der stämmige Philosoph die Insel in schnellem Schritt. Ich holte ihn ein, als wir uns der Küste auf der anderen Seite näherten. Als ich auf seiner Höhe war, wirbelte er plötzlich herum und begab sich in Verteidigungsstellung, wobei er mich mit seinem gewaltigen Stock trotzig bedrohte.

»Sir! Sir!« protestierte ich.

»Ach, Sie sind das, Sie Schelm!« rief er aus und gab seine kämpferische Haltung auf.

»Was hat diese nächtliche Expedition zu bedeuten, Sir?« erkühnte ich mich zu fragen.

»Ich habe Lust darauf, die alte Kristie weiter nach dem Zweiten Gesicht zu befragen«, gab er zur Antwort.

»Dazu haben Sie guten Grund«, pflichtete ich ihm bei, »schließlich haben wir eine überzeugende, wenngleich tragische Vorführung ihrer Kräfte erlebt.«

»Habe ich Sie nicht vor leichtgläubigem Verhalten gewarnt?« sagte der gelehrte Doktor ernst. »Ich muß ihre Kräfte besser kennenlernen, bevor ich sagen kann, daß ich eine Demonstration des Zweiten Gesichtes gesehen habe.«

»Was verlangen Sie denn noch mehr?« erwiderte ich.

Inzwischen befanden wir uns in Sichtweite der Hütte der alten Kristie. Dr. Johnson antwortete nicht, sondern erstaunte mich damit, daß er ein gälisches Lied mit unmelodischem Bellen von sich gab.

»Sir, Sir, das ist höchst unziemlich!« stieß ich aus.

»Hatyin foam foam eri«, sang Dr. Johnson aus voller Kehle, wobei er kraftvoll weiterschritt.

Ein Boot lag hoch ans Ufer gezogen in der kleinen Bucht. Dr. Johnson schlug forsch mit seinem Stock dagegen, als wir es passierten. Dann hämmerte er mit einem letzten triumphierenden *»Tullishole!«* an die Hüttentür.

Die kleine alte Vettel öffnete uns, ohne zu zögern, und machte vor uns zitternd einen Knicks. Der kleine Raum roch nach den Resten gekochten Lauches, der auf dem Herd stand. Wir hatten beim Frühstück gestört, denn ein halbleerer Teller mit Lauch und Teilen eines Huhnes stand noch auf dem groben Tisch.

»Tja, Madam«, sagte Dr. Johnson frei heraus, »Angus MacQueen ist tot wie sein Bruder.«

Die alte Hexe begann zu jammern, aber Dr. Johnson unterbrach sie äußerst gefühllos.

»Wir fanden ihn mit gebrochenem Schädel an Kelpie's Pool.«

»Er hätte nicht in die Höhle gehen dürfen!« flüsterte die alte Seherin. »Ich hatte ihn gewarnt.«

»Etwas lebt in dieser Höhle«, sagte Dr. Johnson ernst.

»Jaj! Jaj!«

»Etwas Böses lebt in dieser Höhle, das nachts kommt, um Moorhühner zu töten und sich am Tage tiefer darin versteckt.«

»Jaj!«

»Haben Sie es in Ihren Visionen gesehen?«

»Ja, einen sterblichen riesigen Geist, der die Knochen von Menschen ißt... o weh! O weh!« Das Gejammer brach von neuem aus.

»Dann, Madam«, sagte der unerschrockene Philosoph, »habe ich die Absicht, diesen Geist zu besuchen.«

Seinen schweren Stock umfassend verließ Dr. Johnson die Hütte.

Die Frau brach daraufhin in Geschrei aus, warnte, riet davon ab und flehte, ohne daß mein Freund dem Beachtung geschenkt hätte. Nachdem ich eine kleine Gabe gespendet hatte, die half, das Geplärr der alten Dame zu unterbrechen, eilte ich dem ehrwürdigen Doktor nach.

Ich erreichte ihn an der Höhle. Der untergehende Mond war hell und klar.

»Das ist MacQueens Boot.« Ich erkannte es. »Wer hat das hierhergebracht?«

Er berührte meinen Arm, ohne zu antworten.

»Seien Sie leise«, raunte mir mein Freund ins Ohr. »Nehmen Sie das ...« Er drückte mir eine Pistole in die Hand. »Und wenn wir in der Höhle sind ...«

»Sie werden doch nicht um diese Stunde in die Höhle gehen!« keuchte ich.

»Sie brauchen nur bis zur Gabelung zu gehen. Beobachten Sie, was ich tue, aber achten Sie darauf, Ihre Anwesenheit nicht zu verraten. Ich habe die Absicht, den Kelpie herbeizuzaubern.«

Meinem gelehrten Freund konnte man nicht widersprechen. Deshalb tat ich, was er von mir forderte. Ich gestehe, daß es nach der pechschwarzen Dunkelheit beim Aufstieg schon eine Erleichterung war, schließlich das Mondlicht zu sehen, das durch Kelpie's Fenster fiel. Dankbar suchte ich Schutz bei jenem Felsen, an dem Colin an diesem Morgen gestanden hatte. Ich schämte mich nicht, leise ein Gebet zu sprechen und den Schutz von St. Andrew, dem Patron Schottlands, zu erflehen.

Mein mutiger Freund stieg unbeirrt aufwärts, bis er schließlich deutlich vor dem mondhellen Himmel in dem verrufenen Kelpie's Fenster zu sehen war. Er stand da – unerschütterlich, ohne kleiner zu werden, seinen Dreispitz fest an den Kopf gebunden, und sein schwerer Stock war in den gewaltigen Falten seines Mantels verborgen. Welche Beschwörung er rezitierte, weiß ich nicht.

Doch welche Beschwörungsformel auch immer der Unerschrokkene gesprochen haben mochte, der Kelpie wurde durch sie geweckt. In der Höhle war ein Gleiten und Schlittern verstohlener Schritte zu hören. Und dann stürmte er polternd über das Geröll hinunter. Im Zwielicht sah ich seinen Körper nur undeutlich, aber er schwang eine große Keule. Darauf begab sich mein Freund mit einer Drehung geschickt in den Schutz des Felsens, an dem ich mich am Morgen befunden hatte. Gleichzeitig schlug er wuchtig mit seinem schweren Stock zu, und mit einem entsetzten Schrei verlor die drohende Gestalt das Gleichgewicht und stürzte kopfüber hinaus.

Ich eilte den Hang hinauf. Droben stand mein Freund regungslos und ernst. Am Fuß der Klippe lag die abgestürzte Gestalt schrecklich still, direkt am Rande des Pool.

»Wenn er jetzt seiner Mutter erscheint«, murmelte Dr. Johnson, »weiß ich, daß sie das Zweite Gesicht hat.«

»Es erstaunt mich«, bemerkte ich, als wir wieder einmal zusammen vor dem Kamin des Laird saßen, »wie es Ihnen gelang, Sir, die keineswegs übernatürliche Wahrheit herauszufinden, obwohl das Zweite Gesicht doch in drei Fällen bezeugt war.«

»Die Gabe des Menschen, logisch zu denken«, entgegnete Dr. Johnson, »ist sein wahres Zweites Gesicht.«

»Zweifelsfrei«, bemerkte Colin MacQueen, »war die alte Kristie, das arme Ding, über das geistige Wahrnehmungsvermögen des gelehrten Doktors ebenso erstaunt wie wir über das ihre.«

»Erklären Sie doch bitte, Sir, wie Sie durch logisches Denken die Wahrheit herausfanden.«

»Sir, es ist mir ein ernstes Anliegen, mich über dieses Phänomen des Zweiten Gesichts in Ihren Highlands zu informieren, von dem ich schon so viel gehört habe. Ich wiederhole, daß ich gern bereit bin, mich überzeugen zu lassen. Doch nach jeder Demonstration bleibe ich skeptisch. Ich frage: Ist das Zweite Gesicht möglich? Und antworte darauf bejahend. In jedem einzelnen Fall frage ich dann: Ist *dies* das Zweite Gesicht? Könnte es nicht etwas anderes sein? Mir ist noch kein Fall zu Ohren gekommen, für den es nicht eine andere Erklärung gäbe. Dies ging mir durch den Kopf, als ich zum erstenmal von der alten Kristie und ihrer Gabe des Zweiten Gesichtes hörte.«

»Sie prophezeite Rorys Tod«, sagte Colin.

Johnson: »Nein, Sir, sie *warnte* davor, daß er in Gefahr sei. Der Ruf, daß sie das Zweite Gesicht habe, erlaubte ihr das zu tun, ohne ihren Sohn zu verraten. Sie sah voraus, was geschah, aber nicht durch das Zweite Gesicht, sondern durch ihr Wissen um die Mordlust ihres Sohnes.«

Boswell: »Dann war ihre Geschichte, daß ihr Sohn in der Nacht zuvor vor ihren Augen aus der See gestiegen sei, reine Erfindung?«

Johnson: »Nein, Sir, es war die reine Wahrheit, bis auf die Kleinigkeit, daß er lebte.«

MacQueen: »Woher wissen Sie das?«

Johnson: »Sir, bevor ich von dieser zweiten Erscheinung hörte, hatte ich geschlußfolgert, daß schon die erste eine Lüge sei. Wenn die zweite eine Lüge war, dann traf dafür eines von zwei Motiven zu: War ihr Sohn tot, festigte das ihren Ruf, das Zweite Gesicht zu haben, lebte er, so trug sie zu seiner Sicherheit bei, indem sie seinen angeblichen Tod bestätigte. So weit hatte mich logisches Denken gebracht, als wir sie in ihrer Hütte besuchten und ihre dritte Prophezeiung hörten. Ich glaubte nicht an diese dritte Erscheinung, die ich irrtümlich für eine zweite Warnung hielt.«

Boswell: »Warum für eine Warnung?«

Johnson: »Weil ich, Sir, in der Hütte das sah, was mich davon überzeugte, daß Black Fergus lebte und auf der Insel war.«

Boswell: »Nämlich was?«

Johnson: »Nun, Sir, wir überraschten sie beim Trocknen eines Paares großer Stiefel am Feuer, die sie schnell unter der Bettstatt versteckte. Glauben Sie, daß diese arme verhutzelte Alte sie getragen hatte, selbst wenn die Frauen von Raasay dazu neigen sollten, sich wie Männer zu kleiden?«

»Aber ich habe ihn doch mit meinen eigenen Augen ins Meer springen und nicht wieder auftauchen sehen«, warf Dr. MacLeod ein.

»Sie haben ihn springen sehen«, entgegnete Dr. Johnson. »Als ich an Kelpie's Fenster stand, sah ich, daß ein kräftiger und unerschrokkener Schwimmer hinausspringen kann, ohne Schaden zu nehmen, denn Kelpie's Pool ist tief und ruhig, und ein Mann kann ein weites Stück unter Wasser schwimmen, wenn es um sein Leben geht. Hätten Sie auf die Klippen geschaut statt in den Pool, Dr. MacLeod, hätten Sie gewiß gesehen, wie sein Kopf aus dem Wasser kam, als er zum Luftholen auftauchte. Deshalb kam er nachts triefendnaß zu seiner Mutter, und sie versorgte ihn und versteckte ihn in der Höhle, und sie überlegte, wie er heimlich verschwinden könnte, sobald sich das Staunen über die wunderbaren Prophezeiungen gelegt hatte.«

»Hat Ihnen allein logisches Denken über ein einziges Paar nasser Stiefel all dies verraten?« fragte ich meinen gelehrten Freund.

»Keineswegs«, erwiderte Dr. Johnson. »Ich beschloß nur, sorgfältig auf Zeichen zu achten, die verrieten, wo sie ihn versteckt haben könnte. Bei der Höhle sah ich die Überreste seiner Jagd – damit haben wir Ihren Fuchs gefangen, Dr. MacLeod – und die Holzkohle seines Feuers im Sand. Und in der Höhle sahen wir den Farn, auf dem er geschlafen hatte. Von Dr. MacLeod erfuhr ich von der Quelle und den darüberliegenden Höhlen. Und ich sah Kelpie's Fenster und den Pool. Dann fanden wir den unglücklichen jungen Angus, und die Sache war klar. Ich wußte sofort, wie er den Tod gefunden hatte.«

»Warum? Warum hätte Black Fergus ihm etwas antun sollen?« stieß Colin MacQueen bitter hervor.

»Ihr Bruder wagte sich mit einer Fackel in der Hand in die Höhle, um ein paar jener Versteinerungen zu holen, die er mir versprochen hatte. Dort stand er dem Mörder seines Bruders von Angesicht zu Angesicht gegenüber und erkannte ihn. So viel ist sicher. Ich glaube, er floh und wurde von hinten erschlagen.«

»Aber wie gelangte er dann in Kelpie's Pool?«

»Logisches Denken sagt mir«, erwiderte Dr. Johnson mit einem feinen Lächeln, »daß Schuldgefühl und Entsetzen den Mann dazu veranlaßten. Statt die Leiche so zu verstecken, daß sie nie gefunden worden wäre, täuschte er einen Unfall vor, indem er sie aus Kelpie's Fenster warf. Dann schwamm oder watete er nachts zur Hütte seiner Mutter und beschwor sie, ihm bei der Flucht zu helfen. Dort lag er versteckt, während die alte Vettel seine Kleidung trocknete.«

»Dann war er also in dem Haus, als die alte Frau den Tod von Angus ›prophezeite‹?«

»Wo hätte er ohne seine Stiefel sonst sein können?« entgegnete Dr. Johnson. »Als ich Angus ermordet daliegen sah, wußte ich, wer es getan hatte, und ich wußte, was er als nächstes tun mußte. Ich beschloß, seine Flucht zu vereiteln.«

»Warum Sie? Und warum allein?«

»Seit Kriegsende gibt es kein Gesetz auf Raasay, abgesehen von dem, was vom Festland gekommen ist. Ich, ein Engländer, ein Fremder, konnte unbeschadet selbst für Gerechtigkeit sorgen. Ich kehrte bei Nacht zu der Hütte zurück.«

»Wie konnten Sie es wagen, ihn auf seinem eigenen Boden aufzusuchen?«

»Ich zog es vor, ihn an einem Ort meiner Wahl zu stellen. Durch den Lärm, den ich bei meiner Ankunft machte, warnte ich ihn und brachte ihn gleichzeitig dazu, aus der Hütte in sein Versteck in der Höhle zu fliehen. Mr. Boswell wird bestätigen, daß, obwohl ich wohl schwerlich für die Italienische Oper geeignet bin, mein Vortrag eines gälischen Liedes von besonders tragender Kraft war. Aus dem gleichen Grunde schlug ich, Sir«, er wandte sich an Colin, »donnernd gegen ihr Boot, das der Mörder für seine Flucht gestohlen und auf den Strand gezogen hatte. Nachdem ich so dafür gesorgt hatte, daß der Mörder in der Höhle war, betrat ich sie, um ihn zu suchen.«

»Gütiger Himmel, Sir!« rief Colin hitzig aus, »Sie haben es gewagt, sich einfach in die Höhle einer wilden Bestie zu begeben und zu hoffen, ihn zu überraschen, bevor er Sie überraschen konnte!«

»Das hatte ich nicht gehofft«, erwiderte mein gelehrter Freund. »Er war sicher, daß er mich hören würde und wollte mich zuerst angreifen. Ich gestattete ihm das, wählte aber meinen Standort mit gewisser Sorgfalt.«

»Kelpie's Fenster scheint aber nicht gerade ein geeigneter Ort dafür zu sein.«

»Im Gegenteil«, erwiderte Dr. Johnson. »Da ich selbst der Köder für meine Falle war, mußte ich zu sehen sein. Dies war in der ganzen Höhle aber nur an Kelpie's Fenster möglich. Zudem findet man dort Schutz, wie Mr. Boswell festgestellt hatte.«

»Wollen Sie damit sagen, Sir«, rief Dr. MacLeod, »daß Sie in dieser Öffnung gestanden haben, unmittelbar über dem Abgrund, und zuließen, daß ein verzweifelter Mörder sich im Dunkeln an Sie heranschlich?«

»Ich erwartete ihn. Ich merkte, als er sich näherte. Ich konnte ihm im kritischen Augenblick ausweichen. Daß er aus Kelpie's Fenster stürzte, hatte ich nicht geplant, da ich beabsichtigte, ihn mit meiner Pistole zu stellen.«

»Sir, Sir!« rief ich, »Sie sind ein gewaltiges Risiko eingegangen, weil Ihr Leben allein von Ihrem Gehör abhing.«

»Aber keineswegs«, erwiderte Dr. Johnson mit feinem Lächeln. »Sie vergessen, daß Black Fergus Lauchporridge zu Abend gegessen hatte. Weder logisches Denken noch das Zweite Gesicht sind erforderlich, Sir, um die Nähe Ihres durchdringend riechenden schottischen Lauches wahrzunehmen.«

Aus dem Englischen von Hartmut Huff

WALTER SATTERTHWAIT

Die Rauchleute

Palmen bogen sich hinter den offenen Fenstern. Die Küstenstraße und der Deich lagen voraus und kamen rasch näher. Dahinter breiteten sich ein gelbbrauner Streifen Sand und die blaue, glitzernde Weite des Indischen Ozeans aus, über den in der Ferne ein paar Dhauen mit haifischflossenartigen Segeln träge zogen. Constable Kobari nahm den Fuß vom Gaspedal des Toyota Land Cruiser, gerade so, als wolle er das Stoppschild an der Ecke davon überzeugen, daß er beispielhaft bremsen und tatsächlich die Straßenverkehrsregeln befolgen würde.

Abrupt ließ er die Kupplung kommen, trat das Gaspedal durch und drehte das Lenkrad heftig. Mit jaulenden Reifen und schlingernd, zog der Toyota nach rechts und raste rutschend südwärts. Kobari kicherte einmal erfreut, schaltete mit boshaftem Behagen in den nächst höheren Gang, drehte sich dann um und grinste Sergeant Andrew Mbutu an.

Andrew, der schon vielfach Zeuge von Kobaris Steve-McQueen-Imitation gewesen war, zeigte sich unbeeindruckt. »Eines Tages«, sagte er auf Suaheli, »werden Sie uns beide umbringen.«

»Reine Reaktionssache, Sergeant«, erklärte Kobari ernsthaft. »Die Reaktion und der richtige Zeitpunkt. Wenn beides gut ist, braucht man sich nie Sorgen zu machen.«

»Und die Reifen?« fragte Andrew. »Stellen Sie sich vor, ein Reifen würde genau in diesem Augenblick platzen.«

Kobari dachte einen Moment darüber nach. Schließlich sagte er: »In diesem Fall wäre der Wagen über den Deich gerast.« Er grinste. »Und wir wären beide tot.«

Andrew nickte. »Hervorragend.«

»Aber die Reifen sind nicht geplatzt«, sagte Kobari leichthin und konzentrierte sich wieder darauf, mit seinem Maserati die Zielgerade von Monte Carlo zu erreichen.

Er war noch jung, lebte in einer Welt, in der jeder Treuebruch Erstaunen hervorrief. Es war wirklich hoffnungslos, mit ihm zu reden.

Während sie so über die Straße rasten, summte der Asphalt unter ihnen. Zu ihrer Linken der Ozean, wie immer in einem unmöglichen Blau und heute geradezu unglaublich ruhig. Zu ihrer Rechten die Palmen und Dornensträucher in der sandigen, ziegelroten Erde. Sie fuhren an der Salim Ginnery, dann an der protestantischen Kirche vorbei. Sie passierten einen verstaubten asiatischen Laden, der sich unter welken, zerzausten Palmen duckte. Vorbei an den Anwesen der reichen Europäer – kurze Blicke durch schmiedeeiserne Gartentore auf Nelken und Chrysanthemen, auf Pergolen, die von Bougainvilleen und Jasmin und Rosen berankt waren.

»Das sind doch Giriyama, oder, Sergeant?« sagte Kobari.

»Was?« Andrew wandte sich ihm zu. »Wer?« Er war in Gedanken in diesen kühlen, protzigen Anwesen: hier gab es gewiß keine Giriyama, allenfalls als Diener.

»Die Rauchleute«, sagte Kobari.

Andrew runzelte verärgert die Stirn. Er selbst gehörte zum Stamm der Giriyama. Kobari war ein Kikuyu. Wie jeder wichtige Zivilangestellte der Regierung, wie fast jeder Polizeiangehörige. Wie beispielsweise der fette Sergeant Oto, der heute Wachhabender war und die Bereitschaften einteilte. Andrew sah genau vor sich, wie er den Bericht erhalten hatte. Nachdenklich blies er seine dicken Backen auf. »Ist einer der Rauchleute. Darauf setzen wir Mbutu an – ist schließlich sein Stamm. Und wenn er in dem Abfall rumwühlt, wird er vielleicht ein oder zwei Nummern kleiner.«

Aber Kobaris Frage war ohne Häme. Der Constable war ehrlich. Was im Augenblick eher etwas ärgerlich war, da Andrew es genossen hätte, jemanden zu haben, an dem er seine schlechte Laune auslassen könnte.

»Ja«, sagte Andrew ganz einfach darauf.

Kobari nickte. »Die leben hier ihr ganzes Leben lang?«

Andrew seufzte. Es gab einfach kein Ausweichen. Durch Stammesrecht war er zum derzeitigen Experten für die Rauchleute bei der Polizeitruppe geworden. »Manche ja«, sagte er.

»Aber sie leben selten lange. Ist das hier nicht die Abbiegung?«

An ihrem Bestimmungsort, etwa zwei Kilometer weiter, stand ein grauer verrosteter und verbeulter Citroën 2-CV am Rand der verschmutzten Straße unter einer Akazie. Neben dem Wagen stand Dr. Murmajee, der Pathologe des Township. Er hielt sich ein Taschentuch vors Gesicht, wirkte in seinem weiten schwarzen Anzug sehr verloren und vor der Kulisse von Bäumen und Gestrüpp ungewöhnlich fehl am Platz.

Kobari fuhr schwungvoll an dem Citroën vorbei und bremste den Toyota kunstvoll ab. Andrew öffnete die Tür, stieg aus und zuckte bei dem durchdringenden Gestank, der aus der Müllkippe drang, innerlich zusammen. Dieser Gestank, der schon während der letzten hundert Meter im Land Cruiser schlimm gewesen war, war hier wirklich beängstigend: versengtes Haar und Stoff; weit vorangeschrittene Fäulnis, sowohl tierisch wie pflanzlich.

Murmajee näherte sich ihnen, wobei er das Taschentuch in die linke Hand nahm und seine rechte ausstreckte. »Das ist doch bestialisch, Sergeant, was?« sagte er und betupfte seine glänzende Stirn mit dem weißen Tuch. »Krankheit, ja, und Tod natürlich, damit haben wir ja oft genug zu tun, ganz gewiß, aber dies ...« Er schüttelte den Kopf und erschauerte ein wenig.

»Ja«, stimmte Andrew zu. Er atmete durch den Mund, da er sich um keinen Preis ein Taschentuch vor die Nase halten wollte. »Haben sie die Leiche untersucht?«

»Wie denn? Ich bin doch gerade erst gekommen«, sagte Murmajee. Er preßte das Taschentuch behutsam vor sein Gesicht. »Und ich dachte, es sei besser, zu warten, bis die zuständigen Behörden eingetroffen sind. Sie selbst und natürlich der gute Constable.«

Er braucht moralische Unterstützung, dachte Andrew. An jedem anderen Ort hätte er die Leiche längst untersucht gehabt, hätte dabei schöne Worte gemacht und getröstet, aus Mama vielleicht sogar eine Information herausgeholt. Aber gut, wer wollte ihm deshalb einen Vorwurf machen?

Andrew ging um den Citroën herum und trat an den Rand der Grube. Sie war vielleicht fünfundsiebzig Meter lang, vierzig breit und zwanzig tief. Wuchernde Haufen schwarzen, unidentifizierbaren Abfalls, von denen einige Stellen noch schwelten, säumten den Grund. Öliger Rauch trieb über sie hinweg, stieg da und dort in dünnen, grauen Fahnen auf. Der Ort war verlassen, trostlos und verflucht.

Gehenna, dachte Andrew, der sich an die Geschichten der Missionare erinnerte.

Zu seiner Linken führte eine Wagenspur in die Finsternis und den Gestank, gerade breit genug für die Lastwagen, die täglich die Abfälle des Township herankarrten.

Er wandte sich an Dr. Murmajee. »Kommen Sie, Doktor?«

Murmajee hob und senkte seine runden Schultern langsam seufzend. Constable Kobari, der hinter ihm war, hatte ebenfalls ein Taschentuch herausgezogen und es um seine untere Gesichtshälfte gebunden. Ein Desperado, der plante, die Postkutsche nach Dodge City zu überfallen.

Andrew begab sich über die lange Wagenspur nach unten. Sand knirschte unter seinen schweren Polizeischuhen. Kies rollte klikkend den Abhang hinunter. Vom Ende der Wagenspur führte ein schmaler Pfad an der Seite der Grube entlang, unmittelbar an den Haufen qualmenden Mülls. Hier unten konnte man einen Teil dieses Gerümpels erkennen: Verbeulte Ölfässer, ein Haufen verrottenden Gemüsebreis, große und kleine leere Konservendosen, eingefallene Kartons, Bleichmittelbehälter aus Plastik. Der Gestank war jetzt viel schlimmer. Die Luft war dick, reglos, erstarrt. Andrew schritt vorsichtig voran, achtete darauf, nicht zu stolpern oder zu fallen, sich möglicherweise an irgendeinem rostigen Metallstück zu stechen oder zu schneiden. Das strotzte zweifelsfrei von Tetanus und einer Million anderer, wahrscheinlich häßlicherer Mikroben.

Eine plötzliche Bewegung zu seiner Rechten. Ein gescheckter Hund, dessen Rippen durch die Haut traten, stahl sich, den Schwanz zwischen die Beine geklemmt, durch den Rauch davon. Ein Hund war hier unten eine Notwendigkeit. Ja, ganz gewiß: wegen der Ratten.

Am anderen Ende der Grube duckten sich zwei kleine Hütten, zusammengehauen aus ungleichmäßigen Wellblechstücken, Bretterenden und Kartons, aus Seilen und Bindfäden. Und vor den Hütten warteten mit ausdruckslosen und unbeteiligten Gesichtern die Rauchleute.

Der Mann trug ein fleckiges und zerlumptes Khakihemd, eine schwarze Breeches, die ihm nur bis zu den Waden reichte, und gelbe Plastiksandalen, die ihm mehrere Nummern zu groß waren. Die beiden Frauen, deren Köpfe kahlgeschoren waren, trugen *Kangas*, bedruckte Baumwolltücher, über ihren Brüsten zusammengeknotet, die bis unter ihre Knie fielen. Eine der Frauen, die jüngere, eigentlich noch ein Mädchen, hielt ein Kind auf ihrer Hüfte, das von einer Schlaufe gehalten wurde, die um ihre Schulter geschlungen war.

Andrew nickte der Gruppe zu. »Ich bin Sergeant Mbutu«, sagte er auf Suaheli. »Hier ist ein Todesfall gemeldet worden?«

Keine der Frauen sprach. Aber der Mann nickte apathisch auf die näherliegende der beiden Hütten. »Er ist da drin.«

Andrew wandte sich an Kobari. »Nehmen Sie die Namen auf. Stellen Sie fest, was passiert ist.« Dann ging er, von Murmajee begleitet, zu der Hütte hinüber. Der Türeingang war niedrig. Selbst Andrew mußte sich bücken, als er eintrat. Ein Geruch von ungewaschenen Leibern, säuerlich, stinkend.

Durch einen Schlitz in der Blechwand fiel Licht ein. So war ein kleiner Raum zu sehen, ein kahler, schmutziger Boden. Zu Andrews Rechter eine kleine Vertiefung in der Erde, in der sich ein paar verkohlte Holzstücke und Asche befanden. Daneben ein henkelloser kleiner Topf. Eine Papiertüte mit Mehl für Porridge, eine halb mit Wasser gefüllte Whiskyflasche, ein kleiner Krug mit einem weißen Pulver – Salz oder Zucker. Links lag eine nackte Matratze, abgenutzt und zerrissen. Die Leiche, nur mit einer baumwollenen kurzen Hose bekleidet, lag darauf.

Dr. Murmajee schlurfte, das Taschentuch noch immer vor das Gesicht gepreßt, zu der Matratze und hockte sich schwerfällig davor. Während er mit seiner Arbeit begann, sah sich Andrew im Raum um.

Viel war sonst nicht zu sehen. Trotz der stinkenden Luft war der Raum vergleichsweise sauber. Aber er war kahl: kein weiteres Mobiliar, kein Schmuck, keine Farbe, nichts.

»Hmmm«, verkündet Dr. Murmajee.

Andrew drehte sich zu ihm um. »Ja?«

Murmajee nickte. »Ich glaube, ja, ich halte es für höchstwahrscheinlich, daß die Leiche nach Eintritt des Todes bewegt wurde.«

»Das sehe ich, Doktor«, sagte Andrew geduldig. »Leute sterben selten mit sorgfältig über der Brust verschränkten Händen.«

»Nur so«, sagte Murmajee in sein Taschentuch. »Wirklich.«

Andrew kauerte sich neben ihn und schob eine Hand unter die Schulter des toten Mannes, wobei er behutsam die Berührung mit dem Fleisch vermied. Er betastete die Matratze. Feucht. »Und sie haben ihn auch gewaschen.«

Murmajee wandte sich zu ihm. »Das ist aber doch ihr Brauch, oder?«

»Ja , aber es ist illegal, solange wir unsere Untersuchungen nicht abgeschlossen haben. Wie lange ist er schon tot?«

»Herrje. Noch nicht sehr lange, nein. Die Leichenstarre beginnt erst.« Er drückte mit seinen Stummelfingern auf die Wange. »Hier, sehen Sie, die Gesichtsmuskeln. Bei dieser Hitze würde ich sagen, na ja – zwei Stunden, vielleicht drei.«

Es war jetzt zehn Uhr. Also zwischen sieben und acht an diesem Morgen.

»Und die Todesursache?«

Während Murmajee den toten Mann musterte, verengten sich seine Augen nachdenklich über dem Taschentuch. »Äußere Wunden oder Verletzungen sind nicht festzustellen. Er sieht ganz gesund aus – was recht überraschend ist, finden Sie nicht? Er ist etwa Mitte Dreißig. Oh je. Ist schwer.« Er wandte sich an Andrew. »Herzstillstand?«

»Das ist eine Beschreibung, Doktor«, erklärte Andrew, »aber keine Erklärung.«

»Ja«, stimmte Murmajee traurig zu. »Ich nehme an, eine Autopsie wird uns mehr verraten. Wird es eine geben?« Das klang nicht sehr begeistert. Er zog es vor, Europäer aufzuschneiden.

»Das wird die Kriminalpolizei entscheiden.« Andrew stand auf. »Sie können also nichts über die mögliche Todesursache sagen?«

»Nun ja... es *gibt* gewisse Anzeichen. Blässe, Verengung der Pupillen. Ich würde, ja nun, unter anderen Umständen würde ich Drogenmißbrauch vermuten.«

»Drogen?« fragte Andrew überrascht. »Eine Überdosis?«

Murmajee kicherte. »Das ist natürlich absurd. Die hiesigen Afrikaner kümmern sich um so was nicht besonders – wie Sie wohl wissen, ja, natürlich. Und ein solcher Bursche, nun ja. Woher sollte er so was bekommen, nicht wahr? Ich sagte ja nur, wenn ich Sie daran erinnern darf, daß ich das vermuten *würde*.«

»Narkotika?« fragte Andrew.

»Wäre möglich, vielleicht, ja. Eines dieser Barbiturate, vielleicht. Manchmal kann man das durch den Körperzustand bestimmen, wissen Sie. Erbrochenes, Verkrampfungen. Aber so gewaschen und umgebettet, oje, nein, nein.« Er schüttelte unglücklich den Kopf. »Der Mageninhalt. Ich fürchte sehr, daß dies der einzige Weg ist.«

Andrew nickte. »Danke, Doktor. Sie können jetzt gehen.«

Murmajee erhob sich mit einem Grunzen, nickte Andrew leicht zu und watschelte aus der Tür.

Draußen stand Kobari mit aufgeschlagenem Notizbuch und trug noch immer sein Banditenhalstuch. Die drei Rauchleute hatten sich nicht gerührt. Andrew erfuhr von Kobari, daß der Mann Simon Ngio hieß, daß die ältere Frau seine Frau war, Martha, und daß das junge Mädchen mit dem Kind Esther Ogoyo war, die Frau des toten Mannes, Mathew.

Ngio hatte Kobari erzählt, daß Esther Ogoyo an diesem Morgen um acht Uhr dreißig erwacht war und entdeckt hatte, daß ihr Mann tot war. Sie hatte Ngio und seine Frau geweckt, es ihnen erzählt, und Ngio war zur Küstenstraße gegangen, zu einem der Häuser der Europäer, und hatte den Tod gemeldet.

Andrew ignorierte für den Augenblick die Frauen, die stumm und reglos dastanden, und trat zu Simon Ngio hinüber. Der Mann war in den Fünfzigern, ein paar Zentimeter größer als Andrew, ungewöhnlich dürr, und bestand nur aus Knochen und Sehnen und straffer Haut. Seine leeren, stumpfen Augen waren rot geändert. Nicht durch Trauer, wie Andrew wußte, sondern durch *Tembo*, durch Palmwein. Das merkte er an den azetonschwangeren Gerüchen des Morgens danach, am Atem des Mannes.

Andrew sagte: »Du warst natürlich ein guter Freund des Toten.«

Ngio nickte schnell. »Sehr guter Freund«, sagte er und wich Andrews Blick aus. Er hatte nur zwei Zähne, geschwärzte Stummel, in seinem Unterkiefer.

»Wie lange lebt ihr schon hier?«

»Acht Jahre.«

Acht Jahre im Müll leben. Wie hatten sie das geschafft? »Und der tote Mann?«

»Vier Jahre.« Während Ngio antwortete, blickte er wieder beiseite. Er war nervös. Sicher hatte er sich irgend etwas zuschulden kommen lassen, aber nicht unbedingt Mord. Vielleicht fühlte er sich einfach schuldig, weil er noch lebte.

Andrew fragte ihn: »Wann wachst du morgens gewöhnlich auf?«

»In der Dämmerung«, sagte er, und sein Blick schoß voller Panik zu seiner Frau, die ein paar Meter entfernt stand. Als ob ihm mit diesem Eingeständnis plötzlich eine Gefahr bewußt würde. Mit einem Funken von Interesse sah Andrew die Frau an und bemerkte, daß diese das Ganze aufmerksam verfolgte und daß ihre Augen in dem abgehärmten, verrunzelten Gesicht sehr wachsam waren.

»Und wann«, fragte Andrew Ngio, »bist du heute aufgewacht?«

»So halb um die dritte Stunde.« Halb neun. »Als die Frau kam, um mir von ihrem Mann zu erzählen.« Er blinzelte und schaute beiseite. Ein schlechter Lügner.

»Er hat letzte Nacht getrunken«, schnappte Ngios Frau. Sie griff zu seiner Rettung ein. Ihre Stimme war krächzend, schartig wie ein Messer. »Er schläft immer sehr lange, wenn er trinkt.«

»Das ist wahr«, sagte Ngio und grinste mit durchschaubarer, lächerlicher Erleichterung. »Ich habe letzte Nacht viel *Tembo* getrunken.«

Andrew nickte. »Hat Mathew Ogoyo gestern nacht auch getrunken?«

»O ja. Wir waren gute Freunde, und wir haben unseren *Tembo* immer geteilt.«

»Hat er sein *Dawa* auch mit dir geteilt.« Medizin. Drogen.

»*Dawa*?« Der Blick wich rasch und besorgt aus. »Was für *Dawa*?«

Ngios Frau sagte: »Mathew hatte kein *Dawa*.«

Andrew funkelte sie an. Raffinierte alte Hexe.

Er blickte das junge Mädchen an, die Frau des toten Mannes. Sie starrte scheinbar völlig teilnahmslos beiseite. Schock? Einfach Dummheit? Möglicherweise beschränkt. Schrecklich jung, um hier unten gefangen zu sein, ohne Freunde oder andere Familienangehörige, ohne Hoffnung.

Das Baby war jetzt wach und starrte Andrew an. Offensichtlich ebenso teilnahmslos wie seine Mutter. Gleichgültigkeit war hier unten eine wertvolle Angewohnheit, die kultiviert wurde. Große braune Augen, reine Haut. Irgendwo anders würde es zu einem gesunden Kind aufwachsen... Natürlich war es zum Verderben verurteilt. Aber das war nicht das Problem der Polizei, nein.

Er wandte sich an Ngio. Der Mann wiederholte die Worte seiner Frau. »Mathew hatte kein *Dawa*.«

Sehr einfallsreich.

Irgendwelche Drogen, ja. Und da sie das wußten, steckten diese drei unter einer Decke und hatten sich alles ausgedacht. Halb neun morgens. Unsinn. Andrew wußte, daß die Lastwagen mit Einbruch der Dämmerung rumpelnd und kreischend eintrafen. Niemand konnte bei dem Lärm schlafen.

Aber welche Drogen und woher? Diese armen Teufel hatten alle zusammen nicht einmal genug Geld, um Aspirin zu kaufen, geschweige denn Narkotika. Jeder Penny, den sie schnorrten, ging für Lebensmittel drauf, als Ergänzung für den Abfall, den sie mit Einverständnis des Township aus den Müllhaufen suchten. Gegenleistung dafür, daß sie die Feuer unterhielten. Oder für billigen *Tembo*, der ihnen half, von einem elenden Tag zum nächsten zu überleben.

Ob sie vielleicht Pillen oder ähnliches zwischen Hühnerknochen und Konservendosen gefunden hatten? Möglicherweise ja. Aber wer von ihnen hatte sie gefunden? Wie war der Mann gestorben? Unfall, Selbstmord? Mord? Wenn letzteres der Fall war, hätte Andrew auf die alte Frau getippt, die einzige, die verschlagen genug war oder die dafür genügend Energie hatte.

Wenn es kein Mord war, warum dann diese Lügen?

Er wandte sich an Constable Kobari und sagte auf englisch: »Behalten Sie die beiden für einen Augenblick im Auge. Ich will mit dem Mädchen sprechen.«

Kobari nickte und rückte den Rand seines Halstuches mit gekrümmten Fingern zurecht. Dieses Ding brachte einen wirklich auf phantastische Gedanken. Wirf die Kiste runter, Marshal, oder ich pumpe dich voll Blei.

»Mrs. Ogoyo?« sagte Andrew zu der jungen Frau. »Würden Sie bitte einen Moment zu mir kommen?«

Mrs. Ngio trat näher zu dem Mädchen. »Haben Sie denn kein Mitleid? Ihr Mann ist erst vor ein paar Stunden gestorben.« Sie wandte sich mit theatralisch besorgtem Blick dem Mädchen zu.

»Oh«, sagte Andrew recht erfreut. »Woher weißt du, daß er erst vor ein paar Stunden gestorben ist? Soweit ich gehört habe, wußtest du nur, daß er irgendwann während der Nacht gestorben ist.«

Ihre Augen verengten sich. »Ihr *Polisi.* Versucht immer, Leute reinzulegen, versucht, sie zum Narren zu machen. Aber mich machen Sie nicht zum Narren. Wir mögen zwar arm sein, aber wir sind anständig und ehrlich. Wir haben ein Recht darauf, in unserem Leid allein zu sein. Ich sagte, ein paar Stunden, und natürlich meinte ich damit, daß die Nachtstunden erst ein paar Stunden zurückliegen.« Von ihrer eigenen Vorstellung mitgerissen, sah sie eine Gelegenheit, sich zu entrüsten, und forderte ihn heraus: »Was *sonst* könnte ich wohl meinen?«

Sie wandte sich von Andrew ab, legte einen Arm um die junge Frau, drückte sie an sich, gluckte und murmelte. Die junge Frau wirkte selbstvergessen ruhig. Dann sah Mrs. Ngio wieder Andrew mit einer eindrucksvollen Zurschaustellung von Zorn an. Ihre Nasenflügel waren gebläht. »Sehen Sie nicht, wie sie leidet? Warum quälen Sie sie?«

Andrew war amüsiert. Die alte Vettel vertraute dem Mädchen bei dieser Geschichte ebensowenig, wie sie ihrem Mann vertraute.

Er lächelte freundlich. »Es wird nicht lange dauern. Das versichere ich dir.«

Kürzer, als er beabsichtigte. Denn in diesem Augenblick hörte er eine vertraute Stimme hinter sich. »Gute *Güte*, Mbutu, wo haben Sie uns denn diesmal reingezogen?«

Inspektor Moi von der Kriminalpolizei war berühmt für seine unzähligen Safarianzüge, von denen jeder in einem etwas anderen Pastellton gehalten war. Heute trug er einen lavendelfarbenen, und er hielt ein Taschentuch in passendem Ton vor seine Nase und bedeckte damit seinen ebenso berühmten Ziegenbart, während er einem Haufen verrosteter Konservendosen auswich. Sein Sergeant Hadrubal Inye folgte ihm.

»Ekelhaft«, sagte Moi, mit voller Abscheu verzogener Miene. »Das alles zusammen ist wirklich zuviel, wissen Sie. Uns zu so was rauszurufen.«

Andrew sagte: »Ich habe die Kriminalpolizei nicht verständigt. Das ist eine reine Routinesache bei einem plötzlichen Todesfall.«

»Natürlich weiß ich das, Mann. Wofür halten Sie mich? Aber ich habe mit diesem indischen Burschen da oben gesprochen, dem hiesigen Arzt, und er erzählte mir, das sei ein ganz einfacher Fall von Herzstillstand. Völlig klar und eindeutig.« Moi hatte ein Jahr im Austauschprogramm bei Scotland Yard verbracht, wo er gelernt hatte, wie man einen Schneider aussucht und wie man wie Inspektor Lestrade spricht und denkt.

Andrew sagte: »Es gibt mehrere beunruhigende Anzeichen dafür...«

»Beunruhigend?« sagte Moi. »Ha! Was mich erstaunt, ist, daß dieser ganze *Mob*« – er nickte zu den Rauchleuten – »nicht zu Tode beunruhigt ist. Schauen Sie sich hier doch nur mal um, ja?« Er erschauerte. »Also, zur Sache, ja? Wo liegt die Leiche?«

Andrew deutete auf die kleine Hütte.

Moi wandte sich an seinen Sergeant. »Sie gehen da rein, Inye. Da liegt ein netter Bursche. Prüfen Sie mal nach, ob der Inder irgendwelche Messer oder Äxte in der Leiche übersehen hat, ja? Haha.«

Als Moi ihm den Rücken zukehrte, verdrehte Inye zu Andrews Freude die Augen himmelwärts.

»Also, Mbutu«, sagte Moi. »Ich schlage vor, Sie setzen mich erst mal ins Bild, hmmmm?« Er trat ein paar Schritte beiseite, wobei er vorsichtig einem schmierigen Stück Autoreifen auswich.

Andrew erklärte ihm, was Dr. Murmajee und später er selbst vermutet hatten. Sergeant Inye unterbrach ihn kurz, als er berichtete, daß er nichts Ungewöhnliches in der Hütte entdeckt habe.

»Nein, nein«, sagte Moi schließlich zu Andrew. »Das sehen Sie alles völlig falsch. Ich kenne diese Typen. Wenn Sie denen eine Flasche *Tembo* geben, können die den halben Tag schlafen. Der Tote? Wie ich schon sagte, ich bin überrascht, daß die ganze Bande noch nicht abgekratzt ist. Hier wimmelt's ja von Bakterien und zebragroßen Ratten. Die hätten an tausend Dingen sterben können.« Er hob sein Handgelenk und studierte das Zifferblatt seiner goldenen Uhr.

»Eine Autopsie würde...«

»Autopsie?« Er hob die Augenbrauen. »Sie machen wohl Scherze? Der Inder ist mit dem Herzstillstand völlig zufrieden, und das wird er auch auf den Totenschein schreiben. Kein Grund zur Sorge. Sie haben zweifellos hervorragende Arbeit geleistet. Aber jetzt verschwinden Sie. Inye und ich werden das hier erledigen und die Namen – richtig buchstabiert – für den Bericht aufnehmen. Vorausgesetzt natürlich, daß dieser Abschaum überhaupt weiß, wie man buchstabiert.« Er kicherte.

»Und wenn er an einer Überdosis Drogen gestorben ist...«

»Und wenn? Vielleicht ist es so. Vielleicht hat er etwas im Müll gefunden. Drogen, was auch immer. Was macht das für einen Unterschied? Der Mann ist doch tot, oder etwa nicht?«

Das, so schien es Andrew, war genau der Punkt. »Aber mal angenommen, er wurde vergiftet?«

»Vergiftet? Sie meinen, von einem der anderen?« Moi lachte. »Welche Reichtümer könnte der Mörder dadurch erlangen?«

»Eine Untersuchung, eine Autopsie...«

»Nun hören Sie mal zu, Mbutu.« Moi schlang freundschaftlich einen Arm um Andrews Schulter. Andrew konnte das würzig süße Eau de Cologne des Inspektors riechen. »Mir ist ja klar, daß es Giriyama sind. Loyalität und so weiter. Das kann ich verstehen. Aber wirklich, Mann, selbst Sie sehen doch, daß sie's nicht wert sind, daß man sich Gedanken über sie macht. Müll, ja? Schlicht und einfach Gesindel. Mal angenommen, einer von denen *hätte* den Burschen da drin umgelegt. Schön, worin besteht der Verlust? Glauben Sie, das Township will die Kosten für einen Prozeß in einer solchen Geschichte übernehmen? Und außerdem, welche Strafe könnte ein Gericht über einen von denen verhängen, die schlimmer als das wäre, was sie bereits haben? Selbst Hängen wäre für die noch eine Verbesserung, oder?« Kichernd klopfte er Andrew auf die Schulter. »Nein, lassen Sie Inye und mich das erledigen. Das ist ein Befehl.«

Andrew war den ganzen Nachmittag beschäftigt. Erst zu später Stunde konnte er zu der Grube zurückkehren.

»Inspektor Moi wird das wahrscheinlich überhaupt nicht gefallen«, sagte Constable Kobari, der sich wieder sein Halstuch umband, als die beiden über den Pfad hinunter zu den schwelenden Abfallhaufen trotteten.

Bei Erwähnung des selbstgefälligen, gönnerhaften Moi erstarrte Andrew. »Wenn Sie wollen, können Sie ja im Wagen warten.«

»Nein, Sergeant, nein. Ich hab's ja nicht so gemeint. Ich meinte nur, daß er ärgerlich sein wird. Ich würde gern sein Gesicht sehen, was? Aber nein, natürlich, Sergeant, stecken wir zusammen in dieser Geschichte.«

Andrew nickte gerührt. »Ja.« Er lächelte beim Anblick von Kobaris Halstuch. »Wir sind Strauchdiebe.«

Kobari bellte vor Lachen, als er das Wort hörte. »Strauchdiebe«, sagte er und lachte wieder.

Die Frau des toten Mannes war in der Hütte. Andrew postierte Kobari draußen, um Mrs. Ngio fernzuhalten, bat laut um Einlaß und erhielt die Erlaubnis, einzutreten.

Sie saß mit noch immer ausdruckslosem Gesicht, die Beine unter ihrem *Kanga* gekreuzt, auf der nackten Matratze. Das Kind lag neben ihr, den Kopf auf ihrem Schoß, und beobachtete Andrew aus großen Augen, als er sich gegenüber seiner Mutter hinhockte.

»Mrs. Ogoyo«, sagte er. »Ich kann nachfühlen, daß diese Zeit für Sie sehr leidvoll ist. Aber ich habe einige Fragen, die beantwortet werden müssen.«

Sie schaute ihn an und wandte den Blick wieder ab.

»Der *Daktari*, der Ihren Mann untersucht hat«, sagte Andrew, »meint, daß sein Tod durch irgendwelche *Dawa* herbeigeführt wurde. Ich glaube, Sie wissen, daß dies zutrifft.«

Wieder blickte sie beiseite. »Mathew hatte keine *Dawa*«, sagte sie mit ausdrucksloser Stimme.

Der Satz war für diese Leute zu einer Litanei geworden.

»Ich glaube«, sagte Andrew, »daß er welche hatte. Oder daß jemand anders hier welche hatte.«

Ohne ihn anzusehen, sagte sie mit monotoner, dumpfer Stimme:

»Der andere *Polisi* erzählte uns, alles sei erledigt. Der Pfarrer hat Mathew abgeholt.«

»Es ist *nicht* erledigt«, sagte Andrew, empört über diese unerbittliche Trostlosigkeit.

Und das Baby begann zu schreien, stieß ein lautes Kreischen aus und verzog sein rundes Gesicht zu einer häßlichen Grimasse.

Sie hob es hoch, drückte es an ihre Brust und rieb seinen Rücken. Mit derselben tonlosen Stimme sagte sie: »Das Baby hat Kopffieber. Es ist schlimmer geworden.«

Das Baby drehte sich in ihren Armen, um zu Andrew hinüberzuschauen, und jammerte wieder.

Andrew fühlte sich plötzlich wie ein Ungeheuer. Er saß für einen Augenblick sehr verlegen inmitten dieses Geheules und Gejammers. Schließlich machte er das widerwillig gut, indem er fragte: »Haben Sie ihn zu Dr. Sayjits Klinik gebracht?«

Sie strich dem Baby über den Kopf. »Soweit kann ich nicht laufen.«

Die Klinik, rund um die Uhr geöffnet, war vielleicht fünf Kilometer entfernt. Andrew kannte afrikanische Frauen, die dreißig Jahre älter als diese hier waren und in zwei Tagen hundert Kilometer und mehr laufen konnten und das auch oft taten.

»Und Ihr Mann?« fragte er. »Warum ist er nicht dorthin gegangen?«

Das Baby, das sich langsam beruhigte, schluchzte und keuchte an ihrer Brust. »Er sagte, er wolle bald gehen«, erzählte sie Andrew und zuckte mit den Schultern. »Aber für ihn war es auch sehr weit.«

Aber nicht weiter als die Läden, wo er seinen *Tembo* kaufte.

Plötzlich brachte ihn die Dummheit der ganzen Sache auf. Er sprach zum erstenmal auf Giriyama und schrie: »Warum denn überhaupt ein Kind haben, Frau, wenn du dich weigerst, dich darum zu kümmern?« Er stand rasch auf und steckte seine zitternden Hände in die Hosentaschen. »Schon schlimm genug, daß du dich entschlossen hast, selbst in diesem Müll zu leben. Aber wie kannst du es wagen, ein anderes Leben hierherzubringen?«

Sie war bei seinem Wutausbruch zurückgeschreckt, aber jetzt reckte sie sich vor und preßte den Mund stur zusammen. »Frauen sind dazu da, Babys zu haben«

»Aber nicht, wenn sie in einem Saustall leben!« Er spuckte die Worte wütend heraus. Er war zornig auf diese hirnlose Frau und dieses dem Verderben geweihte Kind. Auf die Kombination von Zufall und eigener Entscheidung, die sie hierhergebracht hatten. Auf sich selbst und sein Schamgefühl. Auf alles.

Als das Baby erneut zu schreien begann, brüllte Andrew: »Wenn du ihm hier keine angemessene Pflege geben kannst, gib ihn auf eine Missionsschule! Dort bekommt er Nahrung und Kleidung und hat die Chance zu überleben. Wenn du ihn *hier* behältst, dann gibst du ihm ein Leben, das noch schlimmer als dein eigenes ist.«

»*Nein!*« sagte sie und schlang ihre Arme um das Kind. Ihre Augen waren weit aufgerissen. »Sie können ihn mir nicht wegnehmen! Sie sagte, daß Sie das versuchen würden!«

»Wer sagte das?« Dann wußte er es. »Diese Ngio-Frau.« Er nahm seine Hände aus den Taschen und beugte sich rasch über sie. »Was hat sie gesagt?«

Sie weinte jetzt, wandte sich von Andrew ab und hielt das schreiende Baby mit aller Kraft fest.

»Daß wir dir das Baby wegnehmen würden«, schnappte Andrew, »wenn du uns erzählen würdest, was geschehen ist. Von den Drogen.« Er fauchte: »*Närrin!*«

Sie zuckte verängstigt zusammen. Das Baby kreischte voller Furcht und riß dabei den Mund weit auf.

Andrew richtete sich auf, wirbelte herum, machte zwei rasche Schritte und atmete schnell und wütend. Er kochte fast vor Haß auf sich selbst. Krieger, Staatsdiener. Unterdrücker schwachsinniger Frauen und greinender Kinder.

Als er sich nach einigen Augenblicken wieder unter Kontrolle hatte und sein Atem normal ging, drehte er sich zu ihr um. Langsam und bedächtig sagte er: »Niemand wird dich zwingen, das Baby herzugeben.« Er hörte die Erschöpfung in seiner Stimme. Er fühlte sich leer und ausgelaugt. Er räusperte sich. »Aber ich muß das mit dieser Droge herausbekommen.«

Sie schluchzte und drückte das Baby noch fester an sich.

»Erzähl es mir«, sagte Andrew.

Und das tat sie dann schließlich.

Andrew stürmte aus der Hütte, ignorierte den verblüfften Kobari und marschierte zu der Hütte der Ngios. Er schmetterte seine geballte Faust gegen die Tür. Die ganze Konstruktion wankte.

»Frau!« bellte er, noch immer auf Giriyama. »Komm heraus!«

Mrs. Ngio tauchte im Eingang auf. Sie sah Andrew an und verzog verdrossen das Gesicht. »Welche Lügen hat sie Ihnen erzählt?«

»Kein Wort mehr«, sagte Andrew zu ihr. »Ich will die Flasche mit den Drogen, die sie dir gegeben hat, und ich will das Radio.«

Die Frau runzelte die Stirn und öffnete den Mund zum Sprechen.

»Kein einziges Wort«, sagte Andrew. »Hol es. Sofort! Oder ich sorge dafür, daß du den Rest deines Lebens in einer Gefängniszelle verbringst.«

Eine leere Drohung, aber in diesem Augenblick klang Andrew ungewöhnlich überzeugend.

Sie tauchte wieder in die Hütte. Andrew wartete. In weniger als einer Minute war sie wieder zurück. Sie überreichte ihm eine kleine Plastikflasche, die mit weißen Tabletten gefüllt war, und ein schwarzes Transistorradio aus Plastik, das die Größe einer kleinen Bibel hatte. Andrew funkelte sie an. Sie erwiderte den Blick und hob störrisch das Kinn.

Er machte kehrt, marschierte zur Hütte des Mädchens zurück und ging hinein. Sie saß noch immer auf der Matratze und hielt das Baby im Arm. Ohne zu sprechen, stellte Andrew das Radio auf den Lehmboden und zog sich wieder zurück.

Er nickte Kobari zu.

Den ganzen Weg vom Grund der Grube bis zum Toyota schwieg er. Als er in den Wagen gestiegen war, schlug er die Tür wütend zu.

Kobari setzte sich hinter das Steuer. »Sergeant?«

Andrew kniff die Lippen zusammen und schüttelte nur den Kopf.

Kobari ließ den Motor an, setzte den Wagen zurück, wendete und fuhr über die schmutzige Straße.

Als sie die Strandstraße erreicht hatten, spürte Andrew, daß die bittere Starre und sein Zorn sich zu lösen begannen. Er holte tief Luft und atmete langsam aus. Er hob die Flasche hoch. »Der tote Mann hat dies heute morgen gefunden. Das zumindest erzählte seine Frau. Sie hatte ihn seit der Dämmerung nicht gesehen, die zwei Stunden zuvor eingesetzt hatte. Sie war mit dem Baby beschäftigt. Er nahm eine Tablette, sagte sie. Daraufhin fühlte er sich sehr gut, und deshalb nahm er noch eine. Woraufhin er sich natürlich noch besser fühlte. Also nahm er noch mehr. Zehn weitere, wie sie glaubt. Innerhalb einer Stunde war er tot. Erbrach sich, hatte Krämpfe...« Er schaute aus dem Fenster auf die blaue, stille See. »Idiot.«

»Was ist das?«

»Morphiumsulfat.«

»Warum haben die uns das nicht gesagt?«

»Die Alte. Sie erzählte der Frau, wenn wir erfahren würden, daß ihr Mann unerlaubte *Wazungu* benutzt hatte, würden wir ihr das Baby wegnehmen.«

»Aber warum hat sie ihr das erzählt?«

»Sie wollte das verdammte Radio haben. Der tote Mann hatte es vor ein paar Wochen aus der Stadt mitgebracht. Wie es scheint, hat er in der Umgebung der *Tembo*-Läden gebettelt, herumgesucht und ging sich selbst auf die Nerven. Er erzählte seiner Frau, daß ihm das jemand geschenkt habe. Wahrscheinlicher ist, daß er es gestohlen hat. Jedenfalls hat die alte Frau seiner Frau erzählt, daß sie wegen des *Dawa* schweigen würde, wenn die Frau ihr das Radio gäbe.«

»Und die Frau hat wirklich geglaubt, wir würden ihr das Baby wegnehmen?«

»Sie ist eine Idiotin wie ihr Mann. Sie und die alte Frau haben die

Leiche gewaschen – das war natürlich die Idee der Alten – und dann haben sie Ngoi losgeschickt, um uns zu verständigen.«

»Aha«, sagte Kobari. »Also war der Tod dann doch nur ein Unfall.«

»Ein Unfall«, sagte Andrew und blickte aus dem Fenster. Das Leben des Mannes war zweifellos lediglich nur eine Reihe von Unfällen gewesen. Warum sollte sein Tod etwas anderes sein?

Er wandte sich an Kobari. »Aber es ist eigenartig.« Er schüttelte die Flasche mit den Pillen. »Auf dem Etikett steht nur der Inhalt – die Anzahl der Tabletten und die Dosierung. Weder der Name des Apothekers noch sonst etwas. Und wie sind die in den Müll gekommen? Warum hat sie jemand weggeworfen?«

Kobari zuckte mit den Schultern.»Wem immer die gehört haben mögen – er hatte keine Verwendung mehr dafür.«

Andrew schüttelte den Kopf. »Nein. Die Leute – Afrikaner und Europäer gleichermaßen – bewahren ihre Medikamente gewöhnlich lange auf, selbst wenn die Krankheit, für die sie sie verschrieben bekommen haben, kuriert ist. Gerade so, als ob die Medizin eine Art Abwehrzauber wäre. Wenn man sie aufbewahrt, verhindert man, daß die Krankheit wiederkommt. Morphium ist speziell ein Mittel gegen Schmerzen, gegen jede Art von Schmerzen, und kann immer wieder benutzt werden. Und diese Flasche war fast voll, bevor dieser Idiot sie in die Hände bekam. Wenn jemand das gegen Schmerzen brauchte, warum hat er nur so wenige genommen?«

Kobari zuckte wieder mit den Schultern. »Können wir von der Flasche Fingerabdrücke nehmen?«

»Der Idiot hat die Flasche abgewischt. Und alle anderen Idioten haben sie in der Hand gehabt.«

»Und wenn wir den Abfall überprüfen, in dem sie gefunden wurde?«

»Die Frau weiß nicht, wo er sie gefunden hat.«

»Vielleicht wurde sie aus Versehen weggeworfen, Sergeant. So was passiert.«

Andrew nickte. Er pochte mit der Plastikflasche auf sein Knie, schaute aus dem Fenster und wandte sich dann wieder Kobari zu. »Wer ist in letzter Zeit gestorben? Ich meine, in den vergangenen Wochen?«

Kobari sammelte Todesanzeigen. Aus irgendeinem obskuren Grunde glaubte er, daß dies Aufgabe eines Polizeibeamten sei.

Kobari runzelte die Stirn. »Europäer oder Afrikaner?«

»Beides. Ebenso Asiaten. Touristen. Alle. Natürliche Todesfälle meine ich, oder das, was so aussah.«

»Nun ja«, sagte Kobari, »da war Bwana Dinsmore, der Manager des Angelclubs. Da war Miss Kaufman, die Schwester des alten deutschen Arztes. Dieser katholische Priester – wie hieß er doch gleich?«

»Baba Reilly.«

»Ja. Und Alysha, die Frau von Ali dem Trunkenbold aus der Klinik. Und Ruth Mbaio aus dem Delight. Oh, und dann dieser Tourist, der ertrunken ist, ein Hippie.«

»Sind ja reichlich Todesfälle in letzter Zeit«, sagte Andrew.

»Es stürmt nicht mehr, und die Regenzeit hat noch nicht begonnen.«

Andrew nickte. Er überlegte einen Augenblick. »Ich glaube«, sagte er schließlich, »wir werden einigen Leuten ein paar Fragen stellen müssen.«

Andrew zog die Flasche mit den Tabletten aus der Tasche, beugte sich in seinem Sessel vor und stellte die Flasche auf den Kaffeetisch. Der Mann blinzelte, sah ihn an und sagte: »Woher haben Sie die?«

»Kennen Sie die Rauchleute?«

Der Mann nickte.

»Einer von ihnen ist heute morgen gestorben. An einer Überdosis dieser Tabletten.«

Der Mann sagte nichts, sondern lehnte sich in seinem Sessel zurück und wartete.

»Sie werden vielleicht bemerken«, sagte Andrew, »daß auf dem Etikett der Flasche weder der Name eines Apothekers noch eines

Arztes steht. Offensichtlich wurden die Tabletten nicht auf Rezept herausgegeben. Wie konnten sie also in die Hände des Mannes gelangen? Es gab, wie mir schien, drei Möglichkeiten. Erstens, er fand sie ganz einfach im Müll. Zweitens, er stahl sie irgendwo. Der Sohn des Mannes war krank, und er hatte schon vor einiger Zeit versprochen, etwas dagegen zu tun. Vielleicht ist er heute morgen in die Klinik von Dr. Sayjit gegangen – die Zeit dazu hatte er – und sah sie irgendwo herumstehen. Und er hat sie einfach mitgehen lassen. Drittens besteht natürlich die Möglichkeit, daß irgend jemand sie ihm gegeben hat. Wenn das aber so war, muß es jemand gewesen sein, der Zugriff zu solchen Dingen hatte. Und warum sollte jemand einem Mann wie ihm eine gefährliche Droge geben?«

Andrew schwieg einen Augenblick. Der andere Mann zuckte mit den Achseln.

»Mir kam der Gedanke, es könnte sich vielleicht um Erpressung handeln«, sagte Andrew. »Vor mehreren Wochen starb eine Frau eines scheinbar natürlichen Todes. Eigenartigerweise arbeitet ihr Gatte, wie ich erfuhr, in der Klinik von Dr. Sayjit. Zu etwa dem Zeitpunkt, als sie starb, gelangte der tote Mann in den Besitz eines Transistorradios. Ich überlegte, ob er vielleicht etwas gesehen haben könnte, das ihm ermöglichte, den Ehemann zu erpressen. Und ich fragte mich, ob er von dem Ehemann so zuerst das Radio und dann die Drogen bekam.

Inzwischen habe ich allerdings erfahren, daß Ali Bey, der Ehemann, eine Woche in Mombasa war, um seine Familie zu besuchen. Er kann dem Mann diese Drogen heute nicht gegeben haben – und es ist höchst wahrscheinlich, daß der Mann die Drogen heute bekommen hat, da er sie sofort einnahm, nachdem er sie gefunden hatte.«

Andrew rutschte unruhig in seinem Sessel hin und her. »Die Menschen, die mit ihm zusammenleben, versuchten mich davon zu überzeugen, daß der Mann im Schlaf gestorben sei. Es ist unwahrscheinlich, daß sie das versucht hätten, wenn sie nicht sicher gewesen wären, daß der Mann heute morgen nicht in der Stadt war.

Jemand hätte ihn sehen können und ihre Geschichte damit entkräftet. Ich habe in der Klinik nachgeforscht, und der Mann ist dort tatsächlich nicht gewesen.«

»Also scheint die Schlußfolgerung unausweichlich, daß der Mann sie ganz einfach fand, als er heute morgen im Müll herumwühlte.«

Der andere musterte Andrew jetzt sehr vorsichtig.

Andrew sagte: »Aber warum sollte jemand eine fast volle Flasche Morphiumsulfat wegwerfen?« Nacheinander wiederholte er die Argumente, die gegen eine solche Handlungsweise sprachen. So, wie er es Kobari gegenüber getan hatte. »Eine Möglichkeit jedoch wäre, daß jemand dieses Morphium benutzt hat, um einen anderen zu beseitigen, und sich dann aus Angst vor Entdeckung der Droge entledigte. Nun sind aber die einzige andere Person außer Ali Bey im Township, die Zugang zu diesen Drogen hat und kürzlich den Verlust eines nahestehenden Menschen erleiden mußte, Sie, Dr. Kaufman.«

Dr. Kaufman senkte den Kopf und fuhr sich mit knochiger Hand, die von Altersflecken übersät war, über sein schütteres weißes Haar. Andrew wartete und schaute sich im Wohnzimmer um. Es war groß, aber schlicht, ohne die üblichen afrikanischen Kinkerlitzchen, mit denen die meisten Europäer ihre Wohnzimmer vollzustopfen pflegten. Dunkle, schwere Holzmöbel. Ein *Makouti*-Dach aus Stroh und ein hochragender Mangrovenstamm.

Dr. Kaufman blickte auf. »Das ist eine interessante Geschichte, Sergeant.« Der deutsche Akzent war kaum bemerkbar.

Andrew sagte einfach: »Ein Mann ist gestorben, Doktor.«

Der Doktor nickte. »Ja«, sagte er. »Ja.« Er blickte zur Seite, legte die Fingerspitzen seiner rechten Hand an seine Schläfe und schloß die Augen. Er war Ende siebzig, groß, aber gebeugt und dürr. Sein graues Hemd fiel von knochigen Schultern, seine graue Hose schlotterte um knochige Knie.

Er öffnete die Augen wieder und fragte Andrew: »Warum sind Sie allein hergekommen?«

»Ich dachte, Sie würden freier reden, wenn Ihnen nur ein Polizist gegenübersitzt.« Die gleiche Geschichte hatte er Kobari erzählt. Aber Dr. Kaufman war eine ehrenwerte Persönlichkeit, hatte schon vor dem europäischen Krieg im Township gelebt und war geachtet, ja, sogar beliebt. Falls Andrew sich irrte, war es am besten, wenn er die Folgen allein trug.

Dr. Kaufman sagte: »Sie haben nicht sehr viele Beweise.«

»Nein«, gab Andrew zu. »Noch nicht.«

Der Doktor lächelte. Ein trauriges Lächeln, denn die tiefen Falten in seinem Gesicht verzogen sich kaum. »Sie sind ein höchst intelligenter Mann, Sergeant.«

Andrew sagte nichts.

Dr. Kaufman sah sich im Wohnzimmer um. Sein Blick war träge und verweilte lange an Details, als wolle er sich alle Dinge ins Gedächtnis einprägen. Schließlich traf sein Blick wieder den von Andrew. »Frieda hatte Krebs«, sagte er. Er holte lang und tief Luft. »Leberkrebs, verstehen Sie? Es war unheilbar. Als sie mir schließlich von den Schmerzen erzählte, war die Krankheit zu weit fortgeschritten. Das war so ihre Art, müssen Sie wissen. Sie weigerte sich immer, irgendwelche Schwächen zuzugeben.«

Ein kleines Lächeln überzog sein Gesicht. »Sie ...« Er schüttelte den Kopf und sagte kurz: »Wir flogen nach Nairobi, machten alle Tests, aber es war hoffnungslos. Da war nichts mehr zu machen.«

Wieder ein tiefer Atemzug. »Sie lehnte Schmerzmittel jeder Art ab. Sie wollte, wie sie erklärte, bei klarem Verstand bleiben, um diese Erfahrung in ihrer ganzen Tragweite bewußt zu erleben.« Er hielt inne und runzelte die Stirn. »Nein, das hört sich an, als wollte ich sie zur Walküre machen. Übermenschlich. Das war sie nicht. Sie hielt das für ein ebenso wichtiges Experiment wie jedes andere, und solange sie dazu imstande war, wollte sie es ertragen. Das ist Teil des Lebens, sagte sie. Das hatte eine Bedeutung, und es ergab einen Sinn. Wir diskutierten darüber. Wir kamen überein, daß ich den Schmerz beenden würde, sollte er unerträglich werden und sie mich darum bitten.«

Wieder blickte er einen Augenblick beiseite und schaute dann Andrew an. »Ich mußte ihr versprechen, danach weiterzumachen. Fortzufahren. Wir standen uns sehr nahe, wissen Sie. Sie wußte, daß ich vielleicht versuchen würde, mein Leben ebenfalls zu beenden.«

Er räusperte sich und holte wieder tief Luft. »Ich sah drei Monate zu, wie sie litt. Ich will mich nicht entschuldigen, müssen Sie wissen. Ich erkläre nur. In den letzten Wochen konnte sie nicht schlafen, konnte nicht einmal allein aufstehen. Nachts konnte ich sie aus meinem Zimmer hören. Ihr Körper war zerrissen. Aber sie schrie nie... Schließlich sagte sie mir, daß sie bereit sei. Ich gab ihr die Morphiumtabletten, um sie zu betäuben – sie hatte furchtbare Angst vor Nadeln. Wir waren vor dem Krieg – wie heißt das gleich? – *zusammengetrieben* worden. Wir flohen mit einigen anderen aus dem Lager, aber die Ärzte – *Ärzte* – sie hatten ihr etwas mit Nadeln angetan... Und so injizierte ich das Strychnin, als sie schlief...«

Dr. Kaufman starrte sehr, sehr lange auf den Boden. Andrew blieb stumm.

Schließlich sagte der Doktor, ohne aufzusehen: »Ich habe vor sehr langer Zeit einen Eid geschworen, wissen Sie. Einen Eid, kein Leben zu nehmen. Ich habe diesen Eid einmal gebrochen, und es scheint, als hätte ich ihn jetzt wieder gebrochen.« Er schüttelte den Kopf. »Dieser arme Bursche.« Er flüsterte. »*Gott.*«

Plötzlich blickte er auf. »Sie sollen aber wissen, daß ich diese Flasche nicht weggeworfen habe, weil ich gefürchtet habe, entdeckt zu werden, wie Sie es auslegen. Der Amtsarzt hat meinen Totenschein akzeptiert. Eine Autopsie wurde nicht veranlaßt, und was wäre in der Praxis eines Arztes natürlicher als der Einsatz von Morphium? Ich habe die Spritze weggeworfen, aber die Flasche habe ich tagelang behalten. Ich bin mir nicht sicher, warum. Ein Talisman? Ein Bindeglied, eine Verbindung. Ich wußte, daß ich diese Tabletten niemand anderem geben konnte. Aber eines Tages endlich warf ich sie in die Mülltonne, draußen beim Postamt. Es war töricht, völlig unverzeihlich – nicht deswegen, weil es Sie hierhergeführt hat, nein, sondern wegen dieses Mannes. Unverzeihlich ...«

Abrupt erhob er sich. »Nun, es ist vorbei, nicht wahr? Sie werden ihre« – er lächelte – »Handschellen doch nicht brauchen, oder? Ich mache Ihnen keine Schwierigkeiten. Aber wenn Sie mir gestatten, daß ich ein paar Kleinigkeiten mitnehme?«

Andrew wußte sofort, was der Doktor im Sinn hatte. Der zweifache Bruch des Eides war stärker als das eine Versprechen gegenüber seiner Schwester.

»Nein, Doktor«, sagte er.

Am nächsten Morgen rief der Chef Andrew herein. Er saß hinter seinem Schreibtisch, und sein runder Kopf und die breiten Schultern wurden von dem Licht umrahmt, das durch das Fenster hinter ihm einfiel. Er hielt ein Blatt Papier in der Hand. Andrew setzte sich.

»Ich habe den Bericht von der Kriminalpolizei bekommen.« Er tippte auf das Papier. »Dieser Mann in der Mülldeponie. Moi zufolge ist die Sache klar, und Murmajee hat Herzstillstand festgestellt. Bei Murmajee bin ich mir nie sonderlich sicher, wie Sie wissen, und was Moi anbelangt ...« Er schüttelte lächelnd den Kopf. »Ich möchte gerne wissen, ob all dies Ihren Überlegungen entspricht. Ist das Ihrer Meinung nach geschehen?«

Ein guter Mann, geradezu absurd ehrlich, gemessen an den Maßstäben dieses Polizeireviers, und weitaus intelligenter, als er aussah: ein Gesicht wie eine Faust, ein Körper, der nur aus Fleisch und Muskeln bestand, der sich langsam bewegte, der unerschütterlich war. Und ein Mann, der Andrew kannte, ihm mehr Spielraum und Respekt als die meisten Vorgesetzten gab, mehr als jeder andere Kikuyu es je tun würde.

Zum erstenmal in seinem Leben belog Andrew ihn. »Ja«, sagte er.

Ein Fall von Euthanasie. Ein weiterer schlimmstenfalls von Totschlag. Und sicher Freispruch für beides. Aber für den Rest seines Lebens, egal ob der kurz oder lang war, würde der Doktor mit dem Gerede leben müssen, das zu einem Flüstern verebbte, mit den ausweichenden Blicken.

Jetzt mußte er wie Andrew mit sich allein leben. Und Andrew hatte sich eine Buße für sie beide ausgedacht. Das Baby des toten Mannes: Sie beide würden dafür sorgen, daß es ein gesundes Kind wurde und blieb.

Andrew verließ das Büro des Chefs, schritt durch den Bereitschaftsraum und trat in das gleißende Sonnenlicht hinaus. Im Schatten der Jakaranda wartete Kobari neben dem Land Cruiser. Auch Kobari konnte mit einer Lüge und mit sich selbst leben. Und Andrew hatte ihn schwören lassen, daß er, sollte die Wahrheit je herauskommen und er verhört werden, sagen würde, er hätte auf Andrews Befehl gehandelt. Kobari hatte geschworen, und sein Grinsen signalisierte, daß er wieder log.

Jetzt sagte Kobari: »Es ist also alles gutgegangen.«

Andrew nickte lächelnd. Es war alles weit besser gegangen, als überhaupt zu erwarten gewesen war.

»Gut«, sagte Kobari und erwiderte das Lächeln.

Sie stiegen in den Wagen und schlugen laut die Türen zu. Kobari steckte den Schlüssel ins Zündschloß, drehte sich dann aber stirnrunzelnd zu Andrew. »Bei der ganzen Geschichte stört mich nur eines, Sergeant.«

»Und das ist?«

»Dieses Radio. Ich habe die Berichte über Diebstähle überprüft. Es war nirgendwo aufgeführt. Wo kann ein solcher Mann so ein Ding herbekommen haben?«

Ärgerlich, fürwahr.

Unwahrscheinlich, daß einer der Rauchleute es geschenkt bekommen haben sollte. Die ironische Wahrheit (oder die absurde, oder die tragische, oder eine Wahrheit, die Andrew nicht einmal Kobari erzählt hatte) war, daß die Batterien vor Wochen schon leer gewesen waren, und keiner dieser Menschen, keiner der vier, hatte gewußt, daß man neue kaufen mußte.

»Ich weiß es nicht«, sagte Andrew. »Höchstwahrscheinlich werden wir das nie erfahren.«

Kobari nickte, drehte den Zündschlüssel, legte den ersten Gang ein und trat das Gaspedal voll durch.

Aus dem Englischen von Hartmut Huff

WILLIAM F. NOLAN

Sonnenklau

Sherlock Holmes sabberte.

»Bähhh, bähh«, sagte er und verrollte die Augen in seinem löwenmähnigen Schädel.

»Was ist denn jetzt wieder mit ihm los?« fragte ich Watson.

»Eine vorübergehende Rückentwicklung in die Kindheit«, sagte der Doktor mit leiser Stimme, wobei er behutsam eine Speichelblase vom Kinn des Detektivs wischte.

Ich blickte finster drein und zog die Schublade auf, in der die Büroflasche steckte. »Wie kann er sich zu etwas zurückentwickeln, was er nie war?«

»Holmes ist mit Programmen ausgestattet, die bis zum Fötalstadium zurückreichen. Seine Schlußfolgerungsfähigkeiten müssen das ganze Spektrum des Lebens umfassen.« Watson strich über seinen blassen Schnurrbart. »Auch ich verfüge über Erinnerungen an eine Kindheit, die ich tatsächlich nie erlebt habe.«

»Ich glaube, Albin übertreibt es mit euch Robotern etwas«, sagte ich und schenkte mir einen anständigen Schluck aus der Flasche ein.

»Sie zahlen für die Dienste eines Meisterdetektivs«, sagte Watson, wobei er Holmes einen kräftigen Schlag gegen dessen rechte Gesichtshälfte versetzte. »Hochentwickeltes Roboterdesign ist Grundlage dafür.«

Holmes blinzelte schnell. Der Ausdruck kindlicher Einfalt wich einem dünnen Lächeln. »Ah, mein lieber Watson«, sagte er und zog eine schwere schwarze Pistole aus den Falten seines Inverness-Umhanges und richtete die Waffe auf mich. »Es scheint, als hätten wir endlich unseren Mann gefaßt! Der infame Moriarty ist unser!«

Ich warf Watson einen bösen Blick zu. »Er spinnt noch immer. Sagen Sie ihm, wer ich bin, bevor er diese alte Kanone abfeuert!«

Der gute Doktor beugte sich dicht zu Holmes. »Das ist Samuel Space. Er ist Privatdetektiv, und wir befinden uns in seinem Büro auf dem Mars. Er hat uns engagiert. Wir arbeiten mit ihm zusammen.«

»Ja«, sagte ich. »Fünfzig Solarkredits pro Tag. Und wenn ich sehe, was ich dafür bekomme...«

»Treten Sie beiseite, Watson!« befahl Holmes, der die Pistole auf meine Brust gerichtet hielt. »Dieser Erzfeind ist ein Meister der Verkleidung. Er hat sich höchst raffiniert für die Maske eines billigen, schäbig gekleideten Privatdetektivs mit beschränkter Intelligenz und ordinärem Vokabular entschieden, um seine wahre Identität zu verbergen!«

»Schäbig gekleidet!« schnappte ich. »Ich habe diesen Reißanzug vor zwei Wochen auf dem Merkur gekauft – und das selbstwaschende Hemd mit Puffmanschetten kommt aus Allnew York.« Zu Watson: »Am besten, Sie knallen ihm noch eine.«

Der schnurrbärtige Doktor ohrfeigte Holmes wieder, dieses Mal auf die linke Kopfseite.

Holmes schluckte und ließ die Pistole in seinem Umhang verschwinden. Er ersetzte sie durch eine geschwungene antike Pfeife mit großem Kopf, in den er eine seltene Mischung von mutiertem türkisch-griechischem Erdtabak stopfte. Er paffte, stieß eine Wolke von aromatischer Intensität aus und musterte mich mit trägem Blick. »Ich habe das Fragment des zertretenen Blattschimmelpilzes vom Reitstiefel der Lady Wheatshire analysiert, und Sie werden erfreut sein zu erfahren, Mr. Space, daß ich den Fall der fehlenden Kralle gelöst habe.«

»He, Augenblick mal!« protestierte ich aufgebracht, aber Holmes brachte mich mit erhobener Hand zum Schweigen.

»Der juwelenbesetzte Vogel, den wir in den Händen von Lord Willard Wheatshire wähnten, war in Wirklichkeit nie in seinem Besitz, solange er Gutsherr von Suffox Hall war. Schamlos, aber raffiniert hat Lady Wheatshire vor ihrer Ankunft auf Suffox einen falschen Vogel, dessen *linke* Kralle fehlte, eingetauscht – wogegen sie den echten ägyptischen Adler, dessen wertlose *rechte* Kralle fehlte, an den blinden, buckligen Gärtner namens Fedor weitergab, und dieser war natürlich kein anderer als der niederträchtige Mayfair-Päderast, der als Earl of Clax bekannt ist.«

»Hören Sie, ich...« Aber meine Worte wurden ignoriert, während Holmes mit triumphierender Stimme verkündete: »Ergo – Clax hatte die Kralle – die *linke* Kralle, in deren Klaue sich die Blutperle der Bonfidinis befand, die...« und er dehnte dramatisch seine Worte, »in Wirklichkeit – aber – überhaupt – nie – abhanden – gekommen – war!«

»Brillant!« keuchte Watson, dessen Schnurrbart zitterte. Er klopfte Holmes auf die Schulter. »Absolut brillant, alter Freund!«

»Nur, daß das der falsche Fall ist«, sagte ich. »Ich hab' euch Spinner engagiert, damit ihr mir helft, den Fall des Zeitmaschinen-Schwindels auf dem Saturn zu lösen. Erinnert ihr euch?«

Watson zuckte mit den Schultern und blickte mich verstört an.

Ich stellte die Büroflasche weg. »Also los«, sagte ich und griff nach meinem klassischen Hut. »Ich werde euch Blechkameraden zu Hu Albins ›Erstaunlicher Automatischer Kriminal Klinik‹ zurückbringen und laß mir mein Geld wiedergeben.«

Und genau das tat ich. Als nächstes videophonierte ich mit meinem Klienten auf Saturn und gestand, daß ich den Zeitmaschinenfall nicht lösen könnte.

Man kann nicht immer gewinnen.

Aber ich sollte Ihnen vielleicht etwas über mich erzählen. Ich bin ein Detektiv von der Erde und arbeite auf dem Roten. Ich hab' mich im ganzen Sonnensystem herumgetrieben, vom Pluto bis zu den Merkurmonden, aber jetzt sitze ich auf dem Roten, auf dem Mars, direkt in Bubble City. Mein Büro im Boor Building ist etwas vergammelt. Designerpreise gibt's dafür sicher nicht. Ebensowenig für die billige Bude, die ich an der Redsand Avenue gemietet habe, aber mehr kann ich mir für das bißchen Solarkohle, das ich verdiene, nicht leisten. Ich bin Angehöriger einer aussterbenden Gattung und komme so gerade über die Runden. Man könnte mich als einen der letzten Schnüffler bezeichnen. Privatdetektiv. Ist ein Pennerleben. Selbst in der Blütezeit des Geschäfts war nie viel Geld damit zu machen, aber schon mein Urgroßvater war auf der alten Erde Privatdetektiv. Im zwanzigsten Jahrhundert saß er im guten alten Los Angeles. Deshalb glaube ich, daß mir der Job im Blut liegt.

Aber zurück zu dem Fall...

Hier bin ich, vom Mondsprit leicht angedröhnt, und verlasse das Happy Hours Alkohol Imperium, nachdem ich mit meinem zuvor erwähnten Klienten videophoniert hatte.

Ich wollte nicht nach Hause gehen, weil mein Zuhause mit marsianischen Sandflöhen und kaputten Träumen überfrachtet war – wenn Sie mir diese poetische Referenz auf persönliche Verzweiflung verzeihen. Meine letzte Gefährtin hatte mich vor drei Marsmonaten verlassen. Sie hatte mir vorgeworfen, daß es unserer Beziehung an sexueller Intensität mangelte. Sie hatte recht. Den größten Teil meiner sexuellen Intensität hatte ich während einer multioperationalen interkosmischen Steuerhinterziehungsaffäre auf Ganymed für einen venusianischen Dreikopf vergeudet.

Deshalb war meine Wohneinheit jetzt leer – nur ich und die Sandflöhe –, was erklärt, warum ich an diesem speziellen Abend keine große Eile hatte, dort wieder hinzukommen.

Ich hatte eine erstklassige Hirndröhnung nötig – einen totalen Sinnesurlaub von diesem lausigen Detektivgeschäft. Also begab ich mich in den nächsten Hirnsalon, ließ mich in einen Tripsessel fallen, knallte mir die Hirnhörer auf die Nuß und hob mit Volldampf ab.

Ich war wirklich gut drauf und voll drin, als ich durch eine abrupte Energieunterbrechung wieder nüchtern wurde.

Ich blinzelte ein großes, katzenäugiges Erdenmädchen mit getigerter Perücke an. Sie steckte in einem dreifarbig leuchtenden, hautengen Body und trug kniehohe Echtlederstiefel. Der absolute Hammer.

»Tut mir leid, daß ich Ihren Kontakt unterbrochen habe«, sagte sie. Dabei blickte sie sehr entschlossen auf meinen Sessel. »Aber ich wußte, daß Sie nicht vor morgen früh in Ihrem Büro sein würden, und ich *mußte* Sie jetzt sprechen.«

»Die Dröhnung hätten Sie mir aber bis zum Ende gönnen können«, sagte ich, während ich die Hirnhörer abnahm und mich aus dem Tripsessel erhob.

»Die Angelegenheit ist sehr dringend, Mr. Space.«

»Sie kennen mich, aber ich kenne Sie nicht.«

»Amanda Nightbird«, sagte sie. »Ich schüttle bei den Saints.«

»Richtig«, sagte ich. »Ich hab' Sie auf Video gesehen. Woher wissen Sie meinen Namen?«

»Sie wurden mir von einem Freund als zuverlässiger Privat-Heck empfohlen.«

»Privat-Deck«, korrigierte ich. »Ist die Abkürzung für Privatdetektiv.«

»Der Begriff ist nicht gängig«, erzählte sie mir.

»Das liegt daran, weil's von unserer Sorte nicht mehr viele gibt.«

»Wie auch immer«, sagte sie ungeduldig. »Ich weiß, was Sie tun, und ich möchte, daß Sie's tun.«

»Was tun, Miss Nightbird?«

»Beschützen. Sie beschützen doch Leute, oder?... Ich meine, gehört das nicht zu dem Aufgabenbereich, den Sie wahrnehmen als Privat... was auch immer?«

»Sicher«, ich nickte. »Beschützen mach' ich auch. Zweihundert Solarkredits pro Tag, zuzüglich Spesen. Aber jetzt erzählen Sie mir, wen ich zu beschützen habe.«

»Mich«, sagte das Mädchen und schüttelte ihre Tigermähne.

»Und wann soll ich anfangen?«

»*Jetzt*«, sagte sie, wobei sie Richtung Ausgang nickte. »Da draußen ist etwas, das darauf wartet, mich zu töten.«

Sie lag völlig richtig. Es war nicht »jemand« – es war »etwas«. Ein drei Meter großer Spinnenmörder von den Ringen des Orion. Ich war auf ihn vorbereitet, als er sich vom Dach auf die Person fallenließ, die er für Amanda Nightbird hielt.

Er war wirklich platt – ich trug Amandas getigerte Perücke, die kniehohen Echtlederstiefel und den hautengen, leuchtenden Dreifarben-Body. Amanda war im Gebäude geblieben und trug nur ihre Strapse.

Ich bin in siebzehn verschiedenen Solarkampfarten ausgebildet, und als nun dieser Spinnenbursche auf meinem Rücken landete (er wollte seine giftigen Fänge in meinen Nacken senken – oder, um präzise zu sein, in Amandas Nacken), tauchte ich in eine umgekehrte merkurische Halbdrehung, so daß er wegflog. Bevor er das Gleichgewicht wiederfinden konnte, versetzte ich ihm einen sauber ausgeführten doppelten Hackentritt gegen seinen oberen Unterkiefer. Zischend sprang er mich wieder an – aber inzischen hatte ich meine .38 Colt-Wesson mit Nitrolader gezogen und ließ sie den Rest erledigen. Ich gruppierte seine Atome um und zerpustete ihn zu einem Haufen haariger schwarzer Einzelteile. (Universalgesetz: Im Kosmos stirbt nie etwas.)

Dann ging ich wieder rein und fragte Amanda Nightbird, warum ein Spinnenmörder vom Orion versuchte, sie umzubringen.

Sie trug Glitzerstaub auf ihren Brüsten und sah in ihren Strapsen so toll aus – ihre makellose Haut schimmerte im Halbdunkel –, daß ich Schwierigkeiten hatte, mich auf ihre Antwort zu konzentrieren. Aber alles hatte mit einer Wettschuld zu tun, die sie sich zu zahlen weigerte, nachdem sie bei einem manipulierten Gravitationsspiel in Honest Als Vergnügungspalast verloren hatte.

»Ich kenne Al«, erzählte ich ihr, wobei ich ihre rechte Brust knetete. »Ich kann das für dich regeln.«

»Er ist ein Betrüger!« sagte sie hitzig. »Ich wünschte, du würdest das nicht tun.«

»Das Regeln?«

»Nein, meine Brust kneten. Ich mag's nicht, wenn meine Brüste geknetet oder gedrückt werden. Mein erster Bettgefährte hat das gemacht, und das war Grund dafür, warum unsere Beziehung absolut kaputtging. Ich mag's, wenn man sie mit der flachen Hand massiert oder wenn man die Warzenhöfe leicht streichelt.«

»Okay«, sagte ich und überreichte ihr die getigerte Perücke. »Aber du *willst*, daß ich die Sache mit Al regle?«

»Sicher doch«, sagte sie, während ich ihr die Kleidung zurückgab. »Aber ich *weigere* mich, ihm tausend Kredits zu zahlen, weil ich *weiß*, daß er das Gravitationsfeld auf diesem Grad manipuliert hat.«

»Verstehe«, stimmte ich zu. Ich beobachtete, wie sie in ihren Body glitt.

»Da ist noch etwas«, sagte sie und schaute mich aus langwimprigen Augen an. »Was weißt du über die Bedeutung von Träumen?«

»Ich bin Detektiv und kein Seelendoktor. Was für Träume?«

»Alpträume. Ich träume ständig, daß überall Kälte ist, daß alles Leben erstarrt. In letzter Zeit immer wieder denselben Traum. Was sagst du dazu?«

Ich schaute zu, wie sie ihre Lederstiefel anzog, als mir klarwurde, daß wir kosmisch dazu bestimmt waren, uns zu paaren.

»Was die Bedeutung deiner Träume anbelangt, muß ich passen«, erzählte ich ihr. »Aber ich bin davon überzeugt, daß wir grundlegend zur Paarung geeignet sind. Was meinst du dazu?«

Ihre Katzenaugen blitzten. »Du *bist* attraktiv«, stimmte sie zu. »Aber unser Körperverkehr muß warten. Ich habe Verpflichtungen bei den Saints – wir haben eine Schüttel-Session im Marble, und du mußt für mich die Geschichte mit Honest Al regeln.«

»Hmmmmm«, sagte ich.

»Wieviel wird mich das insgesamt kosten?«

»Schwer zu sagen«, sagte ich. »Hängt davon ab, was ich mit Al aushandeln kann.«

»Ich vertraue dir, Sam.« Ihre Stimme war ein Schnurren, als ich ihre rechte Brust mit flacher Hand massierte. »Meine Zukunft liegt in deinen Händen.«

Ich wußte, daß man sich auf kosmische Bestimmungen verlassen konnte. Irgendwo in diesem vielschichtigen Schweizer Käse des Universums, in einer gegendimensionalen Wirklichkeit, hatten wir bereits einen irren Körperverkehr.

Darauf freute ich mich.

Honest Als Laden befand sich unmittelbar hinter dem Mars auf einem winzigen Privatasteroiden namens Burton's Rock, nur einen Katzensprung von Bubble City entfernt. Auf dem Rock war 'ne Menge los, seit Glücksspiele in B City illegal waren. Ich bin oft genug dort gewesen und kenne mich deshalb aus, und ich war nie so blöde, auf ein Roulette zu setzen. Ich bleibe bei magnetischen Würfeln. Zumindest kann man Magnetwürfel nicht manipulieren. Also spielt man praktisch nur gegen die Bank. Manchmal habe ich Glück.

Als Laden konnte man nicht verfehlen. Er lag direkt in der riesigen Öffnung eines radioaktiven Kraters. Wenn man von der dunklen Seite des Mars kam, konnte man schon meilenweit vorher das Glühen sehen.

Im Innern war Als Vergnügungspalast kein Palast. Al investierte wenig für die Instandhaltung und machte satten Profit beim Spiel. Er brauchte keine Hochglanzfassade, um die Zocker ranzuholen. Ich entdeckte ihn an einem Trinktisch in einer Ecke, wo er mit zwei Schafen vom Capella-System saß. Al war dabei, sie zu größeren Ausgaben zu beschwatzen. Schafe neigen von Natur aus dazu, reichlich Wolle aufs Spiel zu setzen, und Al ermutigte sie vergnügt.

Ich marschierte zu seinem Tisch rüber.

»Samuel!« strahlte er. »Wie schön, dich wiederzusehen!«

»Wir müssen reden«, sagte ich kurz angebunden. »*Allein.*«

Die beiden Schafe sahen mich aus lidlosen Augen an.

»Später, Samuel. Ich sitze hier mit Freunden.«

Al war groß, wog vielleicht dreihundert Erdenpfund, und sein dreifarbiger Wechselanzug machte seine Körpermasse auch nicht gerade schlanker. Ich legte meinen linken Daumen auf den oberen Wirbel seines dicken Halses und drückte kräftig. Er stöhnte in plötzlichem Schmerz auf.

»Wir reden *jetzt*«, sagte ich. »Und ihr zwei ... macht die Fliege!«

Die Schafe standen zitternd auf. Schafe geraten leicht in Panik. Sie mögen überhaupt keine Gewalttätigkeit.

»Trollt euch!« sagte ich zu ihnen. Und sie watschelten davon. Ihre Stielaugen hatten sie zugekniffen.

Ich nahm meinen Daumen von Als Hals und setzte mich.

»Was wünschen Sie?« fragte der Trinktisch. Ich bestellte einen doppelten irischen Whisky ohne Eis. Al funkelte mich an. Sein breites Gesicht war gerötet und schweißnaß.

»Dafür hätte ich dich umlegen können«, sagte er mit angespannter Stimme. Seine Augen brannten in einem stählernen Grau, in dessen Mitte Hitze loderte. Ich grinste ihn an.

»Mit dem Umlegen von Leuten bist du schnell dran«, sagte ich. »Darum bin ich hier.«

»Was?« Er blinzelte mich an.

»Du hast einen Mordbefehl für eine Saint gegeben, und sie kam zu mir. Ich hab' ihr gesagt, ich würde das stornieren lassen.«

»Da liegst du falsch, Schnüffler«, sagte Al. »Sie ist mir was schuldig. Sie will nicht zahlen. Sie stirbt. Eins. Zwei. Drei.«

Ich schüttelte langsam den Kopf. »Sie wurde an einem manipulierten Roulette geleimt, und das weißt du«, sagte ich. »Entweder du pfeifst deine Hunde zurück, oder ich werde dir deinen schäbigen Laden um deine fetten rosa Ohren hauen.«

Ich nippte an meinem Whisky, während Al darüber nachdachte.

»Du bluffst, Sam«, sagte er, aber seine Stimme klang wenig überzeugend.

Ich deutete auf das Videophon neben der Bar. »Wenn du meinst. Ein Anruf bei meinem alten Kumpel von der Solarpolizei, Captain Shaun O'Malloy, ich erzähl' ihm, was ich über deinen Laden weiß, und du bist aus dem Geschäft.« Ich beugte mich dicht zu seinem schwitzenden Gesicht. »Nimm deinen Befehl zurück, oder ich laß deinen Laden dichtmachen.«

Dann lehnte ich mich zurück und steckte mir eine Zigarre an. Al stieß einen tiefen Seufzer aus und hob eine fette Hand. Einer seiner Jungen kam an den Tisch gewieselt und warf mir einen harten Blick zu. Al gab nur kurz zwei Worte von sich: »Nightbird lebt.«

Der Schläger nickte und tauchte wieder in die Menge.

»Danke«, sagte ich zu Al. »War wirklich sehr nett von dir.«

Aber Al schwitzte noch immer. Ich überlegte, warum. »Hör mal,

Sam ...« Seine Stimme war leise. »Es geht um mehr als nur um Spielgeld. Ich hatte Befehle. Die Schulden waren nur ein Vorwand. Hör auf mich und geh auf Abstand zu ihr. Die ist erledigt, Sam. So oder so.«

So hatte ich Al noch nie erlebt. Er hatte schrecklichen Schiß.

»Erzähl«, sagte ich. »Die ganze Geschichte. Wer hat dich beauftragt, das Mädchen umzulegen? Und warum?«

Er blickte mich gequält an. Seine Kiefer zitterten. »Wenn ich dir das erzähle – bin ich ein toter Mann, Sam. Genau wie sie.«

»Niemand wird erfahren, daß du mir was erzählt hast.«

»Ist zu gefährlich. Ich hab' das nur gesagt, um dich aus der Sache rauszuhalten.«

»Nützt nichts, Al. Ich stecke schon drin. Und jetzt *spuck's* endlich aus!«

Seine Stimme wurde zu einem Flüstern. Ich konnte seine Worte kaum verstehen: »Amanda weiß etwas, was sie nicht wissen sollte ... Über die Große Echse.«

»Stanton P. Henshaw, der Zwiebelmagnat?«

Al nickte. »Sie war für eine seiner tollen Parties auf dem Pluto engagiert – mit den Saints. Die haben da nachts geschüttelt, und zwischen den Auftritten spazierte Amanda in den Gärten bei dem Spielsalon herum. Sie hat Henshaw reden hören. Er war mit ein paar großen galaktischen Nummern zusammen. Sie hat sie reden hören.«

»Über was?«

»Keine Ahnung, war aber was Wichtiges«, flüsterte Al. »Jedenfalls so wichtig, daß Henshaw mich anheuerte, Amanda Nightbird zu erledigen. Ich hab' das Gravitationsspiel manipuliert, und nachdem sie am Rad verloren hatte, ließ ich sie wissen, daß es manipuliert war. Ich wußte, daß sie sich weigern würde zu zahlen. Damit hatte ich den Vorwand, den ich brauchte, um den Mordbefehl zu erteilen. Den *wirklichen* Grund kennt sie nicht.«

»Aber wenn sie etwas gehört hat, was tatsächlich so wichtig ist, daß die Große Echse Bammel davor hat, dann hätte sie das doch jemandem erzählt, oder?«

Als Stimme wurde noch eindringlicher. »Das ist es ja gerade, Sam... sie weiß nicht, daß sie weiß, was sie weiß.«

»Das mußt du mir noch mal erklären.«

»Was sie tatsächlich gehört hat, wurde aus ihrem Bewußtsein gelöscht. Henshaw hat sie getaucht, bevor sie den Pluto verließ – die Worte existieren also nur in ihrem Unterbewußtsein. Aber wenn die Polizei ein Data-Scanning durchführt, würden diese Worte entdeckt werden, und deshalb will die Echse ihren Tod.«

»Und warum hat er sie nicht selbst umgebracht?«

Al schüttelte seinen massigen Kopf. »Das Risiko konnte er nicht eingehen. Jeder wußte, daß sie in jener Nacht da geschüttelt hat. Er mußte sichergehen, daß ihr Tod nicht mit ihm in Verbindung gebracht werden würde – und darum hat er zu mir Kontakt aufgenommen, damit ich den Mordauftrag erledige.«

Ich lehnte mich zurück und drehte meinen klassischen Hut in den Händen. »Die Frage ist nur – was hat sie eigentlich gehört?«

»Ich schwör' dir, du wirst es nicht wissen wollen«, sagte Al. »Ebensowenig wie ich es wissen will. Sicher, ich kann den Mordauftrag abblasen, aber das wird sie nicht retten. Als sie in den Garten hinausging, hat sie sich eine Fahrkarte für den Friedhof gekauft, und du kannst sie nicht retten. Halt dich da raus, Sam. Niemand spielt mit der Großen Echse.«

»Laß diesen schleimigen grünen Bastard nur meine Sorge sein!«

»Aber wenn er rausbekommt, daß ich den Befehl zurückgenommen habe, wird er...«

»Er wird gar nichts. Wir werden ihn vorher hochnehmen.«

Al hob seine buschigen Augenbrauen. »Wir?«

»Ich und Shaun O'Malloy. Der Captain ist schon lange auf Henshaws schuppige Haut aus. Ich glaube, daß das – was immer in Amandas Kopf sein mag – den Haken liefern wird, den er braucht, um die Echse zu fassen.«

Nachdem ich Al verlassen hatte, buchte ich einen Expreß-Warper zum Jupiter. Ich mußte Amanda schnell finden und sie zu O'Malloy im Solar HQ in Allnew York bringen. Dann mußte ich ihn dazu überreden, ein Hirn-Scanning durchzuführen, um rauszubekommen, was sie wußte.

Die Polizei in zehn Systemen war hinter Stanton Henshaw her, aber bis jetzt hatte man die Große Echse nie verhaften können. Natürlich wußte jeder Bulle in der Galaxis, was für ein Gangster er war, wußte, daß sein Zwiebelimperium nur eine legale Tarnung für seine ungeheuerlichen Bestechungsaktivitäten war, aber ohne Beweise konnte ihm das Gesetz einfach nicht beikommen. Jetzt endlich würde der Große Boß dank Privatdetektiv Samuel Space gefaßt werden.

Die Sache war wirklich reif, und ich würde dafür sorgen, daß sie Wirklichkeit wurde.

Als wir auf dem Marble aufsetzten, winkte ich ein Lufttaxi nach Juketown heran. Ich wußte, daß Amanda dort mit den Saints im Bent Tentacle schüttelte, einer schicken Abfüllstation im Herzen der Stadt. Die meisten heißen Aufführungen liefen dort – und die Saints lieferten eine starke Show. Ihr Tri-Disc »Ionenpartikel Blues« war die Numero Uno in der galaktischen Hitparade, den Starcharts.

Im Club erfuhr ich, daß sie gerade als Gaststar beim KRAB auftrat, dem lokalen Tri-Video-Sender. Ihr Auftritt war für die Saints natürlich eine erstklassige PR.

Die Tri-Vid-Kameras waren noch auf Amanda gerichtet, als sie den Sender verließ. Also mußte ich warten, bis sie den Liftschacht außerhalb des KRAB erreichte, bevor ich zu ihr gehen konnte.

Sie war ziemlich überrascht, als sie mich sah.

»Sam! Was machst du denn hier? Ich dachte, du wolltest meine Sache mit Honest Al regeln!«

»Ist erledigt – aber die Geschichte ist noch nicht vorbei.«

»Das verstehe ich nicht.«

Ein Lufttaxi setzte neben uns auf. Ich stieß sie hinein.

»Zum Raumhafen«, sagte ich dem Taxi.

»Aber ich muß zurück in den Club!«

»Vergiß es. Wir müssen sofort zu O'Malloy in Allnew York.«

»Zu diesem Solarbullen?«

»Jau! Er mag zwar keine Privatschnüffler, aber wenn ich ihm dich bringe, wird er mich lieben!«

Ihre Augen blitzten zornig. »Ich habe nicht die Absicht, mit dir nach Allnew York zu fliegen. Ich schüttle heute im Tentacle.«

»Ich hatte auch nicht geglaubt, daß du freiwillig mitkommen würdest, und ich hab' keine Zeit für Diskussionen, also...« Ich drückte auf eine Stelle direkt am Ansatz von Amandas Schädel. Ihre Augen wurden untertassengroß. Sie stieß einen kleinen Seufzer aus – und sackte schwer gegen meine Schulter.

So weit, so gut.

Als wir die Erde erreichten, war Amanda total stramm. Ich hatte ihr während des Fluges L-17 verabreicht und mußte sie ins Solar HQ tragen. Nachdem ich O'Malloy gefunden hatte, sagte ich ihm, er solle die Hirn-Scan-Anlage vorbereiten lassen, weil wir einen wichtigen Kandidaten für eine Tastung hätten.

Er sah das überhaupt nicht so.

»Space, du bist verhaftet«, sagte er mir, wobei er die Worte um eine Zigarre spuckte, die die Größe eines Zaunpfostens aus New Texas hatte. Er war groß und breit und hart – und er schien es zu genießen, Leute anzufunkeln.

Ich erwiderte das Funkeln und blickte in sein gerötetes irisches Gesicht. »Wie lautet die Anklage?«

»Entführung«, schnappte O'Malloy. »Du gibst doch zu, Miss Nightbird ohne ihre Einwilligung in völlig desolatem Zustand vom Jupiter hergebracht zu haben?«

»Na sicher gebe ich das zu, aber ich hab' sie doch direkt hierhergebracht, oder?«

»Es geht nicht darum, wohin du sie gebracht hast, sondern wie du sie hergebracht hast! Sie ist noch immer völlig benebelt. Wir kriegen kein Wort aus ihr raus.«

Mehrere andere Solarbullen, ebenso harte Burschen, hingen um das Büro des Captains rum und warfen mir böse Blicke zu. Der Laden stank nach abgestandenem Schweiß und Zigarrenrauch. Die Klimaanlage war ausgefallen und das Zimmer hatte keine Fenster.

»Die Worte, die du aus ihr rauskriegen willst, stecken in ihrem Unterbewußtsein«, erzählte ich O'Malloy. »Tu einfach, was ich sage, und zieh eine Hirntastung bei ihr durch.«

»Ich nehme von schmierigen, miesen Privatschnüfflern keine Befehle entgegen«, knurrte der große Ire. »Ich werde entscheiden, ob wir tasten. Hängt aber davon ab, was Miss Nightbird zu sagen hat, wenn sie wieder klar ist.«

»Ich hab' ihr L-17 gegeben. Ist ziemlich starkes Zeug. Wenn du so lange warten willst, bis sie wieder voll auf dem Damm ist, werden wir die Große Echse verlieren.«

»Wir?« O'Malloy drückte seinen riesigen Stumpen an der Seite seines Fastholz-Schreibtisches aus und kam zu mir rübergewankt. Ich saß in einem Fesselsessel mit Blick auf den Schreibtisch, und er beugte sich zu mir, um mein Kinn in seine fleischige Pranke zu nehmen. »In diesem Fall gibt's kein ›wir‹, sondern nur mich! Wenn die Echse gefaßt wird, dann fasse ich sie!«

Er ließ mein Kinn los, ging zu seinem Schreibtisch zurück und ließ sich auf seinen fastledernen Drehstuhl fallen. »Okay, Sammy«, sagte er. »Ich riskier's und spiel's so, wie du's willst.« O'Malloy beugte sich vor und schaute mich mit harten, glitzernden Augen an. »Und ich hoffe, es lohnt sich, denn andernfalls ...«

Ich hatte noch nie einem Scannen beigewohnt. Deshalb war die Sache völlig neu für mich.

Der Leseraum war klein und weiß und steril. Zwei Roboter begaben sich hinein, während wir den Vorgang durch eine Transparentwand beobachteten. Amanda, die noch immer total weggetreten war, lag angeschnallt auf dem Körpertisch, und ein gesichtsloser Roboter befestigte Hirnhörer an ihrem Schädel. Ein zweiter gesichtsloser Roboter bediente den Scanner – eine riesige deckenhohe Konsole, die eine Hälfte des Raumes ganz ausfüllte.

»Warum dürfen wir nicht dort hinein?« fragte ich O'Malloy.

»Beim Scannen ist Isolation erforderlich«, sagte er. »Die isometrischen Elektrovibrationen würden beeinträchtigt, wenn sich andere Gehirne in dem Raum befänden.« O'Malloy drückte eine Sprechtaste. »Ihr könnt anfangen.«

Die Lichter drinnen dämpften sich zu einem Schwarz, während Amandas Schädel zu glühen begann. Ich konnte darin ihr Hirn sehen wie Gelee in einem Einmachglas, und es pulsierte im Licht.

»Unterbewußtseins-Ebene erreicht«, meldete der Konsolen-Roboter.

»Scannen«, befahl O'Malloy.

Worte zuckten in hektischen Mustern über den Tastschirm der Konsole, Worte, die tief in Amanda Nightbirds Unterbewußtsein vergraben waren:

...KANNST DU'S TUN?... JA... HABE DIE MACHT ...SCHLEPPE SIE IN NEUEN ORBIT...OHNE SONNE... STIRBT SYSTEM...

Weitere Worte folgten und enthüllten, wie ungeheuerlich Stanton P. Henshaws Plan eigentlich war. Die Große Echse beabsichtigte unter Verwendung einer neu entwickelten Moon-Maschine unsere Sonne zu stehlen, sie in eine neue Umlaufbahn außerhalb des Systems zu schleppen und die gewaltige Sonnenenergie für seine eigenen teuflischen Zwecke zu benutzen, nämlich als Brennstoff für eine Vernichtungsmaschine , die so gewaltig war, daß man Sol selbst zur Aktivierung benötigte! Mit dieser Vernichtungsmaschine konnte er fast die ganze Milchstraße kontrollieren!

Die Worte drangen aus Amandas Gehirn auf den Bildschirm, während sie mit ernstem Gesicht und geschlossenen Augen dalag, ohne auch nur die geringste Ahnung zu haben, welche unglaublichen Daten sie uns übermittelte.

Kein Wunder, daß Stanton P. Henshaw ihren Tod wollte!

»Jetzt weiß ich, was ihre Träume eigentlich bedeuten«, erzählte ich O'Malloy.

»Träume?«

»Alpträume, daß es überall eisig sei, alles Leben erstarrt ist... Wenn die alte Sonne abgeschleppt wird, wird es verdammt kalt werden!«

O'Malloy starrte mich erschüttert an. »Kann er das wirklich, Sam?... Kann er unsere Sonne stehlen?«

Ich nickte. »Sicher doch. Es sei denn, er wird daran gehindert.«

»Aber wie?« O'Malloy schlug eine fleischige Faust gegen die Wand. »Wenn ich ihn verhafte, holen ihn seine Rechtsverdreher wieder raus, bevor ich auch nur spucken kann! Wir brauchen einen Beweis! Wir müssen rausbekommen, wo er seine Moon-Maschine versteckt hat!«

»Offensichtlich auf einem Mond außerhalb unseres Systems«, sagte ich. »Aber auf welchem?«

»Ja... auf welchem?« Er blickte finster drein. »Wir brauchen mehr als ein paar Worte im Kopf einer Dame, um die Echse zu erledigen!«

»Dann werde ich dir beschaffen, was du brauchst«, versprach ich O'Malloy. »Wir wissen, daß die Echse einen Zwiebel-Palast nahe Alpha Centauri hat. Ich kann in den Palast eindringen und unseren Beweis besorgen. So ein Plan muß irgendwo schriftlich dokumentiert sein. Ich werde etwas mitbringen, um ihn festnageln zu können.«

»Denke ganz einfach an eines«, sagte der große Ire. »Wenn du stirbst, stirbt das Sonnensystem mit dir.«

Ein Linien-Sternenschiff brachte mich ins Alpha-Centauri-System, aber ich flog nicht als zahlender Passagier. Ich traf in einer Kiste bei Henshaw ein – als Teil einer frei Haus gelieferten Truppe von Arbeitsrobotern, Teil einer Austauschlieferung. Seine alten Roboter wurden zwecks Instandsetzung abgeholt und durch diese neuen Modelle ersetzt.

Ich wußte, daß meine Robotertarnung makellos war, aber ich war ein bißchen besorgt, als die Frosch-Haushälterin mich aus meiner Kiste rausließ.

»Name, Herkunft und Arbeitsgebiet«, schnappte die große Fröschin. Sie war schwarzgrün und stieläugig wie alle Frösche, hatte den üblichen gefleckten Bauch und große flache feuchte Augen. Ich hab' Frösche noch nie gemocht. Sie sind von Natur aus bösartig und asozial, was einer der Gründe dafür ist, warum die Große Echse sie beschäftigte.

»Rede!« forderte sie mich auf.

Meine Birnenaugen blinkten sie an. Ein Metallophon veränderte meine Stimme: »Name: Ernesto. Herkunft: Erdküste von Sizilien.«

»Arbeitsgebiet?«

»Ich bin Telefax-Polierer«, erzählte ich ihr.

Sie trug diese Information in ihre Liste ein und nickte mit ihrem spatenförmigen grünen Kopf.

Ich war sehr clever, da ich wußte, daß Henshaw es nie riskierte, seine Telefaxgeräte außer Haus zu geben. Das wurde im Palast selbst erledigt. Der Roboter, den ich bei der Lieferung ersetzt hatte, war für diese Arbeit programmiert gewesen. Ich hatte auf diese Weise leicht Zugang zu den persönlichen Akten der Echse.

Und ich war bestens vorbereitet: In meinem linken Auge steckte ein Minicamcorder, der dadurch ausgelöst wurde, daß ich die Birne vor meinem rechten Auge blinken ließ. Ich konnte so schnell Faxfotos machen, wie ich blinzelte.

Ich grinste hinter meiner Gesichtsplatte, als ich Henshaws Palast betrat. Man mußte genial sein, um einen solchen Fall zu lösen.

So genial wie ich.

Am Ende der ersten Arbeitsperiode hatte ich bereits in Erfahrung gebracht, was ich wissen wollte: die Faxakten, die Art der Datenspeicherung, den Absender der Primärinformation. Ich wartete, bis Feierabend war, bis alle Roboter deaktiviert waren, bevor ich mich ans Werk machte. Die Haushälterin hatte an diesem Tag dienstfrei, und es war ein Kinderspiel, an dem Posten auf dem Korridor vorbeizukommen.

Im Faxraum machte ich einen schnellen Computercheck der Primärdaten und – Presto! Volltreffer! Da war er: Henshaws kompletter Sonnenklau-Plan. Ich zeichnete alles auf. Der Minicamcorder surrte, und ich war gerade dabei, alles wieder am richtigen Ort zu speichern, als ich ein schlurfendes Geräusch unmittelbar hinter mir hörte. Ich wirbelte herum und griff nach der .38 unter meiner Brustplatte, aber ich war nicht schnell genug. Eine lange Zunge riß mir die Waffe aus der Hand, bevor ich den Abzug betätigen konnte. Ein Frosch-Nachtwächter sah mich an und legte mir Handschellen an.

»Laß mich laufen, und du wirst ein reiches Reptil sein«, sagte ich zu ihm. »Du kannst aus der Bande aussteigen.«

Er betrachtete mich mit gelben Augen, wobei seine Zunge über seine dünnen Lippen huschte. Frösche sind unglaublich schnell mit ihren langen scharfen Zungen, und ich brauchte keine weitere Demonstration. Auf Bestechung fuhr er nicht ab.

»Mutter will dich sehen«, zischte er.

Das Zimmer der Haushälterin war ebenso grün wie sie – eine Farbe, die ich noch nie gemocht habe. Das amerikanische Erdengeld war im zwanzigsten Jahrhundert ebenfalls grün gewesen, bis die erste Präsidentin 1999 ins Amt kam. Sie setzte im Kongreß das Rosa-Gesetz durch, und danach sah das Geld erheblich hübscher aus. Merkwürdig, auf welche Gedanken man kommen kann, wenn man in einer brenzligen Situation steckt...

»Glaubst du wirklich, ich hätte mich von deiner albernen Verkleidung täuschen lassen?« fragte die Haushälterin.

»Ich – ich weiß nicht, was Sie meinen«, sagte ich. »Es ist ganz eindeutig, daß ich ein J-4 Arbeitsroboter aus Robuststahl bin, der für kommerzielle Reinigung im System hergestellt wurde. Meine Produktionsnummer ist 555563249.« Ich ließ meine Hose runter – und zeigte ihr die Nummer, die auf meiner linken Gesäßplatte gestempelt war.

Sie ging um mich herum. »Und was für eine Art Arbeitsroboter führt einen .38er mit sich?«

Ich seufzte, da ich darauf keine Antwort hatte.

Mit einer schnellen Bewegung riß sie meine falsche Brustplatte ab, unter der blasse Erdenhaut sichtbar war. »Äh!« grunzte sie. »Wie *widerlich!*«

»Tja – nun, und ich mag einfach kein Grün, Schwester!«

Und mit diesen Worten griff ich zwischen meine Zähne, zog den Zahn-Laser, den ich mit Haftband an meinen Gaumen geklebt hatte, und pustete ihren Kopf weg.

Sie bildete eine häßliche grüne Pfütze zu meinen Füßen.

Ich hatte im Faxraum etwas erfahren. Ich hatte erfahren, daß die Moon-Maschine sich keineswegs auf irgendeinem Mond befand. Moon war die Abkürzung für Multi Operationaler Orbit Neutralisator – und die Maschine befand sich direkt vor meiner Nase, nämlich im Kellergeschoß von Henshaws Palast.

Ich gelangte über eine Rutsche dorthin.

Die Zeit wurde ein wenig knapp, da sich aus dem Plan der Echse ergab, daß der Sonnenklau jede Minute stattfinden konnte. Ich hatte keine Zeit, zu O'Malloy zurückzufliegen. Mit den Bullen konnte ich also nicht rechnen, um Stanton P. Henshaw aufzuhalten. Das mußte ich allein tun.

Er war genau da, wo ich ihn vermutete – im Innern der Maschine, am Kontrollpult, und bereitete sich auf den Beginn der Operation Sonnenklau vor.

Dort hineinzukommen war nicht leicht: Ich mußte drei Frösche umlegen, um an die Maschine ranzukommen, und dann meinen .38er auf volle Ladung schalten, um mir meinen Weg hineinzuschneiden. Der Mikrostrahl riß ein Loch in die Wand der Maschine, das so groß war, daß ich hindurchspringen konnte.

Ich sprang – und überraschte den Zwiebelmagnaten völlig. Er stürzte sich von dem Kontrollpult auf mich, mit einem Elektro-Kickknüppel in seiner Schwimmpfote. Ich wich seitlich aus, aber der Knüppel traf mich an der oberen rechten Schulter, und mein Arm explodierte unter unsäglichem Schmerz. Während wir uns umkreisten, fiel mir mein .38er aus den tauben Fingern.

Auf dem Bildschirm konnte ich einen kurzen Blick von unserer Sonne erhaschen, die langsam ins Weltall gesaugt wurde. Es war zu spät: Er tötete das System!

»Ich bin Privatdetektiv und repräsentiere die Solarpolizei«, warnte ich Henshaw. »Ergib dich jetzt, und dir wird nichts geschehen.«

Henshaw stieß ein kurzes, bellendes Echsenlachen aus. »Euer Sonnensystem wird bald nur noch eine Ansammlung von Eiskugeln sein.« Er umkreiste mich weiter. »Du warst überaus dumm, allein hierherzukommen. Hast du tatsächlich geglaubt, du könntest mich zur Erde bringen?«

»Ich werde dich dorthin bringen«, versprach ich, und mit einem brillant abgepaßten venusianischen Drehtritt schlug ich ihm den Elektro-Kickknüppel aus seiner Schwimmpfote.

Aber er hieß natürlich nicht ohne Grund Große Echse. Er war groß, maß über zwei Meter von seinem ledrigen Kopf bis zur Spitze seines schuppigen Schwanzes. Seine Säbelzähne, die mattschwarzen Echsenaugen und die behaarten grünen Ohren waren alles andere als attraktiv. Er trug einen mattsamtenen Smoking und dazu einen eleganten Seidenschal um den Hals, was aber nichts an seiner Grobschlächtigkeit änderte. Häßlich bleibt häßlich – und Stanton P. Henshaw war eine ausgesprochen häßliche Echse.

Henshaw sagte nichts mehr. Seine matten Augen funkelten vor Wut, als er mit ausgestreckten Krallen auf mich zukam. Ich ließ mich auf ein Knie sinken und versetzte ihm einen bewährten und erprobten merkurianischen Kopfschlag, mit dem Ergebnis, daß der riesige Bursche nach hinten flog, das Gleichgewicht verlor und ich ihn in einen saturnischen Schwitzkasten nehmen konnte. Seine Augen quollen hervor, als ich den Druck verstärkte.

»Ich habe dich!« sagte ich.

Ich irrte mich. Eine riesige Zwiebel baumelte an einer Kette um seinen Hals, und er drückte mir die Zwiebel mit seiner freien Klaue ins Gesicht.

Ich tat etwas völlig Natürliches: Ich brach in Tränen aus.

Schluchzend fand ich mich auf dem Marmorimitat-Fußboden wieder, einen breiten grünen Echsenfuß im Nacken.

»Du siehst«, zischte er, »ich brauche keine Hilfe von meinen Fröschen, um mit dir fertig zu werden. In einem Mikroaugenblick wird dein Genick unter meinem Fuß wie Stangenbrot vom Pluto brechen!«

Und das wäre wahrscheinlich auch geschehen – wäre da nicht die Tatsache gewesen, daß es mir gelang, Henshaws herunterhängendes Gebaumel zu packen. Ich riß mit aller Kraft an dem Ding, und die Große Echse stieß ein irres Heulen aus, taumelte zurück und schlug voller Qual mit seinem Schwanz. Ich kenne kein Reptil auf irgendeinem Planeten, das es gern hat, wenn man an seinem Gebaumel zieht.

Während er heulte und herumsprang, griff ich nach meinem .38er und zog ihm den Lauf über den Schädel. Daraufhin schlief er ein.

Ein rascher Blick auf den Bildschirm verriet mir, daß die gute alte Sonne tiefer ins All gesaugt wurde – und ich mußte das schnell stoppen.

Es war kein großes Problem, die Funktionsweise der Kontrollen zu verstehen, und es gelang mir, die Richtung der Sonne umzukehren und sie langsam wieder in ihre ursprüngliche Solarbahn zu bringen ...

Dann sperrte ich die Schalter und programmierte die Maschine auf Selbstzerstörung.

Bevor das Ding Henshaws Palast in zehn Milliarden atomisierte Fragmente zerpustete, flog ich mit dem privaten Sternshuttle des Zwiebelmagnaten nach Allnew York zurück.

Auf dem Sitz neben mir befand sich fest angeschnallt und noch immer tief wie ein Baby schlafend der große Boß persönlich.

Sam, sagte ich zu mir, du bist einfach Klasse!

O'Malloy sah schrecklich aus, als ich mit der Echse im Schlepp in sein Büro spazierte.

Der Captain war völlig blau. Seine Zähne klapperten und die Haare in seiner Nase waren gefroren. Ein dünner weißer Eisfilm bedeckte die Wände, den Boden und die Platte von O'Malloys Schreibtisch – und all die anderen Solarbullen im Zimmer sahen genauso schlimm aus wie er.

»S-S-S-Sam«, klapperte er. »T-t-t-tolle Arbeit!«

»Danke«, grinste ich. »Ich hab' Minicamcorderaufnahmen von allem gemacht, was du brauchst, um die Echse auf Eis zu legen.« Dann begriff ich, daß diese Formulierung unter solchen Umständen etwas unangebracht war. »Äh – na ja, dir wird bald wieder eingeheizt werden, Captain. Ich hab' die Sonne auf die alte Bahn zurückgebracht, bevor ich losflog. Wird aber 'ne Weile dauern, bis alles aufgetaut ist.«

»Da-da-das ist ga-ga-ganz to-to-toll«, sagte O'Malloy.

Als es vorbei war, die Echse eingebuchtet war und die Sonne wieder warm am Himmel stand, fuhr ich mit Amanda zu meiner Wohneinheit in Bubble City, damit wir endlich zu unserem Körperverkehr kamen.

Wir verkehrten wie irre, als Sherlock Holmes hereinspaziert kam. »Wie unvorsichtig von Ihnen, mein lieber Moriarty, Ihre Tür unverschlossen zu lassen. Das wird zweifellos Ihr letzter Fehler sein!« Er hatte seine Pistole gezogen und richtete sie auf mich. »Lösen Sie sich bitte von der jungen Frau«, befahl er. »Und legen Sie Ihre Hände auf den Kopf.«

Ich hüpfte splitternackt aus dem Springbett, die Hände auf dem Kopf. Wenn ein bescheuerter Roboter mit einer antiken Pistole einen Befehl gibt, gehorche ich.

»Wer ist dieser Irre?« wollte Amanda wissen.

»Er kommt aus Hu Albins Erstaunlicher Automatischer Kriminal Klinik«, erzählte ich ihr. »Und er hält mich für einen Schwerverbrecher.«

»Das ist lächerlich«, schnaufte sie.

»Ich habe diesen Bösewicht um die halbe Erde verfolgt«, sagte Holmes zu Amanda. »Jetzt endlich ist er in meinen Händen.«

»Nicht ganz, alter Junge«, sagte eine Stimme hinter Holmes. Es war Hu Albin, und er hatte eine Laserkanone auf den großen Detektiv gerichtet. »Und jetzt gib mir diese Pistole!«

Holmes drehte sich langsam um, stieß einen tiefen Seufzer aus und überreichte ihm die Waffe. Dann drückte Hu Albin auf einen Knopf am Hals des Roboters, worauf Holmes erstarrte.

»Das tut mir wirklich leid, Mr. Space«, sagte Hu Albin. »Er ist wieder völlig ausgeflippt. Ich werde ihn neu verdrahten müssen.«

Amanda und ich standen da, beide völlig nackt, und starrten Albin an. »Raus«, sagte ich scharf. »Und nehmen Sie diesen beknackten Blechtypen mit.«

»Natürlich«, sagte Albin errötend. Er drückte auf einen anderen Knopf des Roboters, und Holmes latschte lammfromm hinaus, von Albin gefolgt.

Ich wandte mich zu Amanda, aber die zog sich an. »He«, sagte ich. »Was ist denn los?«

»Ich gehe!« schnappte sie. »Die Orgie ist vorbei, Sam. Genug ist genug. Meine Nerven ertragen nicht mehr. Deine Lebensweise ist einfach zu unberechenbar.«

Und sie verließ mich. Einfach so.

Ich war allein. Der alte Sam, der letzte der Privatdetektive. Wieder allein. Na ja, nicht ganz.

Ich hatte immer noch die marsianischen Sandflöhe.

Und eine Menge kaputter Träume.

Aus dem Englischen von Hartmut Huff

BARBARA OWENS

Nur ein bißchen Platz

Er kam aus dem roten Nebel, der wie ein schmutziger Vorhang zwischen dem alten Mann und der untergehenden Sonne hing.

Auf der kleinen Veranda sitzend, beobachtete der alte Mann, wie er näher kam und genoß das kalte Jucken in seinen Fingern, die zentimeterweise über seinen nutzlosen Schenkel glitten und sich in den schweren Stiefelschaft gruben und um den Riemen, der die Waffe hielt. Je näher der Junge kam, desto schwerer wurde der süßsaure Geruch des Todes. Dobey kannte das. Er hatte das immer fühlen können, und bisher hatte er sich noch nie geirrt.

Etwas an Dobeys stummem Schauen veranlaßte den Jungen, unsicher am Brunnen stehenzubleiben. Unter seinem schweren Rucksack gebeugt, warf er Dobey ein breites freundliches Lächeln zu. Der alte Mann wartete und beobachtete, wie der Blick des Jungen beiläufig alles streifte, und er wußte, daß diese Augen alles registrierten – klick, klick, klick – den defekten Pritschenwagen, der in der Wüstensonne rostete, das Fehlen von Telefonleitungen und Stromkabeln und ihn selbst, wie er einsam auf dem wackeligen alten Rollstuhl saß. Er sah, daß der abschätzende Blick des Jungen auf seine Hand gerichtet war, die tief in seinem Stiefel steckte, und selbst über die vielleicht sieben Meter Entfernung zwischen ihnen nahm er das häßliche Flackern hinter dem Lächeln des Jungen wahr.

Der Junge räusperte sich. »Äh, Sir? Ich sah Ihr Haus oben vom Highway und dachte, ich könnte Sie vielleicht um etwas Wasser bitten. Meine alte Feldflasche ist nämlich fast leer.«

Er griff nach hinten, um seinen Rucksack zu lösen, und unterdrückte ein Lächeln, als Dobeys Arm sich dabei deutlich spannte. Der Junge bewegte sich langsam und bedächtig, nahm eine Gitarre ab und lehnte sie und den Rucksack an die Wand des Brunnens. Er zog eine Feldflasche aus dem Rucksack und schüttelte sie spielerisch. »Ist nichts mehr drin. Können Sie eine Füllung entbehren?«

Aus dem Osten, dachte Dobey – dieser Dialekt kommt nicht aus dieser Gegend. Er nickte zum Brunnen, schaute zu, wie der Junge den Eimer hochzog, trank, seine Feldflasche füllte und dann den Eimer über seinen Kopf leerte, und das Wasser tränkte sein Haar und seinen Bart und rann über die staubigen Jeans hinunter, sammelte sich in einer dampfenden Pfütze zu seinen Füßen. Er lachte und schüttelte sich wie ein Hund. »O Mann, das hatte ich wirklich nötig!« Tief einatmend grinste er zu Dobey hinüber. »Sie haben mir gerade das Leben gerettet, Sir, und ich danke Ihnen dafür. Ich war kurz vorm Abkratzen. Das steht mal fest.«

Dobey wartete und ließ ihn seine Rolle spielen. Jetzt drehte er sich neugierig um, als sähe er den verlassenen Platz zum erstenmal.

»Na ja, ich schätze, Sie sind gern allein, Mr....?« Der Junge hielt inne und wartete. »Ich wette, ich bin fünf oder sechs Meilen gelaufen, und Sie sind der erste lebende Mensch, den ich zu sehen bekomme.«

Dobey sagte: »Was machst du hier draußen zu Fuß? Autopanne gehabt?«

Als Reaktion auf diese Frage ließ sich der Junge an der Brunneneinfassung nieder und lehnte sich mit einem dankbaren Seufzer zurück. »Nein, Sir. Ich bin per Anhalter unterwegs. Dachte, ich hätte eine Fahrt von Phoenix nach Needles, aber irgendwo da oben auf der Straße machte mir der nette Mann ein Angebot, das ich ablehnen mußte.« Er grinste schief.

»Hat er dich rausgeschmissen?«

»So etwa.« Er seufzte wieder und schloß seine Augen.

Die Sonne verschwand hinter den fernen Bergen und kaltblaue Dämmerung senkte sich auf die Wüste. Sie brachte die Geräusche mit sich, die die Wüste nachts zum Leben erweckt. Den Blick auf den großen blonden Jungen gerichtet, der am Brunnen saß, zog Dobey seine Hand vorsichtig von dem Gewehr zurück und ließ es auf seinem Knie in Reichweite liegen. Die ersten Sterne funkelten in der Blässe über ihnen, und als er den Blick wieder von ihnen abwandte, sah er, daß der Junge ihn ausdruckslos und abschätzend anstarrte. Der Geruch, den er mit sich trug, füllte die Luft zwischen ihnen, und zum erstenmal seit Jahren erwachte in Dobey etwas zum Leben, durchströmte ihn diese elektrisierende Erwartung des Kampfes. Es kam so schnell und mit solcher Macht, daß es ihn völlig überraschte.

»Wie heißt du?« platzte er laut heraus.

Der Junge starrte ihn ruhig an. »Mitch«, sagte er schließlich. »Ich heiße Mitch. Und Sie?«

»Ich bin Dobey.«

»Erfreut, Sie kennenzulernen, Dobey.« Wieder dieses geübte, gewinnende Lächeln.

»Bist einer von diesen Collegeburschen?«

»War ich. Hab's aufgegeben.« Dann vorsichtig, beiläufig: »Sagen Sie, Dobey, ich will Ihnen keinen Ärger machen, aber wär's Ihnen recht, wenn ich über Nacht hierbleibe? Mag ungern nachts durch die Wüste laufen. Ich kann meinen Schlafsack irgendwo ausbreiten.«

Dobey betrachtete die unschuldigen blauen Augen, während er in Gedanken alles sortierte. »Wird nachts ziemlich kalt hier draußen. Aber du kannst im Lastwagen schlafen. Der fährt nicht«, fügte er betont hinzu.

»Ich weiß.« Mitch grinste. »Das hab' ich schon gemerkt, als ich kam.«

Sie saßen schweigend da, und nach einer Weile rollte Dobey in die Hütte, die nur einen Raum hatte, und schloß die Tür. Er lauschte, bis er hörte, daß der Junge um den Lastwagen herumschlich, und dann drangen die weichen Klänge der Gitarre zu ihm. Dobeys Blut raste, als er sich an die Rückwand der Hütte schob, den Blick auf die Tür gerichtet, das Gewehr schußbereit auf seinem Schoß.

Über eine Stunde schaute er auf das monderleuchtete Fenster und lauschte der Musik. Dann, als die Musik aufhörte, wartete er auf die verstohlenen Schritte auf der Veranda. Irgendwo draußen in der

Nacht wurden die durchdringenden Geräusche kämpfender Tiere und ein greller Todesschrei laut. Dann kamen die Schritte. Dobey richtete sich in seinem Stuhl auf.

»Junge?« Er sprach leise durch die geschlossene Tür. »Hast du 'ne Kanone da draußen? Wenn du nicht so gut damit umgehen und schießen kannst wie ich, dann verschwinde am besten, solange du kannst. Von hier aus kann ich deinen Bauch über die ganze Veranda pusten. Schon mal 'nen Mann mit Bauchschuß gesehen, Junge?«

Das Schweigen dehnte sich. Dobeys Herz hämmerte heftig bis in seine Ohren. Dann war da ein Rascheln, ein metallisches Geräusch und leise Schritte, die im Sand verebbten. Der alte Mann atmete grunzend aus. Er lehnte sich in seinem Stuhl zurück, und seine Muskeln zuckten. Er merkte, daß er grinste, und ein säuerlicher Geschmack lag schwer auf seiner Zunge. Nach einer sehr langen Weile döste er in seinem Stuhl ein.

Bei den ersten rosa Strahlen der Morgendämmerung rollte er zum Fenster. Der Junge war da, lehnte am Brunnen. Er schwieg und schaute zu, wie Dobey auf die Veranda hinausrollte, eine Hand in seinen Stiefel gesteckt. Der alte Mann ignorierte ihn und beäugte das Gestrüpp, die Felsen und den Sand.

»Bin mit Waffen aufgewachsen«, verkündete Dobey dem Gelände und spuckte befriedigt aus. »Gibt niemand in der Gegend, der besser ist als ich. Hab' vergessen, wie viele Orden die mir im Krieg verliehen haben.«

»Sollte das der Zweite Weltkrieg gewesen sein?« Die weiche Stimme troff vor beißendem Spott.

»Richtig.«

»Das ist über dreißig Jahre her, alter Mann.«

»Ist jetzt auch nicht schlechter als damals. Ich schieße jeden Tag, und ich verfehle mein Ziel nie.« Er senkte seinen Blick und sah den Jungen fest an. Und Mitch schaute als erster beiseite. »Hier gibt's nichts, was stehlenswert wäre, Junge, außer meinem Gewehr, und das wirst du nicht bekommen.«

Zum erstenmal zeigten Mitchs Augen eine Spur von Aufrichtigkeit. »Ich will Ihr Gewehr nicht, Dobey. Für Gewehre habe ich keine Verwendung.«

Dobey griff durch die offene Tür hinter sich und holte ein Fernglas heraus. Er richtete es auf den Highway und musterte langsam die leere Strecke.

Mitch richtete sich etwas auf. »Wonach schauen Sie?«

»Nach nichts«, erwiderte Dobey kurz. »Ist genau wie immer. Auf der Straße ist nicht viel Verkehr.«

»Können Sie den Highway sehen? Der muß 'ne gute halbe Meile entfernt sein.«

»Ich kann ihn sehen. Ich sehe alles, was sich darauf bewegt, und ich kenn' fast jeden Wagen. Hab' gestern keinen fremden Wagen darauf gesehen. Auch nicht den Burschen, mit dem du von Phoenix hergekommen bist.«

Schweigen. »Ach ja?« sagte Mitch. »Ist ja komisch. Vielleicht ist er auf 'ne andere Straße abgebogen, nachdem ich ausgestiegen war.«

Dobey hängte sich das Glas bedächtig um den Hals. »Sobald du dich gewaschen und gegessen hast, machst du dich auf den Weg.« Das war keine Frage, und das Lächeln des Jungen flackerte wieder auf, bevor er sich langsam erhob und streckte, und er grinste ihn an.

»Das is' richtig«, sagte er. »Das werd' ich tun.«

Dobey brühte Kaffee auf seinem Campingkocher, während er durch das Fenster beobachtete, wie der Junge etwas aus seinem Rucksack kramte und auf die Heckklappe des Transporters legte, den Blick dabei auf die Hütte gerichtet. »Der Kaffee riecht aber wirklich gut!« rief er, doch Dobey antwortete nicht.

Nach dem Essen trug Mitch seinen gepackten Rucksack zum Brunnen und wiederholte seine Vorstellung vom Tag zuvor. Dann blickte er zu Dobey hinüber, der am Fenster war. »Soll ich für Sie was hochziehen, bevor ich gehe?«

»Das schaff' ich schon allein«, sagte Dobey. Er sah, daß Mitch das behelfsmäßige Flaschenzugsystem betrachtete, das zwischen Brunnen und Veranda vertäut war, aber der Junge sagte nichts. Er schaute zum Highway hoch.

»Wird schon heiß.«

»So ist es.«

Dobey rollte zum Türeingang, die Hand dicht an seinem Knie. Da er kein emotionaler Mann war, begriff er die widerstreitenden Gefühle von Gefahr und plötzlicher Verwandtschaft mit diesem Fremden nicht, diesem Jungen, der nachts um ihn herumschlich. Er fühlte sich nicht wohl dabei. Er wollte, daß er ging.

Mitch sagte langsam: »Dobey, ich würd' gern was für Sie tun, bevor ich geh'. Als Gegenleistung für Ihre Gastfreundschaft. Und ich wollt' sagen, daß mir das leid tut wegen letzter Nacht. Ich bin wirklich nicht – also, wenn man 'ne Weile auf der Straße ist, wird man ... « Er hielt inne. »Na ja, ich dachte, ich könnte Ihren Lastwagen reparieren. Bin 'n ganz guter Mechaniker.« Es klang fast verlegen.

»Nützt mir überhaupt nichts, wenn du's machst«, sagte Dobey schroff.

Mitch warf ihm einen freudlosen Blick zu. Dann machte er einen kleinen Schritt auf die Veranda, und Dobey meinte, eine Klapperschlange zu sehen, die sich lautlos zusammenringelt.

»Ich will Ihren Laster nicht stehlen, Mann!« Dobeys Hand zuckte, und Schweiß sammelte sich unter seinen Armen, aber ebenso plötzlich verflog die Anspannung wieder, und Mitch sagte zögernd: »Versuch' ja nur, mich für letzte Nacht zu entschuldigen.«

Ein langes Schweigen entstand. Dann überraschte Dobey sich selbst. »Also bedien' dich. Unter dem Vordersitz ist Werkzeug, aber ich glaub' nicht, daß dir das was nützt.«

»Ich würd's gern versuchen.«

»In Ordnung.«

Den ganzen Morgen saß er auf der Veranda und beobachtete den Jungen und den Highway, gab gelegentlich Schüsse auf strategisch aufgebaute Konservendosen und Felsen ab. Kurz vor Mittag kam Mitch von Schweiß triefend und glänzend zum Brunnen. Er trank durstig.

»Ich hab' Sie schießen sehen. Sie haben die Wahrheit gesagt, Mann. Sie treffen nie daneben.«

»Ich weiß.«

»Hören Sie. Ich kann das Ding reparieren. Brauche Ersatzteile.«

»Uninteressant. Das sagte ich doch.«

Mitch ließ sich seufzend nieder. Sie verweilten in einem plötzlich entspannten Schweigen. Schließlich sagte Mitch: »Verraten Sie mir was? Was machen Sie eigentlich hier so weit draußen?«

»Gefällt mir.«

»Verstehen Sie mich nicht falsch, aber wie bekommen Sie – Lebensmittel, Vorräte, diesen ganzen Kram? Wer kümmert sich um Sie?«

Dobey erstarrte und funkelte ihn an. »Ich kümmere mich selbst um mich!« schnappte er. »Hab' ich immer getan, werd' ich immer tun. Heißt ja nicht, daß ich 'n Pfleger brauche, nur weil ich meine Beine nicht mehr benutzen kann!«

Der Junge errötete. Er wich Dobeys wütendem Blick aus. »Tut mir leid. Ich wollte ja nicht...«

»Ach, Teufel auch, irgend jemand kümmert sich immer um mich. Die verdammte Kirche in der Stadt hat mich unter der Fuchtel – der Priester kommt einmal die Woche raus, um mir Lebensmittel und Patronen zu bringen – und wenn's nicht zu heiß ist, begleiten ihn manchmal 'n paar Damen, die glucken hier rum und machen sauber, leeren meine Mülleimer und versuchen, mich dazu zu bewegen, in die Stadt zu ziehen, in die Zi-vi-li-sation!« Angewidert spuckte er in den Sand und hielt überrascht inne. Er konnte sich nicht erinnern, wann er je eine so lange Rede gehalten hatte.

Mitch grinste. »Warum erschießen Sie die nicht? Sie treffen doch immer.«

»Lach nicht, Junge!« sagte Dobey, wobei er selbst grinste. »Einmal sind sie rausgekommen, um mich mit Gewalt zu holen, bei Gott, und ich hab' sie mit 'ner doppelten Ladung zum Laufen gebracht. Die wurden auseinandergescheucht wie ein Flug Präriehühner. Danach haben sie's sein lassen.«

Mitch schüttelte den Kopf. »Sie sind schon einer. Sie müssen der letzte richtige Mann sein.«

»Ja, nu, die Staatspolizei kommt noch immer einmal jeden Tag mit dem Hubschrauber vorbei. Wenn ich denen nicht winke, landen sie und kommen her, um zu sehen, ob die Kaninchen mich nicht angeknabbert haben.«

Er beobachtete mit heimlicher Schadenfreude, daß Mitch sich verkrampfte, als er das verinnerlichte. Nach einer Minute fragte der Junge beiläufig: »Jeden Tag?«

»Ja. Die kontrollieren die Straße ohnehin, ob irgendwelche Narren sich verfahren haben oder 'ne Panne haben, und bei der Gelegenheit machen sie 'n Abstecher hierher.«

Mitch schaute zum Himmel hoch. »Zu 'ner bestimmten Zeit?«

»Oh, ziemlich spät am Nachmittag, kommt drauf an«, sagte Dobey, der das genoß.

»Na ja«, sagte Mitch schnell und warf einen Blick auf seine Uhr, »ist wirklich ganz schön heiß. Ich werd' mal 'n Happen essen und vielleicht ein Nickerchen machen. Was dagegen, wenn ich mich in den Laster lege?«

»Nee. Mach das.«

Mitch lief los, blieb dann stehen. »'n Radio haben Sie wohl nicht? Hab' meins irgendwo verloren. Wär' ganz schön, 'n bißchen Musik zu haben.«

»Ich hab' so'n kleines Transistorradio, aber das is' kaputt.«

»Tja, den Laster krieg' ich nicht hin. Aber vielleicht kann ich Ihr Radio reparieren.«

Dobey griff hinter sich durch die Tür und warf ihm das Radio zu. Er kicherte, als er sah, daß Mitch sein ganzes Gepäck aus dem Blickfeld räumte, bevor er ins Fahrerhaus stieg. Der Junge hielt ihn für einen Narren. Er schüttelte den Kopf und wunderte sich, warum er eigentlich mitspielte. Als der Hubschrauber etwas später über ihm schwebte, erwiderte er das Winken des Piloten wie üblich und bemerkte, daß Mitch das Signal durch die leicht geöffnete Tür des Lasters beobachtete.

Spät am Nachmittag wagte sich ein Kaninchen zu dicht an die Hütte, und nach Dobeys Schuß kam Mitch aus dem Führerhaus getorkelt. Er sah durch die Hitze weiß und krank aus. Dobey zögerte, als er den Jungen sah und die Entfernung, die er rollen mußte, um das Kaninchen zu holen.

»Wenn du mir das Kaninchen rüberbringst, gibt's Kaninchenschmorbraten zum Abendessen, Junge.«

Wortlos trottete Mitch durch den Sand und kehrte mit dem blutigen Kadaver zurück.

»Leg's einfach neben das Feuer, und dann geh' zum Brunnen zurück.«

Das tat er und ließ sich ächzend nieder. Dobey fuhr unbeholfen von der Veranda hinunter, neigte den Rollstuhl erst in eine Richtung und dann in die andere, hielt den Blick aber auf Mitch gerichtet, und seine Hand blieb neben dem Gewehr. An der steinernen Feuerstelle zog er ein Jagdmesser aus seinem Stiefel, häutete das Kaninchen schnell, nahm es aus und ließ es in einen großen Eisenkessel fallen. Aus einer Hemdtasche nahm er eine Zwiebel, aus einer anderen eine Karotte und gab beides in den Topf, nachdem er sie kurz geputzt hatte.

Mitch lag auf einer Seite und schaute zu. »Sie wußten, daß das Kaninchen kommen würde, was?«

Als das Feuer aufloderte, wich Dobey zurück, so daß es zwischen ihnen war. »Jetzt gieß so viel Wasser darüber, daß es bedeckt ist«, sagte er, und bald stieg der volle, aromatische Duft von kochendem Fleisch aus dem alten Eisenkessel.

Sie musterten sich argwöhnisch über das Feuer hinweg, als der Mond aufging und ein kräftiges, weißes Licht auf sie warf. Nach einer Weile begab Mitch sich zum Lastwagen und kam mit seiner Gitarre wieder. Er lehnte sich an den Brunnen und begann leise zu spielen. Die Nachtluft war so kühl, daß man die Hitze des Feuers genießen konnte.

»Das klingt schön«, sagte Dobey schließlich.

»Mögen Sie Musik?«

»Manches. Country. Ich mag Country-Musik.«

»Welche?«

»Keine Ahnung. Ich glaub', so was wie ›Red River Valley‹. Daran erinnere ich mich noch.«

Mitch spielte es und sang dazu, während Dobey nickte. »Ist 'n schönes Stück«, sagte Dobey, als er fertig war.

Mitch grinste und legte die Gitarre beiseite. »Wer, zum Teufel, sind Sie eigentlich, Dobey? Wo kommen Sie her?«

»Warum willst du das wissen?«

»Ich bewundere Sie. Sie sind das, was ich gerne wäre – 'n richtiger Mann. Ich möchte was über Sie wissen.«

»Da gibt's nichts zu erzählen.«

»Was ist mit Ihren Beinen passiert?«

Später konnte Dobey nicht erklären, wie er dazu gekommen war, diesem fremden Jungen die Geschichte seines Lebens zu erzählen. Die Nacht zog sich hin, und das Fleisch wurde gar, und sie aßen, während er erzählte – von seiner Kindheit in dem Waisenhaus in Arkansas, wie er ausgerissen und im Land herumvagabundiert war, von der Army, und wie's ihm da gefallen hatte und er daran hing und beschlossen hatte, daß sie sein Zuhause sein sollte, und dann von den Verletzungen, wegen denen er ausscheiden mußte und daß der Zustand seiner Nervenstränge sich verschlechterte, bis seine Beine nutzlos geworden waren. »Ich sollte in eines dieser Veteranenheime, als das passierte. Sie wollten mich irgendwo unterbringen, damit ich für den Rest meiner Tage Körbe flechte.«

Er erzählte von der Tankstelle, die er am Highway gehabt hatte, bis er sie nicht länger bedienen konnte, und wie er trotz aller Proteste dann in den alten Werkstattschuppen gezogen war und seine Tage damit verbrachte, über Dinge nachzudenken, den Highway mit seinem Fernglas zu beobachten und auf Felsen und Konservendosen zu schießen.

»Bin nur ein alter Krüppel, aber ich komm' durch«, schloß er, und seine Kehle war heiser und trocken. »Ich hab' meine Pension. Will nichts weiter, als allein gelassen werden und 'n bißchen Platz für mich haben.« Er hielt verlegen inne. Solche Dinge hatte er noch keiner Menschenseele erzählt.

Der Junge war ganz still und starrte in das ersterbende Feuer. »Das is' es, da is' es wirklich«, murmelte er schließlich mehr zu sich als zu Dobey. »Nur 'n bißchen Platz für mich.« Die Augen, die Dobey dann ansahen, waren viel zu alt und müde. »Gibt 'ne Menge von uns Krüppeln, Mann. Aber Sie werden besser damit fertig als die meisten.«

Dobey sagte nichts. Er glaubte, er sei kurz davor, ins tiefste Innere des Jungen zu schauen, fast, aber nicht ganz.

»Als Sie in der Army waren«, sagte Mitch nach einer Pause, »haben Sie da jemand getötet?«

»Hab' ich.«

»Hat's Ihnen gefallen?« Die Frage war leise, so leise, daß der alte Mann sie fast überhörte.

Er erinnerte sich. An diese Spannung, die keinen Namen hatte, diese Wut, die Macht, die Erleichterung. »Ja«, sagte er einfach. »Mir hat's gefallen.«

Mitch nickte langsam. Ihre Blicke trafen sich wieder, und Dobey spürte es, dieses Band, das sie auf ewig aneinanderfesselte.

»Tja«, sagte Mitch, »war 'n langer Tag.« Er erhob sich und blickte auf Dobey, der reglos in seinem Rollstuhl saß. »Ich würd' Ihnen gern helfen, das Ding auf die Veranda zurückzubringen.«

»Das schaff' ich schon.«

»Das weiß ich, daß Sie das schaffen. Ich würde nur gern helfen.«

Dobey blickte in die düsteren Augen. »In Ordnung.«

Er beobachtete, wie er über den Sand zu ihm kam. Er saß starr aufrecht, als Mitch hinter ihn trat und ihn zum Haus rollte, den Rollstuhl leicht neigte, als er ihn auf die hölzerne Veranda schob. Dobey drehte den Stuhl langsam so um, daß er Mitch ansehen konnte. Die Nacht war plötzlich völlig still.

»Okay?« fragte Mitch.

»Okay.«

Mitch machte kehrt und wollte zu dem Lastwagen gehen.

»Morgen«, sagte Dobey, »gegen Mittag, wenn's heiß wird« – der Junge blieb stehen und wartete – »da ist 'n Trockenbett auf der anderen Seite des Hanges. ’ne ausgespülte Höhle im Fels. Ist kein schlechter Schutz vor der Sonne, weißt du.«

Mitch grinste sehr langsam im Mondlicht. »Danke. Werd’ ich ausprobieren. In dem Laster wär’ ich heute fast draufgegangen, du altes Scheusal.«

Dobey rollte zu seiner Pritsche und schlief so gut, wie er noch nie geschlafen hatte.

Bei Anbruch der Dämmerung wartete der Junge am Brunnen. Er zeigte lächelnd eine Handvoll silberner Ringe.

»Weißt du, was du brauchst? ’ne Rampe. Die hatte ich in meinem Rucksack, und wenn du ’n paar Nägel hast und ’n Stück Seil, bring ich das auf die Reihe.«

Dobey räusperte sich und spuckte in den Sand. »Troll dich«, sagte er. »Ich mach’ uns Kaffee.«

Sie saßen nebeneinander auf der Veranda, und dann schaute Dobey zu, wie Mitch eine Rampe aus alten Brettern nagelte. Er befestigte Seil und Ringe an Haus und Veranda, so daß Dobey ziehen und sich leicht runterlassen konnte. Es war so einfach und funktionierte so gut, daß Dobey sich fragte, warum er nie selbst darauf gekommen war.

Sie ruhten sich aus, als die Temperatur stieg. Mitch seufzte. »Du hattest wirklich die richtige Idee, weißt du. Hier kann ein Mann ewig in Frieden leben.«

Dobey senkte sein Fernglas und spähte zum Highway hinüber. »Der Pfarrer kommt«, sagte er.

Als der staubige alte Wagen schließlich über den schmalen, unebenen Weg holperte und der Pfarrer ausstieg und sich mit seinem Hut Kühlung zufächelte, war Mitch längst in der Höhle am Trokkenbett in Sicherheit. Bevor der Pfarrer ging, machte er Dobey ein Kompliment wegen der neuen Rampe, und Dobey sagte, er wisse nicht, warum er nicht schon längst vorher darauf gekommen sei.

In dieser Nacht aßen sie im Feuerschein frischen Speck und Bohnen, und dann sang und spielte Mitch, begann und hörte mit »Red River Valley« auf.

Die Tage vergingen, und schließlich war es eine Woche her, seit Dobey einen bedrohlichen Fremden über den Weg hatte kommen sehen. Bei Tageslicht beobachtete er noch immer die Straße und schoß in den Wüstensand. Mitch baute einige neue Ziele für ihn auf und erledigte täglich die unmöglichsten Arbeiten, bis es zu heiß wurde und die Zeit kam, daß der Hubschrauber über das Trockenbett flog. Sie fanden sich zusammen, als ob sie schon immer zusammen gewesen wären, und nachts saßen sie gemeinsam vor dem Feuer, manchmal stundenlang, und schwiegen.

In einer solchen Nacht brach Mitch ein sehr langes Schweigen, indem er Dobey sagte, es sei an der Zeit, daß er Gitarre spielen lerne.

»Teufel auch«, sagte Dobey. »Davon versteh' ich überhaupt nichts.«

»Du wirst es lernen. Nun komm.«

Obwohl Dobey protestierte, zeigte er dem alten Mann, wie die Gitarre zu halten war, und brachte ihm geduldig, mit gekreuzten Beinen vor ihm sitzend, Schritt für Schritt die Akkorde von »Red River Valley« bei. Der Mond stieg voll und hoch auf, und das Leben begann und endete in der Nacht um sie, aber Dobey, schweißnaß und konzentriert, zupfte immer wieder folgsam die Saiten. Er spuckte mehrere Male aus und gab angewidert auf, aber Mitch beschwatzte und ermunterte ihn, bis er unter heftigem Fluchen die Gitarre wieder aufnahm und es weiter probierte. Schließlich hielt er über eine ganze Strophe durch, während Mitch dazu sang, und es war eine fast erkennbare Version, und er lehnte sich erstaunt in seinem Stuhl zurück.

»Ich will verflucht sein!« sagte er, und Mitch fiel vor Lachen um.

Sie saßen da und grinsten sich wie zwei Narren an. Mitch warf den Kopf zurück und atmete die kalte Nachtluft tief ein. »Oh, Mann!« sagte er, als ob das alles ausdrückte.

»Hast du Familie, Junge?« fragte Dobey plötzlich.

Für eine Minute regte Mitch sich nicht, aber irgend etwas veränderte sich in der Nacht sehr schnell, etwas, nach dem Dobey fast greifen, das er fast berühren konnte. Als der Junge schließlich seinen

Blick senkte, paßte der Ausdruck seiner Augen nicht zu seinem lächelnden Mund.

»Sicher«, sagte er leichthin. »Warum fragst du?«

»Ich dachte nur so. Wissen die, wo du bist?«

Das Lächeln wollte ersterben, aber Mitch hielt es. »Ich bin jetzt ein großer Junge, Dobey. Ich muß nicht um Erlaubnis bitten.«

Dobey wußte sofort, daß er nicht hätte fragen sollen. »Ich habe nur gedacht, wenn du mein Junge wärst...«

»Aber ich bin nicht dein Junge. Ich bin niemandes Junge.«

Die Stimme klang gleichmütig, aber die Augen waren zusammengekniffen, und etwas prickelte an den Spitzen von Dobeys Nackenhaar. »Du kommst nicht aus dieser Gegend«, fuhr er hartnäckig fort.

»Nein«, sagte Mitch nach einer Pause.

»Aus dem Osten?«

Langsam wich Mitch über den Sand zurück, bis das Feuer zwischen ihnen war. Wieder spürte Dobey, daß er etwas Kaltes beobachtete, das sich zusammenrollte, um tödlich zuzuschlagen. Die Finger seiner rechten Hand, die das Gewehr hielten, zitterten leicht auf dem Knie.

»Hör zu. Ich will dich nicht drängen. Du brauchst mir nichts zu erzählen, wenn du nicht willst.«

Sie blickten sich über das flackernde Feuer hinweg an. Mitch runzelte die Stirn und überlegte, wobei sich in seinen Augen die unruhig tanzenden Flammen spiegelten.

»Dobey«, sagte er langsam, »du bist der einzige Freund, den ich je hatte. Erinnerst du dich, was du in dieser Nacht vor ein paar Tagen gesagt hast? Das über ein bißchen Platz?« Er wartete, bis der alte Mann nickte. »Das war für mich sehr einleuchtend. Mir war plötzlich alles klar. Das ist das, was ich haben will, aber bisher wußte ich nicht, wie ich das ausdrücken sollte. Ein bißchen Platz. Sein, was man sein will, tun, was man tun will, und niemand macht dir Vorschriften. Stimmt das so?«

»Ich denk' schon.«

»Sicher. Du hast das gemacht. Und ich werd's tun. Ich hab' 'ne Menge Erfolge hinter mir, Dobey. Weißt du, was ein Erfolg ist? Das bedeutet, das Richtige vor anderen Leuten zu machen und zu sein. Das bedeutet Country-Clubs und Vorstandstreffen, die richtige Ehe und ein gutes Beispiel geben. Immer den besten Eindruck machen und Geld verdienen – wahnsinnig viel Geld, und du bekommst nie genug davon. Das bekommst du von dem Augenblick an, wenn du kapierst, was von dir erwartet wird. Das ist der letzte in der langen Reihe von Erfolgen!« Seine Worte drangen zischend über das Feuer.

»Weißt du«, erklärte er, während er sich vorbeugte, »es gibt keinen Platz in einer solchen langen Reihe von Erfolgen für jemanden, der anders ist, der verrückt genug ist, etwas anderes zu wollen. Das verlangt nach drastischen Maßnahmen. Wir müssen dieses schwarze Schaf in Form bringen, diesen Jemand wieder zur Vernunft bringen, diesen Jemand unter Druck setzen, bis er bricht. Gib ihm Druck, Dobey, Druck, Druck, Druck.« Er brach plötzlich ab und lächelte breit. »Weißt du, daß ich mich in dieser letzten Woche, die ich mit dir verbracht habe, zum erstenmal in meinem Leben richtig wohl gefühlt habe? Entspannt, nicht angespannt, verstehst du? Nicht bedrängt.« Er schüttelte langsam den Kopf. »Ich ertrag's einfach nicht mehr, bedrängt zu werden.« Mit glitzernden Augen flüsterte er hitzig: »Laß dir das von niemandem nehmen, alter Mann! Sie werden's versuchen. Laß dir von niemandem dein bißchen Platz nehmen!«

Dobey schluckte trocken. »Willst du zu einem bestimmten Platz?«

Für eine Minute starrte Mitch ausdruckslos vor sich hin. Dann schüttelte er den Kopf und setzte sich lachend zurück. »Mann, wie sollte ich daran kommen?« Während Dobey ihn ansah, schwand die Wildheit von Mitchs Gesicht. »Ach, ich weiß nicht. Ich wollte eigentlich nach Kalifornien. Aber hier gefällt's mir.«

»Kaliforniaholz«, sagte Dobey, ängstlich darauf bedacht, beim Thema zu bleiben. »Wollte immer mal gern Kaliforniaholz sehen.«

»Nicht den Ozean?«

»Quatsch. Ozeane hab' ich gesehen.«

»Tja, mein Freund, wenn ich hinkomme, werde ich ein Bild von den Kaliforniabäumen machen und es dir schicken. Okay?«

Seine vorherige Stimmung war so schnell verflogen, wie sie gekommen war.

Dobey lächelte. »Das wäre schön«, sagte er.

Wieder in der Hütte, blieb er am Fenster sitzen, schaute in die Nacht hinaus und überlegte, was da gerade passiert war. Im Lastwagen rührte sich nichts. Kein Geräusch war zu hören.

Er döste, als ein greller Lichtschein auf seine Augen fiel. Ein Wagen bog vom Highway ab, fuhr ein Stück auf den Weg und hielt an. Die Scheinwerfer erloschen. Eine Minute später rollte dröhnende Musik über den Wüstenboden. Dobey griff nach seinem Fernglas und stellte es auf die Schatten im Wagen scharf.

Nach einer Minute legte er es beiseite. »Verdammte Kinder.«

Die Musik spielte noch sehr lange, durchschnitt die Nachtluft. Dobey war wieder eingenickt, als er das Zuschlagen der Wagentür und Stimmen hörte. Zwei Gestalten gingen auf ihn zu, wankten kichernd über den Weg. Im Wagen lief noch immer Musik. Dobey legte seine Hand über seinen Stiefel.

Als sie näher kamen, konnte er sehen, daß die eine Gestalt ein Mädchen war. Sie protestierte laut flüsternd. »Komm doch, Liebling, laß uns zurückgehen. Ich habe schreckliche Angst.«

Der Junge grölte mit heiserer Jünglingsstimme. »Quatsch, ist doch nur ein verkrüppelter alter Knabe. Wir werden ein bißchen Spaß haben.«

Dobey wich vom Fenster zurück, als sie kurz vor der Veranda stehenblieben.

»He, alter Knabe!« brüllte der Junge angetrunken. »Hast du was zu trinken da?«

»Billy«, jammerte das Mädchen, das zum Brunnen zurückwich, »laß uns jetzt gehen.«

Er kicherte und bedeutete ihr zu bleiben. »He! Ist ziemlich trokken hier draußen! Bringst du uns was raus, oder soll ich reinkommen?« Er drehte sich Zustimmung heischend zu ihr um und krümmte sich vor Lachen.

Dobey hatte nicht gesehen, woher Mitch gekommen war. Eine Minute zuvor war er nicht dagewesen, in der nächsten hielt er den Hals des Jungen mit einem Arm von hinten fest umklammert, während er mit der anderen Hand die lange, mörderische Klinge an seine Kehle preßte. Der Mund des Jungen war zu einem stummen, dummen Heulen geöffnet.

Dieses erstarrte Bild würde Dobey für immer im Gedächtnis haften bleiben – das Mädchen, die Musik, der Brunnen, die umklammerten Gestalten im Mondlicht und die kleinen, tanzenden Flammen auf der blauen Stahlklinge.

Dann hörte er Mitch flüstern, direkt am rechten Ohr des Jungen, seine Absicht in Worten flüstern, die Übelkeit in Dobey aufsteigen ließen und ihn veranlaßten, nach der Tür zu tasten und zu rütteln. Die Tür blieb einen Augenblick geschlossen, klemmte. Dann riß er sie heftig auf und hörte hinter sich etwas auf den Boden fallen, als er aus dem Türeingang brüllte: »Junge! Hör auf! Hörst du mich, Junge?«

Er starrte an dem benommenen Gesicht des Opfers vorbei, ohne es zu sehen, während das Gesicht dahinter sich hob und Dobey aus ausdruckslosen, farblosen Augen ansah. Dobey blickte in etwas, das er nie zuvor gesehen hatte: Nie wieder würde er solche Furcht empfinden. Der Atem rasselte in seiner Kehle, und noch immer ließ der würgende Arm nicht los. Die Beine des Jungen begannen einzuknicken.

»Leg das Ding weg, sage ich!« brüllte Dobey, die eine Hand in seinem Stiefel, und er packte das Gewehr so fest, daß er glaubte, seine Knöchel würden brechen.

Allmählich, geradezu anmutig, wie in Zeitlupe lösten sich die beiden Gestalten voneinander. Die eine sank in den Sand auf die Knie, während die andere beiseite trat und den Arm hölzern herunterfallen ließ.

»Du da!« herrschte Dobey den Jungen zu Mitchs Füßen an. »Du da, verschwinde hier! Aber sofort!«

Ohne aufzublicken, wich der Junge wie eine Krabbe auf allen vieren zu dem Mädchen zurück, und dann rannten die beiden entsetzt zu ihrem Wagen. Mitch drehte den Kopf zu ihnen, als der Motor angelassen wurde, und schien interessiert zu beobachten, wie die Reifen sich wütend in den Sand bissen, bevor sie Halt fanden. Sie schauten beide zu, wie der Wagen in der Dunkelheit schwankte.

Mitch stand keuchend da, hatte beide Hände geballt in die Hüften gestemmt, und das Messer glitzerte im Licht. Dobey wartete, umklammerte mit einer Hand das Gewehr. Schließlich drehte sich der Junge mit verwirrtem Blick zu ihm um.

»Er wollte dich...« setzte er mit hoher, angespannter Stimme an.

»Danke, daß du mich beschützt hast, Junge«, unterbrach Dobey ihn scharf, »aber damit hätte ich allein fertig werden können.«

Mitch holte mehrmals zitternd Atem und seufzte dann, als er sich bückte, um das Messer in seinen Stiefel zu stecken. Dabei grinste er verschlagen, als sei er ein Geist des alten Mitch. »Siehst du? Du bist nicht der einzige. Ich hätte – du weißt schon –, wann immer ich wollte.«

Dobeys Kleidung war plötzlich zu eng. »Du mußt gehen«, sagte er.

Mitch lächelte breiter und wurde wieder ganz der alte. »Aber...«

»Ich weiß es. Es ist bald hell.«

»Vielleicht können wir sie abwehren.«

»Nein. So geht das nicht.«

Er sah zu, wie es geschah, wie die Beherrschung wiederkam, die Erkenntnis.

»Ich glaube, du hast recht«, sagte Mitch ruhig. Er wandte sich dem Lastwagen zu.

»Warte«, sagte Dobey und griff hinter sich. »Nimm das.«

Wortlos nahm der Junge das Rasiermesser und ging fort. Als er zum Brunnen zurückkehrte und seinen Rucksack daran lehnte, waren der Bart und das lange Haar verschwunden, und das Gesicht war im Mondlicht glatt und freundlich und jung. Er kam langsam über den Sand und reichte Dobey das Radio.

»Ich hab's repariert.« Dann nahm er seine Gitarre ab und legte sie vorsichtig auf Dobeys Schoß. »Die ist für dich.« Dobey gab ein kurzes ersticktes Geräusch von sich. »Nein, ich möchte, daß du sie nimmst. Damit du ›Red River Valley‹ spielen kannst.«

Der alte Mann reichte ihm eine Papiertüte. »Hier. Die Lebensmittel darin reichen mindestens für einen Tag.«

»Danke, Dobey. Ich brauch' etwas Geld.«

»Ich hab' nicht viel, aber ich geb' dir alles, was ich habe.«

Mitch nahm es, stand da und starrte auf den alten Mann hinunter. »Wenn ich zu diesen Kaliforniabäumen komme, dann schick' ich dir ein Bild.« Dobey nickte.

Am Brunnen drehte Mitch sich noch einmal um. »Vielleicht schaff' ich's aber nicht.«

»Ich weiß.«

Er schaute zu, wie er fortging, bis er selbst im Fernglas nur noch ein winziger Punkt in der Ferne war und schließlich zwischen dem Gestrüpp und dem Mesquite und dem Sand ganz verschwand.

Als beim ersten Tageslicht der Wagen des Sheriffs und zwei Patrouillenwagen der Staatspolizei jaulend auf den Weg bogen, saß Dobey noch immer auf der Veranda, und seine Hände ruhten auf der Gitarre. Der Sheriff hielt etwas entfernt von ihm und steckte seinen roten Kopf aus der Autotür.

»Dobey? Alles in Ordnung?«

Auf das Nicken des alten Mannes hin kamen sie alle in Staubwolken herangefahren. Der Sheriff sprang heraus.

»Teufel, was war los hier draußen? Der Junge von Ralph Becker kam voller Todesangst nach Hause. Ist er weg?«

Dobey nickte, wobei seine Finger lautlos über die Saiten glitten.

»In welcher Richtung?«

»Westen«, sagte Dobey nach einer Weile.

Der Sheriff kramte in seinen Taschen und hielt Dobey ein Bild hin. »Ist er das?« Dobey blickte darauf und nickte langsam.

»Er ist es!« rief der Sheriff, und die Motoren der beiden Streifenwagen brüllten auf. »Die Hubschrauber sollen starten!« rief er, als die Wagen winselnd den Weg hochrasten. Dobey schaute zu, wie sie aus dem Blickfeld verschwanden.

»Mein Gott, Dobey, was ist passiert?« Der Sheriff trottete schwerfällig zum Brunnen und zog den Eimer hoch. Er spülte seinen Mund und spuckte aus. »Ist mit dir wirklich alles in Ordnung?«

»Du siehst mich doch«, sagte Dobey.

»Mensch, du kannst von Glück reden.« Er hockte sich schwerfällig neben Dobey auf die Veranda. »Weißt du, was der Junge getan hat? Hat seine Familie drüben in Massachusetts umgebracht, einen Mann in einer Tankstelle in Illinois, einen Mann, der ihn irgendwo in Kansas aufgegabelt hat, und einen weiteren haben wir etwa zehn Meilen von hier oben auf der Straße gefunden. Der Wagen war im Gebüsch versteckt. Der Bursche lag noch im Kofferraum. Und das sind nur die, von denen wir wissen! Scheint so, als würde er die Wagen so lange fahren, bis ihm das Benzin ausgeht, und dann läßt er sie stehen. Teufel auch, ist alles über Rundfunk und Fernsehen ausgestrahlt worden.«

»Mein Radio war kaputt.«

»Hat er eine Kanone?«

»Nein«, sagte Dobey langsam. »Für Kanonen hat er keine Verwendung.«

»Verstehst du? Der Junge ist irre. Was, glaubst du, bringt einen Burschen dazu, so was zu tun? Na ja, ist ja egal. Jetzt kriegen wir ihn. Er wird uns nicht entkommen.« Dobey sagte nichts.

»Hör mal, Dobey«, fuhr der Sheriff fort, nachdem er ihm einen verlegenen Seitenblick zugeworfen hatte, »diese Geschichte hat die Leute in der Stadt ziemlich mitgenommen. Ich weiß, daß dir das nicht gefallen wird, aber der Stadtrat hat beschlossen, daß wir dich nicht länger hier draußen wohnen lassen können. Mein Gott, Mann, du kannst von Glück reden, daß er dich nicht in Stücke geschnitten hat.« Er wartete, während Dobey weiter die Gitarre betastete.

»Also wirst du umziehen. Mach mir keine Schwierigkeiten, Dobey. Diesmal müssen wir's machen. Wir werden für dich in der Stadt ein schönes kleines Zimmer finden oder vielleicht im Veteranenheim. Nach dieser Geschichte können wir unser Gewissen einfach nicht mehr mit dir belasten. Es ist nur zu deinem Besten. Dobey, hast du gehört, was ich sage?«

»Ich hab's gehört.«

»Na gut.« Er stand auf und entstaubte seinen Hut an seinem Schenkel. »Ich mach' das ungern, Dobey. Ich hoffe, das weißt du. Pack deine Sachen zusammen, und dann kommen wir morgen früh und holen dich ab. Bis dahin wirst du dich ja erholt haben. Und mach' dir keine Sorgen wegen des Jungen. Der kommt nicht zurück, weder tot noch lebendig. Den haben wir spätestens bei Einbruch der Nacht.« Er winkte fröhlich, als er wegfuhr.

Die Sonne stieg hoch in den heißen, weißen Himmel. Ein Wagen fuhr auf dem Highway vorbei und schmolz schnell in den wabernden Hitzewellen. Dobey blinzelte in den Tag.

Schließlich griff er in seinen Stiefel und zog das lange Jagdmesser heraus. Die Gitarre sorgfältig in seinen Schoß pressend, schnitt er die Saiten nacheinander durch.

Aus dem Englischen von Hartmut Huff

MARGARET MARON

Und leer zurück

Komische Sache, diese CB-Funk-Manie – all die Jahre haben wir Trucker einfach immer nur unseren Job gemacht, haben bloß unseren Lebensunterhalt verdient, so gut wir konnten, und die Leute in den anderen Autos haben sich nicht groß den Kopf über uns zerbrochen, nachdem alles vierspurig geworden ist und sie nicht mehr so oft hinter uns am Berg festhingen. Also haben sie aufgehört, uns dafür zu verfluchen, daß wir überhaupt auf den Straßen waren, für die wir ja auch Steuern bezahlt haben. Und ein paar Jahre lang haben sie uns mehr oder weniger gar nicht beachtet.

Dann haben diese großen Wohnmobile angefangen, mit CB-Funk rumzumachen, und sich bei uns eingeklinkt, und ehe man sich versah, sausten selbst VWs von Abfahrt zu Abfahrt und zurück und verpesteten die Luft mit ihrem Verbalmüll, und dann plötzlich die ganzen Lieder über uns, in denen wir als Kulturhelden und exotische Ritter der Landstraße abgefeiert wurden.

Totaler Blödsinn.

Es ist verdammt noch mal rein gar nichts Exotisches dabei, einen Sattelzug zu fahren. Außer am Fließband zu stehen und Schraube A in Loch C zu schrauben wie mein nichtsnutziger Schwager, ist LKW-Fahren wohl so ziemlich die stumpfsinnigste Art unter Gottes weitem Himmel, sich seinen Lebensunterhalt zu verdienen. Vor allem, wenn's wie bei mir immer nur die Ostküste rauf und runter geht.

Vielleicht ist Überlandfahren anders, aber ich arbeite bei diesem Laden – Eastline Truckers – und Junge, Junge, genau das ist es auch: Speditionsgeschäft immer die Küstenstaaten rauf und runter, Pfirsiche von Georgia, Grapefruits aus Nordflorida, Kartoffeln und Blaubeeren aus den beiden Carolinas – was immer gerade Saison hat, wir transportieren es. Auf der I-95 bis zur Delaware Memorial Bridge, den Jersey Turnpike hoch, über den Fluß und direkt bis nach Hunt's Point.

Körbeweise Früchte auf dem Heimweg und leer zurück, und wenn einer meinte, daß das nicht langweilig ist, soll er noch mal darüber nachdenken. Wenn man erst einmal auf der I-95 ist, ist es immer dieselbe Straße, von New Jersey bis Florida. Man könnte einen Kilometer Strecke aus Georgia nehmen und ihn irgendwo in Maryland dazwischenstecken, und niemand würde den Unterschied merken. Dieselben Motels, dieselben Tankstellen, dieselben Reklametafeln.

Es gibt Gesetze, die von diesen Bewahrt-die-Schönheit-der-amerikanischen-Landschaft-Leuten eingebracht worden sind, um alle Reklametafeln von den Interstate-Highways zu verbannen, aber ich bin da zwiespältig. Bäume und Felder und Kühe ohne Unterbrechung können sehr ermüdend sein, andererseits kann es auch wirklich nerven, dasselbe Plakat fünf- oder sechsmal die Woche zu lesen.

Selbst diese Burma-Rasur-Tafeln, die es gab, als ich noch mit Lucky gefahren bin. Wir haben uns jedesmal kaputt gelacht, wenn sie eine neue aufgestellt haben, aber man kann nicht mehr als ein- oder zweimal über dieselbe Sache lachen, also haben wir uns immer eigene Geschichten ausgedacht. Richtig dreckige und einige von ihnen zum Totlachen.

Das war die gute alte Zeit, ein paar Jahre nach dem Krieg. Dem Zweiten Weltkrieg. Ich war bloß ein Junge vom Lande, gerade den Tabakfeldern entwachsen, und Lucky kam mir älter vor als Moses, obwohl er rückblickend vermutlich nicht älter als fünfunddreißig war. Sein wirklicher Name war Henry Driver, aber jeder nannte ihn Lucky, weil er es immer schaffte, mit Sachen durchzukommen, die sonst niemand hätte bringen können. Während der Blackouts hat er einmal unbeleuchtet eine Ladung TNT über die Great Smokey Mountains gefahren. Die ganzen gewundenen Paßstraßen bei nur Dreiviertelmond. Ich würd' gern einen von diesen großspurigen Angebern sehen, die man heute überall trifft, der das wagen würde!

Damals brauchte es noch echte Männer, einen Truck zu fahren, weil sich die Kisten dagegen wehrten. Sie waren genau wie Pferde. Sie spürten, wenn man nicht mit ihnen umgehen konnte. Heutzutage – vergiß' es! Alles ist so verdammt automatisch und hydraulisch, daß selbst eine vierzig Kilo leichte Frau die Dinger fahren könnte.

Aber ich sollte das vermutlich nicht so runtermachen. Ich werd' diese Windbeutel noch fahren können, bis ich siebzig bin. Nicht wie Lucky. Kaum je ein Kratzer, und dann verließ ihn sein Glück auf einem Stück der 301 in Virginia. Ihm ist kurz vor der Brücke ein Reifen geplatzt, und er muß die Kontrolle über das Steuer verloren haben.

Das ist jetzt zwölf Jahre her, und die Firma hatte schon vorher aufgehört, uns in Doppelbesetzung fahren zu lassen, aber ich vermisse ihn noch immer. Mit Lucky zu fahren, war nie langweilig. Wir waren uns ziemlich ähnlich. Nicht bloß in den Dingen, mit denen ein Mann gern angibt, wenn er trinkt und rumprahlt, sondern auch sonst.

Ich erinnere mich noch, wie wir mal drüben in Philly Rast gemacht haben, er auf dem Hinweg, ich auf der Rückfahrt, und er sagte: »Rate mal, was ich heute gesehen hab', als ich durch Baltimore gekommen bin? Einen rotschwänzigen Bussard. Direkt, peng, mitten in der Stadt!«

Das stell' sich einer vor, ein harter Typ wie er, der ganz aus dem Häuschen gerät, weil er einen scheuen Naturvogel in der Stadt gesehen hat. Und einem anderen Typen auch noch davon erzählt! Na, so war das eben mit uns beiden.

Letzte Woche hab' ich auf dem Rückweg an Lucky gedacht und mir gewünscht, ich hätte ihn noch zum Reden. Die I-95 war total verstopft durch den Reise-Verkehr. Ich hab' mein CB angeknipst, und es war voller Quatschköpfe, die versuchten so zu klingen, als wüßten sie ganz genau, was zum Teufel sie eigentlich brabbelten. *Good buddy* hier und *Smokey* da und *10-4* zur Seite, also hab' ich mich gleich wieder ausgeklinkt.

Ich war gerade an diesem Hot-Shoppe-Schild vorbeigefahren, als sich in meinem Kopf die Straße abzuspulen begann wie ein Kinofilm. Ich wußte, als nächstes würden ein Howard Johnson und ein Holiday Inn kommen und dann eine weiße Scheune und eine Weide voller Kühe und dann ein Texaco-Schild und so weiter jeden einzelnen Kilometer bis nach Hause. Ich konnte es einfach nicht ertragen und fuhr an der nächsten Abfahrt runter. »Für jeden Kilometer Highway, gibt's auf jeder Seite zehn Kilometer Straße in dieselbe Richtung«, sagte Lucky immer. Und genau wie er hab' ich diese schmale Straßenkarte, über die sich in der Mitte die I-95 schlängelt, über die ganze Breite des Führerhäuschens unter die Windschutzscheibe gesteckt. Jedesmal wenn die alte Schlange unter meiner Haut zu pulsieren beginnt, such' ich eine Nebenstrecke nach Süden. Über die ganze Karte sind kleine Kreuze verteilt für die Straßen, auf denen ich schon mal gewesen bin. Auf diesem speziellen Stück war ich noch nie gefahren, also hatte ich die freie Wahl.

Zwanzig Minuten jenseits der Interstate liegt ein völlig anderes Land. Die Straße, für die ich mich schließlich entschied, hatte nur zwei Spuren, war aber breit genug, daß ich niemandem auf die Pelle rücken mußte. Nicht, daß viel Verkehr gewesen wäre. Ich hatte beinahe die ganze Straße für mich alleine, und ich muß schon sagen, es war die reinste Postkartenlandschaft, mit Bäumen und Büschen direkt bis an die Böschung und Flecken mit orangefarbenen Blumen dazwischen.

Es war später Nachmittag, die Sonne ging gerade unter, und ich wurde munter und fühlte mich richtig wohl. Es war genau die Art Straße, wie Lucky sie immer gesucht hatte. Alles war perfekt.

Ich glitt gerade im Leerlauf diesen Hügel hinunter und um eine Kurve, als plötzlich dieser Opa direkt mitten auf die Fahrbahn spazierte. Ich stieg in die Bremsen, und die Reifen hinterließen kreischend eine Spur, aber bis ich den Wagen zum Stehen gebracht hatte und zu der Stelle zurückgelaufen war, wo er ganz zermatscht in den orangefarbenen Blumen lag, wußte ich, daß er mit Sicherheit hinüber war; also ging ich zurück zu meiner Kiste, meldete mich auf Kanal 9, und zehn Minuten später standen da ein Streifenwagen mit flackerndem Blau- und ein Krankenwagen mit Rotlicht.

Alle waren ungeheuer verständnisvoll. Sie konnten erkennen, wie ich gebremst und den Wagen auf die linke Spur gezogen hatte. »Ich hab' versucht, ihm auszuweichen«, sagte ich, »aber er ist los und in die falsche Richtung gesprungen.«

»Es war nicht Ihre Schuld, also machen Sie sich keine Sorgen«, sagte der junge Bulle, als ich ihm in die Stadt folgte, um das Protokoll aufzunehmen. »Ich habe Mr. Jasper immer wieder gewarnt, ich hab' ihm hundertmal erklärt, daß er noch umkommen würde, wenn er, halbtaub wie er war, weiter so auf der Straße herumlaufen würde.«

Inzwischen war auch der Schwiegersohn des alten Mannes gekommen und nickte. »Ich hab' Mavis gesagt, er sollte in ein Altersheim, wo man nach ihm sehen kann, aber er war stur dagegen, und sie wollte ihn nicht zwingen. Armer alter Paps! Na ja, wenigstens hat er nicht lange leiden müssen.«

So wie er das sagte, vermutete ich, daß er selbst nicht zu lange am Tod des alten Mannes leiden würde.

Gegen neun Uhr konnte ich gehen, und als ich gerade los wollte, fragte der Bulle auf einmal: »Wie kommt's eigentlich, daß sie so weit von der Interstate entfernt waren?«

Ich erklärte ihm, wie sterbenslangweilig es hin und wieder werden konnte, und er deutete ein Lachen an und sagte: »Ich nehm' an, daß Sie sich jedenfalls nicht so bald wieder langweilen werden.«

»Wohl nicht«, sagte ich, während mir wieder einfiel, wie der Alte zermatscht dagelegen hatte und wie seine Augen hervorgetreten waren, als er erkannte, daß er mir nicht mehr ausweichen konnte.

Direkt westlich der I-95 hielt ich an einer Esso-Tankstelle, und während ich volltanken ließ, griff ich unter die Windschutzscheibe und malte ein weiteres kleines Kreuz auf meine Straßenkarte. Siebzehn Kreuze jetzt. Noch zwei, und ich hatte Lucky eingeholt.

Ich scherte direkt vor einem Datsun wieder auf die I-95, so daß der Idiot heftig in seine Mickey-Mouse-Bremsen steigen mußte, um nicht voll in meine Karre zu schmieren. Selbst im Dunkeln war immer noch alles dasselbe – dieselben Tankstellen, dieselben Motels, dieselben Reklametafeln.

Ich weiß nicht. Vielleicht ist es anders, wenn man überland fährt.

Aus dem Englischen von Kristian Lutze

CLARK HOWARD

Letzte Chance in Singapur

Eine Woche nach seiner Rückkehr nach Singapur saß er im Dutch Club und nippte an einem Gin, als er von einer sanften Stimme angesprochen wurde.

»Hallo. Alan Modred, nicht wahr?«

»Hallo. Stimmt.« Alan lächelte und ließ seinen Blick über sie gleiten. Um die zwanzig, nasses, kastanienbraunes Haar, einen leichten Überbiß, groß, im ganzen schlank, wenn auch um die Hüften ein wenig kräftiger. Er durchforstete seine Erinnerung, ohne ihr Bild zu finden.

»Du erkennst mich nicht, stimmt's?« tadelte sie ihn.

»Tut mir leid, nein.«

»Ich bin Wenifred Travers. Wendy. Jack Travers' Tochter.«

Vor Überraschung klappte Alans Kinnlade nach unten. »Gütiger Gott. Du bist ja eine richtige erwachsene Frau geworden.«

»Hast du geglaubt, ich würde ein erwachsener Mann werden?« Er spürte eine leichte Nervosität. Sie sah amüsiert aus. »Als nächstes erklärst du mir wahrscheinlich, daß ich jetzt zu alt zum Hoppe-Hoppe-Reiter-Spielen bin.«

»Da bin ich mir nicht so sicher«, konterte er lächelnd. Er nahm ihre Hand. »Wie ist es dir ergangen, Wendy? Wie geht's Jack?«

Trauer legte sich über ihr Gesicht. »Daddy ist tot, Alan. Lungenkrebs, vor zwei Jahren.«

»Nein. O Wendy.« Alan spürte einen Knoten in der Brust. Jack Travers war ein guter Mensch gewesen. »Das tut mir schrecklich leid«, sagte er.

Wendy nickte. »Er war ein Zwei-Schachteln-pro-Tag-Mann, und das seit dreißig Jahren. Jedes Jahr hat ihm der Doktor gesagt, er solle aufhören, aber du kennst ja Daddy. Irgendwann hat es ihn schließlich erwischt.« Sie seufzte und schüttelte die Erinnerung ab. »Seit wann bist du zurück?«

»Erst eine Woche.«

Wendy beugte sich leicht zu ihm vor. »War es schlimm, Alan? Das Thai-Gefängnis?«

»Es hätte schlimmer kommen können«, log er. Er fragte sich, wie sie reagieren würde, wenn er ihr die Narben von den Schlägen mit dem Bambusstock zeigte. Wahrscheinlich würde sie in Ohnmacht fallen. Wohlbehütete junge Britinnen bekamen wahrscheinlich nicht allzuviel wildes Fleisch zu sehen. Er beschloß, das Thema zu wechseln, und wies mit dem Kinn auf ihr nasses Haar. »Warst du schwimmen?«

»Ja.« Sie legte ein halbherziges Lächeln auf. »Mein Freund Herman ist hier Mitglied. Er ist der lokale Vertreter für Heineken-Bier. Wir schwimmen ein- oder zweimal die Woche hier.« Sie neigte ihren Kopf zur Seite. »Bist du mit jemandem verabredet?«

»Ja.« Alan wußte, daß sie darauf wartete, daß er erzählte, wen er traf, aber er sagte es ihr nicht. Je weniger irgend jemand über seine Aktivitäten in Singapur wußte, desto besser. Er lenkte die Unterhaltung wieder auf sie. »Du hast doch noch Verwandte in England, oder?«

»Nicht wirklich. Keine nahen, jedenfalls. Ich hab' mich immer viel mehr in Singapur zu Hause gefühlt. Mam und Dad sind beide hier beerdigt. Und ich hab' einen Super-Job auf der Jurong-Reptilien-Farm in der Nähe des Vogelparks. Es schien mir wenig Sinn zu haben, nach England zu gehen. Außerdem hasse ich die Kälte.«

Ein Kellner trat hinzu und sagte zu Alan: »Verzeihung, Sir. Mr. van Leuck hat angerufen, um zu sagen, daß er jetzt erst loskommt und in etwa einer Viertelstunde hier sein wird.«

»Danke.« So viel zur Geheimhaltung, dachte Alan. Als er sich wieder Wendy zuwandte, sah sie ihn neugierig an.

»Triffst du Louis van Leuck?« In ihrer Stimme lag die Andeutung eines Vorwurfs.

In seiner ein Hauch von Rechtfertigung: »Genau den.«

»O Alan. Mußt du dich gleich wieder mit solchen Typen einlassen, wo du doch gerade erst zurück bist, um einen neuen Anfang zu machen? Louis van Leuck ist eine der zwielichtigsten Gestalten in ganz Singapur. Er hat seine Finger überall drin, von Drogen bis zum Waffenschmuggel. Bis – bis – bis hin zum Sklavenhandel mit Weißen.«

»Gibt es noch immer Sklavenhandel mit Weißen?« fragte Alan. »Da muß ich mich mal drum kümmern.«

»Das ist nicht witzig, Alan.«

Er seufzte leise und begegnete ihrem festen Blick. »Willst du wissen, was *wirklich* nicht witzig ist?« fragte er ruhig. »Ein vierundvierzig Jahre alter Mann, gerade aus einem Thai-Gefängnis zurück, in dem er fünf Jahre wegen illegaler Ausfuhr von Jade gesessen hat. Das, nachdem sein Import-Export-Geschäft pleite gemacht hat, in das er seine sämtlichen Ersparnisse gesteckt hatte. Davor noch zwei gescheiterte Ideen, zwei *andere* gescheiterte Firmen und ein Konkurs. Im Moment ist ein blutendes Magengeschwür alles, was er im Leben vorzuweisen hat. *Das* ist nicht witzig.« Er schüttelte den Kopf, die kurz aufgeflackerte Feindseligkeit war wieder verschwunden. »Es mag für dich ja schön und gut sein, Louis van Leuck als nicht gesellschaftsfähig zu verurteilen, aber Tatsache ist, daß er der einzige Mensch in Singapur ist, der überhaupt bereit ist, mit mir über eine mögliche Beschäftigung zu reden.«

»Ja, aber was für eine Art von Beschäftigung?« Sie machte keine Anstalten nachzugeben.

»Im Augenblick«, sagte Alan hart, »kann ich da nicht besonders wählerisch sein, oder?«

Sie starrten sich gegenseitig vorwurfsvoll an, als ein gutaussehender junger Holländer, die Haare wie Wendys naß, auf sie zutrat. Wendy wandte ihren Blick schließlich von Alan ab, um den jungen Mann als Herman Ubbink, den Heineken-Bier-Vertreter, vorzustellen, von dem sie vorher gesprochen hatte. Herman erinnerte sie daran, daß sie mit irgendwelchen Leuten zum Essen verabredet waren.

»Wo kann ich dich erreichen, Alan?« wollte sie noch wissen.

»Ich hab' noch keine feste Bleibe gefunden«, sagte er. Es wäre ihm zu peinlich gewesen, ihr zu erklären, daß er ein schäbiges kleines Zimmer in der Serangoon Street in Little India, dem Inderviertel, bewohnte.

»Dann meld du dich, bitte«, sagte Wendy. »Ich stehe im Telefonbuch.«

»Klar doch.«

Alan sah ihnen nach, zwei vitale, junge Menschen mit gutem Teint, guter Haltung, guten Aussichten und noch alle Zeit der Welt vor sich.

Irgendwo tief drinnen begann sein Geschwür zu beißen.

Louis van Leuck erinnerte Alan an Sydney Greenstreet. Er trug ein weißes Leinenhemd mit einem Nehru-Kragen und saß so tief über den Tisch gebeugt, daß seine beiden Ellbogen neben dem Teller ruhen konnten, während er aß. Sie saßen im Swatow-Restaurant in einem der oberen Stockwerke des Centrepoint, eines ultra-modernen Einkaufszentrums auf mehreren Etagen, zu dem van Leuck mit Alan gefahren war, nachdem er ihn im Dutch Club abgeholt hatte. Sie aßen *Dim Sum*, eine Art rotierendes Buffet, bei dem Servierwagen mit zahlreichen chinesischen Gerichten fortwährend zwischen den Tischen hin und her geschoben wurden.

»Probieren Sie die gebackene Schleie«, schlug van Leuck vor. »Der beste Fisch, der in den letzten Jahren aus China eingeführt worden ist.«

»Mein Appetit für Fisch hält sich in Grenzen, nachdem ich fünf Jahre lang jeden Tag gekochte Fischköpfe gegessen hab'.«

»Dann versuchen Sie die Entenhaut. Man wickelt Frühlingszwiebeln und Gurken darin ein, und das Ganze wird mit einer Sauce aus schwarzen Bohnen serviert. Köstlich.«

»Ich nehm' nur ein wenig gekochtes Huhn mit Reis«, sagte Alan. »Ich hab' ein kleines Problem mit dem Magen.« Klein, wenn es keine Ekelanfälle oder schmerzhafte Krämpfe verursachte oder blutete.

Die Servierwagen wurden von schlanken chinesischen Frauen

geschoben, die *Sarong Kabayas* trugen, auf einer Seite bis zur Hüfte geschlitzt. Sie servierten alle Gerichte, die die Gäste ausgewählt hatten. Eine der Frauen hatte einen leichten Überbiß, der Alan an Wendy Travers erinnerte. Kleines, arrogantes Luder, dachte er. Was sollte er ihrer Meinung nach tun, verhungern? Betteln? Wie einfach das Leben doch aussah, wenn man jung war.

»Haben Sie irgendwas für mich, Louis?« fragte er schließlich in der Mitte des zweiten Ganges.

»Ich wünschte, ich hätte, mein Junge«, sagte der übergewichtige Holländer. »Aber die Geschäfte laufen sehr, sehr zäh im Augenblick. Es gibt zur Zeit überall jede Menge offiziellen Druck. Von wegen Wahljahr und so.«

Er senkte seine Stimme. »Wenn Sie ins Geschäft mit äh – lassen Sie es uns Schnee nennen – einsteigen wollen, könnte ich vielleicht etwas für Sie arrangieren. Dann müßten Sie sich allerdings in Manila niederlassen. Ich halt' mich da in Singapur lieber völlig raus – zu gefährlich. Das Gesetz verlangt dafür die Todesstrafe, wissen Sie.«

Alan schüttelte den Kopf. »Ich möchte lieber nicht in der Branche anfangen.« Hatte er Wendy nicht eben gerade erklärt, daß er es sich nicht leisten konnte, wählerisch zu sein?

»Vor Ort«, sagte van Leuck, »möchte ich meine Massage-Salon-Kette expandieren, aber eigentlich überlasse ich die Geschäftsführung lieber Frauen – sie sind ungleich zuverlässiger, vor allem Chinesinnen.« Er stopfte sich den Mund mit Essen voll und redete weiter. »Hier in der Stadt beschäftige ich mich nebenher ein wenig mit illegal eingeführtem Elfenbein, aber nur im kleinen Rahmen – eigentlich nicht profitabel genug, um noch mit jemandem zu teilen. Gestohlene Flugtickets werfen ein bißchen was ab. Kopierte Designer-Börsen und andere Luxusgegenstände bringen bescheidene Sümmchen ein, trotz der zum Teil wirklich aggressiven Konkurrenz aus Malaysia. Und dann gibt's da noch meine Porno-Unternehmen: Magazine, Videos, unzensierte Bücher. Die strengen Zollkontrollen machen auch dieses Geschäft wenig einträglich. Ich erwarte jedoch, daß sich die Lage binnen eines Jahres wieder entspannt haben wird.«

»Wie tröstlich«, sagte Alan. »Wenn ich gewußt hätte, daß die Branche zur Zeit eine Rezession durchmacht, hätte ich es arrangiert, ein weiteres Jahr im Gefängnis zu bleiben.«

»Das ist wirklich komisch, mein Junge«, sagte van Leuck, wobei ihm etwas Orangenmarmelade aufs Kinn tropfte. Dann verengten sich seine Augen zu zwei Schlitzen, in denen man Streichhölzer hätte befestigen können. »Zur Zeit befindet sich lediglich eine Unternehmung in der konkreten Planungsphase«, begann er zögerlich. »Es liegt vielleicht etwas außerhalb Ihres gewohnten Tätigkeitsfeldes und ist überdies eine ziemlich risikoreiche Geschichte, wenngleich die Belohnung beträchtlich ist. Ich persönlich bin, was dieses Projekt betrifft, nur im Bereich der Vermarktung aktiv, ähm – sagen wir –, zuständig für Liquidation der erworbenen Ware. Die eigentliche Planung und die Operation an sich werden von jemand anderem übernommen, aber soweit ich weiß, fehlt ihm noch ein Mann. Ich könnte Sie empfehlen, wenn Sie möchten.«

»Worum geht es bei dieser Unternehmung?« fragte Alan.

»Das kann ich Ihnen nicht sagen. Das müßte der Mann am anderen Ende tun, wenn er sich von Ihren Qualitäten überzeugt hat.«

Alan rieb sich mit der Hand über sein Kinn, seine Neugier war geweckt. »Eine beträchtliche Belohnung, sagen Sie?«

»Sehr!«

»Aber riskant?«

»In gewissem Maße.«

Alan sagte lange nichts, aber schließlich nickte er. »In Ordnung, Louis. Ich werde Ihre Empfehlung dankbar annehmen.«

»Ausgezeichnet, mein Junge.«

Louis van Leuck lächelte zufrieden und winkte den Servierwagen herbei.

Am Abend desselben Tages schlenderte Alan die Sago Lane in Chinatown hinauf. Es war eine schmale Straße, in der das Leben pulsierte und alle möglichen Geräusche und Gerüche in der Luft hingen. Es duftete nach einer Mischung aus Weihrauch und gebratenen Nudeln. Straßenhändler schwatzten und wurden plötzlich still, um zu sehen, ob Alan sich vielleicht für ihre Kerzen und Zitrusfrüchte, ihr getrocknetes Obst oder die Sojabohnensprossen interessierte. Sieben verschiedene chinesische Dialekte prasselten durch die Nacht, alte Frauen in *samfus* und selbstgeschnitzten Holzschuhen plauderten und klatschten vor Straßenständen und Hauseingängen. Chinesische Kinder, selbst beim Spielen noch makellos sauber, rannten umher und freuten sich kichernd über ihre einfachen Spiele.

An der Ecke Sago Lane und Trengganu blieb Alan stehen und sah sich um. Eine junge Chinesin sprach ihn aus einem Hauseingang an. »*Chuang*?« sagte sie und öffnete ihren Kimono ein paar Zentimeter.

Alan schüttelte den Kopf. »*Bu*«, erwiderte er. Der flüchtige Gedanke daran, mit ihr ins Bett zu gehen, erinnerte ihn aus irgendeinem Grund an Wendy. Verärgert verbannte er den Gedanken aus seinem Kopf. »*Shu ben shi chang*?« fragte er die Frau in der Haustür. Sie schloß ihren Kimono wieder und wies die Straße hinunter. Alan nickte. »*Xie xie ny*«, bedankte er sich bei ihr.

Alan ging weiter bis zum Buchladen, nach dem er gefragt hatte, und trat ein. Es war ein verstaubter, kleiner Laden, kaum vier Quadratmeter groß, ohne Regale; alle Bücher lagen auf etliche Tische gestapelt, als ob der Eigentümer sich darauf vorbereitete, den Laden aufzugeben. In einer Ecke saß ein alter Chinese in einem Mandarin-Mantel auf einer umgedrehten Kiste, auf die man ein Kissen gebunden hatte, und rauchte eine Zigarette mit einem Elfenbein-Filter. Er sah aus wie sechzig, aber weil chinesische Männer so langsam altern, schätzte Alan ihn auf mindestens fünfundsiebzig.

»*Wan an, Fu qin*«, sagte Alan höflich. Guten Abend, Vater.

»Mein bescheidener Laden steht zu Ihrer Verfügung, mein Sohn«, erwiderte der alte Mann in perfektem Englisch.

»Ich suche einen Herrn namens Dao«, sagte Alan.

Der alte Mann schüttelte den Kopf. »Sie kommen zu spät. Er ist tot. Er starb, weil er *jiu* war.« Jiu bedeutete sehr alt.

»Der *jing ly* van Leuck schickt mich zu Ihnen«, sagte Alan, wobei er den Holländer als Boß oder Manager bezeichnete.

»In diesem Fall bin ich doch nicht tot«, gab der Chinese zu. Er lächelte schlau. »Obwohl ich wirklich *jiu* bin und wahrscheinlich in Kürze sterben werde, aber das muß Sie nicht weiter kümmern.« Er stand auf und streckte seine Hand aus. »Willkommen. Ich bin Dao.«

Alan schüttelte seine Hand und folgte ihm zu einer mit einem Vorhang abgetrennten Ecke, in der zwei weitere Kissen-auf-der-Kiste-Sitze und ein kleiner Tisch standen. »*Cha*?« fragte der Alte. Tee?

»*Boleh*.« Bitte.

Der Teekessel wurde über eine brennende Kerze in einer Art Stövchen aus drei Ziegelsteinen gestellt, so daß der Tee heiß blieb, ohne zu kochen. Einem geschlossenen Weidenkorb entnahm Dao zwei wunderschöne, zierliche Teetassen, beide verziert mit goldenen Tigern mit roten Augen aus Rubinsplittern. Alan, der sich mit diesen Dingen auskannte, schätzte, daß sie mindestens hundert Jahre alt waren. Er sah zu, wie der alte Mann Kräutertee einschenkte. Die beiden schlürften schweigend ihren *cha*, bis ihre Tassen halbleer waren. Dann fragte Dao: »Kennen Sie die Bedeutung meines Namens?«

»Ich glaube, Dao heißt so viel wie ›Messer‹«, sagte Alan.

»Ja. In meiner Jugend, als die Dinosaurier noch das Gesicht dieser Erde bevölkerten, nannte man mich Nan Ren Dao. Mann des Messers. Ein unverdientes Kompliment für mein sehr bescheidenes Talent. Es gibt Menschen, die hartnäckig behaupten, ich könnte auf fünfzehn Meter Entfernung eine durch die Luft fliegende Birne halbieren. Da ich kein eitler Mensch bin, habe ich die Entfernung nie gemessen. Natürlich sind die Jahre nicht spurlos an meiner Sehkraft vorübergegangen, und meine Arme sind schlaff und schwach geworden. Glücklicherweise habe ich einen Großneffen, an den ich das wenige, was ich an Fähigkeiten vorzuweisen habe, weitergeben konnte. Er ist jetzt Augen und Arme des Mannes, den man einst Nan Ren Dao nannte. Treue und ehrerbietige Verwandte sind ein Segen für die Alten, finden Sie nicht auch?«

»O doch, ja«, sagte Alan. Die Warnung des Alten war unmißverständlich: Verrate mich und mein Großneffe wirft ein Messer nach dir. Alan hörte, wie die Ladentür aufging, und im nächsten Augenblick kam eine junge Chinesin durch den Vorhang. Es war dieselbe Frau, die Alan an der Ecke angesprochen hatte.

»Die Frau meines Großneffen«, sagte Dao. »Es freut mich zu erfahren, daß Sie kein Mann sind, den man leicht in Versuchung führt, selbst nach fünf Jahren unfreiwilliger Abstinenz nicht.«

Alan neigte seinen Kopf. »Und ich bin froh, Ihren Test bestanden zu haben, *Fu gin*. Bitte sagen Sie Ihrem Großneffen, daß es nicht leicht war. Seine Frau ist eine *mei li funu*.«

Die junge Frau unterdrückte ein Lächeln, als sie eine wunderschöne Dame genannt wurde. Als sie ihren Mantel von einem Haken nahm und den Laden wieder verließ, mußte Alan erneut flüchtig an Wendy denken. Sie und diese Chinesin waren auf dieselbe Art ein wenig füllig um die Hüfte. Warum, so fragte er sich, konnte er den Gedanken an Wendy nicht aus seinem Kopf verbannen? War es Lust? Was Dao gesagt hatte, stimmte: Fünf Jahre lang hatte er keine Frau gehabt. Fünf Jahre plus eine Woche, um genau zu sein, weil er seit seiner Entlassung noch immer keinen Sex gehabt hatte. Diese Tatsache irritierte ihn ein wenig – er begann sich zu fragen, ob die Jahre im Gefängnis, die Schläge und anderen Grausamkeiten, die unzureichende Ernährung, die gelegentlichen Krankheiten, die Parasiten, die unbarmherzige Feuchtigkeit, der er in der Monsun-Zeit fortwährend ausgesetzt war, ihn impotent gemacht hatten.

Dao unterbrach Alans kurzen Augenblick der Sorge, indem er ein Streichholz entflammte, um eine neue Zigarette in seinem Elfenbein-Filter anzuzünden. Dann sagte er: »So. Sie sind also daran interessiert, sich der bescheidenen Unternehmung, die wir geplant haben, anzuschließen?«

»Ja.«

»Hat Herr van Leuck Ihnen irgendwelche Einzelheiten über das Projekt genannt?«

»Nein.«

»Oh. Nun, wie gesagt, handelt es sich dabei um eine bescheidene Unternehmung. Wir werden die Münzanstalt von Singapur ausrauben.«

Alan starrte den alten Mann ungläubig an. Dao lächelte und griff nach der Teekanne.

»Noch etwas *cha?*« fragte er.

Am nächsten Tag fuhr Alan in einem von Singapurs blitzblanken Bussen Richtung Jurong Town, am westlichen Ende der Insel, wo die Münzanstalt lag. An der Straße, die an einer Seite des Geländes entlangführte, stieg er aus, um zu Fuß weiterzulaufen. Von hier aus konnte er bequem einen Blick riskieren, ohne Verdacht zu erregen.

Im Grunde gab es auch nicht viel zu sehen. Es sah ein bißchen aus wie ein kleines Gefängnis – schmucklose Gebäude, die in einiger Entfernung zu einem elektrischen Zaun mit einer Krone aus Nato-Draht lagen, dessen vier Ecken durch Wachtürme markiert wurden. Alan kam zu dem Schluß, daß das Ganze ziemlich uneinnehmbar war, jedenfalls soweit es einen bewaffneten Raubüberfall betraf. Ihr Plan jedoch – er betrachtete ihn schon teilweise auch als *seinen* – umfaßte weder einen Überfall im klassischen Sinne noch den Einsatz von Waffen. Genau wie bei Drogen sah das Gesetz in Singapur schon für den bloßen Besitz von Patronen – von den Waffen, in denen man sie verfeuern konnte, ganz zu schweigen – zwingend die Todesstrafe vor. Man mußte ein Idiot sein, um derart leichtfertig ihre Verhängung herauszufordern, und Dao war alles andere als ein Idiot. Nein, ihr Plan war frei von jeder Gewaltanwendung – sehr viel ungefährlicher und in den Augen der Regierung von Singapur beträchtlich weniger anstößig. Sie planten nicht einmal *singapurianisches* Geld zu stehlen, sondern lediglich malaysische Banknoten, die in der Münzanstalt in Lizenz gedruckt wurden. Auf diese Weise, so argumentierte Dao, konnten sie, falls sie erwischt wurden, vielleicht auf eine etwas nachgiebigere Haltung der singapurianischen Gerichte hoffen.

Was ihr Vorgehen betraf, war es denkbar einfach: Sie wollten den Raub nachts und durch einen Tunnel ausführen.

Während Alan die Straße hinunterging und verstohlen das Gelände untersuchte, erinnerte er sich an die Worte, die Dao am Abend vorher gesagt hatte. »Den Tunnel gab es schon, als die Münzanstalt darüber gebaut wurde«, hatte der alte Chinese erklärt. »Als die Japaner Singapur während des Zweiten Weltkriegs besetzt hielten, richteten sie zusätzlich zu dem berüchtigten Gefangenenlager in Changi auf der östlichen Inselseite in Boon Lay ein kleineres Lager für Frauen ein. Die Gefangenen dort waren Krankenschwestern, Nonnen, Ehefrauen und Töchter von britischen Offizieren, unverheiratete Orientalinnen, die zum Zeitpunkt der Eroberung in der Stadt gearbeitet hatten, und ein paar Eurasierinnen, die wegen ihres Mischlingsstatus eingesperrt wurden.

Diese Frauen wußten, daß das Lager ganz in der Nähe einer schmalen Bucht an der Südküste der Insel lag. Viele von ihnen waren in glücklicheren Tagen dort zu Familienausflügen gewesen und kannten die Gegend recht gut. Sie überlegten sich, daß sie, wenn es ihnen gelang, aus dem Lager zu fliehen und die Bucht zu erreichen, bei der eingeborenen Landbevölkerung ihre Juwelen, die viele von ihnen im Haar verborgen hatten, gegen Kanus eintauschen konnten. Mit den Booten wollten sie eine der südlich vorgelagerten Inseln erreichen, die in jenen Tagen noch unerschlossen waren. Dort wollten sie von wilden Tieren und Früchten leben und möglicherweise irgendwelche Gemüsegärten anlegen. Welche Bedingungen sie auch immer vorfinden würden, sie waren einhellig der festen Überzeugung, daß es ihnen dort in jedem Fall besser ergehen würde als in ihrer augenblicklichen Lage, die zu Skorbut, Rachitis, Ruhr und zahlreichen anderen kritischen Krankheiten geführt hatte.

Also begannen sie, einen Tunnel zu graben. Er mußte so tief sein, daß er lange Zeit unentdeckt bleiben würde, breit genug, daß eine

Person auf allen vieren hindurchkriechen konnte, und lang genug, sie weit außerhalb des mit Stacheldraht umzäunten Lagergeländes zu bringen, um ein Zusammentreffen mit den Wachen zu vermeiden. Sie schätzten, daß sie zwei Jahre brauchen würden, um ihn fertigzustellen. Im März 1942 nahmen sie die Arbeit auf.

Im Juni 1943 hatten sich die Frauen bis jenseits des Stacheldrahtzauns vorgearbeitet und waren zügig auf dem Weg in – oder ich sollte vielleicht besser sagen *unter* – den Dschungel. Zu diesem Zeitpunkt beschlossen die japanischen Besatzer jedoch, das Lager zu schließen, und die gesamte Gruppe wurde in eine andere Einrichtung im nahe gelegenen Sumatra verlegt.

Louis van Leuck hat bei einem Besuch in London von dem Tunnel erfahren, als er sich eine Fernseh-Show der BBC mit dem Titel *That Is Your Life* ansah. Die spezielle Folge war Brigadier Dame Margot Turner gewidmet, der früheren leitenden Oberschwester des Sanitäts-Corps der Royal Army. Zwar war Dame Margot nie selbst im Lager Boon Lay gewesen, aber eine der Frauen, die später mit ihr gemeinsam im Lager Muntok auf Sumatra interniert war und jetzt in der Sendung auftrat, hatte vorher in Boon Lay gesessen und erzählte von dem Tunnel, den sie dort gegraben hatten.

Louis van Leuck, dessen Denkungsart meiner unglückseligen Neigung zu verbrecherischen Unternehmungen durchaus entspricht, überprüfte nach seiner Rückkehr nach Singapur sämtliche in Frage kommenden Grundstücks- und Gebäudeunterlagen für die Gegend des ehemaligen Lagers Boon Lay und fand keinen Hinweis darauf, daß die Existenz des Tunnels bekannt war. Er hat es dann persönlich auf sich genommen, die fragliche Fläche zu durchforsten, verkleidet als Botaniker, der die Pflanzenwelt der Insel studiert. Nach etlichen Wochen emsigen Suchens wurden seine Mühen belohnt. Er fand heraus, daß der Tunnel in der Tat noch existiert. Louis hat die genaue Lage bisher noch nicht preisgegeben, aber man hat mir zugetragen, daß er von einem Punkt etwa dreihundert Meter außerhalb des Geländes der Münzanstalt direkt unter eine Kammer führt, die heute der sogenannte Paket-Raum ist, in dem die neuen Scheine zum Transport verpackt werden.«

Dao hatte Alan erklärt, wie der Raub durchgeführt werden sollte. Es würde keine Waffen geben, keine Gewalt, kein Zusammentreffen mit der Sicherheitstruppe, die das Gelände nachts bewachte. Alan und Daos Großneffe würden durch den Tunnel kriechen und mit Werkzeug, batteriebetriebenen Bohrern und Packsäcken direkt unter dem Paket-Raum warten. Zu einem vorher festgelegten Zeitpunkt würden Dao und die Frau seines Großneffen auf der anderen Straßenseite ein spektakuläres chinesisches Feuerwerk veranstalten, das man zuvor in einem Waldstück dort vorbereiten wollte.

Während der Sicherheitsdienst der Münzanstalt von der Feuerwerks-Vorstellung abgelenkt war, geplant waren mindestens zwanzig Minuten, würden Alan und der Großneffe den Boden des Paket-Raums durchbrechen (zehn Minuten), die Säcke – sechs Stück im Ganzen, aneinandergeknotet mit einem langen Seil – mit dem ganzen malaysischen Geld und allen anderen ausländischen Währungen, die sie finden konnten, vollpacken (fünf Minuten), sich anschließend zurück in den Tunnel abseilen, die Säcke hinter sich herziehen und zurückkriechen (fünf Minuten). Vom Eingang des Tunnels würden sie die aneinandergeknoteten Säcke durchziehen und anschließend dieses Ende des Tunnels mit einer leichten Sprengladung, die sie vorher im Tunnel zurücklassen wollten, zum Einsturz bringen, wobei das Feuerwerk das Explosionsgeräusch übertönen sollte.

Es war, wie Alan fand, ein Plan, der durch seine Einfachheit bestach – relativ unaufwendig, von wenigen Leuten und in unglaublich kurzer Zeit durchzuführen. Und man konnte möglicherweise, so schätzte Dao, zehn bis fünfzehn Millionen malaysische Dollar abfischen.

Alan hatte sich ausgerechnet, wie hoch sein Anteil sein würde. Mal angenommen, sie kriegten zwölf Millionen Malay-Dollar. Louis van Leuck würde zehn Prozent von oben abschöpfen (eins komma zwei Millionen) als Gebühr für die Planung der Operation.

Dann würden zehn komma acht Millionen übrigbleiben. Louis würde zusätzlich für die Übernahme des Transports und Umtauschs der Währung kassieren, indem er Dao das Geld für sechzig Prozent seines Neuwerts abkaufte, also etwa sechseinhalb Millionen. Alans Anteil daran würde sich auf etwa eins komma sechs Millionen Malay-Dollar belaufen. Beim augenblicklichen Umtauschkurs von 2,20 Malay-Dollar auf einen US-Dollar bekäme er einen Betrag irgendwo in der Gegend von siebenhundertvierzigtausend US-Dollar.

Und das, so gelobte Alan, sollte ihm bis zu seinem Lebensende reichen. Mit *diesem* Geld würde er nicht wieder irgendwelche Firmen eröffnen, keine riskanten Spekulationen, um einmal den ganz großen Coup zu landen, kein Leben auf der Überholspur mehr. Durch die Verbüßung seiner Haftstrafe in einem Thai-Gefängnis weise geworden, hatte Alan seine Bedürfnisse auf ein vernünftiges Minimum reduziert. Wo er einst maßgeschneiderte Kleidung, ein teures Auto und eine opulente Residenz gebraucht – oder doch wenigstens gewollt – hatte, sehnte er sich jetzt nach nichts weiter als einem gemütlichen Zimmer, Ruhe und Frieden, bequemen Hausschuhen, ein paar Büchern, einem Fernseher, Medikamenten für sein Magengeschwür und Anonymität. Das hatten die Stockschläge bewirkt. Die Narben auf seinem Hintern und seinen Waden würden ihn für alle Zeit daran erinnern, daß die einfachsten Dinge im Leben bei weitem die wichtigsten waren.

Dieser Coup, da war Alan sich sicher, war seine allerletzte Chance, ein halbwegs angenehmes Leben zu führen.

Wahrscheinlich seine letzte Chance überhaupt. Es gab für ihn keine Frage, daß er diese Chance nutzen mußte, selbst wenn die Vorstellung ihm furchtbare Angst einflößte.

Auf dem Rückweg vom Gelände der Münzanstalt kam Alan an einem Wegweiser mit der Aufschrift JURONG BIRD FARM vorbei. Ihm fiel ein, daß Wendy Travers gesagt hatte, sie arbeite auf einer Reptilienfarm in der Nähe. Ohne lange zu überlegen, beschloß er, sie dort zu besuchen. Sie ging ihm einfach nicht aus dem Kopf, ohne daß er wußte, warum oder was er deswegen tun sollte. Vielleicht konnte ein Wiedersehen seine Fragen beantworten.

Die Farm war ein von einer Mauer umgebenes Gelände und viel kleiner, als er sich das vorgestellt hatte. Im Innern der Mauer gab es zwei Gebäude, in denen verschiedene Reptilienarten hinter Glas ausgestellt wurden. In zwei Freigehegen wurden weitere Tiere in Maschendrahtkäfigen mit Wellblechdächern gehalten. Alan fragte nach Miss Travers und wurde zu einem der Käfige geführt, wo Wendy in Safari-Kleidung eine Schlange von den Ausmaßen eines Feuerwehrschlauchs hielt und streichelte. Die Schlange hing bis auf den Boden und war mindestens sieben oder acht Meter lang. Alan starrte ungläubig in den Käfig, bis Wendy ihn endlich bemerkte.

»Alan! Bin ich froh, dich zu sehen.« Ihr Überbiß-Lächeln strahlte über ihr frisch gewaschenes Gesicht.

»Ich weiß nicht genau, ob es mir genauso geht«, meinte Alan. »Ich hatte erwartet, dich vor einer Schreibmaschine sitzend anzutreffen, nicht in inniger Umarmung mit einer Schlange.«

Sie lächelte erneut. »Schreibmaschinen sind mir zu langweilig, Alan. Ich bin Assistentin bei Professor Angus Ferguson, einer der weltweit führenden Autoritäten auf dem Gebiet der Reptilien. Er hat verschiedene Grundlagenwerke über Reptilien und Amphibien geschrieben. Du kannst ruhig ein bißchen näher kommen, Alan. Sie können nicht raus.«

Zögernd trat Alan an den Maschendrahtzaun. »Hast du keine Angst, daß das Viech dich beißen könnte?« fragte er mit unverhohlen angeekeltem Blick auf die lange, blau und braun gemusterte Schlange.

Wendy schüttelte den Kopf. »Die ist eine ungiftige Art«, erklärte sie. »Sie heißt *python reticulatis*. Sie hat ganz normale Zähne, keine Giftzähne. Sie töten ihre Beute durch Erwürgen. Diese hier ist ziemlich zahm. Möchtest du sie mal halten?«

»Nein«, sagte Alan.

»Sie ist wirklich süß, Alan. Sie liebt menschliche Wärme und Streicheln über alles. Wir nennen sie Apollo, weil sie eine solche Schönheit ist. Allerdings ein bißchen verwöhnt.«

Wendy legte die Python auf die Erde und verließ den Käfig. Alan mußte sich stark zusammennehmen, um nicht zu zucken, als sie mit denselben Händen, die eben noch Apollo liebkost hatten, beiläufig seinen Arm anfaßte.

»Was hat dich bewogen, mich zu besuchen?« fragte sie.

»Ich war in der Gegend«, erwiderte er vage.

»Oh. Gut. In einer halben Stunde hab' ich Feierabend. Wenn du nicht mit dem Wagen hier bist, kann ich dich mit zurück in die Stadt nehmen. Vielleicht koche ich dir sogar ein Abendessen, wenn du mich ein wenig ermutigst.«

Er ergriff eine ihrer Hände, ohne noch an Apollo zu denken. »Du bist schon immer ein sehr süßes Mädchen gewesen, Wendy.«

Sie lächelte traurig. »So hat Daddy mich immer genannt, weißt du noch? Sein süßes Mädchen.«

»Ja«, sagte er. »Das weiß ich noch.«

Als ihre Schicht beendet war, führte ihn Wendy zu einem BMW mit Rechtssteuerung, und sie brachen Richtung Stadt auf. Sie kamen am Gelände der Münzanstalt vorbei, und Alan konnte nicht umhin, hinüberzustarren. Wendy bemerkte neugierig, daß ihn etwas beschäftigte, aber sie sagte nichts.

Sie wohnte in einem kleinen Apartment auf der Rückseite einer Gartenanlage unweit von Orchand Link. Die Wohnung verlief über zwei Ebenen, lag abgeschirmt und hatte sogar eine winzige Terrasse und einen eigenen kleinen Garten. »Es ist wunderschön hier«, erklärte Alan ihr.

»Die meisten Sachen haben Ma gehört«, sagte sie und wies auf die Möbel. »Oder Daddy. Dort steht sein Ledersessel, weißt du noch? Warum nimmst du nicht darin Platz, und ich mach' dir einen Gin?«

Wendy leistete ihm bei seinem Drink Gesellschaft, und sie redeten ein bißchen von alten Zeiten, dann ließ sie ihn mit einem zweiten Gin allein, während sie in der Küche verschwand. »Magst du noch immer diese Riesen-Omelettes gefüllt mit allem möglichen, die du und Daddy immer verschlungen habt?« fragte sie.

»Ja, aber sie mögen mich nicht mehr!« rief er zurück. »Ich hab' ein kleines Problem mit dem Magen – bloß Eier und Käse ist völlig ausreichend.«

»Du bist aber leicht zufriedenzustellen«, sagte sie. »Vielleicht behalte ich dich.«

Es war kein kühler singapurianischer Abend, aber es war erträglich genug, um auf der Terrasse zu sitzen und den Blick auf den kleinen Garten zu genießen, den sie mit chinesischen Lampions beleuchtet hatte. Während sie aßen, sagte sie: »Weißt du, Alan, bitte verzeih mir, aber ich mache mir immer noch Sorgen wegen dir und Louis van Leuck. Ein Mann mit deiner Intelligenz und deinen Fähigkeiten sollte nicht darauf angewiesen sein, sich auf zwielichtige Geschichten einzulassen, um seinen Lebensunterhalt zu verdienen. Ich hab' darüber nachgedacht. Erinnerst du dich noch an meinen Freund Herman Ubbink, den du im Dutch Club getroffen hast? Also, Heineken versetzt ihn im nächsten Monat nach London. Außerdem hat er einen Squash-Partner, Steven Howard, der ist Anzeigenleiter bei *Time*. Steven schmeißt eine große Abschieds-Party für Herman, und es werden singapurianische Geschäftsleute aus allen Branchen dasein. Warum kommst du nicht mit mir dorthin, und ich werde dich allen vorstellen. Wir können doch erzählen, du seiest gerade aus Süd-Afrika oder sonstwo zurück und würdest dich nach einem neuen Betätigungsfeld umsehen. Ich bin mir fast sicher, daß irgend jemand dir vorschlägt, doch mal vorbeizukommen. Was hältst du davon?«

Alan lächelte sie über den Tisch hinweg nachsichtig an. »Ich denke, daß du ein süßes Mädchen bist, weil du dir so viele Gedanken um meine Zukunft machst. Ich weiß das zu schätzen, und es rührt mich. Es ist sehr lange her, daß irgend jemand sich mehr als beiläufig für mein Wohlergehen interessiert hat. Aber ich muß dir auch sagen, Wendy, daß ich denke, daß du sehr naiv bist. Mal angenommen, irgend jemand auf der Party würde sich tatsächlich für mich interessieren. Wie lange, glaubst du, würde sein Interesse anhalten, wenn ich Referenzen aus den letzten fünf Jahren vorweisen müßte? Oder wenn man meine Kreditwürdigkeit überprüft und von zwei gescheiterten Unternehmen und einem Bankrott erfährt? Oder noch schlimmer, wenn irgend jemand eine Arbeitserlaubnis für mich beantragt und das polizeiliche Führungszeugnis vermerkt, daß ich von den hiesigen Behörden nach Bangkok ausgeliefert wurde, wo mich ein Prozeß und eine anschließende Haftstrafe wegen Jade-Schmuggels erwartete?« Er beugte sich vor und legte seine Hand auf ihre. »Ich weiß, daß du es gut meinst, Wendy, aber es würde ganz einfach nicht funktionieren. Ich habe hier in Singapur nur noch eine letzte Chance, und die ist van Leuck.«

Wendy kämpfte mit den Tränen und kam plötzlich um den Tisch, um sich auf seinen Schoß zu setzen, wie sie es als Kind immer getan hatte. Sie preßte ihr Gesicht an ihn, und er konnte ihre nassen Wimpern an seinem Hals fühlen. »Ich hab' bloß solche Angst um dich«, sagte sie mit gepreßter Stimme. »Es ist noch nicht so lange her, seit ich Daddy verloren habe. Jetzt hab' ich dich gefunden, Alan, und ich möchte dich nicht auch verlieren.«

»Ich weiß.« Alan tätschelte ihren Kopf, wieder so, als wäre sie noch immer das kleine Mädchen, an das er sich erinnerte – während die Hitze und die Formen ihres eng an ihn gedrückten Körpers ihm sagten, daß dem nicht so war.

Sie spürte die Hitze und alles andere auch. »Laß uns reingehen, Alan«, flüsterte sie.

Nachdem sie sich geliebt hatten, schlief er eine Stunde tief und fest. Wendy war beim Anblick seiner schrecklichen Narben keineswegs blaß geworden, sie hatte sie vielmehr leidenschaftlich geküßt, und seine Selbstzweifel wegen seines Alters und körperlichen Zustands, seine Angst vor Impotenz, all das war hinweggewischt worden von Leidenschaft und Hingabe.

Dann fing es zu regnen an, ein sintflutartiger Monsun, der die Fensterläden abzureißen drohte, und er träumte kurz von dem

Thai-Gefängnis, bevor er schweißgebadet hochschreckte. Ihm war nicht kalt, aber als Wendy sich an ihn kuschelte, zitterte er.

»Du hast Angst, stimmt's?« fragte sie.

»Ja. Gott, ja.«

»Erzähl mir, wovor.«

Alan schluckte so viel von seiner Angst hinunter, wie er konnte, und er erwiderte: »Der Tunnel. Ich hab' Angst vor dem Tunnel.«

Dann erzählte er ihr in der Dunkelheit, sein Gesicht an ihre weiche Haut gedrückt, von dem Plan, die Münzanstalt auszurauben. Von dem hundert Meter langen Tunnel, durch den er und Daos Großneffe kriechen mußten. Und von einer Foltermethode im Thai-Gefängnis, die sie den »Schützengraben« genannt hatten.

»Es war wie in einem Grab«, sagte er, »eine tiefe, enge Grube. Die Arme wurden einem an den Körper gefesselt, die Knöchel aneinander gebunden, und man wurde bis zum Hals in ein sackleinenes Leinentuch eingewickelt. Dann haben sie einen auf dem Rücken in die Grube gelegt. Ein Holzbrett, das mit Stricken an vier Pfählen in den Ecken der Grube befestigt war, wurde hinabgelassen, bis es fast das Gesicht berührte. Wenn das Brett in Position war, wurde von anderen Gefangenen Erde in die Grube geschaufelt. Während man hilflos dalag, konnte man hören, wie die Erde schaufelweise auf das Brett direkt über einem prasselte. Ein bißchen Erde rieselte immer an den Seiten herunter. Langsam verschwand das Tageslicht, und man wurde lebendig begraben.«

Alan preßte sein schweißüberströmtes Gesicht an sie, als ob ihr Fleisch die Erinnerung auslöschen könnte. »Man hat mich viermal in den Schützengraben gelegt«, erzählte er. »Jedesmal hab' ich gedacht, ich würde den Verstand verlieren. Oder ersticken. Aber die Schweine haben mich immer gerade noch rechtzeitig rausgeholt. Sie hatten es zu einer regelrechten Wissenschaft entwickelt. Ein paar sind auch in solchen Gruben gestorben, aber nicht viele.«

»Der Tunnel unter der Münzanstalt erinnert dich an den ›Schützengraben‹«, sagte Wendy.

»Ja. Woher weißt du das?«

»Von Daddy«, erklärte sie ihm. »Er war während des Krieges in Gefangenschaft. Noch Jahre später hatte er im Zusammenhang damit Alpträume und Depressionen und so weiter. Du hast Angst, daß du es nicht durch den Tunnel schaffst, oder?«

»Ja. Der Gedanke daran, durch diese lange, enge Finsternis zu kriechen...« Alan schüttelte verzweifelt den Kopf. »Er macht mir schreckliche Angst.«

»Dann tu's nicht«, sagte Wendy. »Sag ihnen, daß du es nicht kannst.«

»Das würden sie nicht zulassen. Ich kenne jetzt alle Einzelheiten des Plans. Immerhin hab' ich sie ja *gebeten*, mich mitmachen zu lassen. Und außerdem, selbst wenn sie mich wieder aus der Abmachung rausließen und dann bei der Durchführung irgend etwas schieflaufen würde, würden sie mir nie glauben, daß ich nicht dafür verantwortlich bin. Nein, ich fürchte, ich muß dabeibleiben.«

»Dann tauch doch einfach unter«, flehte Wendy. »Zieh hier bei mir ein. Hier finden sie dich nie.«

Alan schüttelte den Kopf. »Dann säße ich wieder in einem Gefängnis. Ich könnte nie auf die Straße gehen, aus Angst, einer von van Leucks Leuten könnte mich sehen.« Er atmete tief ein. »Ich muß die Angst einfach verdrängen, das ist alles. Ich muß es einfach durch diesen Tunnel schaffen.«

»Vielleicht fällt uns ja etwas ein«, flüsterte Wendy ins Dunkel.

»Sicher«, sagte Alan. Aber sein Tonfall sagte ihr, daß er daran nicht einen Moment lang glaubte.

Der Raubzug war für Dienstagnacht geplant, unmittelbar bevor die Scheine am Mittwoch nach Malaysia transportiert werden sollten.

Alan hatte noch immer sein Zimmer im Inder-Viertel, obwohl er die meiste Zeit bei Wendy verbrachte. Er ging nur nach Hause, um Nachrichten in Empfang zu nehmen. Wendy hatte ihn einmal begleitet und das Zimmer abstoßend gefunden.

»Das ist ja gräßlich«, sagte sie. »Du bist doch so penibel – genau wie Daddy früher. Also, ich versteh nicht, wie du das aushalten kannst.«

»Ich muß es ja auch hoffentlich nicht mehr allzu lange aushalten«, sagte er.

Als er am Wochenende die Nachricht erhielt, daß Dao ihn sehen wollte, war Wendy nicht bei ihm. In dem kleinen Buchladen erklärte ihm der alte Chinese, wann der Raub endgültig stattfinden sollte. Nun doch schon Montagnacht, wie Alan Wendy später erzählte.

»Heute nacht wird das Feuerwerk vorbereitet. Dao und ich werden morgen vormittag zu van Leuck gehen, und er wird uns auf der Karte zeigen, wo der Eingang der Höhle genau liegt. Angeblich ist er dicht mit Büschen und Schlingpflanzen bewachsen und sehr schwer zu finden, aber leicht zugänglich, wenn man weiß, wo man suchen muß. Ich werde heute nacht nicht bei dir bleiben können, Wendy. Ich muß für Dao erreichbar sein, falls wir unsere Pläne noch in letzter Minute ändern.«

»Ich verstehe«, sagte Wendy. »Wo wohnt van Leuck eigentlich?«

»In der Upper Thomson Road. Warum?«

Sie zuckte mit den Schultern. »Ich hab mich bloß gefragt, wo so jemand wohl wohnt. Leute wie van Leuck beschäftigen mich. Sie üben eine morbide Faszination aus – genau wie einige unserer Reptilien auf der Farm. Die giftigen.«

»Ich kann mir schon vorstellen, daß Louis ziemlich giftig werden kann«, stimmte Alan ihr zu. »Vor allem, wenn man ihn reinlegt.«

»Glaubst du immer noch, daß es keine Chance gibt, daß sie dich aussteigen lassen?«

Er schüttelte den Kopf. »Ich stecke schon zu tief drin.« Er nahm sie bei beiden Händen. »Ich weiß nicht, was ich in der letzten Woche ohne dich gemacht hätte. Höchstwahrscheinlich wäre ich verrückt geworden.«

Als Alan und Dao am nächsten Morgen vor van Leucks Haus eintrafen, waren sie überrascht, vor dem Haus einen Polizeiwagen, einen Krankenwagen und einen schlichten unbeschrifteten Lieferwagen stehen zu sehen.

»Es gibt Probleme«, sagte Dao. Er wies seinen Großneffen am Steuer an, weiterzufahren und um die Ecke zu parken. Dann schickte er den jungen Mann zu Fuß los, um Nachforschungen anzustellen. Nach fünf Minuten war der Großneffe zurück, auf seinem Gesicht lag ein Ausdruck des Entsetzens.

»Mr. van Leuck ist tot, Großonkel«, sagte er. »Ein geradezu tragischer Unfall. Irgendwie muß gestern nacht eine Python in sein Haus gelangt sein. Sie hat sich um Mr. van Leucks Kopf und Gesicht gewickelt und ihn erstickt. Der Lieferwagen, den du eben vor dem Haus gesehen hast, gehört zu einer Reptilienfarm. Sie haben zwei Mitarbeiter vorbeigeschickt, die die Schlange einfangen sollen. Leider zu spät für den unglückseligen Mr. van Leuck.«

»Und für uns«, sagte Dao. »Fahr uns zurück zu meinem Laden.«

Schweigend fuhren die drei Männer nach Chinatown zurück. Erst als sie dort waren, stellte Alan die naheliegende Frage.

»Werden Sie versuchen, den Tunnel selbst zu finden, *Fu qin*?«

»Ich glaube nicht«, sagte der alte Mann. »Die Schlange war ein Zeichen. Sie ist aus dem Dschungel gekommen, um uns zu sagen, daß der Tunnel dem Dschungel gehört, nicht uns. Vielleicht benutzen die Schlangen diesen Tunnel jetzt als Höhle. Wie auch immer, ich werde auf die Schlange hören.«

Alan bemerkte, wie sich ein Ausdruck unendlicher Erleichterung auf das Gesicht des Großneffen legte. Also war ich nicht der einzige, dachte er, der eine Höllenangst vor diesem Loch hatte.

»Es soll geschehen, wie Sie es wünschen«, sagte Alan zu Dao.

Er schüttelte dem alten Chinesen zum Abschied die Hand und ging. Auf der South Bridge nahm er ein Taxi und fuhr zur Serangoon, wo er sein billiges, kleines Zimmer hatte. Wendy wartete in ihrem BMW vor dem Haus.

»Ich hab' deine Sachen«, sagte sie. Seine Leinentasche lag auf dem Rücksitz. »Und deine Rechnung hab' ich auch bezahlt. Laß uns von diesem Dreckloch verschwinden.«

Alan stieg neben ihr ein. Sie fuhr los, ruhig und gelassen, so als ob sie nicht gerade einen Mord begangen hätte.

»War es Apollo?« fragte Alan.

»Ja, ich hab' dir doch erzählt, daß er menschliche Wärme mag.«

»Ja, ich erinnere mich, daß du so was mal gesagt hast.« Alans Mund war auf einmal ganz trocken. »Und, was nun?« fragte er so beiläufig, wie er konnte.

»Du wohnst ab jetzt bei mir«, sagte Wendy. »Du kannst Daddys Sessel haben. Ich werde dein kleines Mädchen sein. Genau wie ich das für ihn früher war.«

Alan starrte sie an, ohne mit der Wimper zu zucken.

»In Ordnung?« fragte sie.

Sie hat sich um Mr. van Leucks Kopf und Gesicht gewickelt.

»Natürlich«, stimmte Alan ihr zu. »Was immer du sagst.«

Von irgendwo drinnen meldete sich sein Magengeschwür, um ihn daran zu erinnern, daß es noch da war.

Aus dem Englischen von Kristian Lutze

JAMES HOLDING

Der Schatz von Pachacamac

Als er entdeckte, daß sein Notizbuch verschwunden war, wußte Professor Felipe de la Vega, daß sie ihn nicht nur berauben wollten. Bis dahin hatte er angenommen, daß sie die wenigen Antiquitäten, die er besaß, stehlen und dann verschwinden würden – zurück nach Panama-Stadt vielleicht, wo zweifelsohne skrupellose Käufer von echten, wenngleich illegal ausgeführten präkolumbianischen, peruanischen Kunstgegenständen herumlungerten. Aber als er an diesem Morgen von seinen Archäologie-Vorlesungen an der San-Marcos-Universität heimkehrte und sah, daß die dicke, schwarze Kladde mit handschriftlichen Notizen verschwunden war – da wußte er zum erstenmal sicher, daß sie vorhatten, ihn umzubringen.

Der Professor war ein hakennasiger, schlanker Mann, kleiner als der Durchschnitt, mit dunkelbrauner Haut und ruhigen, schwarzen Augen. Er sah eher indianisch als spanisch aus, und vielleicht war er das sogar. Aber wer konnte schon sagen, wie gut sich das uralte Inka-Geschlecht, aus dem er stammte, über all die Generationen der Vermischung mit Konquistadoren-Blut behauptet hatte?

Er starrte auf den leeren Fleck auf dem Bücherregal, wo das Notizbuch gelegen hatte. Zuerst war er überrascht, dann wütend, dann in seinem Stolz tief verletzt, und zu guter Letzt empfand er, stärker als alles andere, ein tiefes Gefühl der Scham für seinen Cousin Luis. Luis war immerhin sein einziger Verwandter, der Sohn von Tante Luisa, der Schwester seines Vaters, die vor vielen Jahren aus Lima durchgebrannt war, um einen umherziehenden Stierkämpfer zu heiraten. Ob der Stierkämpfer Tante Luisa je geheiratet hatte? Vielleicht nicht. Luis war auf alle Fälle da.

Als er sah, daß das Notizbuch verschwunden war, dachte der Professor: Das war zumindest nicht zu erwarten. Und ihm war klar, daß sie hinter einer weit fetteren Beute her waren, als er zunächst vermutet hatte. Außerdem war ebenfalls klar, daß sie es irgendwann im Verlauf dieses Spiels für notwendig erachten würden, ihn zu eliminieren.

Sie waren aus Panama, das behaupteten sie zumindest, an Bord eines rostigen und lecken Potts angekommen, der im Hafen von Callao vor Anker gegangen war. Und als sie in seinem kleinen Haus in Lima auftauchten, war er froh gewesen, sie zu sehen. Die Dämmerung senkte sich eben über die Stadt, und das erleuchtete Kreuz auf der Cerro San Christobal begann in der Dunkelheit zu strahlen. Der Professor hatte sie willkommen geheißen. Er war froh über ihre Gesellschaft, denn er war gelinde gesagt ein einsamer Mann.

Der Name Felipe de la Vega war in akademischen Kreisen wohl bekannt. War das nicht der Inhaber des Bolivar-Lehrstuhls für Inka-Studien an der Universität? War er nicht mit fünfunddreißig schon die führende nationale Autorität für peruanische Geschichte oder für peruanische Archäologie, was praktisch dasselbe war? Ja, in der Tat. Aber obwohl er Tausende von akademischen Bekanntschaften pflegte, hatte er keine engen Freunde. Selbst die Studenten, die seine Vorlesungen an San Marcos besuchten, hielten ihn für unfreundlich, getäuscht vielleicht von seinen dunklen, abweisenden und nachdenklichen Gesichtszügen. Er hatte keine Frau, keine Familie. Daher brachte ein Besuch seines Cousins und dessen Freundes Abwechslung in das öde Leben des Professors.

Die beiden Besucher waren auf alle Fälle anders als der Professor. Der eine war sein Cousin Luis, und der andere war ein großer, ruhiger Mann mit kleinen, wachen Augen und beinahe überhaupt keinen Lippen. Sein Cousin nannte ihn Ramón. Er sprach Spanisch mit einem schweren Akzent in kurzen Ausbrüchen wie Maschinengewehrsalven und behandelte Luis, als ob er nichts weiter als eine Schlammpfütze sei, in die man spucken konnte.

Der Mann namens Ramón trug einen hellblauen Stoffanzug amerikanischer Machart, mit einem zweireihigen Jackett, das er selbst in der glühenden Hitze Limas ungern abzulegen schien. Sein Atem roch, als ob in seinem Mund einige Zähne verfaulten.

Der Professor bestand darauf, daß sie bei ihm wohnten, und bot ihnen eilfertig sein unbenutztes Schlafzimmer an. Sie nahmen das Angebot bereitwillig an, stellten ihre billigen Kunstlederkoffer ab und begannen, sich bei dem Professor häuslich einzurichten.

»Ach, Felipe«, sagte Luis, »es ist schön, hier bei dir zu sein. Es ist so ruhig hier. So friedlich. So sicher.«

»Und ich freue mich über die Maßen, dich zu sehen, Luis«, erwiderte Professor de la Vega ernsthaft. Was er zu dem Mann namens Ramón sagen sollte, wußte er nicht.

Ramón sah sich in dem Arbeitszimmer des Professors, in dem sie saßen, um. Auf der einen Seite waren die Wände mit Büchern vollgestellt, besonders bemerkenswert jedoch war die unordentliche Sammlung peruanischer Antiquitäten, die den Rest des Zimmers ausfüllte. Auf Bücherregalen, Tischplatten, ja selbst an den Wänden hingen Erinnerungsstücke an die verschiedenen wichtigen Ausgrabungen, die der Professor geleitet hatte. Es gab Nasca- und Mochica-Vasen, kleine Statuen von Katzen-Göttinnen aus der Kultur der Chavin, angestaubte Töpfereien aus schwarzem Ton aus dem Chimu-Reich, Webarbeiten von der Halbinsel Paracas, buntes Eßgeschirr der Inkas, ein Operationsbesteck aus Kupfer, Tierstatuen, einen Morgenstern. Ramón betrachtete sie aufmerksam mit seinen wachen Augen.

»Was ist das alles für 'n Müll?« wollte er schließlich wissen. »Ist das irgendwie wertvoll?«

»Das ist kein Müll«, verbesserte ihn der Professor höflich. »Und auf Gegenständen wie diesen Ausgrabungsstücken basiert die ganze peruanische Geschichte.« Er dachte, daß er Ramón vielleicht seine Einführungsvorlesung in peruanischer Geschichte halten sollte.

»Ich meine geldmäßig«, sagte Ramón. »Ist es irgendwas wert?«

»Ja«, sagte der Professor. »Zweifelsohne. Aber diese Stücke bedeuten mir mehr als Geld.«

Luis sagte eifrig zu Ramón: »Vetter Felipe ist ein berühmter

Archäologe. Die Antiquitäten in diesem Zimmer sind Tausende von Sols wert.«

Ramón sah Luis an, und seine Augen strahlten auf einmal. »Tausende?« fragte er in seiner Stakkato-Manier.

»Das ist Museumsware«, sagte Luis. »Sehr wertvoll. Die Universität erlaubt, daß Felipe ein Stück von jeder seiner Entdeckungen behält. Nur als Souvenir, verstehst du?«

»Museen zahlen Geld für so was? Für diesen Plunder?«

»Ja«, sagte Luis.

Schon gut, dachte Professor de la Vega. Sollte es so sein. Es hatte keinen Sinn, dem Mann namens Ramón etwas über peruanische Geschichte zu erzählen.

Aber da irrte er sich, wie sich herausstellen sollte. Denn Luis sagte zu Ramón: »Vetter Felipe arbeitet schon seit Jahren daran, eine bestimmte Sammlung von Antiquitäten aufzuspüren. Ein riesiger Schatz.«

»Schatz?« Das war offenbar das einzige Wort, das Ramón verstand.

»Sicher.« Luis schwieg. Ramón saugte an seinen fast unsichtbaren Lippen. Luis redete weiter: »Vetter Felipe weiß mehr darüber als sonst irgend jemand in Peru.« Man konnte einen Anklang von Familienstolz in Luis' Worten hören. Jedenfalls hielt der Professor es für solchen. Luis bat ihn mit schmeichelnder Stimme: »Los, Vetter Felipe, erzähl Ramón von dem Schatz von Pachacamac.«

Der Professor, dessen Stimmung wegen des materialistischen Standpunkts seiner Gäste betreffs Antiquitäten etwas gedämpft worden war, lebte dessen ungeachtet sofort wieder auf, als Luis ihn bat, von Pachacamac zu berichten. Seine Augen leuchteten. Er sah plötzlich aus wie ein Mann, der ansetzt, den Traum seines Lebens zu erzählen, und so war es auch. »Bist du sicher, daß dein Freund sich für Pachacamac interessiert?« fragte er in einem letzten aufflackernden Anflug von Höflichkeit gegenüber Ramón.

Ramón antwortete selbst. »Sicher. Erzählen Sie mir davon.«

Der Professor atmete tief ein. »Nun«, begann er, »als die Spanier

1532 unter Pizarro nach Peru kamen und das Land eroberten, wurde der indianische Häuptling Atahualpa, der Inka, gefangengenommen und in Cajamarca als Geisel festgehalten. Das Lösegeld sollte – Sie haben sicher schon von dieser berühmten Legende gehört? – genug Gold und Silber betragen, um einen Raum von acht mal fünf Metern bis zu einer festgelegten Markierung, die selbst ein hochgewachsener Mann nicht mit den Händen erreichen konnte, anzufüllen.«

»Sie machen Witze«, sagte Ramón.

»Nein, nein, es ist wahr«, sagte Luis. »Den Teil weiß ja sogar ich.«

Ramón sah Luis an, als ob sein Blick auf einen Haufen *taquia* gefallen wäre, Lamascheiße.

»Sie haben diesen Raum nicht nur einmal, sondern dreimal gefüllt«, sagte der Professor stolz und im Bewußtsein seiner Inka-Abstammung. »Binnen sechs Monaten. Zweimal mit Silber, einmal mit Gold.«

Der Mann namens Ramón war beeindruckt.

Der Professor fuhr fort: »Boten wurden in alle Ländereien des Herrschers der Inkas gesandt, um die Forderung zu überbringen, daß Gold und Silber für das Lösegeld gesammelt und unverzüglich nach Cajamarca geschickt werden sollte. Auf einer solchen Schatz-Eintreib-Expedition kam Hernando Pizarro, der Bruder Franciscos, des Eroberers, nach Pachacamac...«

»Wo liegt dieses Pachacamac?« unterbrach Ramón.

»Fünfundzwanzig Meilen südlich von hier«, sagte der Professor. »Hernando Pizarro kam also nach Pachacamac und sah, daß die Stadt vor Gold und Silber überquoll. Denn es war eine uralte, heilige Stadt, geweiht seit Anbeginn unserer Geschichte Pachacamac, dem furchterregenden Erd- und Schöpfer-Gott. Und dieser Gott Pachacamac tat den Menschen aus der innersten Kammer in der Zitadelle durch seine Priester und Jungfrauen viele Weissagungen und Orakel kund und erhielt dafür als Dank von ihnen große Schätze. Und als die Inkas die Stadt eroberten, wurde sie ein Heiligtum des Sonnengott-Kults, mit Priestern und Jungfrauen der Sonne, die darin dienten, und ihr Reichtum vermehrte sich um ein Vielfaches.«

»Kommen Sie zur Sache«, sagte Ramón ungeduldig.

»Das tue ich«, sagte der Professor würdevoll. »Hernando Pizarro veranlaßte, daß so viel Gold und Silber zusammengerafft wurde, daß man in Pachacamac einhundert Lamas damit beladen mußte, und brach mit dieser gigantischen Schatz-Karawane, begleitet von einigen Inka-Häuptlingen, Richtung Cajamarca auf.«

»Wo liegt Cajamarca?« fragte Ramón.

»Einhundert Meilen nördlich von hier«, sagte der Professor.

»Und was ist passiert?«

»Die Schatz-Karawane brach in Pachacamac auf. Irgendwo unterwegs, wo genau, weiß man nicht, erhielten die Inka-Häuptlinge, die die Karawane führten, per Boten eine Nachricht aus Cajamarca. Sie besagte, daß ihr Herrscher, der gefangene Atahualpa, gottköniglicher Inka, mit dessen Lösegeld ihre Lamas bepackt waren, von den Spaniern heimtückisch und verräterisch erwürgt worden war.« Der Professor machte eine Pause.

»Jetzt kommt das Beste, Ramón«, sagte Luis. »Paß auf.«

»Der Schatz von Pachacamac hat Cajamarca nie erreicht«, endete der Professor. »Er verschwand in genau jenem Moment von der Inka-Straße und aus der Geschichte. Keiner weiß, was damit geschehen ist – mit den Häuptlingen oder den Lamas oder dem Gold und dem Silber.«

»In Münzen?« fragte Ramón in einem seiner gewehrsalvenartigen Ausbrüche. »Oder in Gestalt von solchem Plunder wie hier?« Sein Blick wanderte durch das Arbeitszimmer.

»Stellen Sie sich das vor«, sagte der Professor ehrfurchtsvoll, noch ganz in seinem Traum gefangen, »solche Wunder der Kunst wie filigran modellierte Menschen-Statuen aus purem Gold, viele von ihnen in Lebensgröße. Und Abbildungen von Lamas, Fischen und Vögeln, ebenfalls in Lebensgröße, gegossen in strahlendem Silber, einem Metall, das die Inkas ›Tränen des Mondes‹ nannten. Und stellen Sie sich weiter vor, wenn Sie können, die überwältigende Schönheit von Pflanzen und Blumen, zierlich nachempfunden in wertvollen Metallen von den Goldschmieden der Inkas!«

»Was soll's?« sagte Ramón. »Das Zeug ist weg.«

Luis warf einen neugierigen Blick auf seinen Cousin Felipe. »Vielleicht auch nicht, Ramón«, sagte er. »Genau an diesem Problem, nämlich den Verbleib des Inka-Schatzes zu klären, arbeitet der Professor bereits seit vielen Jahren. Und er ist gut vorangekommen.« Luis' Stimme hatte einen hinterhältigen Tonfall angenommen. »Das hat er mir selbst erzählt.«

Der Professor zuckte zusammen. »Was sagst du da, Luis?« fragte er scharf. »Du irrst dich. Sicher habe ich an dem Problem des verschwundenen Schatzes gearbeitet. Es wäre eine großartige Sache für das peruanische Volk, diese phantastischen Kunstobjekte zu bergen und sie in unseren Museen auszustellen, so daß sie jeder voll Stolz betrachten kann! Und wie aufregend, sie als Sprungbrett zu benutzen, um sich voller Begeisterung in neue Höhen des Wissens über unsere Vorfahren zu erheben!« Wenn er angeregt war, neigte der Professor dazu, sich ein wenig barock auszudrücken. »Aber nach zwölf Jahren des Studiums alter Dokumente und persönlicher Expeditionen in das unwegsame Land von allen möglichen Punkten ab der alten Inka-Straße aus weiß ich immer noch nicht, wo der Schatz von Pachacamac verborgen ist.«

»Nicht genau, vielleicht«, sagte Luis. »Aber du weißt, wo man ihn nicht zu suchen braucht. Du hast die möglichen Fundstellen eingekreist, oder nicht? Das hast du zumindest in deinen Briefen geschrieben.«

Der Mann namens Ramón folgte der Unterhaltung aufmerksam.

Mein Cousin, dachte der Professor, mag ja lediglich stolz auf mich und meine Arbeit sein. Es ist wahr, ich habe viele Möglichkeiten eliminiert. Und es stimmt auch, daß ich das Gebiet, in dem man suchen muß, eingegrenzt habe. Laut sagte er zu Luis: »Ich habe dort drüben«, er wies auf sein Bücherregal, »ein ganzes Buch mit mühsam zusammengetragenen Notizen, die am Ende bloß eins belegen: wo der Schatz *nicht* zu finden ist. Und alles andere ist reine Spekulation.«

»In deinem letzten Brief an mich«, sagte Luis ölig, den Blick fest auf Ramón gerichtet, »hast du doch etwas in der Richtung erwähnt, daß du glaubst, du seiest dem Geheimnis jetzt ziemlich nahe gekommen.«

»Vielleicht habe ich wirklich etwas derart Törichtes gesagt, Luis. Aber das liegt nun mal in der Natur des Menschen, mit seinen Träumen zu prahlen, man möge mir das verzeihen. Immerhin ist es ja ein Traum, den ich mein ganzes Leben lang verfolgt habe – für Peru den uralten Schatz von Pachacamac zu entdecken.«

Dabei beließen sie es schließlich, aber der Professor schlief unruhig in jener Nacht. Er dachte, daß Luis vielleicht mehr nach dem Stierkämpfer als nach der sanftmütigen Tante Luisa schlug. Als er einmal in dieser Nacht aufwachte, hörte er das Gemurmel von Stimmen aus dem anderen Schlafzimmer, und er roch Zigarettenrauch.

Am nächsten Morgen ließ er sie schlafen und machte sich auf den Weg zu seinen Vormittags-Vorlesungen an der Universität. Ihm kam der Gedanke, bei der Polizeistation einige Erkundigungen über seine beiden Gäste einzuholen, die zu nervös und als Paar irgendwie zu seltsam wirkten, als daß sie nicht vor irgend etwas auf der Flucht waren. Aber Cousin war Cousin, dachte er – Luis war irgendwie ein Familienangehöriger, der einzige, den er hatte. Also hielt er seine Vorlesungen und ging zum Mittagessen nach Hause, ohne die Polizeistation aufzusuchen.

Zu Hause war niemand. Er trat in sein Arbeitszimmer, um sich seine vormittägliche Zigarre zu besorgen. Und dann entdeckte er auch, daß das Notizbuch fehlte. Der Professor war verletzt. Er hatte das Gefühl, sein Traum, den verlorenen Schatz zu finden und damit dazu beizutragen, das magere geschichtliche Erbe seines Landes zu vergrößern, sei befleckt und billig gemacht worden durch die raffgierige Habsucht, die ganz offensichtlich das Lebenselixier des Mannes namens Ramón war – und auch das, wie er zu seiner Schande gestehen mußte, seines Cousins Luis. Der Professor spürte, wie sich in ihm eine träge und uralte Wut zu rühren begann.

Er ging nach draußen und stieg in seinen überdachten Jeep, der vor dem Haus in dem Plaza am Straßenrand parkte. Die Universität hatte ihm den Jeep für seine archäologischen Streifzüge in die wasserlose Einöde der Wüste an der peruanischen Küste zur Verfügung gestellt. Er startete den Wagen und fuhr langsam Richtung Universität und weiter über den Platz auf den neuen Wolkenkratzer zu. Wie erwartet, entdeckte er seine beiden Gäste bald ahnungslos auf einer Bank unter einem Baum hockend und in fiebrigem Eifer über sein Notizbuch gebeugt. Er hielt nicht an, sondern drehte einmal die Runde, fuhr zurück zu seinem Haus, parkte den Jeep an derselben Stelle wie vorher und ging hinein.

Er bereitete ein Mittagessen für die beiden zu. Aber vorher stieg er in den winzigen Keller hinab und kramte zwei etwa fünfundzwanzig Zentimeter hohe Inka-Priester-Statuen hervor. Er hatte sie vor langer, langer Zeit gekauft, um sie in einer Vorlesung zu verwenden. Es waren aus billigem Material hergestellte und für den touristischen Verkauf bestimmte Kopien von zwei Originalen aus dem Nationalmuseum.

Er stellte sie auf eine Bank und sprühte sie von oben bis unten mit Aluminium-Farbe aus einer Spraydose ein. Eine Schicht glänzenden Silbers überzog jetzt ihre dunkle, erdfarbene Oberfläche. Nachdem die Farbe getrocknet war, trug er die beiden Figuren nach draußen und verstaute sie in einer Jutetasche unter der Plane, die auf der Ladefläche seines Jeeps seine verbeulten archäologischen Werkzeuge bedeckte. Die Jute-Tasche war eine Art Expeditions-Grundausstattung, sie enthielt etwas zu essen, eine Wasserflasche und ein paar andere Utensilien, die er immer für einen Streifzug in der Wüste bereit hatte.

Als Luis und der Mann namens Ramón von ihrer Besprechung auf der Bank gegenüber des Plaza zurückkamen, grüßte der Professor sie fröhlich. Das Mittagessen über war er bestens aufgelegt, und plauderte angeregt, ohne seine Gäste in ein Gespräch verwickeln zu können. Sie wirkten abgelenkt.

Nach dem Essen sagte er zu dem Mann namens Ramón: »Wo sind Sie heute morgen gewesen?«

»Spazieren«, erwiderte Ramón.

»Soso«, sagte der Professor. »Ich sehe, daß Ihnen dabei sehr heiß geworden ist.« Er blickte auf die Schweißflecke auf Ramóns blauer Jacke.

»Die verdammte Sonne kann einem das Gehirn im Schädel verbrühen«, sagte Ramón.

Der Professor nickte. »Lima ist heiß im März, aber man sagt, daß Bewegung die Widerstandskraft gegen die Hitze erhöhen kann.«

»Bewegung!« sagte Ramón gallig. »Das würde mich glatt umbringen!«

»Deswegen schlage ich es ja vor«, sagte der Professor ruhig.

Ramóns Lippen waren jetzt komplett unsichtbar. Seine wachen Augen nahmen einen kalten Blick an. »Was wollen Sie damit sagen?« fragte er.

»Nichts, Ramón«, sagte Luis rasch. »Er hat nur gescherzt. Nicht wahr, Vetter Felipe?«

»Nein«, sagte der Professor.

»Das hatte ich auch nicht gedacht«, sagte Ramón. Er stand auf, ballte seine große Faust und ging ruhig auf den Professor zu.

»Warten Sie«, sagte der Professor. »Wie würde es Ihnen gefallen, zu erfahren, wo der Schatz von Pachacamac liegt?«

Ramón blieb stehen.

Der Professor sagte: »Sie haben mein Notizbuch gestohlen und gelesen. Stimmt's?«

Luis sagte ruhig: »Wir waren bloß neugierig, Vetter. Wir haben dein Notizbuch durchgeblättert, ja, aber wir hatten bestimmt nichts Böses im Sinn. Du hast doch selbst gesagt, daß das Versteck des Schatzes darin nicht verraten würde.«

»Aber das habt ihr mir nicht so recht geglaubt, oder?« fuhr der Professor fort. »Jetzt, nachdem ihr die Notizen gelesen habt, glaubt ihr, ich hätte gelogen. Was mich betrifft, so weiß ich jetzt, daß ihr beide, du und dein Freund, Diebe und Schurken seid.«

Der Mann namens Ramón grinste höhnisch. »Sie sind wohl ein ganz Schlauer, was? Eins interessiert mich allerdings. Sie wissen, wo der Schatz zu finden ist. Ich weiß es. Ich kann es fühlen. Ich bin sicher. In Ihrem Notizbuch geben Sie es zu, ganz am Ende. Sie haben die Möglichkeiten so weit eingegrenzt, daß nur noch eine übrigbleibt.«

Der Professor beobachtete den großen Mann ruhig, seine Augen blitzten, und er wartete auf die unvermeidliche Frage. Sie kam.

»Wo liegt Cunti-suyu, Professor?«

Der Professor lachte. »Glauben Sie ernsthaft, daß ich, Dr. Felipe de Ayala de la Vega, in dessen Adern das Blut der Inkas fließt, jemandem wie Ihnen verraten würde, wo der Schatz liegt – selbst wenn ich es wüßte?« Er ging rasch zu der Tür, die das Eßzimmer mit seinem Arbeitszimmer verband. »Ich werde vielmehr die Polizei anrufen und melden, daß sich in meinem Haus zwei Diebe aufhalten!«

Der Mann namens Ramón bewegte sich behende. Dann kam der Professor in den Genuß zu erfahren, warum er sein Jackett trotz der Hitze nicht abgelegt hatte. Ramons Hand verschwand unter seinem Zweireiher und tauchte mit einem großen Revolver wieder auf. »Warten Sie, Professor«, sagte er. Der Professor blieb in der Tür stehen. Ramón betrachtete ihn einen Augenblick schweigend. Luis bewegte sich nicht.

Schließlich sagte Ramón hart. »Zum Teufel noch mal. Ich werde ihn gleich hier erschießen. Wir können das Versteck auch allein finden.«

Luis sprach drängend. »Erschieß ihn noch nicht, Ramón – ohne ihn finden wir das Versteck nie. Würde er den Namen in sein Buch schreiben, wenn es ein allgemein bekannter Ort wäre? Nein. Es ist wahrscheinlich ein Haufen verfallener Ziegelsteine irgendwo in der Wüste, den nur er kennt. Nein, Ramón, den würden wir nie allein finden.«

»Es ist in der Nähe von Pachacamac«, beharrte Ramón. »Das steht in dem Notizbuch.«

»Bist du schon mal in der Wüste gewesen?« fragte Luis.

Ramón überlegte. Dann ging er, die Pistole immer noch auf ihn gerichtet, an dem Professor vorbei ins Arbeitszimmer und riß das Telefonkabel aus der Wand. »Wir wollen die Polizei lieber doch nicht rufen. Bitte, Professor«, sagte er, *»por favor.«* So wie er es sagte, war es eine Beleidigung. Dann trat er auf den Professor zu und schlug ihm mit dem Lauf der Waffe fachmännisch aufs Ohr. Während sich die Schwärze um ihn herum ausbreitete, dachte der Professor mit trockenem Humor, daß es ihm erging wie dem Inka – er wurde als Geisel festgehalten.

Als der Professor wieder zu sich kam, war es dunkel. Das Schaukeln zeigte ihm an, daß er sich in einem fahrenden Fahrzeug befand. Natürlich. Der Jeep. Er nickte, befriedigt darüber, daß er ihre Schritte so genau vorhergesehen hatte. Aber das Nicken ließ seinen Kopf dröhnen wie eine Pauke.

Er befand sich auf der Ladefläche des Jeeps, halb gegen den harten Rücksitz gelehnt, halb über die Plane gelegt, die seine Werkzeuge und die Jute-Tasche bedeckte. Sie mußten ihn, nach Einbruch der Dunkelheit, geschützt vor neugierigen Blicken wie einen Getreidesack in den Wagen geworfen haben. Mit kurz aufwallender Befriedigung stellte seine tastende Hand fest, daß die Plane, und was darunterlag, unberührt geblieben war.

Ramón saß am Steuer des Jeeps. Luis saß neben ihm. Ramón sagte: »Ich hoffe für dich, du weißt, wovon du redest.«

»Keine Sorge, das weiß ich schon«, sagte Luis wie ein kleiner Junge, der vor einem großen Jungen angeben will. »Wir sind jetzt in Miraflores – ein Vorort. In ein paar Minuten sind wir auf dem Küsten-Highway. Von da geht's weiter Richtung Pachacamac.«

»Also gut, Richtung Pachacamac. Aber wo liegt Cunti-suyu?«

»Ich weiß nicht«, sagte Luis mit ersterbender Stimme.

»Wir brauchen den Indio«, knurrte Ramón. Überrascht erkannte der Professor, daß sie ihn meinten. »Lies mir die letzte Eintragung noch mal vor«, sagte Ramón.

Luis beugte sich ins Licht des Armaturen-Bretts vor und las aus dem Notizbuch des Professors vor: »Wenn mir das glückliche

Schicksal zuteil werden sollte, den Schatz von Pachacamac tatsächlich zu entdecken, dann bestimmt nicht mit weiteren Erkundungen im nördlichen Bereich der von der Schatz-Karawane ursprünglich eingeschlagenen Route nach Cajamarca. Ich bin inzwischen vielmehr fest überzeugt, daß ich die Suche mit noch größerer Sorgfalt in Cunti-suyu, in der Nähe von Pachacamac, fortsetzen muß.«

Der Professor lächelte still über den pompösen Stil der Aufzeichnungen. »So ist es«, sagte er laut. »Cunti-suyu – in der Nähe von Pachacamac.«

»Oh!« Erleichterung klang in Ramóns Stimme mit, als er seinen fetten Hals verrenkte und sich kurz zu dem Professor umdrehte. »Sie sind wieder bei uns? Gut. Wir brauchen Sie. Wir unternehmen alle drei gemeinsam eine archäologische Expedition.« Seine Laune besserte sich sekündlich. »Ist das nicht nett?«

»Selbst ein blindes Lama«, sagte der Professor salbungsvoll, »findet hin und wieder den Weg.«

»Zuerst einmal«, sagte Ramón, »erzählen Sie mir jetzt, wo Cunti-suyu ist.«

Der Professor lächelte. Er erzählte ihnen nicht, daß Cunti-suyu ein altes Inka-Wort war, mit dem der gesamte Südwesten der alten Welt der Inkas bezeichnet wurde – eine ausgedehnte Wüsten- und Gebirgslandschaft an der Küste von Cuzco bis ans Meer, und vom heutigen Lima südlich bis an die chilenische Grenze. Er sagte: »Cunti-suyu ist eine Ansammlung von Inka-Ruinen in der Wüste auf halbem Weg zwischen hier und Pachacamac.«

»Hab' ich dir doch gesagt«, sagte Luis.

»Halt's Maul«, sagte Ramón.

Während er mit einer Hand das Steuer hielt, zog er mit der anderen den Revolver unter seinem Mantel hervor und hielt ihn hoch, so daß der Professor ihn von der Rückbank aus sehen konnte. Gut gelaunt meinte er: »Also, du sagst mir einfach, wann ich abbiegen muß, Indio, Klar? Damit du gesund bleibst.«

Der Professor bemühte sich, Resignation in seine Stimme zu legen. »Okay, ich sag's euch«, seufzte er.

Sie hatten inzwischen den breiten Küsten-Highway erreicht. Ihr Jeep sauste dahin. Zu seiner Rechten konnte der Professor schwach die weißen Wellenkämme sehen, die vom Pazifik gegen die Küste rauschten. Zu seiner Linken ragten düster die Anden wie versengte Knochen in den Himmel über der Wüste.

Seiner Anweisung folgend, verließen sie ein paar Meilen später den asphaltierten Highway. Die Scheinwerfer des Jeeps waren wie die Lanze eines Ritters stolz gegen die Wüste und die Berggipfel in der Ferne erhoben. Es gab keine Straße. Es gab keine Bäume. Es gab kein Gebüsch, kein Moos und keine Flechten. Es gab weiter nichts als knochentrockene, steinige Einöde, die sich im Sternenlicht endlos in alle vier Himmelsrichtungen erstreckte, vom Meer bis zu dem vor ihnen liegenden Kettengebirge.

Der Jeep holperte dahin. Aber er arbeitete sich über den schieferartigen Fels und den sandigen Boden stetig weiter ostwärts vor, wobei er hinter sich eine Staubwolke aufwirbelte, die sogar im Dunkeln zu sehen war. Der Mann namens Ramón fuhr vorsichtig im Schneckentempo, wobei er sich an die Route hielt, die der Professor ihm wies.

Auf Ramóns Bitten und ermutigt durch ein erneutes Vorzeigen der Waffe, erklärte der Professor ihnen seine Theorie, während sie langsam weiterholperten. »Also für mich ist es völlig logisch«, sagte er, »daß die Inka-Häuptlinge, die die Schatz-Karawane führten, nachdem sie die Nachricht vom Tod des Inkas erhalten hatten, die Route nach Cajamarca umgehend verlassen haben und, so schnell sie konnten, in ein Versteck geflüchtet sind. Wohin aber sollten sie fliehen außer in die Wüste? Auf der einen Seite lag das Meer, auf der anderen die Wüste. Und es ist ebenso logisch, daß sie ihre Flucht zur nächstgelegenen Siedlung führen mußte, wo wohlgesonnene Landsleute ihnen helfen konnten, sich selbst und den Schatz vor den Spaniern zu verbergen.«

»Ganz beachtlicher Stunt«, sagte Ramón, »einhundert Lamas zu verstecken.«

»Das war leicht«, sagte der Professor. »Sie mußten sie einfach der

Herde des Dorfes anschließen. Das ist ungefähr so, als müsse man Blätter im Wald verstecken.«

»Und der Schatz?«

»Im Vorratsspeicher mit Getreide bedeckt. Oder in der Zisterne des Ortes, tief im schlammigen Wasser. Auf jeden Fall mußten sie eine Stadt finden. Stimmen Sie mir zu?«

»Woher, zum Teufel, soll ich das wissen?« sagte Ramón. »Sie sind der Experte.«

Ohne jede Scham fragte Luis den Professor: »Meinst du, Cunti-suyu könnte diese Stadt gewesen sein, Vetter Felipe?«

»Nenn mich nicht Vetter«, sagte der Professor. »Das ist eine Beleidigung.« Er seufzte. »Ich habe schon Unmengen von Ruinen untersucht! Und jedesmal – nichts. Aber im Prinzip ja, durchaus möglich, daß es Cunti-suyu war.«

Vor seinem inneren Auge sah er das »Cunti-suyu«, zu dem er sie führte – die Ruinen eines namenlosen, archäologisch uninteressanten Inka-Dorfes, das er selbst vor einigen Jahren entdeckt und erforscht hatte. Und dann dachte der Professor eisig: Was für leichtgläubige Idioten die beiden doch sind! Seit mehr als vierhundert Jahren mühen sich die bedeutendsten Gelehrten der Welt einschließlich Felipe de Ayala de la Vega erfolglos ab, den Schatz von Pachacamac zu finden – und diese Kinder glaubten tatsächlich, sie schafften es in einer Nacht!

»Wie weit noch?« fragte Ramón.

Der Professor sah sich um. Die Wüste war in gebirgiges Gelände übergegangen. Der Jeep kämpfte sich durch ein ausgetrocknetes Flußbett bergauf. Der Professor schätzte, daß sie inzwischen zwanzig Meilen vom Küsten-Highway entfernt waren. Er erkannte den Felsenhügel vor ihnen wieder. »Wir sind da«, sagte er. »Cunti-suyu liegt am Ende dieses Flußlaufs. Fahren Sie noch hundert Meter weiter, und halten Sie dann an.«

Als der Jeep zum Stehen kam, lauerten ringsum die Umrisse der hohen Felsen und der sich im Hintergrund erhebenden Berge, vor ihnen lagen zerfallene Mauern im Schatten. Luis und der Mann namens Ramón strahlten. Es war sehr still. Und nicht mehr heiß, sondern zunehmend kühler.

Ramón ließ die Scheinwerfer an. In ihrem Licht sah er auf seine Uhr. »Fast vier«, sagte er. »Bald geht die Sonne auf.« Er packte den Professor auf dem Rücksitz und zerrte ihn aus dem Wagen. »Du bleibst schön bei mir, Indio«, sagte er grinsend. »Wir wollen doch nicht, daß du dich unerwartet von unserer Expedition zurückziehst.«

Er zwang den Professor, neben sich auf einem Felsen in der Nähe des Jeeps Platz zu nehmen, und seine kräftige Hand hielt dessen Arm gepackt. Luis saß auf der anderen Seite neben Ramón, und gemeinsam warteten sie auf den Anbruch des Tages.

Nachdem sie zehn Minuten schweigend dagesessen hatten, sagte der Professor: »Ein Kaffee wäre jetzt angenehm.«

Luis lachte nervös. »Er will Kaffee, Ramón. Hast du das gehört? Kaffee!«

»Warum nicht?« sagte der Professor. »Hättet ihr nicht auch gern welchen? Gegen die Kühle des Morgengrauens.«

»Halt's Maul«, sagte Ramón bösartig. Der Professor konnte sehen, daß der Gedanke an eine Tasse Kaffee ihm gefiel.

»Ich hab' Kaffee im Jeep«, sagte er. »Soll ich uns welchen machen?«

Ramón sah ihn argwöhnisch an. »Okay«, sagte er und ließ den Arm des Professors los. Gleichzeitig zog er jedoch seine Waffe und richtete sie auf ihn. »Geh und hol ihn.«

Der Professor ging zum Jeep und holte die Jute-Tasche unter der Plane hervor. Dann ging er zurück zu den anderen. »Hier ist er«, sagte er, während er die Utensilien zum Kaffeekochen aus der Tasche kramte. Er stellte eine zerbeulte Kaffeekanne auf zwei Steine, zündete den kleinen Gasbrenner an und setzte ihn unter die Kanne, goß Wasser aus seiner Feldflasche ein und gab dann den Kaffee hinzu. Während sie darauf warteten, daß das Wasser kochte, fragte Ramón plötzlich: »Was ist sonst noch in der Tasche?«

»Was zu essen«, sagte der Professor. Er zeigte ihnen ein paar

Dosen Pfirsiche und Tomaten aus der Tasche und stopfte sie dann wieder hinein. »Und wir können uns glücklich schätzen, daß die Tasche im Jeep lag. Ohne Wasser und Nahrung kann man hier in der Wüste an einem einzigen Tag sterben. Wußtet ihr das?«

Sie sagten nichts. Als der Kaffee fertig war, goß der Professor ihn in eine Plastiktasse aus der Tasche. »Ich hab' nur eine Tasse«, erklärte er. »Ich werd' den Kaffee probieren.«

»Nein«, sagte Ramón. »Ich probier' ihn.« Seine Arroganz ging so weit, daß er selbst beim Kaffeetrinken der erste sein wollte.

»Wie Sie wünschen«, sagte der Professor. Er hielt Ramón die Tasse mit der dampfenden Flüssigkeit hin. Dann drehte er blitzschnell sein Handgelenk und kippte den Kaffee in Ramóns Richtung, so daß die kochendheiße Flüssigkeit in seinem Gesicht landete. Ein paar Tropfen verfehlten ihr Ziel und bespritzten Luis.

Beide Männer schrien. Der Professor schnappte sich die Jute-Tasche neben sich und flüchtete in die Dunkelheit. Aus Ramons Revolver krachte ein Schuß – hier in der Wüste ein Geräusch von geradezu unerträglicher Penetranz. Er ist ein impulsiver Typ, dachte der Professor, dem die Kugel direkt am Ohr vorbeigezischt war – er wird bald einsehen, daß es dumm wäre, mich zu erschießen. Und tatsächlich schwieg die Waffe jetzt.

Der Professor rannte weiter und schlug sich hinter einem flachen Steinhügel nach rechts. Im Rennen griff er in die Jute-Tasche und fand die beiden dort deponierten Inka-Statuen. War es wirklich erst dreizehn Stunden her? Während er zwischen den losen Schiefern und Scherben des antiken Gemäuers hindurchkletterte und -stolperte, konnte er hören, daß ihm jemand folgte. Er kam zu einem kastenförmigen, großen Stein, der einst als Altar oder Amboß gedient haben mochte.

Der Professor erkannte, um was es sich handelte, hockte sich dahinter, kratzte eine Handvoll Staub vom Boden und rieb die Statuen damit dick ein. Dann entledigte er sich ihrer, indem er sie eine nach der anderen in das schwarze Loch warf, das unter ihm klaffte.

Als er sich eine Minute später fangen ließ, indem er einen verstauchten Knöchel simulierte, rief Luis triumphierend zu dem Mann namens Ramón hinüber: »Ich hab' ihn! Hier ist er, Ramón! Und er hat versucht, unser Essen und Trinken mitzunehmen!« Luis gebärdete sich so entrüstet, als ob der Inhalt der Tasche tatsächlich ihm gehörte.

Ein rosiger Glanz legte sich über die Berge, und die Umrisse der Dinge tauchten aus dem Schatten, während die Nacht den Rückzug antrat. Luis führte den Professor zum Jeep, wo Ramón noch immer auf dem Felsen saß und ein Taschentuch auf die Verbrühungen in seinem Gesicht preßte. Er starrte den Professor mit einem Auge haßerfüllt an. »Indio«, sagte er mit fester Stimme, obwohl er vor Schmerz an seinen Lippen saugte, »der Kaffee war gut.«

Entschuldigend bemerkte der Professor: »Ich hätte mich sicher erfolgreich von Ihrer Expedition zurückgezogen, wenn ich mir nicht den Knöchel verstaucht hätte.«

»Bedauerlich«, sagte Ramón. Er hielt noch immer die Pistole in der Hand. Sie war auf den Professor gerichtet. »Erzähl mir mal, Indio«, sagte Ramón, »wo in diesem Dorf von Cunti-suyu der Getreidespeicher war. Und wo war die Zisterne?« Seine kleinen Augen sahen den Professor kalt an.

»Ich werd' es euch zeigen«, sagte der Professor.

»Du wirst es mir erzählen«, sagte der große Mann.

»Meinetwegen. Nach dem Speicher müßt ihr dort unten suchen. Da lang.« Er wies in die Richtung. »Die Zisterne müßte eigentlich oberhalb von uns liegen. Da lang. Also gehen wir.«

»Vielen Dank, Indio.« Ramón grinste an seinem zerknüllten Taschentuch vorbei. »Tut der Knöchel weh?«

»Nein, nicht besonders.«

»Du kannst also ohne große Schwierigkeiten laufen?«

»Sicher.«

»Dann wollen wir mal sehen, wie weit du damit kommst«, sagte der Mann namens Ramón. Er setzte den Lauf der Waffe auf die rechte Wade des Professors auf und drückte ab.

Einen Augenblick lang spürte Professor de la Vega gar nichts. Dann einen betäubenden Schmerz, der seine Sinne benebelte, so daß er dachte, er würde vielleicht ohnmächtig werden. Er fiel zu Boden. Das schnell fließende Blut hatte im Handumdrehen sein Hosenbein durchweicht.

Ramón steckte die Waffe weg. Gut gelaunt sagte er zu Luis: »Wenn wir ihn jetzt wieder brauchen, wissen wir, wo wir ihn finden. Er ist an den Boden gefesselt.« Er wischte sich noch einmal über sein verbranntes Auge und stopfte sein Taschentuch in die Tasche.

Sie gingen weg und ließen ihn liegen. Der Professor nahm bei seinen Schmerzen alles nur vage wahr. Im heller werdenden Licht des neuen Tages folgten sie dem Lauf des ausgetrockneten Flußbetts. Diese Idioten.

Der Professor lag neben dem Jeep. Er bemerkte, daß die zurückgelassene Kaffeekanne in Reichweite seiner rechten Hand stand. Er kämpfte gegen ein aufsteigendes Ekelgefühl an, rappelte sich in eine sitzende Haltung hoch und goß den noch immer warmen Kaffeesatz in seine Hände. Dann zog er den Stoff seiner Hose über der Wunde weg und beobachtete einen Moment lang, wie aus einer kleinen, blauen Öffnung in seinem Bein das Blut sprudelte.

Inka-Blut, dachte er wie benommen, sieht aus wie jedes andere. Die Kugel hatte anscheinend den Knochen des Beins nicht zertrümmert, sondern sich lediglich durch die Wadenmuskeln gebohrt. Aber es blutete schlimm.

In einem Nebel aus Schmerz legte er den Kaffeesatz auf die Wunde und drückte ihn in das Loch, das die Kugel bei ihrem Eintritt hinterlassen hatte, um so den Schußkanal zu verstopfen. Wenn Kaffeesatz die Blutung nach einem Macheten-Hieb stoppen kann, dachte er, dann gilt das gleiche vielleicht auch für Schußlöcher; wobei es wichtig war, daß der Kaffeesatz fast steril war, also gerade erst gekocht haben durfte. Er band sein Taschentuch fest um die Wunde, um den Kaffeesatz fest anzudrücken. Dann zerrte er sein blutverschmiertes Hosenbein wieder nach unten, um den Verband zu verdecken, und legte sich wieder auf den Rücken.

Er hörte den Mann namens Ramón mit Luis reden, als sie zurückkamen – oder war es sein Cousin Luis, der mit dem Mann namens Ramón sprach? Er war durcheinander, aber er wußte, daß sie nichts gefunden hatten, nicht einmal einen alten Speicher.

Als sie neben seinem liegenden Körper stehenblieben, täuschte er Bewußtlosigkeit vor. Durch seine Wimpern konnte er sehen, wie Ramón auf ihn herabblickte. Seine Lippen waren wieder verschwunden, und sein Gesicht war gelb vor Wut. Er holte aus und trat dem Professor heftig in die Seite.

»Wach auf, Indio«, sagte er, »wir brauchen dich bald, glaube ich.« Dann marschierten die beiden in Richtung Zisterne los, von der sie jetzt allerdings schon annahmen, daß sie genausowenig existierte wie der Speicher.

Der Professor lag ganz still und versuchte, seine abschweifenden Sinne beieinander zu halten. Der Schmerz pulsierte in seinem Bein; aber es schien kein Blut mehr aus der Wunde zu tropfen. Über ihm am weiten, heißen Himmel über den Bergen zog ein großer schwarzer Vogel seine Kreise. Er mußte ein wenig darüber lächeln, und er dachte, noch nicht – hab' Geduld, Vogel. Er sammelte seine Kräfte.

Plötzlich ging zu seiner Rechten ein Geschrei los. Sein Lächeln wurde breiter, und die rasch weiter am Himmel aufsteigende Sonne warf ein neues Schlaglicht auf seine Wangenknochen. Denn er wußte, was das Schreien zu bedeuten hatte, beinahe so genau, als wenn er dort gewesen wäre, um es mit eigenen Augen zu sehen. Luis und Ramón hatten die Zisterne gefunden. Und für einen Moment war ihnen das Herz stehengeblieben, als sie das »Silber« der Inkas im staubigen Geröll des Brunnengrunds hatten aufblitzen sehen.

Wenige Augenblicke später näherten sich Schritte. Er hörte, daß Luis wie ein Verrückter vor sich hinjodelte, während er auf der Ladefläche des Jeeps herumwühlte. »Wir haben ihn gefunden! Er gehört uns! Der Schatz hat sich offenbart! Wo, in Gottes Namen, ist ein Seil?«

Achtlos warf er die Werkzeuge aus dem Wagen, wobei einige auf den reglosen Körper des Professors fielen. Bald fand er ein aufgewickeltes Seil und rannte wie ein Wilder wieder davon. In der einen Hand trug er das Seil, in der anderen – wie der Professor amüsiert beobachtete – eine Schaufel.

Unter Schmerzen kämpfte sich Professor de la Vega, sobald Luis außer Sichtweite war, auf seine Füße, wobei er eine Brechstange, die auf seine Brust gefallen war, als Stock benutzte. Als er erst einmal stand, hielt er einen Moment inne, atmete tief durch und versuchte dann, sein verwundetes Bein zu belasten. Und obwohl seine dunkle Haut zu einem fahlen Grau verblaßte und ihn Wellen von Schmerz durchschossen, wußte er, daß er in der Lage war, den Schmerz auszuhalten. Jetzt endlich, dachte er, muß ich mich nicht mehr von dem Mann namens Ramón erniedrigen lassen; und Luis, mein Cousin, muß die Strafe mit ihm teilen. Es gibt keinen anderen Weg.

So leise er konnte, humpelte er in die Richtung, die Luis eben eingeschlagen hatte. Er hatte das rostige Brecheisen unter die Achselhöhle geklemmt, und es gab eine ganz brauchbare Krücke ab. Er hatte es nicht weit. Als er in Sichtweite des Altarsteins war, der am Rand der Zisterne stand, sah er, daß Luis das Seil um den Stein gebunden hatte, während das andere Ende, an dem sie sich in die Zisterne hinabgelassen hatten, in dem Loch verschwand. Zwei Stimmen, schrill vor Aufregung, tönten zu ihm hoch.

Jetzt vergaß der Professor jede Vorsicht. Er humpelte zu dem Altarstein, wobei er den Schmerz in seinem Bein stoisch ignorierte. Er stellte sich hinter den Stein, umfaßte ihn und griff leise nach dem losen Ende des Seils. Mit einem Ruck zog er daran, und das Seil schwang in hohem Bogen aus der Zisterne und landete wie eine Schlange, der man das Rückgrat gebrochen hat, auf dem Boden neben ihm. Dann trat er einen Schritt vor und sah in die Zisterne hinab, ein eindrucksvolles Relikt eines uralten Bewässerungssystems, das einst die Lebensader dieses ausgetrockneten Indio-Marktplatzes gewesen war.

Der Brunnen war etwa zehn Meter tief. Seine steilen und glatten Wände waren unbeklimmbar und aus monolithischen Steinblöcken errichtet, die von den Inkas vor so vielen Jahrhunderten so raffiniert geformt und eingepaßt worden waren, daß in den mörtellosen Fugen nicht mal die Klinge eines Messers Halt fand. Und unten standen Luis und der Mann namens Ramón auf dem Geröll der Jahrhunderte und hielten jeder eine kleine, mit Aluminiumfarbe besprühte Statue in der Hand. Sie standen starr, die Köpfe zu ihm nach oben gerichtet, selbst bewegungslos wie Statuen, von der Stimme des Professors hoch über ihnen versteinert.

»Habt ihr den Schatz von Pachacamac gefunden?« fragte der Professor auf sein Brecheisen gestützt.

Sie starrten mit leeren Augen blöde auf die Stelle, wo vorher das Seil gehangen hatte und jetzt nicht mehr hing – ihre einzige Möglichkeit, aus diesem glattwandigen Gefängnis zu entkommen, das ein halbes Jahrtausend zuvor als Wasserspeicher errichtet worden war.

»Diese Statuen sind Nippes für Touristen«, sagte der Professor. »Die sind nicht einmal ein Dutzend Sols wert. Ich hab' sie angemalt und anschließend dort unten deponiert – mit meinen eigenen Händen.«

Er sah, daß die Eröffnung sie traf wie ein Schlag. Ramón reagierte zuerst – seine Hände schossen zu seiner Pistole in dem versteckten Halfter, aber bis er sie gezogen und abgefeuert hatte, stand der Professor sicher hinter dem Altarstein am Rand der Zisterne.

Das Gesicht angespannt vor Schmerzen und Wut, sagte der Professor: »Sie nannten mich Indio, Ramón. Ich *bin* Indio. Und ich bin stolz darauf. Und deswegen überlasse ich euch jetzt der Gnade der antiken Göttin der Indios, der Gnade der Sonne.«

»Warte, Vetter«, rief Luis panisch. »Wir sitzen hier drinnen ohne das Seil in der Falle. Wir kommen nicht raus. Wir werden sterben!«

»Durchaus möglich«, sagte der Professor höflich.

»Du wirst auch sterben«, sagte Ramón. »Ich hab' die Schlüssel für den Jeep, und zu Fuß schaffst du es nie bis Lima.«

»Aber ich habe die Lebensmittel und die Feldflasche«, erwiderte der Professor. »Vor allem die Feldflasche. Und das ist doch ein kostbares Gut, finden Sie nicht auch? Und außerdem hab' ich immer Ersatzschlüssel für den Jeep in meiner Proviantasche.«

Der Mann namens Ramón war still. Er starrte zu dem Felsen, hinter dem der Professor in Deckung stand, dann wütend auf die Pistole in seiner Hand.

»Vielleicht sind Sie in nicht allzu langer Zeit froh, daß Sie sie haben«, bemerkte der Professor.

Luis ließ die falsche Silberstatue fallen und erhob seine Arme flehend zu dem Professor. »Ich wollte dir nichts tun, Vetter«, sagte er. »Es war nur der Schatz. Dein ganzes Leben hast du danach gesucht. Und ich hab' wegen deiner Briefe geglaubt, du hättest ihn gefunden.«

»Natürlich, Luis«, sagte der Professor. »Es war der Schatz von Pachacamac. Und denk nur, was für ein netter Vetter ich bin. Ich lasse dich allein mit dem Schatz zurück. Vielleicht brauchst du zum großen Gewinn nur mit der Schaufel zu graben. Der Schatz könnte unter deinen Füßen liegen – genausogut wie überall sonst.«

»Ja«, sagte Luis hoffnungslos und voller Angst.

»Professor de la Vega«, sagte der Mann namens Ramón, »Sie sind ein Mann von Prinzipien. Sie sind nicht ohne Skrupel. Sie haben uns die Lektion erteilt, die Sie uns lehren wollten. Jetzt lassen Sie uns bitte raus.«

»Nein. Ich bin Indio, wissen Sie das nicht mehr? Und es ist allgemein bekannt, daß Indios einen ausgeprägten Sinn für Gerechtigkeit haben. Bewacht den Schatz für mich, bis ich wiederkomme, seid so nett.«

»Du willst uns doch nicht wirklich hier zurücklassen?« flehte Luis.

»Ich habe keine andere Wahl, Luis. Zuerst muß ich mit meinem Bein zum Arzt. Und dann muß ich umgehend die Behörden verständigen. Die Polizei ist sehr streng mit Männern, die den Raub von peruanischen Antiquitäten planen, wie du weißt.«

»Bitte, Vetter«, sagte Luis inzwischen schluchzend. »Wir wollen den Schatz von Pachacamac gar nicht mehr.«

»Ach«, sagte der Professor. »Zweifelsohne sagst du endlich die Wahrheit.« Er hielt inne. »Ich werde morgen abend – oder vielleicht übermorgen zurückkommmen. Mit der Polizei. In der Zwischenzeit könnt ihr euch angenehm die Zeit vertreiben – indem ihr nach dem Schatz von Pachacamac grabt.«

»Professor«, sagte der Mann namens Ramón, »wenn Sie uns wirklich hier zurücklassen wollen, erlauben Sie uns, etwas von dem Wasser aus der Feldflasche hierzubehalten.« Jetzt klang seine Stimme nicht mehr arrogant.

»Nein«, sagte der Professor. »Ich werde das Wasser selbst brauchen. Hab' ich Ihnen schon erzählt, daß ich verletzt bin? Aber vielleicht regnet es ja, während ich weg bin, und ihr könnt euch ein wenig erfrischen.«

»Regen?« fragte Ramón mit einem Fünkchen Hoffnung in der Stimme nach.

»Ja«, sagte der Professor. »Regen. Wir könnten sehr dringend welchen gebrauchen. Wußten Sie, daß seit fünfzehn Jahren in dieser Wüste kein einziger Tropfen Regen gefallen ist?« Er lachte. »Ich gehe jetzt. Bald steht die Sonne hoch am Himmel und frißt jeden Schatten in der Zisterne.«

»Nein, nein!« schrie Luis. »Laß uns doch nicht allein hier in der Sonne sterben!«

»Ihr werdet sterben«, sagte der Professor höflich, »aber nicht allein.« Er blickte zu den Gipfeln der Berge auf und sah, daß der große, schwarze Vogel noch immer hoch am Himmel kreiste.

Dann klemmte Professor de la Vega das Brecheisen unter seine Achsel und wandte sich ab. In der Inka-Zisterne hinter ihm waren die beiden Männer plötzlich ganz still, während sie spürten, wie die Hitze des Tages anbrach.

Aus dem Englischen von Kristian Lutze

JEAN DARLING

Die Streichholz-Baracke

Eine flirrende Hitzedecke lag schwer über Monrovia an jenem Tag Ende März 1957, als die *Siren Call* festmachte, um Ladung zu löschen. Wie er es in jedem Hafen zu tun pflegte, gab der Kapitän drei seiner Matrosen Landurlaub – zehn Stunden dieses Mal, von zehn bis zwanzig Uhr, und Macker Malloy war einer der drei.

Nachdem er das Schiff verlassen hatte, blieb er eine Weile stehen, um die Kamera-behängten Amerikaner zu beobachten, die die Landungsbrücken der fröhlich beflaggten *Bergensfjiord* hinabströmten, um sich mit dunkelhäutigen und barbusigen Mädchen photographieren zu lassen, die in kleinen Gruppen hier und da über den Kai verteilt standen. Im Schatten des Zollschuppens und der Mauern der Lagerhäuser knieten Souvenir-Verkäufer neben ihren ausgebreiteten Tüchern und boten Ebenholz-Schnitzereien und dornige, mit Schellack behandelte Kugelfische mit hervortretenden Augen und winzigen Mäulern feil. Durch die offenen Tore der Lagerhäuser konnte man stapelweise die roten und weißen Säcke von Purina Feed sehen, die genauso zu Afrika gehörten wie die Moskitos.

Am Kai begleiteten Musiker einige bewegliche Heuhaufen, die Reklame für die Stroh-Tänze machten, die am späten Nachmittag sonstwo veranstaltet werden sollten, während nahe am Ufer ein Schlangenbeschwörer für einen Yankee-Dollar mit dem Kopf seines Haustiers im Mund posierte. Männer in knallbunten Hemden boten Touren in ihren antiken Taxis oder zu Fuß an; einer war besser als der andere, lauter als der andere, billiger als der andere.

Die Hafenanlagen hinter sich lassend, schlug Macker Malloy den Weg Richtung Liberias Hauptstadt ein, eine staubige Straße hinunter und durch Schwärme von Insekten, deren Summen die stehende Luft erfüllte. Wie eine riesige Hand schien die Sonne die alte

Schirmmütze auf seinen Kopf zu drücken und Schweiß aus ihm zu pressen, als sei er eine überreife Frucht. Macker wischte sich sein Gesicht mit einem Taschentuch ab, zog seine Jacke aus und ließ sie an einem Finger über die Schulter hängen. Er brauchte dringend einen großen, kalten Drink in einer kühlen, dunklen Bar.

In der Innenstadt wimmelte es von bummelnden Paaren, alle mit einer ganzen Schar liberianischer Kinder im Schlepptau, die nach den Orangen quengelten, die an jeder Straßenecke, schon geschält und zu kleinen Pyramiden aus jeweils vier Früchten aufgetürmt, verkauft wurden. Als der große, blonde Ire vorüberging, kicherten die kleinen Orangenverkäuferinnen schüchtern hinter schmalen, feingliedrigen Händen. Die Mädchen waren wie alle Frauen in der Stadt vom Hals bis zu den Knöcheln in mit leuchtenden Blumenmustern bedruckte Baumwolltücher gewandet, und auch um den Kopf hatten sie ähnliche Stoffe gewickelt. Aber trotz all des Lebens und des emsigen Hin-und-Hers gab es kein Lokal, in das man einkehren konnte.

Macker war die Hauptstraße vom einem zum anderen Ende abgelaufen, ohne ein einziges geöffnetes Etablissement zu entdecken, mit Ausnahme einer Gemischtwarenhandlung, die in entgegengesetzter Richtung der Innenstadt und des Hotels lag. Er lenkte seine Schritte zurück zum Hotel, aber auch dort versperrte ein GESCHLOSSEN-Schild den Zugang durch die Glastür zur Bar, obwohl er sehen konnte, daß die Amerikaner von dem Kreuzfahrtschiff sich um die Tische drängelten.

Auf Anfrage erklärte der Portier Macker, daß es Sonntag war und sonntags die Bar nur für Hotelgäste geöffnet sei. Während er noch sprach, hatte der Mann das Anmelderegister aufgeschlagen und einen Stift hervorgekramt. »Das macht zehn Dollar, Sir!« Er strahlte Macker mit einem breiten, weißen Lächeln an. Macker schüttelte den Kopf und ging wieder nach draußen in die glühende Hitze. Inzwischen wäre er auch mit einem Glas Wasser oder einer Pyramide geschälter Orangen zufrieden gewesen, aber die Aussicht auf das unvermeidliche Gefeilsche und den Schwall von Bla-Bla verbot jeden Gedanken daran, bei den kleinen Kichergänsen Apfelsinen zu kaufen. Wenn es ganz schlimm kam, konnte er immer noch auf die *Siren Call* zurückkehren, aber das wäre dann auch das Ende seines Landurlaubs. Er beschloß, sein Glück bei der Gemischtwarenhandlung am anderen Ende der Stadt zu versuchen.

Etliche Leute warteten vor ihm in der Schlange, Weiße wie Schwarze. Macker wünschte, der Ladenbesitzer würde ein bißchen Dampf machen und nicht mit jedem Kunden noch ein Pläuschchen halten. Es erinnerte ihn an Zuhause, wo auch zunächst jedermanns persönliche Angelegenheiten lang und breit erörtert werden mußten, bevor ein Verkauf getätigt werden konnte. Er war schon beinahe entschlossen, über die Ladentheke zu springen und sich eine der Limo-Flaschen zu schnappen, die auf dem Regal im Rücken des Ladenbesitzers aufgereiht standen, als ein Mann seine Einkäufe zusammenpackte und sich zum Gehen wandte.

»Na, ich werd' verrückt! Macker Malloy!« rief der Mann aus und blieb wie angewurzelt stehen. »Was, zum Teufel, treibt dich in dieses Nest?«

»Das darf doch nicht wahr sein – Sergeant-Major Toomey!« Malloy packte Toomeys Arm, als ob er sich vergewissern wollte, daß er echt war. »Bist du es wirklich, Shay Toomey?«

Die beiden Männer standen sich lachend gegenüber, schüttelten ihre Köpfe und lachten noch mehr.

»Los, alter Krieger. Ich spendier' dir 'nen Drink!« Shay Toomey überquerte die Straße und führte ihn durch eine Gasse, die nur teilweise gepflastert war, zu einem flachen Gebäude. Hinter einer breiten Veranda rahmten zwei große Ladenfenster eine Tür ein, auf die in großen Lettern KALKULATOR gemalt war. »Darf ich bitten?« fragte Shay und trat zur Seite, damit Macker die Tür zu einem schäbigen, bis auf einen Tisch, ein Feldbett und einen uralten Safe mit schief offenstehender Tür unmöblierten Büro öffnete. An einer Wand hing eine mit Reißzwecken befestigte Karte von Afrika, von der Decke baumelten eine einsame Glühbirne und eine Reihe von Fliegenpapier-Streifen, die von oben bis unten schwarz mit Opfern waren.

»Was führt dich denn hierher?« Toomey warf seine Einkäufe auf das Feldbett hinter dem Tisch, dessen gesamte Abstellfläche von einem wuchernden, vollständig aus Streichhölzern gebauten Ungetüm eingenommen wurde. »Sechs Schachteln, mehr verkauft er mir nicht auf einmal. Aber einen Eimer Klebstoff hat er mir gegeben!« Seine Stimme klang triumphierend.

»Baust du dieses – was immer es sein mag?«

»Jetzt schon. Stell doch bitte den Ventilator an, ja? Der Schalter ist drüben bei der Tür.« Macker gehorchte, und der Ventilator, der auf einem hohen, in die Ecke geklemmten Regal stand, begann träge hin- und herzuschwenken. »Komm mit nach hinten, dort steht der Kühlschrank.« Das hintere Zimmer enthielt ein weiteres Feldbett, ein Waschbecken, einen Kerosin-Ofen und eine altmodische Blechbadewanne, die bis oben hin voll mit Wasser und Bierflaschen war. Ein kleiner Ventilator, der auf einem Stuhl stand, kräuselte das Wasser. »Der Kühlschrank«, sagte Shay und fischte zwei Flaschen Bier heraus. »Mach's dir irgendwo in Reichweite bequem.«

Und so saßen sie, tranken Bier und schwärmten gemeinsam von den großartigen Zeiten, die sie als Soldaten der Achten Britischen Armee im Zweiten Weltkrieg gemeinsam in Italien verlebt hatten. Als die Sonne sich anschickte, ihre lange Reise bis zum Horizont anzutreten, waren sie auf Whisky und aktuellere Themen umgestiegen – wie etwa, welche Verkettung von Umständen sie beide nach Monrovia geführt hatte.

Bei Macker war es die Langeweile gewesen, die ihn zur See getrieben hatte. »Alle drei, vier Monate komme ich nach Irland und sehe meine Frau für ein paar Tage, das reicht.«

Shay nickte, das Gesicht vor betrunkenem Verständnis ganz faltig. »Ich vermute, du fragst dich jetzt, wie ich dazu gekommen bin, in diesem kleinen Paradies auf Erden mein Lager aufzuschlagen.«

»Ich denke nicht, daß du hier bist, weil es dir so gut gefällt, aber ich vermute, daß du wahrscheinlich eine Menge Geld machst.« Macker nahm sich eine weitere Flasche Bier, um den Whisky herunterzuspülen. »Wie bist du ins Kalkulations-Geschäft geraten?«

»Mir gefallen? Hier? Du machst Witze. Nicht einmal der Präsident – du hast bestimmt seine weiße Jacht gesehen, als du heute morgen in den Hafen gekommen bist?« Malloy nickte. »Also Tubman lebt auf dieser Jacht, und er ist der Präsident; nur um dir eine Vorstellung von den Reizen der Stadt zu geben.« Er schüttete den Whisky in ihre Gläser.

»Slainte!« sagte er.

»Slainte!« wiederholte Macker den gälischen Trinkspruch.

»Was das Geldverdienen angeht, ich hab' schon so lange keins mehr gesehen, daß ich nicht mal mehr weiß, wie es aussieht.«

»Na, red nicht, keiner kann ohne Geld leben. Was ist mit den Streichhölzern und den anderen Sachen, die du im Laden gekauft hast? Dafür hast du doch sicher Geld gebraucht.«

Toomey schüttelte den Kopf. »Alles auf Kosten des Hauses. Ich muß dir was zeigen«, sagte er und kramte drei große weiße Kiesel aus der Tasche. Er gab sie seinem Freund, der sein Glas abstellte und jeden von ihnen sorgfältig betrachtete, wobei sein Puls schneller zu schlagen begann.

»Diamanten«, hauchte er. »Ungeschliffene Diamanten.«

»Klar doch.« Shay schnappte sich die Steine und ließ sie in seiner Hemdtasche verschwinden.

»Sind das alle? Nur die drei?«

Toomey ignorierte die Fragen. »Ich fang am Anfang an. Ich kalkuliere gar nichts. Willie Schultz kalkuliert.«

Inzwischen war er sehr betrunken und lallte. »Armer, alter Willie Schultz.« Er griff nach der Flasche, und sie kippte um. Macker fing sie auf, bevor sich ihr Inhalt auf den Fußboden ergießen konnte.

»Ganz ruhig, Alter«, sagte er und verteilte den restlichen Whisky auf die beiden Gläser.

»Danke, Kumpel. – Ich war auf diesem Schiff, bin von Kapstadt hierhergekommen. Einer von diesen Deals, wo du so lange in einem Hafen rumhängst und die Kapitäne anhaust, bis du einen findest, der dich für ein Pfund pro Tag mitnimmt. Also, wir haben festgemacht, um nachzuladen. Das ist hier alles Firestone-Gummi-Land, weißt du. Kannst du dir vorstellen, daß niemand sein Geld kriegt, bis das Zeug an Bord ist? Wenn man die Arbeiter vorher ausbezahlt, arbeitet keiner mehr, bis das Geld verbraucht ist. Und die Weiber! Sie schleppen kleine Stoffballen mit sich rum, wie sie sie in der Stadt anziehen – innerhalb der Stadtgrenzen ist es verboten, oben ohne herumzulaufen. Gott, die Zivilisation hat eine schmutzige Phantasie.« Sein Kopf fiel nach vorne, und er döste über seinem Glas ein. Macker schüttelte ihn.

»Wach auf!« Er ohrfeigte Toomey. »Wach auf!«

»Hä! – Häh?« Shay machte eine wegwerfende Handbewegung. »Was willst du?«

»Du warst dabei, mir von den Diamanten zu erzählen, hast du noch mehr davon?«

»O nein. Das war ich nicht – so weit war ich noch nicht – jedenfalls machte das Schiff fest, und ich ging an Land und betrank mich. Es war kein Sonntag, also hab' ich mich betrunken und bin bei den Bullen gelandet. Willie Schultz hat mich rausgeholt, aber da war es schon spät – mein Schiff war natürlich schon losgesegelt, also hat mich Willie aufgenommen.« Er wischte sich mit der Hand übers Gesicht. »Diese verhexte Streichholz-Baracke da draußen gehört Willie. Er hat damit angefangen, sagt er, damit er nicht verrückt wird, während er auf eine Chance zum Abhauen wartet.«

»Abhauen wovor?«

»Es sollte eine Art Kirche oder so was werden, sagt er, aber ich habe einfach Streichhölzer dazugebaut, bis der ganze Tisch voll war, und dann hab' ich mit der nächsten Schicht angefangen. Jetzt ist das Ding schon so groß, daß man es auf die Erde stellen muß. Ich weiß noch nicht wie, aber es muß sein.«

»Das Beste wär, wenn du das Herumspielen mit irgendwelchen Spielzeugen aufgibst und hier verschwindest...«

»Sei kein Dummkopf, alter Freund, das kann ich nicht. Ich bin ein Gefangener und werde rund um die Uhr bewacht.«

»Komm mir doch nicht so. Ich hab' niemanden gesehen, der dich bewacht, als wir vom Laden hergelaufen sind.«

»Tut mir leid, Kumpel.« Toomey torkelte aus der Hintertür zu einer Hütte am anderen Ende des mit hohen Mauern umgebenen Hofs. Als er zurückkam, wirkte er beinahe nüchtern. »Los. Ich möchte dir etwas zeigen.« Er ging zu dem Safe und nahm einen Karton mit der Aufschrift eines Schoko-Riegels heraus. Der Boden war mit einer dünnen Lage weißer Kiesel bedeckt, wie er sie auch in seiner Tasche trug. »Da. Ein Geschenk, mit dem man auch dem Aga Khan eine Geburtstagsfreude machen könnte.«

»Du bewahrst die ganzen Diamanten in einem unverschlossenen Safe auf?« Mackers Stimme war ganz heiser vor Gier. »Wo hast du sie her?« keuchte er und ließ ein halbes Dutzend Steine von der einen Hand in die andere rieseln, wobei seine Augen vor Habsucht leuchteten.

»Willie sagte, sie stammen aus Sierra Leone. Ich weiß nicht, wie er in ihren Besitz geraten ist, aber es war auf jeden Fall illegal.«

»Wie kommt es, daß du sie hast? Ist Schultz weg und läßt dich einfach den Laden weiterführen?«

Shay Toomey schüttelte den Kopf. »Willie ist gestorben«, sagte er nach einer Weile. »Ich hab' sie, weil Willie sie nicht mitnehmen konnte. – Er konnte sie nicht mitnehmen«, wiederholte er lachend, bis Tränen über seine Wangen hinunterliefen. »Hey, das ist gut. Willie konnte sie nicht mitnehmen, und ich kann sie auch nicht mitnehmen.« Plötzlich war er wieder ernst.

»Aber warum, zum Teufel, hörst du nicht auf, über deine Bewachung zu jammern, gehst zum Kai und nimmst das erstbeste Schiff? Das würde ich jedenfalls machen. Was wollen wir wetten, daß ich die ganze Ladung in meinen Hosentaschen verstecken und aus dieser Tür und an Bord der *Siren Call* gehen könnte ...«

»Ach, an Bord des Schiffs zu kommen, ist nicht das Problem. Sicher kann ich aus dieser Tür gehen und jedes Schiff besteigen, das ich will, aber – das ist das entscheidende Wort, ›aber‹. Ich kann gehen – *aber* ohne die Diamanten. Und wenn ich nicht jede einzelne von diesen dreckigen Glasmurmeln mitnehmen kann, gehe ich nicht – so einfach ist das.

Paß auf, ich werd's dir zeigen. Wenn ich in diese Richtung gehe« – er ging zu der Afrika-Karte und schwenkte seine Hand in einem 180-Grad-Bogen um die West-Küste Liberias – »krieg' ich Ärger mit DeBeers.«

»DeBeers?«

»Das südafrikanische Edelstein-Kartell. Sie überprüfen die Herkunft jedes Rohdiamanten, der im Jahr 1957 irgendwo auf der Welt zum Verkauf angeboten wird. So kontrolliert man den Markt. Wenn ich in diese Richtung ginge und versuchen würde, auch nur einen Stein zu verkaufen, würde er beschlagnahmt, und ich würde einen Monat eingesperrt. Und wenn sie die ganze Sammlung entdecken, dann werfen sie, Teufel noch mal, den Schlüssel weg! Man kann ihnen nicht wirklich einen Vorwurf machen. Wenn sie nicht aufpassen würden, wären sie längst komplett ausgeraubt. Und illegale Steine, die den Markt überfluten, würden die Preise drücken.

Und wenn ich in diese Richtung gehe« – er pikste mit einem vom jahrelangen Fingernägelkauen völlig verhunzten Finger auf Sierra Leone – »bin ich tot. Die Behörden wissen alles über Willies Diamanten, also nur ein Schritt über die Grenze...« Er jagte sich mit dem Finger eine imaginäre Kugel in die Schläfe. »Deren Diamanten zu stehlen, ist ein Verbrechen, das mit der Todesstrafe geahndet werden kann.«

»Warum reist du nicht quer durch Afrika zur Ostküste? Dort könntest du ein Boot oder, besser noch, ein Flugzeug erwischen. Mit dem Geld, das du für die Sammlung kriegst, könntest du für den Rest deines Lebens wie ein König le...«

»Ost- oder Westafrika, welchen Unterschied macht das schon für DeBeers? DeBeers hat seine Krakenarme überall auf der Welt, will das nicht in deinen dummen Kopf? Ein geschliffener Stein, den man, so wie er ist, zu Schmuck weiterverarbeiten kann? Kein Problem. Nur die ungeschliffenen bedeuten Ärger. Hier sind die Steine sicher – es ist neutrales Gebiet.«

»Du sagst, du hättest kein Geld. Wer zahlt die Miete für diesen Laden, die Sachen, die du im Laden kaufst, den Schnaps?«

»Ich weiß nicht – wer immer es schon für Willie bezahlt hat, natürlich. Vermutlich irgendein Guerilla-Führer, der hofft, die Macht in einem der wackligen südafrikanischen Staaten zu übernehmen. Und wenn *wer immer, wo immer* an die Macht kommt, wird er die Steine auf den Markt werfen und behaupten, er habe eine kleine Mine gefunden, und mit dem Geld seine Macht konsolidieren.«

Shay nahm ein Streichholz von einem Haufen am Rand des Tisches. »Am besten brennt man das Zündköpfchen ab, verstreicht dann dünn Klebstoff über die ganze Länge und drückt es in Position. So. Hält man allerdings nicht lange aus, ist zu hoch. Macht die Arme lahm.«

Er baute schweigend weiter, während Macker sich, den Schoko-Riegel-Karton auf den Knien, auf ein Ende des Bettes hockte und zuerst einen, dann einen weiteren Stein eingehend betrachtete. Das Bedürfnis, sie zu besitzen, wuchs in ihm wie ein Pilz im Regenwald.

»Warum sollte so jemand dich oder Willie durchfüttern? Wäre es nicht einfacher, euch deportieren und eliminieren zu lassen?« fragte Malloy aufblickend.

»Sie können mich nicht deportieren, es sind keine Liberianer – zumindest glaube ich, daß sie keine sind.« Shay wischte sich mit der Hand über den Mund. »Wer immer die Rechnungen bezahlt, holt sich einen drauf runter, einen weißen Mann in Schweiß und Gier warten zu sehen. Es ist eine nette Art, sich die Zeit zu vertreiben, während man die Beute auf Eis gelegt hat – soll der Trottel seine alkoholisierten Träume träumen, bevor man ihn wie eine Kerze auspustet. Was weißt du schon? Ich werd' hier zum whiskyseligen irischen Schwätzer!«

Er hielt inne und betrachtete den kleinen Tropfen Klebstoff, der im Licht des Zimmers bernsteinfarben leuchtete. »Worauf ich wirklich warte, ist, daß die ganze Chose im südlichen Afrika politisch hochgeht, vielleicht wird dann der Würgegriff DeBeers geknackt. Wenn zur selben Zeit noch derjenige, der mich jetzt kontrolliert, seine Bewachung lockert, kann ich vielleicht mit den Steinen *und* heiler Haut hier rauskommen.«

»Und bis jetzt hat noch niemand versucht, dich zu berauben?« Malloy stellte den Karton aufs Bett.

»Ach nein. Ich bin sicher wie in Abrahams Schoß, solange ich innerhalb meines abgesteckten Geheges bleibe – von hier bis zu dem Laden und zurück und über die Straße in die Kneipe. Aber ein Schritt aus der Reihe, und irgendwelche großen, schwarzen Bauerntrottel warten mit ihren gewaltigen Gewehren, um mich einzusammeln. Ihre Aufgabe ist es nicht nur, mich hier drinnen zu halten, sondern gleichzeitig auch Diebe fernzuhalten. Verdammt noch mal, ich brauch' noch ein Bier.« Er ging ins andere Zimmer, und sein Freund folgte ihm auf dem Fuß.

Als Shay sich über die Wanne beugte, schnellte Mackers Hand nach oben und krachend auf den Hals des Freundes nieder. Die Bewegung war ohne jede bewußte Vorüberlegung passiert. Es war, als hätte seine Hand in Erkenntnis der Gelegenheit mit eigenem Willen gehandelt. Krachend sauste sie also nieder, und Toomeys Oberkörper platschte ins Wasser und drohte die Wanne umzureißen. Macker hielt sie fest, während er gleichzeitig den Kopf des Freundes unter Wasser drückte, bis keine Blasen mehr aufstiegen. Dann ließ der blonde Ire den Körper vorsichtig zu Boden sinken.

Eineinhalb Stunden später war Shay Toomey auf dem von hohen Mauern umgebenen Hinterhof begraben, und die Diamanten waren sämtlichst in dem Geldgürtel verstaut, den Macker Malloy, arm oder reich, stets um den Körper trug. Er hängte sich seine Jacke über die Schultern und ließ den Blick durch die Wohnung schweifen, um sicherzugehen, daß er nichts vergessen hatte. Die Wanne voller Wasser, den kleinen Ventilator, der vor sich hinsummte, der trokkengewischte Fußboden. Auf dem Bett lagen Kleider und Kopfkissen so zusammengebündelt, daß sie zugedeckt einen ganz brauchbaren »Schläfer« abgaben.

Der Schokoriegel-Karton stand wieder im Safe und enthielt gewöhnliche Kiesel, die Malloy aufgelesen hatte, als er das Grab schaufelte.

Er warf einen Blick auf seine Uhr: 18.40 – Zeit, sich zum Schiff aufzumachen, dachte er, während er mit der Hand über das Streichholz-Ungetüm fuhr. Voller Verachtung fragte er sich, wie jemand so dumm gewesen sein konnte, sein Leben mit einem derartig nutzlosen Spielzeug zu verschwenden. Wenn Shay Toomey es nicht mit den Diamanten von hier weg geschafft hatte, hätte er sich davon trennen und rennen sollen. Klar würde er selbst versuchen, mit den Steinen zu entkommen, aber wenn das die Karten nicht hergaben, käme bestimmt niemand in den Genuß, ihn dabei zu beobachten, wie er seine Zeit damit verschwendete, Streichhölzer aneinander zu leimen.

Für jeden, der ihn vielleicht jetzt beobachten mochte, blieb er auf der Veranda stehen, rief Shay einen Abschiedsgruß zu und versprach, das nächste Mal wieder vorbeizuschauen, wenn die *Siren Call* im Hafen festmachte. »Klar ruf' ich deine Mutter an. Nein, ich vergesse es bestimmt nicht – sobald ich zu Hause bin. Bis dann!« brüllte er und schlenderte, die Mütze auf dem Hinterkopf, die Daumen in seinen Gürtel gehakt, Richtung Hafen. Kein Mensch auf Erden würde Diamanten, mit denen man notfalls das Lösegeld für einen König bezahlen konnte, um seinen Körper gegurtet vermuten, nicht mal die Scharfschützen, die Shay Toomey solche Angst eingejagt hatten – wenn es sie überhaupt gab. Wahrscheinlich hatte die Hitze den Verstand des Freundes aufgeweicht, die Hitze und der Schnaps.

Im Gehen machte Malloy Pläne. Er würde bis zum Ende der Reise auf dem Schiff bleiben, dann würde er mit ein paar Verkäufen in düsteren Londoner Hinterzimmern eine Überfahrt auf der *Queen Elisabeth II.* finanzieren. Eine Weltreise, auf der er von vorn bis hinten bedient wurde, könnte ihm gefallen. Und er würde es schlau anstellen – er würde die restlichen Steine, einen nach dem anderen, in einem Hafen hier, einem anderen Hafen dort verkaufen – das war völlig idiotensicher. Nicht einmal DeBeers würde sich über einen einzelnen, irgendwo aufgetauchten Diamanten den Kopf zerbrechen, beruhigte er sich, während er sich dem jetzt geschlossenen und mit einem Vorhängeschloß verriegelten Gemischtwarenladen näherte. Bis auf eine etwa hundert Meter entfernte Gruppe Amerikaner auf dem Rückweg zur *Bergensfjord* war die Straße leer. Er beschleunigte seine Schritte – unter die Gruppe gemischt, würde er sich weniger verdächtig vorkommen. Nicht, daß er Shay Toomeys Gewäsch über eine permanente Bewachung irgendwelchen Glauben schenkte.

Malloy war jetzt schon fast an dem Laden vorbei, hatte damit die Grenze, an die sich sein Freund gehalten hatte, um am Leben zu bleiben, fast übertreten. Bloß noch einen Schritt weiter, und Toomey wäre als Lügner oder Idiot – oder beides – entlarvt.

Aber Malloy machte diesen Schritt nie.

Keine zehn Meter vor ihm stellte sich ihm ein großer schwarzer Mann, das Gewehr in den Arm gebettet, in den Weg. Er konnte erkennen, wie die Amerikaner hinter diesem Riesen, der ihm den Weg versperrte, in der Ferne immer kleiner wurden. Wenn er es bis zu ihnen schaffen könnte, wäre er in Sicherheit, dachte er mit pochendem Herzen. Kein Scharfschütze würde so einfach, mir nichts, dir nichts, in eine Gruppe von Passagieren des ersten echten Kreuzfahrtschiffs ballern, das je in Monrovia festgemacht hatte. Also den Mann anlächeln, ihm zuwinken, jetzt umdrehen wie ein guter Junge und eins – zwei – drei Schritte in Richtung des Kalkulations-Büros, dann herumgewirbelt und was das Zeug hält in Richtung Touristen gerannt.

Den Gedanken folgten Taten. Malloys lange Beine verringerten den Abstand zwischen ihm und den Amerikanern, nachdem der Schwarze höflich zur Seite getreten war. Auf halber Strecke blieb Macker plötzlich wie angewurzelt stehen. Dann wirbelte er herum und rannte zurück zu Shays Laden. Ein oder zwei Amerikaner hatten ihm neugierig etwas hinterhergerufen, ihre Stimmen verhallten über der Straße, während er weiterrannte. Die plötzliche Umkehr von Malloys Flucht war durch einen einzigen Satz bewirkt worden, den der Scharfschütze geäußert hatte, als Macker ihn passierte.

»Direkt hinter dem Hotel, Mann, leg' ich dich um«, sagte er und brachte mit einer Armbewegung seine Waffe in Anschlag.

Als er sich dem Büro näherte, sah Malloy, daß ein zweiter Scharfschütze seinen Weg in dieser Richtung versperrte, was jeden Gedanken, den er vielleicht gehegt haben mochte, sich am Haus entlangzuschleichen und im Zick-Zack zum Kai durchzuschlagen, im Keim erstickte. Einen Moment blieb Macker stehen und sah von einem Mann zum anderen. Dann zuckte er mit den Schultern und ging hinein. Er saß in derselben Falle, in der auch Sergeant-Major Toomey schon gesessen hatte, der jetzt tot neben dem Mann lag, den er für eine Handvoll Rohdiamanten ermordet hatte.

Malloy fragte sich, woher die Scharfschützen gewußt hatten, daß Shay Toomey tot war. Es mußte das Schaufeln gewesen sein, entschied er. Das war sein Fehler gewesen. Er hätte die Leiche anstelle der Kissen und Kleider unter die Decke legen sollen. Ihn zu begraben war ein schwerer Fehler gewesen. Ihn zu begraben, hatte zu lange gedauert. Wenn er gegen halb sechs oder sechs losgegangen wäre – aber das hätte auch nichts genützt. Die *Siren Call* sollte nicht vor acht Uhr auslaufen. Die Scharfschützen hätten ihn auf dem Schiff aufgespürt.

Malloy knipste das Licht an. Er ging zu dem Feldbett und nahm sich eine Handvoll Streichhölzer. Er zündete sie, eines nach dem anderen, an und blies sie sofort wieder aus. Er zog seine Jacke aus, erschlug ein paar Moskitos, nahm sich vor, am nächsten Morgen als erstes neues Fliegenpapier zu kaufen. Macker klebte hier und da ein paar Streichhölzer auf die oberste Etage des Bauwerks und dachte die ganze Zeit nach – dachte – suchte fieberhaft nach einem Ausweg – mit den Diamanten – natürlich.

Nach ein paar Minuten ermüdeten seine Arme. Shay Toomey hatte recht, das verdammte Ding stand zu hoch. Er ging in den Nebenraum, um eine Flasche Bier zu holen, entschied sich dann aber doch dagegen. Er mußte sich beschäftigen. Sein Kopf mußte klar sein, damit er sich etwas ausdenken konnte, wie er mit den Diamanten verduften konnte, und das würde er nicht sein, wenn er sich so in die Flasche fallen ließ, wie Toomey das getan hatte. Er mußte sich beschäftigen, wenn er nicht durchdrehen wollte.

Außerdem gab es, wenn er seine Gefangenschaft hier scheinbar hinnehmen würde, vielleicht die Möglichkeit, die Hintergründe dieses seltsamen Arrangements zu erfahren, herauszufinden, ob es – was immer es sein mochte – politisch oder irgendein »privates« Ding war. Wenn er den Eindruck eines Schwächlings machte, würden seine Aufpasser vielleicht nachlässig werden.

Malloy versuchte, das Streichholz-Ungetüm an den Rand des Tisches zu schieben. Es gab ein verdächtiges, knackendes Geräusch, und ein paar Streichhölzer bröckelten an einer Seite ab. Es war viel zu zerbrechlich, um es zu bewegen, selbst wenn er etliche Leute zu Hilfe gehabt hätte. Aber wenn er einen klaren Kopf bewahren wollte, war es sicher gut, daran weiterzuarbeiten.

Macker Malloy zupfte ein nicht allzu sauberes Taschentuch aus seiner Jackentasche und ging nach draußen. Mit hochgehaltenem Taschentuch ging er festen Schrittes die Straße hinunter. Einen Schritt hinter dem Gemischtwarenladen tauchte der Scharfschütze auf. Macker trat auf ihn zu. Er redete. Der Mann nickte. Macker kehrte zum Haus zurück und wartete.

Zehn Minuten später kamen vier große schwarze Männer zur Tür herein. Der mit dem Gewehr blieb neben Macker stehen, während zwei andere jeweils an einem Ende den Tisch anhoben und der Vierte die Beine absägte. Nachdem das erledigt war, wurde die verhexte Streichholz-Baracke vorsichtig zu Boden gelassen.

Aus dem Englischen von Kristian Lutze

JOYCE HARRINGTON

Erdwürmer

»Oh, jetzt lacht er mich wieder aus. Könnt ihr ihn hören, meine Kleinen? Ha, ha, ha. Er hält sich ja für so witzig.« Mirabelle kauerte neben dem länglichen Holzkasten und hakte das daraufliegende Fliegengitter aus seiner Verankerung. Behutsam hob sie den Deckel an und lehnte ihn gegen die Kellerwand.

»Warum heiratest du nicht, hat er gesagt. Wohl schon zu spät zum Heiraten für dich. Du und Catfish Charlie würdet ein gutes Paar abgeben. Und dann hat er gelacht wie ein Verrückter. Toller Witz. Er lacht immer noch. Könnt ihr ihn hören, meine Kleinen?«

Mirabelle weinte fette, unförmige Tränen, die von ihrem Kinn tropften und auf die satte torfige Erde in dem länglichen Holzkasten platschten. Mit ihren grobschlächtigen Fingern trommelte sie rhythmisch gegen eine Seite des Kastens.

»Da hab' ich ihm aber was erzählt. Ich hätt' ja heiraten können, hab' ich gesagt. Vor Jahren. Ich hätt' Roger Sprouse heiraten können. Er wollte mich heiraten. Und wißt ihr, was er da gesagt hat? Roger Sprouse müsse wohl halbblind oder schwachsinnig gewesen sein. Und wenn nicht, sei er hinter dem Geld her gewesen.«

Das Trommeln besänftigte Mirabelle, und sie hörte auf zu weinen. In der Kiste begannen sich kleine Erdkrumen kaum merklich zu bewegen. Drei oder vier rosa glänzende, längliche Körper tauchten aus dunklen Löchern an die Oberfläche. Sie reckten sich zitternd, einen Augenblick lang von dem trüben Kellerlicht geblendet. Dann krümmten und schlängelten sie sich gemeinsam auf den Ausgangspunkt des unwiderstehlichen Getrommels zu. Mirabelle hörte auf zu trommeln und packte den längsten Wurm. Die anderen wurden umhergewirbelt und verhedderten sich zu einem orientierungslosen Knäuel.

»Da bist du ja, mein Kleiner«, säuselte Mirabelle. »Und was für ein hübscher Kleiner, nicht wahr? Du lachst mich bestimmt nie aus, oder? Vielleicht heirate ich wirklich Catfish Charlie. Dann würde er es wohl nicht mehr so witzig finden. Roger Sprouse war nicht gut genug für *seine* Tochter. Es war überhaupt niemand gut genug für Lewis MacMasters Tochter oder Lewis MacMasters Geld.«

Mirabelle MacMaster bettete den Wurm behutsam in ihre kräftigen Hände. Sein langer rosa-rötlicher Körper wand und kräuselte sich bei dem Versuch, dem Gefängnis der Finger zu entrinnen. Mirabelle wickelte den Wurm zärtlich um den Mittelfinger ihrer linken Hand und bewunderte das Resultat. Sie dachte an jenen Tag vor zwanzig Jahren, als sie ihrem Vater von Roger Sprouses Absichten erzählt hatte. Roger war unwohl bei dem Gedanken gewesen, die Sache selbst vorzubringen, und er wollte, daß Mirabelle mit ihm durchbrannte. Jetzt wünschte sie, sie hätte es getan. Aber damals hatte sie nicht einfach weglaufen und ihren verkrüppelten Vater allein in dem großen Haus auf dem Hügel mit Blick auf den Fluß zurücklassen können. Also hatte sie es ihm erzählt. Sie hatte noch seine verächtlichen Worte im Ohr.

»Roger Sprouse? Der mickrige Zwerg? Der ist doch gut einen Kopf kleiner als du, Mädchen. Außerdem ist er eine Null. Keinen Job, keine Familie, kein Geld. Mal ganz ehrlich, Mirabelle. Du bist ein großes, dickes, unscheinbares, weichherziges Dummerchen. Und wenn du glaubst, daß Roger Sprouse hinter irgenwas anderem her ist als hinter dem Geld aus meiner Invaliden-Versicherung, dann bist du noch dümmer, als ich dachte. Warte einfach noch ein wenig, Mädchen. Der richtige Kerl taucht schon noch auf. Du mußt nur geduldig sein. Roger Sprouse, daß ich nicht lache!«

Und dann hatte er gelacht, ein häßliches, höhnisches Lachen. Und so lachte er sie seit zwanzig Jahren aus. Weil natürlich kein anderer vorbeigekommen war, nachdem sie Roger traurig erklärt hatte, daß sie ihn nicht heiraten könne. Roger hatte das Tal verlassen, und sie hatte nie wieder von ihm gehört. Gelegentlich vernahm sie Gerüchte, er würde auf den Ölfeldern in Texas oder als Trapper in

Alaska arbeiten. Aber er hatte ihr nicht ein einziges Mal geschrieben.

Mirabelle seufzte und wickelte den Wurm von ihrem Finger. Vorsichtig legte sie ihn zurück in die längliche Kiste. Die anderen Würmer hatten sich wieder in der krumigen Erde vergraben, und jetzt tat es dieser hier ihnen nach.

»Fütterungszeit, meine Kleinen.« Sie stand unter Schmerzen auf, ihre Beine waren vom langen Hocken neben der Wurmkiste ganz steif und kribbelig. In ihren ausgetretenen Turnschuhen maß Mirabelle MacMaster vom Scheitel bis zur Sohle gut einsfünfundachtzig, wobei ein paar Zentimeter an die entmutigt herunterhängenden Schultern verlorengingen. Sie trug einen formlosen, selbstgeschneiderten Baumwollkittel und keine Strümpfe. Bei ihrer Figur war es schwer, passende Kleider von der Stange zu kaufen. Sie war eine kräftige Frau, wenngleich nicht fett, und ihre Arme und Beine schienen aus dem Kittel zu wachsen wie die Gliedmaßen eines geschmeidigen und geduldigen Untiers. Im schummrigen Licht des Kellers leuchtete ihr rundes Gesicht wie der Vollmond über der Batterie von Wurmkästen. Selbst ihre Gesichtszüge erinnerten an das unscharfe Bild einer Mondlandschaft – die vorstehende Hakennase, das ausgeprägte runde Kinn, die wie in tiefen Knochenkratern liegenden dunklen Augen. Ihr langes, braunes, schon mit grauen Strähnen durchzogenes Haar war nach hinten gebunden und am Hinterkopf achtlos zu einem schiefen Dutt geschlungen.

»Fütterungszeit, meine Kleinen. Und dann muß ich nach oben und *ihn* füttern.« Mutlos schlurfte sie zu der auf zwei Böcken ruhenden Tischplatte unter dem hohen Kellerfenster hinüber, wo sie die Dosen mit dem Futter, eine Werkzeugsammlung und den Styropor-Behälter mit den geputzten und verkaufsfertigen Würmern für die Angler aufbewahrte, die in dem schlammigen, braunen Wasser des Flusses, der sich durch das Tal schlängelte, nach Welsen und Barschen fischten. Mirabelles Würmer genossen im ganzen Tal den Ruf, frisch, elastisch und langlebig zu sein.

Aus der langen Reihe von alten Kaffeedosen wählte sie eine aus, nahm den Deckel ab und roch daran. Es handelte sich um eine Mischung aus Maismehl, Kaffeesatz und braunem Zucker.

»Das riecht gut, meine Kleinen. Lecker und frisch und süß.«

Während sie die Maismehl-Mischung in einen groben Streuer füllte, lauschte sie, ob sich oben etwas bewegte. Bald wird er mit der Zeitung fertig sein, dachte sie. Bald wird er durchs Haus rollen und nach seinem Abendessen schreien. Das machte er jeden Abend. Was das anbetraf, so schrie sie auch jeden Abend. Es war etwas, was sie sich gegenseitig antaten, und keiner von beiden konnte damit aufhören. So endeten die langen, haßerfüllten Tage.

Jeden Abend, nachdem Mirabelle ihn nach seinem Mittagsschlaf aus dem Bett gehoben und im Rollstuhl mit der Abendzeitung und einem verdünnten Whisky zurechtgesetzt, den Tisch gedeckt und das Essen auf dem Herd hatte, ging sie in den Keller, um sich um die Würmer zu kümmern. Und dort blieb sie dann, bis er rief, sie solle hinaufkommen. Wenn er nicht rief, kam sie nicht. Einmal war sie die ganze Nacht dort unten geblieben, weil er nicht gerufen hatte. Sie hatte auf dem dreckigen Boden neben den Wurmkästen geschlafen, und er hatte die Nacht in seinem Rollstuhl verbracht. Das hatte er wenigstens behauptet. Das Abendessen war zu einer klebrigen schwarzen Pampe verkocht, und Mirabelle mußte hinterher ihren besten Suppentopf wegschmeißen. Aber das war es wert gewesen, ihn wissen zu lassen, daß sie ihr eigener Mensch war und im Leben noch etwas anderes zu tun hatte, als ihn zu pflegen. Seither brüllte er, wenn sie hinaufkommen sollte. Jeden Abend.

Mirabelle schüttelte den Streuer und klopfte mit der freien Hand leicht dagegen, bis die schwarze Erde überzogen war. Dann pflügte sie das Futter mit einer Harke behutsam und gründlich unter, bis an der Oberfläche nichts mehr davon zu sehen war. Sie griff in jeden Kasten und zerkrümelte die Erde zwischen ihren Fingern, um sich zu vergewissern, daß sie feucht genug war, aber nicht zu feucht.

Bevor sie mit der sechsten und letzten Kiste fertig war, hörte sie über sich ein leises Poltern. Der Rollstuhl bewegte sich von der Veranda vor dem Haus in den Flur. Sie hörte die Dielenbretter knarren. Sie hörte die Räder über den blanken Boden des Flurs rollen. Jetzt fuhr er durchs Eßzimmer, durch die eine Tür hinein – das Geräusch der Räder wurde durch den abgewetzten Teppich gedämpft – und hinaus durch die andere Tür in die Küche.

Mirabelle hielt beim Durchharken des letzten Kastens inne und folgte mit ihrem Blick dem Weg des Rollstuhls über ihr. Jetzt war er in der Küche, so nah, daß sie hören konnte, wie das Gummi der Räder über das Linoleum quietschte. Jetzt würde er jeden Moment anfangen zu brüllen. Mirabelle hielt den Atem an und blickte die Kellertreppe hinauf zu dem Punkt, von dem sie wußte, daß er auf der anderen Seite der Kellertür lauerte.

Endlich war es so weit. »Mirabelle! Hey, du da unten! Wie wär's mit ein bißchen Abendessen? Mirabelle, willst du die ganze Nacht da unten bleiben?«

Zufrieden rief sie zurück: »Komme, Pa!« Und fuhr fort, das Futter im letzten Kasten unterzuharken. Sie ließ sich Zeit dabei und redete murmelnd auf die Würmer ein, während sie die Erdoberfläche wendete. »Ich hätte nicht übel Lust, euch unter sein Abendessen zu mischen. Das wär doch was. So könnte man ihm einen guten Streich spielen. Das Abendessen ist fertig, Pa. Heute gibt's Wurmsuppe. Komm und hol sie dir.«

Sie beendete das Harken und ging dann noch einmal an allen Kästen entlang, um sicherzugehen, daß die Fliegengitter fest eingehakt waren, damit keine Würmer entkommen und sich im dreckigen Boden des Kellers eingraben konnten. Dann trat sie einen Schritt zurück, um die ordentliche Anordnung der Kästen zu bewundern. Sechs in einer Reihe, dachte sie, voll mit Hunderten von glänzenden, gesunden Erdwürmern, die ihr schmackhaftes Abendessen futterten. Fast wie sechs Särge in einer Reihe, in denen die Würmer ihre Arbeit taten.

Mirabelle drehte sich um und stapfte die Stufen der Kellertreppe hoch.

»Du bist eine gute Köchin, Mirabelle. Das muß ich dir lassen. Keine große Schönheit, aber eine gute Köchin.«

Der alte Mann wischte mit einer Brotkruste die letzten Saucenreste von seinem Teller. Er stopfte die Kruste in seinen schmallippigen Mund, und seine Kiefer zermalmten sie geräuschvoll.

Mirabelle stocherte wählerisch in ihrem Essen herum und dachte an die Würmer im Keller. Hunderte von winzigen Kiefern, die ihr Maismehl-Abendbrot zermalmten.

Sie sagte: »Danke, Pa.«

Vom Fliegengitter der Tür, die von der Küche auf die nach hinten liegende Veranda führte, war ein Kratzen zu vernehmen.

»Das muß dein Verehrer sein. Bitte ihn doch herein, Mirabelle. Biete ihm ein Stück von deinem Schokoladenkuchen an. Und wenn du schon dabei bist, kannst du mir auch gleich eins abschneiden.«

Mirabelle schnitt ein Stück Kuchen ab und schob es dem alten Mann rüber.

»Das wird bloß Charlie sein, der wegen ein paar Würmern kommt.«

»Sag' ich doch, Mädchen. Du hast den alten Catfish an der Angel. Den solltest du nicht auch noch entwischen lassen. Ha, ha.«

»Du bist total verrückt, Pa.« Mirabelle erhob sich von dem mit Kerben übersäten Tisch und ging aus dem armseligen Eßzimmer. Ging durch die riesige, altmodische Küche, an dem schwarzen gußeisernen Ofen vorbei, für den sie regelmäßig Holz hackte und stapelte, und weiter durch die Hintertür.

»Hallo, Charlie.«

»'n Abend, Miss Mirabelle. Ich komme wegen ein paar Würmern.«

Mirabelle hielt ihm die Tür auf, und die große, hagere Gestalt schob sich an ihr vorbei ins Haus. Keiner wußte, wie alt genau Catfish Charlie war oder wo er herkam. Er lebte in einem aus einem einzigen Zimmer bestehenden alten Schuppen unten in der Nähe der Flußbiegung. Hatte schon immer dort gelebt, solange irgend jemand sich erinnern konnte. Er sah immer gleich aus, ein bißchen wie ein Wels mit seinen langen, heruntergezogenen Mundwinkeln, seinem buschigen Schnurrbart und seinem stoppeligen Kinn. Irgendwann waren Schnurrbart und Stoppeln grau geworden. Sommer wie Winter trug er die ewiggleiche, alte, fettige Wollmütze, so daß niemand genau wußte, ob sein Haar auch grau geworden war oder ob er überhaupt noch welches hatte.

Charlie war der beste Angler am ganzen Fluß, aber er machte sich nie die Mühe, mehr Fische zu fangen, als er zum Abendessen in der Pfanne braten konnte, plus ein paar zusätzlich zum Verkaufen, damit er Geld für Tabak und neue Köder hatte. Zwischendurch nahm er überall in der Stadt Gelegenheitsjobs an – Schneeschippen im Winter, Abflüsse und Regenrinnen vom Laub säubern im Herbst.

»Ich könnte für ungefähr einen Dollar neue brauchen«, flüsterte er leise.

»Komm mit runter in den Keller, Charlie.«

Mirabelle öffnete die Kellertür und begann, die Stufen hinabzugehen.

Die Stimme des alten Mannes höhnte krächzend aus dem Eßzimmer zu ihnen herüber.

»Nimm dich schwer in acht da unten, Charlie. Und daß du dir keine Freizügigkeiten gegenüber meiner Tochter erlaubst. Sonst setz' ich dir mit meiner Flinte nach. Ha, ha, ha.«

Charlie erstarrte auf der obersten Treppenstufe. Mirabelle wandte sich um und sah die Furcht in seinen blassen blauen Augen.

»Kümmere dich gar nicht um ihn, Charlie. Er will dich nur ärgern.«

Charlie blieb immer noch zögernd auf der obersten Stufe stehen und trat von einem Fuß auf den anderen, jederzeit bereit, Reißaus zu nehmen, falls der Rollstuhl in Richtung Küche gepoltert kommen sollte.

»Los, Charlie. Ich hab' ein paar echte Prachtwürmer. Hab' sie extra für dich aufbewahrt... Außerdem hat er nicht mal eine Flinte.«

»Sicher?«

»Natürlich bin ich sicher.«

»Na, dann...«

Charlie folgte ihr zitternd in den Keller.

Während Mirabelle in den Styropor-Behälter griff, die Würmer zählte und sie in eine alte Quark-Schachtel packte, lief Charlie nervös an der Reihe der Wurmkästen auf und ab.

»Wissen Sie, was ich gehört hab', Miss Mirabelle?«

»Nein, was denn, Charlie?«

»Ich hab' etwas gehört, was ich Ihnen erzählen muß.«

»Ich höre.« Mirabelle wußte, daß man Charlie nicht drängeln konnte und daß, was immer er ihr erzählen wollte, aus ihm heraussprudeln würde, solange sie keine Fragen stellte.

»Ich hab's unten im Laden gehört. Ich war da, um mir ein bißchen Kautabak zu holen.« Charlie hatte aufgehört, auf und ab zu rennen, und starrte jetzt angestrengt auf den Boden.

»Da fällt mir ein, daß ich Einmachgläser besorgen muß. Ich muß die Tomaten bald ernten, bevor sie mir verfaulen.«

»Ich hab' gehört, wie sie sich's erzählt haben«, erklärte Charlie dem Boden und wiegte verwundert seinen Kopf dazu. »Sie haben erzählt, Roger Sprouse wär' zurück in der Stadt. Ist gestern mittag mit dem Wagen angekommen, haben sie gesagt. Schlag zwölf. Ein großer Cadillac. Wohnt im Hotel, haben sie gesagt. Hat gestern abend eine Riesen-Party im Red Rooster Club geschmissen. Sie haben alle davon geredet unten im Laden.«

Wenn Charlie nicht so angestrengt den Boden betrachtet hätte, wäre ihm vielleicht der Schauder aufgefallen, der den Körper der großen Frau an dem Arbeitstisch für einen Moment ergriffen hatte. Es war schnell vorbei, und Mirabelle drückte den Deckel fest auf die Schachtel mit den sich umeinander windenden Würmern.

»Tatsächlich, Charlie«, sagte sie. »Hier sind deine Würmer.«

Charlie durchkramte die ausgebeulten Taschen seines abgetragenen Anoraks und brachte eine zerknüllte Dollarnote zum Vorschein.

»Das ist noch nicht alles, Miss Mirabelle«, fuhr er fort, wobei er sie zum erstenmal direkt ansah. »Ich hab' ihn gesehen. Ich hab' ihn heute bei der Tankstelle gesehen. Er hat seinen Wagen vollgetankt. Junge, was für ein Auto.«

Mirabelles Augen sahen ihn flach und ausdruckslos aus ihrem runden Gesicht an.

»Du hast ihn getroffen«, soufflierte sie ihm.

»Ich hab' ihn getroffen, und er hat gesagt – er hat gesagt, ich soll Ihnen sagen – ich soll Ihnen sagen: ›Roger Sprouse hat die Welt gesehen, und jetzt ist er nach Hause gekommen, um hier zu bleiben.‹ Ja, genau das hat er gesagt, Miss Mirabelle.« Charlie nickte heftig.

»Na, vielen Dank für die Nachricht, Charlie. Laß mich wissen, wie du mit den Würmern zurechtgekommen bist. Ich hab' ein paar mehr eingepackt.«

Mirabelle gab ihm die Schachtel und steckte den zerknüllten Geldschein ein. Schwer stampfte sie die Treppe hoch. Charlie schlich ihr auf Zehenspitzen hinterher. Bevor er sich aus der Hintertür schleichen konnte, kam der alte Mann in die Küche gerollt und fixierte ihn bösartig grinsend mit einem durchdringenden Blick.

»Du warst ja mächtig lange im Keller mit ihr, Catfish. Kannst von Glück reden, daß ich meine Flinte nicht griffbereit hab'.«

Charlie verschluckte einen gestammelten Widerspruch, bevor er ihn geäußert hatte, und war mit einem Satz durch die Hintertür verschwunden. Als er in den Abend davonrannte, dröhnte das höhnische Lachen des Alten durch die Küche.

»Hast du gesehen, wie er gerannt ist, Mirabelle? Ha, ha, ha! Ungefähr das Komischste, was ich seit Urzeiten gesehen hab'.«

»Er ist mein bester Kunde, Pa.«

»Ich will jetzt ins Bett.« Seine rauhe Stimme war zu einem müden Genöle zerbröselt. »Meine Beine tun schon die ganze Zeit schrecklich weh.«

Mirabelle wendete den Rollstuhl und schob ihn aus der Küche

und durch das Haus bis zu dem kleinen Raum direkt neben der vorderen Veranda, den ihr Vater als Schlafzimmer benutzte, seit ihn der Unfall zum Krüppel gemacht hatte.

Dort zog sie ihn aus und hob ihn aus dem Stuhl ins Bett. Er war ein hochgewachsener alter Mann, größer als Mirabelle – oder er wäre es aufrecht stehend gewesen. Die Jahre im Rollstuhl hatten ihn mager und blaß werden lassen.

Lewis MacMaster war Eisenbahner gewesen und hatte auf den Güterzügen kreuz und quer durch die Täler und Hügel, manchmal sogar bis ganz nach Chikago Dienst getan. Als Mirabelle vierzehn Jahre alt gewesen war, war einer dieser Züge entgleist. Ein umgestürzter offener Güterwagen hatte ihren Vater am Boden festgenagelt. Nach einem halben Jahr im Krankenhaus, wo alle Operationen und sonstigen Heilmethoden ihn nicht wieder auf die Füße bringen konnten, war Lewis MacMaster in das Tal zurückgekehrt, mit der ausgezahlten Versicherungs-Prämie und einem monatlichen Pensionsscheck.

Es gab Leute in der Stadt, die wissen wollten, daß Lewis MacMasters zarte und hübsche Frau gestorben war, weil er zu geizig war, etwas von seinem Behinderten-Geld für Ärzte und Medizin für sie auszugeben. Andere wiederum behaupteten, sie hätte sich bei der Pflege ihres verkrüppelten Ehemanns selbst zu Tode geräckert. Wie auch immer – Lena MacMaster hörte im Winter nach Lewis Unfall still und leise auf zu leben. Und die junge Mirabelle nahm ihren Platz ein.

Jahre vergingen, und Mirabelle, von Natur aus schon groß und kräftig, wurde durch die Pflege ihres invaliden Vaters noch kräftiger. Und in dem Maße, in dem Lewis' Abhängigkeit von Mirabelle zur alltäglichen Routine wurde, wurde er geiziger und streitsüchtiger. Seinem geheimen Versteck entnahm er mickrige Unterhalts-Zuwendungen für Mirabelle, damit sie den täglichen Bedarf damit decken konnte. Nie gab er ihr auch nur einen Penny für irgendwelchen Flitterkram, an dem ein junges Mädchen vielleicht Gefallen finden mochte.

Als Mirabelle achtzehn war, begann sie, einen Gemüsegarten anzulegen und eröffnete einen Straßenverkauf. Mit dem Geld, das sie mit ihren Kürbissen und Gurken verdiente, ging sie in die Stadt und kaufte sich eine Schachtel Puder fürs Gesicht, einen Lippen- und einen Augenbrauenstift. Als sie an jenem Abend schrill, vergnügt und clowngesichtig zum Essen kam, lachte Lewis MacMaster. Sein Spott tat mehr, das ängstliche Mädchen in dem elefantösen Körper zum Verstummen zu bringen, als wenn er getobt und geschimpft und ihr Lippenstift und Puder verboten hätte. Mirabelle stürzte hinaus, um sich ihr Gesicht abzuwaschen, und sie vergrub ihre Kosmetika ganz hinten in der Schublade ihrer Kommode. Dort lagen sie noch immer.

Mirabelle pflanzte noch immer Gemüse, aber nur für den eigenen Bedarf. Im Laufe der Jahre suchte sie andere Möglichkeiten, Geld zu verdienen, immer begleitet vom verächtlichen Lachen ihres Vaters. Sie verkaufte Marmelade und Eingemachtes, sie stellte wohlriechende Lavendel-Seife her. Aber obwohl ihr all diese Unternehmungen ein wenig Geld einbrachten und sie einen ganz beträchtlichen Notgroschen bei der People's Bank deponiert hatte, vermochte doch keine von ihnen, die innere Leere zu befriedigen, die andere Menschen mit beruflichem Ehrgeiz oder Kindern ausfüllten.

Bis sie mit der Würmerzucht angefangen hatte. Sie war eines Tages angeln gewesen, einfach so, um einmal eine Weile aus dem Haus zu sein, und hatte unten am Fluß Catfish Charlie getroffen. Seite an Seite hatten sie auf dem verrotteten Landungssteg unterhalb des Hügels, auf dem das MacMaster-Haus stand, gesessen und geangelt. Mirabelle benutzte dazu fette Regenwürmer, die sie in ihrem Garten ausgegraben hatte. Charlie hatte ein Sortiment von Grashüpfern, kleinen dünnen Würmern und Brotbällchen dabei. Etwa eine Stunde sagte keiner von beiden ein Wort, aber Mirabelle zog einige Klumpenfische und einen ganz ordentlichen Barsch an Land. Charlie fing genaugenommen gar nichts und sah ziemlich niedergeschlagen aus.

Schließlich flüsterte er: »Was dagegen, wenn ich es mal mit einen von Ihren Würmern probiere?«

»Bedien dich«, sagte Mirabelle.

Charlie sah schon viel glücklicher aus, als sich sein Jutesack mit Klumpenfischen und einem besonders häßlichen Wels zu füllen begann. Als er Mirabelles letzten Wurm als Köder auf den Haken nahm, murmelte er: »Der alte Roy Goff verkauft keine Erdwürmer mehr. Er hat's aufgegeben.«

Also nahm Mirabelle den Hinweis auf und besuchte den alten Roy Goff. Er erklärte ihr alles über die Würmerzucht, und daß er damit habe aufhören müssen, seit sein Rheuma so schlimm geworden sei, und daß seither niemand mehr im ganzen Tal gute Köder verkaufen würde. Mirabelle fuhr mit den Zuchtkästen auf der Ladefläche des Pickups und einer neuen Idee im Kopf nach Hause. Das war etwa fünf Jahre, nachdem Roger Sprouse das Tal verlassen hatte.

Ungefähr zur selben Zeit hatte Mirabelle eine Erscheinung. Sie war fünfundzwanzig Jahre alt, und obwohl Garten und Hausarbeit, ihr Vater und die neu erlernte Würmerzucht sie den ganzen Tag über in Trab hielten, konnte sie nachts oft nicht schlafen. In jener speziellen Nacht saß sie an ihrem offenen Fenster, betrachtete die Wolken, die am Mond vorüberzogen, und fragte sich, ob sie je ein anderes Leben führen würde, ohne jedoch eine Ahnung zu haben, wie sie sich dieses andere Leben vorstellte. Das Zimmer in ihrem Rücken war dunkel, die Nacht draußen hell.

So saß sie hellwach, aber bewegungslos, sah zu, wie der Mond im Bauch einer stattlichen schwarzen Wolke verschwand, und wartete darauf, daß er auf der anderen Seite wieder hervorkommen würde. Sie dachte, daß sie eigentlich genausogut ins Bett gehen könnte, sobald der Mond wieder aufgetaucht war, als sie einen flackernden weißen Lichtschein bemerkte, der sich an ihrem Tomatenbeet entlang bewegte.

Sie rückte sich leise in ihrem Stuhl zurecht, bis sie den ganzen Garten, das angrenzende dichte Unterholz und den mit Kiefern bewachsenen Hügel hinter dem Haus im Blick hatte. Sie sah eine hohe, weiß leuchtende Säule, die an den mit Pfählen gestützten Tomatenstauden entlangwankte und dann weiter vom Haus weg auf den Pfad zutaumelte, der den Hügel hinaufführte. Die Wolke war inzwischen am Mond vorbeigezogen, und in seinem Licht sah sie, daß diese besondere Erscheinung struppiges graues Haar hatte und Pantinen und ein Nachthemd trug. Es war ihr Vater. Er benutzte einen weggeworfenen Stützpfahl als Gehstock. Er kam nur mühsam voran, aber er ging.

Mirabelle wußte, daß es nur eine Sache auf der Welt gab, die ihren Vater auf die Beine bringen konnte. Sie nahm sich noch die Zeit, ihr eigenes helles Nachthemd unter einem dunklen Mantel zu verbergen und sich die Turnschuhe zu schnüren. Dann folgte sie ihm. Sie kroch am Garten vorbei und weiter in die niedrigen Brombeersträucher, wobei sie achtgab, wohin sie ihre Füße setzte. Vor sich konnte sie die stolpernden Schritte ihres Vaters hören.

Schnell und leise nahm sie seine Verfolgung auf, wobei sie sich dicht an den Wegrand hielt, um beim ersten Anzeichen seiner Umkehr zwischen den dunklen Kiefern verschwinden zu können. Aber er kam nicht zurück. Er ging weiter und weiter und weiter. Den Hügel hinauf und hinüber zum nördlichen, dem Haus, der Stadt und dem Fluß abgewandten Hang. Schließlich kam Mirabelle zu einer in Mondschein getauchten Lichtung.

Sie kauerte sich hinter einen der kleinen Felsbrocken, mit dem diese Seite des Hügels übersät war, und ließ ihren Blick über die vor ihr liegende Fläche wandern. Am entfernten Ende der Lichtung konnte sie eine dunkle Erhebung erkennen, ein Gebüsch vielleicht oder ein Felsbrocken. Sie sah, wie sich die hochgewachsene weiße Gestalt auf einer Seite dieser Erhebung hin und her bewegte. Sie schien an irgend etwas zu zerren. Plötzlich schien ein Teil des Hangs kratzend und knirschend in Bewegung zu geraten. Sie sah, wie sich ihr Vater aufrichtete und die Lichtung überblickte. Sie konnte den Ausdruck von Gier und Gerissenheit in seinem Gesicht mehr ahnen als sehen. Dann tauchte plötzlich eine Lampe in seiner Hand auf, und er verschwand im Innern des Hügels.

Mirabelle wartete. Das Licht über der Lichtung nahm zu und ab, als weitere Wolken die Bahn des Mondes kreuzten. Mirabelle dachte über das eben Gesehene nach. Ihr Vater konnte laufen. Sie hatte zehn Jahre ihres Lebens verschenkt und ihre einzige Chance zu heiraten verpaßt, alles für nichts. Mirabelle war nicht überrascht. Sie machte sich selbst Vorwürfe, so dumm gewesen zu sein.

Nach vielleicht fünfzehn Minuten tauchte die ausgezehrte, weiße Gestalt wieder auf, und erneut hallte ein Kratzen und Knirschen über die Lichtung. Ihr Vater stolperte davon, den Hügel wieder hinunter und kam nur ein paar Meter entfernt an Mirabelles Versteck vorbei.

Mirabelle verbrachte die ganze restliche Nacht auf der Lichtung. Manchmal döste sie, gegen den Felsen gelehnt, ein, manchmal folgte sie der Bahn des Mondes am Himmel, bis er schließlich unterging. Sie fragte sich, was das alles zu bedeuten hatte und was sie unternehmen konnte.

Als die Sonne aufging, überquerte sie die Lichtung. Was sie im Mondlicht für einen Felsbrocken oder ein dichtes Gebüsch gehalten hatte, stellte sich bei näherem Hinsehen als ein raffiniert geflochtenes Gitter aus abgebrochenen Ästen und Zweigen heraus. Es sah ganz natürlich aus und ließ sich leicht bewegen, wenn man an einem Ende zog. Wieder erfüllte das Knirschen und Kratzen die Lichtung. Hinter dem Gitter lag eine Öffnung, eine kleine Höhle, überdacht von einem Felsbrocken. Man konnte sie nur auf allen vieren betreten.

Mirabelle kauerte sich nieder und lugte in die Öffnung, aber das Licht drang nur ein kleines Stück weit hinein. Sie konnte das andere Ende der Höhle nicht sehen und auch nicht, was Lewis MacMaster mitten in der Nacht dorthinzog. Aber sie hatte eine ziemlich genaue Vorstellung.

Sie kroch in die Höhle wie ein großer, schwarzer Bär in seinen Bau. Sofort verblaßte das Licht, ausgesperrt durch ihren eigenen massigen Körper. Sie kroch ein oder zwei Meter in völliger Dunkelheit weiter. Sie spürte, daß der Boden der Höhle zunächst abfiel und dann im Innern des Hügels wieder anstieg, so daß sie vielleicht auf seiner Kuppe ankommen würde. Die Decke der Höhle kratzte über ihren Rücken, und die Seitenwände drückten gegen ihre Schultern. Bald kam sie nur noch robbend voran.

Die Höhle wurde noch enger. Mirabelle dachte, daß sie vielleicht steckenbleiben würde. Das wäre doch ein gelungener Spaß auf seine Kosten. Er würde einen Suchtrupp losschicken müssen, und die ganze Welt würde von seiner Schatzhöhle erfahren. Nein, er würde keinem verraten, wo sein Geld war, nicht einmal, um ihr Leben zu retten. Vielleicht würde er, wenn er das nächste Mal hier heraufkam, seinen Weg durch ihren leblosen Körper blockiert finden und müßte dann warten, bis sie verfault war, bevor er an seinen Schatz kam. Es war Mirabelle egal. Sie kämpfte sich weiter voran, wobei sie sich ihre Ellenbogen an dem rauhen Boden aufscheuerte. Einmal versuchte sie sich zentimeterweise rückwärts zu bewegen, aber da das praktisch unmöglich war, kroch sie weiter.

Endlich erreichte sie einen Punkt, wo ihre tastenden Hände ins Leere faßten. Der Boden fiel plötzlich und steil ab, so daß sie ihn mit ihren Fingerspitzen nicht mehr berühren konnte. Die Wände, die vorher gegen ihre Schultern gedrückt hatten, weiteten sich, und als sie nach oben tastete, bemerkte sie, daß sich die Decke in die Schwärze emporgeschwungen hatte. Sie zog die Knie an ihren Körper und blieb am Rand der Leere sitzen. Mit einem Blick zurück über ihre Schultern konnte sie einen schwachen Schimmer von Tageslicht am Eingang der Höhle sehen. Er war nicht hell genug, den Abgrund vor ihr auszuleuchten, aber er würde ihr den Rückweg weisen.

Vorsichtig tastete sie mit ihrem Fuß in die Grube. Sie kam sich lächerlich und dumm vor, als er sofort auf festen Fels stieß. Sie ließ ihren schweren Körper in die Grube hinab und watschelte, auf ihre Fersen gehockt, die Umrandung der Höhle ab, wobei sie Boden und Wände abklopfte. Sie suchte. Als sie die Kassette auf einem schmalen Felsvorsprung fand, nahm sie in der Dunkelheit Platz und hielt die Schatulle in ihrem Schoß. Das war also das Ding, das ihr Leben verkrüppelt hatte, und sie wußte doch nicht, was sie damit anfangen sollte.

Sie verspürte keinen Widerwillen gegen die Kassette. Sie war nicht einmal daran interessiert, herauszufinden, was sie enthielt. In der Schwärze der Höhle saß sie mit der Kassette im Schoß und spürte, wie ein eigenartiges Gefühl der Stärke sie durchströmte. Es war kein direkt körperliches Gefühl. Mit körperlicher Stärke kannte Mirabelle sich aus. Eines der wenigen Dinge, auf die sie stolz sein konnte, war die Kraft ihres überdimensionierten Körpers. Dies hier war anders.

Nach einer Weile stellte Mirabelle die Kassette zurück auf ihren Felsvorsprung und kroch durch den schmalen Tunnel zurück ins Tageslicht. Sie wühlte sich durch den schmalen Gang, wobei ihr der Weg viel kürzer vorkam als vorher. Sie stand längst angekleidet in der Küche und kochte Haferschleim, als ihr Vater nach ihr zu rufen begann, damit sie ihm aus dem Bett half.

Mirabelle lebte weiter in dem großen alten Haus und kümmerte sich weiter um ihren Vater. Aber nach der Entdeckung der Kassette war ihre Pflege mit kleinen Gemeinheiten durchsetzt. Ihr Vater schlug mit Spott und verächtlichem Gelächter zurück. Und noch größerem Geiz. Und der Schatz in der Kassette vermehrte sich. Jeden Monat, wenn Lewis MacMaster seinen Pensionsscheck mit der Post bekam, bestätigte er ihn und schickte Mirabelle zur Bank, um ihn einzulösen. Bei ihrer Rückkehr zählte er jedesmal jeden einzelnen Cent und Dollar und breitete das Geld verlockend auf seinem Nachttisch aus. Am nächsten Morgen war es stets verschwunden, und Mirabelle wußte, daß er in der Nacht wieder zu seiner Höhle gepilgert war. Wenn Mirabelle Geld brauchte, um ihre bescheidenen Einkäufe zu tätigen, ließ sie es ihn am Abend wissen, und am Morgen fand sie stets ein paar Scheine auf dem Tisch.

Nur einmal in all den Jahren kehrte Mirabelle zu der Lichtung im Wald zurück. Sie betrat die Höhle nicht, sondern saß nur auf einem Felsen neben dem verborgenen Eingang. Wie ein brütender Wächter aus Stein saß sie dort etliche Stunden, bis sie sich schließlich erhob und kopfschüttelnd und in murmelnde Selbstgespräche vertieft nach Hause zurückging.

An dem Abend, als Catfish Charlie ihr von Roger Sprouses Rückkehr erzählte, spürte Mirabelle ein Wiederaufleben jener seltsamen Stärke, die sie vor langer Zeit in der Höhle empfunden hatte, als sie die Geldkassette in ihrem Schoß gehalten hatte. Als sie die verkrüppelten Beine ihres Vaters massierte, bevor sie ihn zu Bett brachte, sagte sie: »Ich muß morgen zum Laden runter. Ich brauch' Einmachgläser und Zucker.«

Der alte Mann knurrte. »Bring mir ein Stück von diesem Käse mit, den sie dort haben. Ich hab' Heißhunger auf diesen Käse.«

Mirabelle zupfte sein Nachthemd zurecht und deckte ihn mit der abgewetzten Decke zu.

»Gute Nacht, Pa«, sagte sie und vermied es, dabei in seine gierigen, schwarzen Augen zu sehen.

Sie ging nach oben in ihr Zimmer, legte sich jedoch nicht ins Bett. Statt dessen machte sie es sich in dem Stuhl am Fenster gemütlich wie früher, als sie noch jung war und in den Nächten von Ratlosigkeit gepackt wurde. Geduldig saß sie stundenlang so da, ohne daß der Mond ihre einsame Wacht beleuchtet hätte. Gegen zwei Uhr nachts beobachtete sie, wie der Alte sich an dem Tomatenbeet entlangtastete. Am Ende des Gartens, kurz bevor der Pfad sich ins Unterholz schlängelte, knipste er seine Taschenlampe an.

Mirabelle folgte ihm. Aus dem Haus und um den Garten herum. Durch das Unterholz und den Hügel hinauf zog das schwankende Licht in der Hand ihres Vaters sie hinter sich her wie ein Magnet. Manchmal verlor sie es aus den Augen, und der Kiefernwald schien sie feucht und geheimnisvoll zu umzingeln. Aber das Licht tauchte immer wieder auf, lockte sie weiter auf ihrem leichtfüßigen und stillen Weg durch die mondlose Nacht.

Als sie die Lichtung erreichte, war das Gitter aus Ästen und Zweigen schon zur Seite gerückt, und ihr Vater war in der Höhle verschwunden. Sie kroch bis zum Eingang und lauschte. Von drinnen konnte sie ein schwaches Scharren vernehmen. Es dauerte einige Minuten an. Dann hörte es auf. Mirabelle vermutete, daß er die geheime innere Kammer erreicht hatte. Bestimmt würde er dort einige Zeit damit verbringen, sein Geld zu zählen, die Scheine zu betasten, die ihm mehr bedeuteten als Leben und Gesundheit und das Glück seiner einzigen Tochter. Schön und gut. Sollte er den Rest seines Lebens mit dem verbringen, was er am meisten liebte.

Der Fels, auf dem Mirabelle einen ganzen langen Sommernachmittag gesessen und gegrübelt hatte, lag auf einer Seite neben dem Eingang der Höhle, genau dort, wo das Gitter aus Zweigen zu liegen kam, wenn es die Öffnung bedeckte. Mit all ihrer beträchtlichen Kraft – Kraft, die sie in den Jahren entwickelt hatte, wenn sie den alten Mann aus und in den Rollstuhl oder sein Bett gehoben hatte, drückte sie gegen den riesigen Felsbrocken. Der Fels wehrte sich. Zurückgelassen von einem Gletscher auf dem Rückzug, wollte er sich nicht durch bloße menschliche Kraft bewegen lassen. Aber Mirabelles Herz war auch aus Eis. Kalter Haß krampfte sich in ihrem Bauch zusammen und spannte die Muskeln ihrer Schenkel.

Sie stemmte ihre Schulter gegen den Fels, schloß die Augen und drückte mit aller Kraft der langen Sklaverei und Erniedrigung dagegen. Der Fels stöhnte und gab nach. Langsam zuerst, dann mit wachsendem Schwung rumpelte er von seinem Platz und den seichten Abhang auf die Öffnung der Höhle zu. Dort kam er zum Stillstand, starr und unbeweglich, genau wie Mirabelle es geplant hatte.

Sie tastete an den Rändern entlang, dort, wo der Felsbrocken die kleinere Öffnung der Höhle bedeckte und gegen den Eingang stieß. Sie konnte keinen Spalt ertasten. Luft und Licht waren abgeschnitten, und damit jeder Ausweg. Sie hielt an den Felsen gelehnt und schwer atmend inne und stellte sich den alten Mann drinnen vor, ganz vertieft in den Inhalt seiner Geldkassette. Das Weitere mochte sie sich nicht ausmalen.

Bevor sie die Lichtung verließ, zerrte sie das Gitter aus toten Zweigen vor die Höhle, so daß die Szenerie fast so aussah wie immer. Gelassen überquerte sie die Lichtung in ihrem gewohnten Schritt und betrat den Wald. Aber nach wenigen Metern verspürte sie einen Drang, zu rennen, zu springen und wild zu tanzen.

Die dunklen Kiefern blickten düster auf ihr groteskes Gehüpfe hinab, aber Mirabelle war jenseits jeder Furcht vor dem dunklen Wald und allen anderen Geschöpfen der Finsternis. Sie hatte all das in der Höhle auf dem Hügel hinter sich gelassen, zusammen mit dem Haß und dem Schmerz und ihren ohnmächtigen Tränen. Wenn irgend jemand sie in dieser Nacht den Hügel hätte hinabtanzen sehen, ihr Umhergewirbel und ihre Sprünge, wie sie sich bückte und wieder in die Höhe schnellte, hätte er sie wohl für besessen gehalten.

Atemlos erreichte sie das Haus. Sobald die Tür hinter ihr zugefallen war, griff wieder kaltblütiges Kalkül in ihr Raum. Irgendwie mußte sie eine Erklärung für das Verschwinden ihres Vaters präsentieren. Zwar bekamen nur sehr wenige Menschen ihn überhaupt je zu Gesicht, aber früher oder später würde jemand nachfragen. Also mußte sie mit einer Antwort aufwarten. Besser früher als später, dachte sie.

Sie setzte sich mit einem Glas von Lewis MacMasters Whisky an den Küchentisch und erwog ihre Möglichkeiten. Aber die einzige Möglichkeit, die sich anbot, ohne daß das Fehlen einer Leiche zur unüberwindbaren Schwierigkeit werden würde, war der Fluß.

»Der Fluß«, hauchte Mirabelle und trank den letzten Schluck Whisky.

»Der Fluß«, murmelte sie, während sie durch das verdunkelte Haus zum Zimmer ihres Vaters schlich.

»Down by the riverside«, sang sie, während sie den Rollstuhl ihres Vaters auf die vordere Veranda schob. Sie setzte sich in den Rollstuhl und übte ein paarmal, die Veranda auf und ab zu rollen, um ein Gefühl für die Steuerung zu entwickeln. Dann war sie soweit. Sie ließ den Rollstuhl die Rampe hinunterrollen, die sie mit einem Brett über den Stufen gebaut hatte, damit ihr Vater die Vordertreppe hoch- und runterrollen und Bewegungsfreiheit bis in den Hof genießen konnte. Dann weiter den Pfad hinunter bis zur Straße, über

den Schotterweg hinweg und auf der anderen Seite weiter den Hügel hinunter. Der Stuhl ließ sich leicht bewegen, obwohl die Fahrt ziemlich holprig war.

Sie ließ den Rollstuhl auf dem abschüssigen Weg an Fahrt gewinnen, gab den Rädern neuen Schwung, und ihre Ellenbogen flatterten wie riesige Flügel im Wind.

»Juuppiie!« rief sie in die schwarze Nacht. Und »Juupiieduu!«, als der Rollstuhl den Hügel hinab auf den Fluß zuholperte. Sie fühlte, wie das hohe Gras zwischen ihren Füßen von dem durchgehenden Rollstuhl niedergedrückt wurde. Am Fuße des Hügels verlor er an Fahrt, und Mirabelle steuerte ihn, die Dunkelheit vor ihren Augen mit Blicken abtastend, bis sie den alten Landungssteg entdeckt hatte, der bis auf den Fluß hinausreichte. Der Fluß stand hoch, beinahe auf Hochwasserpegel, und sie konnte ihn vorbeirauschen und gegen den Landungssteg platschen hören.

Sie rumpelte mit dem Stuhl auf den Steg und steuerte ihn langsam bis über den hungrigen Fluß. Bevor sie das Ende des Landungsstegs erreicht hatte, stieg Mirabelle aus. Dann schob sie den Rollstuhl, wie sie ihn so viele Jahre mit ihrem Vater darinnen geschoben hatte, bis zum Ende des Landungsstegs – und über die Kante hinweg in das dunkle Wasser. Dann watete sie ein Stück flußabwärts, bis sie einen felsigen Vorsprung erreicht hatte, der vom Fluß zurück zur Straße führte. Sie kletterte hinauf, ging nach Hause und kroch ins Bett.

Am Morgen stand sie zur gewohnten Zeit auf und bereitete wie gewöhnlich das Frühstück zu. Als es fertig war, ging sie ins Zimmer ihres Vaters und betrachtete sein leeres, zerwühltes Bett. Dann ging sie nach draußen und ums Haus, warf einen Blick in den Garten und ging sogar ein Stück weit in den Wald. Eben an all die Orte, die ein Mann in einem Rollstuhl ohne allzugroße Schwierigkeiten erreichen konnte. Dabei trug sie ein fragendes Stirnrunzeln zur Schau.

Nach einer Weile stieg sie in den Pickup und fuhr in die Stadt, direkt zum Büro des Sheriffs im ersten Stock des Gebäudes der People's Bank.

Sie kam umgehend zur Sache. »Pa is' weg«, sagte sie zu Sheriff

Rickett, der hinter dem Schreibtisch seines mickerigen, mit Wanted-Postern übersäten Büros thronte.

»Wo ist er hin?«

»Weiß nicht. Können Sie mitkommen und mir beim Suchen helfen?«

Mirabelle erklärte, wie sie ihn am Abend zuvor ins Bett gebracht hatte und dann selbst schlafen gegangen war; wie sie am Morgen aufgestanden und Frühstück gemacht hatte und wie er nicht in seinem Bett gelegen hatte, als sie ihn holen wollte; und wie sie im ganzen Haus und in der Umgebung nach ihm gesucht hatte und ihn nicht finden konnte.

»Er ist einfach nicht da«, sagte sie. »Der Rollstuhl ist auch weg.«

Mit weniger als einem Jahr bis zur Pensionierung vor sich glaubte Sheriff Rickett daran, daß es wichtig war, Weiber vor allem zu trösten und ihnen nicht zuviel zu erklären, damit sie nicht hysterisch wurden. Er hatte in seinem Leben eine Menge hysterischer Weiber gesehen, und sie bereiteten ihm Unbehagen.

»Also, Mirabelle«, sagte er. »Am besten fährst du jetzt erst einmal zurück nach Hause, und ich trommele einen Suchtrupp zusammen und bin in einer Stunde bei dir draußen. Wahrscheinlich sitzt er ja schon auf der Veranda vor dem Haus, wenn du zurückkommst.«

»Schon möglich«, sagte Mirabelle.

Der Suchtrupp bestand aus Theo Curtis, der draußen am großen Highway ein Autokino betrieb und einen Teilzeitjob als Wachmann bei der People's Bank hatte. Er träumte von gewagten Banküberfällen, die er durch Geistesgegenwart und Mut vereiteln würde, und fungierte oft als Sheriff Ricketts inoffizieller Hilfssheriff. Die B-Movies, die er sich Abend für Abend ansah, dienten ihm dabei als Anregung für seine prosaischen Tage.

Der Sheriff und Theo Curtis durchsuchten das Haus von oben bis unten, stöberten in Kleiderschränken und Kabuffs und schnüffelten sich bis zum Speicher durch, wo sich der Staub von vierzig Jahren ungestört abgelagert hatte. Im Keller geriet Theo über die Würmerkästen in Aufregung und wollte sie alle ausschütten, um nachzusehen, ob in einem von ihnen eine Leiche versteckt war. Er war überzeugt davon, daß irgend jemand, Mirabelle oder unbekannte Täter, den alten Mann ermordet hatten.

»Ein alter Knacker wie er steht nicht einfach auf und verschwindet, Sheriff. Ich wette, sie war's. Diese Kisten sehen reichlich verdächtig aus.«

»Ich schlag' vor, du nimmst dir diese Harke und stocherst mit dem Stiel in den Kästen herum. Und wenn du etwas anderes findest als Würmer, sagst du mir Bescheid. Ich werd' mal draußen nachsehen.«

Mirabelle saß auf der Veranda vor dem Haus und wartete, während der Sheriff das Grundstück absuchte. Bald leistete ihm ein enttäuschter Theo Gesellschaft, und sic arbeiteten sich weiter bis in den Wald und zur Schotterstraße hinunter. Es war Theo, der die Reifenspuren und das niedergedrückte Gras entdeckte.

»Hey, Sheriff!« rief er. »Guck mal hier.« Sheriff Rickett rannte schwerfällig den Hügel hinab. Mirabelle verließ die Veranda und folgte der Spur ihrer wilden nächtlichen Fahrt.

»Sieht aus, als ob sie runter zum Fluß führen«, verkündete Theo, eifrig bemüht, das Optimum aus diesem bedeutenden Hinweis herauszuholen. »Jemand hat ihn in den Fluß geschubst. Klarer Fall.«

»Immer mit der Ruhe, Theo. Bis jetzt haben wir lediglich Reifenspuren. Sonst gar nichts. Ich schlage vor, wir schauen mal, wo sie hinführen.«

Unten am schlammigen Ufer des Flusses waren die Spuren noch deutlicher, aber wo man Fußspuren hätte erkennen müssen, wenn jemand den Rollstuhl geschoben hatte, war gar nichts. Auf dem Landungssteg waren parallel verlaufende Spuren getrockneten Schlamms, die sich vor dem Ende des Stegs verloren.

Theo meldete sich freiwillig zum Tauchen, und der Sheriff hielt ihn nicht auf. Bis auf die Unterhose nackt und die Unterwasserabenteuer von 007 fest im Sinn, sprang Theo Curtis in das strudelnde, braune Wasser. Spritzend tauchte er gut einen Meter flußabwärts wieder auf. Der Sheriff sah vom Landungssteg aus zu, und Mirabelle wartete geduldig auf der Bank. Unter Schwierigkeiten schwamm Theo zum Steg zurück und klammerte sich keuchend an einen der morschen Stützpfähle.

»Diese Strömung. Echt heftig. Ich versuch' es noch einmal.«

Theo tauchte erneut unter, blieb einige Augenblicke unter Wasser und kam in der Nähe des Stegs wieder hoch. Er schwamm zu der uralten Trittleiter und schwang sich zitternd an Land.

»Der Rollstuhl ist auf jeden Fall schon mal da unten.« Er schüttelte Wasser aus seinen Ohren. »Steckt im Schlamm, oder was weiß ich. Keine Spur von dem alten Mann. Bei der Strömung müßte er inzwischen schon halb in Cincinnatti sein.«

Wieder zurück im Haus befragte Sheriff Rickett Mirabelle über ihren Vater. Sie antwortete kurz angebunden und schien in Gedanken versunken.

Wie stand es in letzter Zeit um seine Gesundheit?

Nicht allzugut.

Machte er einen launischen Eindruck?

Nicht mehr als sonst auch.

Wie alt war er?

Wäre im Oktober zweiundsiebzig geworden.

Konnte er den Rollstuhl selbst bewegen?

Ja.

Konnte er sich auch selbst hineinsetzen?

Manchmal. Wenn ihm danach war.

Hatte er finanzielle Probleme?

Sie wußte es nicht.

»Aber Sheriff«, sagte sie, »Sie wissen doch, wie eigen Pa wegen seines Geldes war. Nachdem er seine Beine nicht mehr benutzen konnte und Ma gestorben war, war es das einzige, was er noch hatte.«

»Ich weiß, Mirabelle.« Er hoffte, sie würde jetzt nicht in seiner Gegenwart hysterisch werden. »Ich muß das nur für den Bericht fragen. Ich werde es als einen Unfall zu Protokoll nehmen. Zunächst einmal. Verstehst du, es könnte auch Selbstmord gewesen sein, aber das wissen wir nicht. Es wird weder ihm noch dir irgendwas nutzen, wenn dieses Gerücht die Runde macht. Also«, er zog seinen Gürtel fester und setzte seinen Hut auf. »Ich denke, wir machen uns mal wieder auf den Weg. Wenn die Leiche ans Ufer gespült wird, mußt du kommen und sie identifizieren, das verstehst du doch?« Seine Stimme verlor sich. »Also, auf Wiedersehen. Wenn du irgendwas brauchst, komm zu mir.«

Auf der Fahrt zurück in die Stadt sprudelte Theo Curtis vor Begeisterung und neuen Theorien.

»Sie hätte es gewesen sein können, Sheriff. Stark genug dafür ist sie. Haben Sie ihre Arme gesehen? Sie hätte seinen Hals brechen können wie einen Zahnstocher und ihn dann im Fluß abladen. Was halten Sie davon?«

»Nichts, es sei denn, sie kann fliegen, Theo. Nein. Wenn Mirabelle MacMaster je vorgehabt hätte, diesen knauserigen alten Gauner umzubringen, hätte sie es vor zwanzig Jahren getan. Und ich hätte vollstes Verständnis dafür gehabt.«

Nachdem der Sheriff und Theo gefahren waren, ging Mirabelle nach oben in ihr Zimmer. Sie zog sich einen sauberen Kittel an und bürstete ihr Haar. Es hing in krausen Wellen bis über ihre Taille. Sie band es mit einem roten Band nach hinten, so wie sie es vor zwanzig Jahren immer getragen hatte.

Sie kramte in der hintersten Ecke ihrer Kommodenschublade und brachte den versteckten, aber nicht vergessenen Puder und den Lippenstift zum Vorschein. Sie tupfte sich eine feine Schicht von dem Puder ins Gesicht, gerade genug, um ihre Sommersprossen etwas abzutönen und die Falten um ihre Augen ein wenig zu übertünchen. Der Lippenstift war hart und trocken und hinterließ nur einen Hauch rosaroter Schmiere auf ihren Lippen. Das reichte. Sie entschied, daß ihre dicken, schwarzen Augenbrauen nicht mit einem Stift nachgezogen werden mußten.

Dann ging sie nach unten, um das Abendessen vorzubereiten. Sie schürte Feuer in dem alten schwarzen Ofen. Sie füllte ein Hühnchen und legte es in den Backofen. Sie buk einen Kuchen mit Blaubeeren aus dem Garten.

Während er im Ofen war, saß sie auf der Veranda vor dem Haus und wartete.

Gegen vier Uhr sah sie eine Staubwolke über der Straße, die aus der Stadt hinausführte. Steif saß sie auf der obersten Stufe zur Veranda, bis sie erkannte, daß es bloß Willie Bateman in seinem Jeep war, der die Abendzeitung brachte. Sie stand auf und ging ins Haus, um den Kuchen aus dem Ofen zu nehmen.

Sie stellte den Kuchen zum Abkühlen hin und bestrich gerade das Hühnchen mit Fett, als sie eine Autotür zuschlagen hörte. Das Klacken von Stiefelabsätzen drang von der Veranda herüber, dann ein lautes Klopfen an der Tür.

»Mirabelle, Schätzchen! Bist du zu Hause? Hey, Mirabelle! Ich bin's. Ich wollte dich zu einem Ausflug abholen.«

Mirabelle schloß den Backofen und legte den Löffel aus der Hand. Sie hörte, wie die Tür quietschend aufging und feste Schritte durchs Haus hallten.

»Wo hast du dich versteckt, Mirabelle? Egal. Ich werd' dich schon finden. Diesmal laß ich dich nicht wieder so leicht entwischen.«

Roger Sprouse stand im Rahmen der Küchentür und sah in seinem karierten Jackett und seinen blauen Hosen todschick aus. In der einen Hand hielt er einen Stetson, in der anderen eine Schachtel Pralinen. Seine Stiefel glänzten und hatten dicke Sohlen und einen noch dickeren Absatz. Trotzdem war er noch immer einen Kopf kleiner als Mirabelle; er war noch immer mager und o-beinig. Aber er war da.

Mirabelle grinste, zum erstenmal seit zwanzig Jahren.

»Ich mach' gerade ein Hühnchen und einen Blaubeer-Kuchen«, sagte sie.

»M-m-m. Ich dachte schon, daß irgend etwas hier großartig riecht. Haben wir vorher noch Zeit für 'ne kleine Spritztour? Ich möchte dir meinen neuen Wagen präsentieren.«

»Warum nicht?« sagte Mirabelle.

Mirabelle war ganz hin und weg von dem langen, zitronengelben Cabrio, der neben ihrem rostigen Pickup im Hof parkte. Sie konnte nicht wissen, ob es das neueste Modell oder schon zehn Jahre alt war. Es war stattlich und glänzend. Und offensichtlich teuer. Und offensichtlich hatte Roger es zu etwas gebracht.

Roger fuhr schnell, die Hügel auf und ab, am Fluß entlang, zum Highway rüber und zurück. Mirabelle löste ihr Haarband und ließ ihre Haare frei und wild im Wind wehen.

Auf dem Rückweg verlangsamte er die Fahrt und begann ein ernsthaftes Gespräch. »Du kannst mir glauben, daß es mir leid getan hat, das von deinem Vater zu hören, Mirabelle. Aber um ganz ehrlich zu sein, wenn es nicht passiert wäre, wäre ich nicht herausgekommen, dich zu besuchen. Ich wollte warten, bis du in die Stadt kommst, um dann mein Sprüchlein aufzusagen.«

Mirabelle nickte und lächelte.

»Ich wollte dich im Laden oder auf der Bank oder der Post abpassen. Und ich wollte dich mit ins Hotel nehmen und dich zum Essen einladen und dir alles über meine Reisen erzählen, von den Jobs, in denen ich gearbeitet hab', und den Orten, die ich gesehen hab', und den Fauen, bei denen ich beinahe hängengeblieben wär', aber dann doch nicht hängengeblieben bin. Ich wollte dir erzählen, daß ich, wo immer ich war, nie aufgehört hab', an dich zu denken, und daß ich mir vorgestellt hab', wie es gewesen wär', wenn du damals mitgekommen wärst. Und dann wollt' ich dich bitten, diesmal mitzukommen. Wir könnten nach Mexiko oder Kalifornien, oder wohin immer wir wollen, gehen.«

»Nun, jetzt müssen wir ja nicht mehr weggehen«, sagte Mirabelle schüchtern.

»Da sagst du ein wahres Wort.«

Roger zog in Mirabelles Haus ein, bewohnte jedoch bis zu ihrer Hochzeit, zwei Monate später, das Schlafzimmer des Alten. Mirabelle bestand darauf, die Anstandsregeln zumindest insoweit einzuhalten, fand jedoch, daß es Verschwendung gewesen wäre, ein

Hotelzimmer zu bezahlen, wo es doch genug freie Zimmer in dem alten Haus auf dem Hügel gab. Außerdem nahm er sowieso alle Mahlzeiten bei Mirabelle ein, und beim Essen sprach er voller Begeisterung von den Verbesserungen, die sie im Haus vornehmen würden, und was für ein wertvolles Grundstück es doch war.

»Zuerst renovieren wir die Küche. Stell dir vor, Mirabelle, was du mit einem elektrischen Herd und einer großen Kühltruhe und einer Spülmaschine alles anfangen könntest. Und dann lassen wir alles neu streichen, innen und außen. Ich glaube nicht, daß dieses Haus einen Pinsel gesehen hat, seit es erbaut worden ist.«

Mirabelle war entzückt und willigte in alles ein. Er brachte ihr teuere Geschenke mit – Parfüm und Ohrringe und ausgefallene Nachthemden, die sie ihm zuliebe trug, obwohl sie sich albern darin vorkam. Er verbot ihr, mit der Würmerzucht weiterzumachen.

»Die Herzdame eines Roger Sprouse muß nicht mit irgendwelchen Würmern rummachen«, sagte er. »Und genau das bist du, Mirabelle. Eine Dame, meine Herzdame.«

Die Ehe erstaunte und amüsierte Mirabelle. Wenn das alles war, dachte sie, frag' ich mich, warum ich mich all die Jahre gegrämt habe. Aber sie fand es angenehm, Roger um sich im Haus zu haben, obwohl aus seinen großen Plänen nichts wurde und er auch nichts unternahm, eine Arbeit zu finden. Er verbrachte viel Zeit im Red Rooster Club, wo Mirabelle sich unwohl und nicht zugehörig fühlte.

Jedesmal, wenn sie ihn nach seinen Plänen fragte, sagte er: »Ich hab' da eine ganz heiße Sache laufen, Mirabelle. Ich hab' ein phantastisches Geschäft in der Mache. In der Zwischenzeit geht's uns doch gut. Stimmt's? Haben wir etwa keinen Spaß?«

Und Mirabelle stimmte ihm zu. Zum erstenmal in ihrem Leben hatte sie wirklich Spaß.

Ungefähr sechs Monate nach Rogers Einzug saß Mirabelle zufällig auf der Veranda vor dem Haus, als Willie Batemans Jeep vorfuhr und Roger sich mit der Abendzeitung unterm Arm vom Beifahrersitz schwang. Es war ein kalter, düsterer Tag, und der Nordwind fegte über den Hügel und kräuselte das Wasser des Flusses in kleine, spitze Wellen. Roger trug nur seine helle, karierte Jacke gegen die Kälte. Zitternd betrat er das Haus, und Mirabelle folgte ihm mit fragendem Blick.

»Wo ist das Auto?« fragte sie.

»Hab' ich gegen ein neues Modell eingetauscht«, antwortete Roger. »Ich werd' es morgen oder in den nächsten Tagen abholen.«

Das neue Modell tauchte nie auf, und Roger fuhr fortan mit dem alten Pickup in die Stadt.

Ein paar Tage später bat Mirabelle Roger um etwas Haushaltsgeld. Er hatte ihr hin und wieder Geld gegeben, aber meistens hatte sie die Ersparnisse von ihrem Konto für Notzeiten benutzt, um Lebensmittel einzukaufen und Rogers Biervorräte aufzustocken. Sie haßte es, ihn um Geld zu bitten; es erinnerte sie zu sehr daran, wie sie immer ihren Vater hatte fragen müssen. Aber ihr Konto war fast völlig leergeräumt. Zu der Höhle auf der anderen Seite des Hügels zu gehen, kam ihr nie in den Sinn.

Roger räusperte sich, raschelte mit der Zeitung und fragte: »Was ist eigentlich mit dem Geld deines alten Herrn passiert? Hat er alles verbraucht?«

»Nein«, sagte Mirabelle und kam sich auf einmal dumm vor.

»Und, hast du es nicht mehr?«

»Nein.«

»Warum nicht? Du bist doch seine einzige Verwandte, oder nicht?«

»Doch.«

»Ja, dann bist du die Alleinerbin. Das ist doch ganz einfach.«

»Vermutlich schon.« Mirabelle hatte das Gefühl, ihre Stimme müsse eintrocknen, wenn sie noch eine einzige weitere Frage zum Thema Geld beantworten mußte. Aber Roger bohrte weiter.

»Du hast die Sache doch nicht den Klauen von Rechtsanwälten überlassen, oder? So dumm kannst du doch nicht gewesen sein.«

Mirabelle sah ihn mit einem stumpfen Blick an.

In den nachfolgenden Tagen durchstöberte Roger das Haus. Sie konnte hören, wie er auf dem Speicher die Bodenbretter herausriß. Er entfernte die Rückwände der Kleiderschränke auf der Suche nach Geheimverstecken. Er arbeitete sich durch die Schlafzimmer im ersten Stock. Er nahm das kleine Zimmer neben der Veranda, in dem ihr Vater so viele nutzlose Nächte lang wach gelegen hatte, vollständig auseinander. Sie saß in der Küche, während die Zerstörung weiter tobte, und sagte nichts.

Schließlich kam er zu ihr, böse und gierig, und packte sie bei ihren langen Haaren.

»Du weißt, wo es ist, stimmt's?«

»Ja.«

»Warum sagst du's mir dann nicht?«

»Wußte nicht, daß du es so unbedingt haben wolltest.«

»Gut, jetzt sagst du's mir aber, oder?« Er verdrehte ihren langen Zopf, bis ihr Hals sich über der Lehne des Stuhls, auf dem sie saß, verrenkte. »Ich kann nicht.« Ihre dunklen Augen starrten aus tiefen Höhlen zu ihm herauf.

»Verdammt, Weib! Stell dich nicht so blöd an. Warum, glaubst du, hab' ich dich geheiratet? Bestimmt nicht wegen deines hübschen Gesichts.«

»Ich kann's dir nicht sagen. Aber ich kann es dir zeigen«, flüsterte Mirabelle.

»Wann?« wollte er wissen.

»Morgen. Morgen führ' ich dich hin.«

Am nächsten Morgen stand Mirabelle früh auf und flocht ihr Haar. Sie zog einen alten Kittel über und schnürte sich ihre Turnschuh.

»Du nimmst besser eine Taschenlampe mit«, sagte sie, während sie ihren alten, schwarzen Mantel zuknöpfte. »Du wirst sie brauchen.«

Sie führte Roger an den verschrumpelten Tomatenstauden vorbei, durch das kahle, erfrorene Unterholz und den Hügel hinauf durch den winterdunklen Kiefernwald. Sie überquerte die Lichtung und zerrte die Zweige vor dem Eingang der Höhle zur Seite.

»Mit diesem Felsbrocken mußt du mir helfen. Ich kann ihn nicht allein bewegen.«

»Aber sicher doch, Mirabelle, meine Süße.« Roger war jetzt die Freundlichkeit in Person. »Hast du deswegen das Geld des Alten nie angerührt? Weil du diesen klitzekleinen Felsbrocken nicht allein zur Seite rücken konntest? Wer hat ihn da überhaupt hingerollt? Habt ihr beide, du und der Alte, das zusammen ausgeheckt? Und konntest du deinem eigenen, dich treu liebenden Ehemann nicht mal so weit trauen, daß du ihn um Hilfe bitten konntest?«

»Ich vertrau' dir doch jetzt, oder etwa nicht? Wenn du an das Geld willst, mußt du den Fels beiseite rücken.«

Roger drückte seine Schulter gegen den Felsbrocken, genau wie Mirabelle, wobei sie sich fragte, was sie wohl tun würde, wenn einc Knochenhand zum Vorschein käme, die anklagend mit dem Finger auf sie wies. Sie hoffte, daß der alte Mann es vorgezogen hatte, in der inneren Kammer zu sterben, wo er sich bis zum bitteren Ende mit der Kassette hatte trösten können. Der Fels wankte und knirschte gegen den Abhang des Hügels und gab langsam, ganz langsam, ächzend den Eingang der Höhle frei.

Ein feuchter, modriger Geruch stieg ihnen aus der Öffnung entgegen. Roger schien ihn nicht zu bemerken. Im Eingang, und so weit Mirabelle in die Höhle hineinsehen konnte, war nichts. Abgesehen von ein paar Kratzern auf der Oberfläche des Felsens, die vielleicht vom Dagegenhämmern mit dem Griff einer nutzlosen Taschenlampe im Dunklen herrühren mochten.

»Da drinnen?« fragte Roger und sah ein wenig unglücklich aus.

Mirabelle nickte. »Ganz hinten durch. Es gibt einen Gang und eine Art Kammer an seinem Ende. Dort liegt die Kassette.«

Roger zögerte. »Wie viel ist da drinnen?«

Mirabelle zuckte mit den Schultern. »Weiß nicht. Er hat es mir nie gesagt.«

»In der Stadt haben sie gesagt, daß er Tausende beiseite gepackt haben muß. Sie haben gesagt, daß er seine Invaliditätsversicherung nie angerührt und auch das meiste seiner Rente gespart hat.«

»Könnte stimmen. Ich weiß nur, daß wir die meiste Zeit von Bohnen und Schwarten gelebt haben. Und dem, was ich im Garten gepflanzt hab'. Du kannst es dir ja ausrechnen.«

Rogers Stimmung besserte sich zusehends, und er warf ihr sein fröhliches Grinsen entgegen. »Mirabelle, meine Süße, es tut mir leid wegen der Sachen, die ich zu dir gesagt hab'. Ich geh' jetzt da rein und hol' das Geld, und dann lassen wir so richtig die Sau raus. Wir fahren nach Mexiko und leben wie die Könige. Okay?«

»Von mir aus.«

Roger knipste seine Taschenlampe an und kroch in den Tunnel. Mirabelle wartete, bis die Sohlen seiner Schuhe im Dunkel der Höhle verschwunden waren. Dann begann sie, sich gegen den Felsbrocken zu stemmen. Diesmal hatte sie nur Enttäuschung und Trauer zum Beistand, um Berge zu versetzen. Aber dafür mußte sie sie auch nur ein kleines Stück versetzen.

Der Fels rutschte langsam und unerbittlich in Position. Er versiegelte die Höhle, als sei er nie bewegt worden, und Mirabelle drückte ihren schweren Körper dagegen und flüsterte: »Du hattest recht, Pa. Du hattest recht. Wenn du nur nicht so gemein gewesen wärst.«

Mirabelle ging nach Hause und verbrachte den restlichen Tag damit, ihre Würmerkästen zu säubern und zu reparieren. Sie füllte sie mit frischer, schwarzer Erde und Torfmoos und mischte einen neuen Futtervorrat an. Die Würmer würde sie in der Nacht im Garten ausgraben. Bald kam der Frühling, und im Mai oder Juni würde sie alles Geld brauchen, was sie verdienen konnte. Sollten sie in der Stadt doch über sie reden.

Sollten sie sagen: »Die arme, einfältige Mirabelle Sprouse konnte ihren Mann nicht halten.« Sollten sie sagen: »Dieser Roger Sprouse war vielleicht ein Typ. Kam einfach so in die Stadt geschneit und ist genauso wieder verschwunden. Ist nach Mexiko oder sonstwohin abgehauen, ohne je zu wissen, daß er bald Vater werden würde. Oder vielleicht hat er's doch gewußt. Vielleicht ist er ja deshalb getürmt. Ha, ha, ha.«

Mirabelle war das egal. Sie würde ihre Würmer haben, und sie würde ihr Kind haben. Sie würde einen Garten anlegen und Tomaten und Kürbisse und Gurken verkaufen. Und in lauen Sommernächten würde sie auf der Lichtung auf der anderen Seite des Hügels sitzen und zusehen, wie die Wolken am Mond vorbeitrieben.

Aus dem Englischen von Kristian Lutze

STEPHANIE KAY BENDEL

Die Frau im Schatten

Alan Warringtons Tod wurde offiziell als Selbstmord zu den Akten genommen. Datum und Todeszeit wurden mit Sonntag, dem 20. Februar, 9.20 Uhr vormittags angegeben. Wenn man mich jedoch auffordern würde, das unter Eid zu bezeugen, müßte ich sagen, daß Alan durch fremde Hand gestorben ist und daß er wahrscheinlich irgendwann am Samstag, dem neunzehnten, gestorben ist, egal, was der Gerichtsmediziner herausgefunden hatte.

Andererseits wurde Elyssa Warringtons Tod überhaupt nie offiziell zur Protokoll genommen und wird es wohl auch nicht mehr werden, ungeachtet der Tatsache, daß mindestens ein Dutzend Leute Zeugen ihres Ablebens gewesen waren. Es hat den Anschein, als sei die arme Elyssa im Tod wie im Leben dazu verdammt gewesen, unbemerkt zu bleiben.

Aber ich eile meiner Geschichte voraus. Sie beginnt eigentlich ungefähr eine Woche vorher, am Tag unserer Ankunft in der Casa Mendez. Das Haus war ursprünglich eine Privatvilla, die Señor Enrico Mendez vor gut vierzig Jahren zur Feier seiner Hochzeit mit seiner dritten – sehr jungen – Frau hatte erbauen lassen. Die Villa lag auf einem kleinen Hügel mit Blick auf den Ozean, etwa zwanzig Meilen außerhalb von San Juan. Eine lange, von Palmen gesäumte Auffahrt endete in einem Kreisverkehr um einen wunderschönen, mit scharlachroten Geranien umpflanzten Marmorbrunnen direkt vor dem Haupteingang. Bougainvillea rankte an den Mauern beiderseits des weitgeschwungenen Portals, und kleine Palmen in Blumentöpfen zierten die kühlen Marmorböden im Innern des Hauses.

Die Villa war riesig, mindestens fünfzig Zimmer auf drei Etagen, die einen großen Hof umfaßten. Zusätzlich gab es zwei weitere Atrien, beide mit Brunnen und Steingärten. Ich kann mich noch erinnern, daß ich am Tag meiner Ankunft dachte, daß Señor Mendez seine junge Frau sehr geliebt haben mußte, weil er ihr ein so wunderschönes und luxuriöses Haus gebaut hatte. Seine Bewunderung war nicht unangebracht, wie ich erfahren sollte, denn Señora Mendez – ich meine mich zu erinnern, ihr Vorname sei Estellita gewesen, aber ich bin mir nicht sicher – war eine Frau von außergewöhnlichem Naturell.

Nach zwanzig Jahren offenkundig glücklicher, wenngleich kinderloser Ehe zwang eine Reihe von finanziellen Rückschlägen Enrico Mendez, seine Plantage zu einem Bruchteil ihres eigentlichen Werts zu verkaufen. Gebrochenen Herzens und zunehmend kränklich – er muß damals schon in den Siebzigern gewesen sein – starb er kurze Zeit später, und Señora Mendez war über Nacht zur Herrin einer extravaganten Meerblick-Villa avanciert, ohne jedoch über das notwendige Einkommen für deren Erhalt zu verfügen. Scheinbar vor die Alternative gestellt, ihr über alles geliebtes Heim entweder zu verkaufen oder verfallen zu lassen, fand die einfallsreiche Frau eine überraschende Lösung. Sie würde die Casa Mendez in ein kleines Privathotel umwandeln, das sich ausschließlich der Pflege der Wohlhabenden widmen sollte, vor allem der Pflege der behinderten Wohlhabenden.

Intelligent, energisch und fähig, wie sie war, verwandelte Señora Mendez ihr Heim rasch in ein Hotel von nicht geringem Ruf. Obwohl nie Werbung dafür gemacht wurde, hatten etliche meiner wohlhabendsten Patienten es mir in glühendsten Farben beschrieben.

»Eins kann ich Ihnen sagen, Dr. Harwell, zwei Wochen in der Casa Mendez haben mir mehr geholfen als Ihre Operation.«

»Ich glaube wirklich nicht, daß ich dieses Medikament noch brauche, Dr. Harwell. Seit ich in der Casa Mendez war, fühle ich mich merklich besser.«

Zunächst irritierten mich solche Bemerkungen. Immerhin legten sie nahe, daß mein medizinisches Fachwissen nicht so hoch eingeschätzt wurde wie das einer Frau, die in ihrem Leben nie auch nur einen Blick in ein physiologisches Lehrbuch geworfen hatte. Aber ich bemühe mich, so weit ich das selbst von mir behaupten kann, objektiv zu bleiben, und ich konnte schon bald nicht mehr umhin, zuzugeben, daß sich der Gesundheitszustand meiner Patienten nach einem Aufenthalt tatsächlich verbesserte. Nevenleiden, Rheuma, allgemeines Unwohlsein, Magen- und Darmbeschwerden – alle wurden sie durch einen Besuch in Señora Mendez' Hotel gelindert. Ich begann neugierig auf diesen Ort zu werden, aber die Gelegenheit zu einem Besuch ergab sich erst im letzten Februar.

Mein guter Freund Adrian Christopher war lange Jahre bildender Künstler gewesen, bevor ein Tumor am Sehnerv ihn erblinden ließ. Man muß es ihm hoch anrechnen, daß ihn das nicht von der Kunst abhalten konnte. Er wechselte vielmehr von Ölgemälden zu handgeformten Tonplastiken. Ich habe ihm bei der Arbeit zugesehen, habe gesehen, wie seine langen und feingliedrigen Finger flink über den Ton wanderten, wie sie drückten und schabten, während seine blinden Augen auf einen bestimmten Punkt im Raum gerichtet waren, als ob er sein fertiges Kunstwerk durch eine andere Dimension betrachten könnte.

Christopher hatte in jenem Winter eine hartnäckige Bronchitis. Sehr zu meinem Ärger konnte eine konventionelle Behandlung mit Antibiotika seinen Zustand nur lindern, ihn jedoch nicht kurieren.

»Was du brauchst, mein Freund«, sagte ich schließlich, »ist wärmeres Wetter. Ich fürchte, sonst könntest du noch bis zum Frühling weiterhusten.«

Adrian lächelte mich an. Er ist ein hochgewachsener und außergewöhnlich schlanker Mann, und selbst wenn er lächelt, umgibt ihn eine Aura der Ernsthaftigkeit. »Anstatt darauf zu warten, daß das warme Wetter zu mir kommt, sollte ich ihm vielleicht nachlaufen«, sagte er. »Was würdest du von einer Reise in die Karibik halten?«

»Eine ausgezeichnete Idee«, erwiderte ich. »Wahrscheinlich das Beste, was du für dich tun kannst.«

»Ich hatte gehofft, ich könnte es auch für dich tun«, sagte er.

»Reisen ist so viel leichter für mich, wenn ich in Begleitung eines Freundes unterwegs bin. Was hältst du davon?«

Ich zögerte. Ich hatte schon seit Jahren keinen Urlaub mehr gemacht, und ich *hatte* mir vor kurzem einen Partner in die Praxis geholt, um meinen Arbeitsanteil zu verringern. Als Christopher sagte, er habe soeben herausgefunden, daß die Casa Mendez wegen einer kurzfristigen Absage eine Suite frei hatte, war ich überredet. Meine Neugier auf diesen Ort sollte also endlich gestillt werden.

Wir trafen am späten Samstagnachmittag, dem zwölften Februar, ein. Señora Mendez begleitete uns in einem wunderschönen Fahrstuhl aus Rosenholz und Messing persönlich in den zweiten Stock. Sie war eine sehr kleine Frau mit noch immer jugendlichen Hüften und blitzenden Augen und schien ein verhaltenes Energiebündel zu sein. »Die Einzelzimmer befinden sich in der ersten Etage«, sagte sie. »Die Suiten sind alle hier oben im zweiten Stock. Man hat eine bessere Sicht.« Wir verließen den Fahrstuhl, und sie führte uns zur zweitenTür links den Flur hinunter und öffnete sie.

Wir fanden uns in einem luftigen Wohnzimmer mit Marmorfußboden und einer verglasten Fensterfront mit offener Schiebetür wieder, die auf einen Balkon mit Blick auf das Meer führte. Ich trat auf den Balkon hinaus, der von einem weiß lackierten, schmiedeeisernen und mit nachempfundenen Traubenreben verzierten Geländer umfaßt war. Ich sah, daß der Balkon an unserer gesamten Suite entlanglief und daß auch die anderen Suiten im zweiten Stock mit einem solchen Balkon versehen waren. Unter mir lag eine mit Steinplatten gepflasterte Terrasse, auf der eine Reihe von Tischen mit roten und gelben Sonnenschirmen standen. Von der Terrasse führte eine Treppe zu einem weißen Sandstrand.

Ich ging zurück ins Wohnzimmer. Señora Mendez sagte: »Das Dinner wird um acht im Hauptspeisesaal serviert. Wenn Sie zwischendurch irgendeinen Wunsch haben, werde ich mich selbstverständlich gern darum kümmern.«

Adrian verneigte sich. »Sie sind sehr freundlich, Señora Mendez. Ich bin sicher, daß wir unseren Aufenthalt hier genießen werden.«

Sie lächelte und ließ uns allein.

»Du kannst dir ein Zimmer aussuchen, alter Junge«, sagte Adrian, nachdem sie gegangen war. »Welches Dekor bevorzugst du? Mir ist das natürlich völlig egal.« Ich warf einen Blick in die Schlafzimmer, die auf beiden Seiten an das Wohnzimmer angrenzten. Beide waren geschmackvoll ausgestattet, das eine ganz in einem blassen Blau und Weiß, das andere in einem eisigen Grün. Ich entschied mich für das Grün.

Das Abendessen war köstlich. Der Hauptspeisesaal war riesig, die Wände waren mit roséfarbenem Stuck verziert, der farblich genau auf den roséfarbenen Marmorboden abgestimmt war. Ich bemerkte das wundervoll geschnitzte Holzgeländer, das an der Wand entlanglief, um jenen Stütze zu bieten, die nicht mehr ganz sicher auf eigenen Füßen standen. »Ich habe noch nie in meinem Leben so viel Marmor gesehen«, sagte ich, während ich Adrian den Saal beschrieb. »Selbst die Rollstuhl-Rampen sind aus Marmor.«

»Ich habe gehört, Enrico Mendez habe nicht nur das ganze im Haus verwendete Marmor aus Italien kommen lassen, sondern auch sämtliche Handwerker«, bemerkte Adrian. »Er soll bei dem Bau keine Kosten gescheut haben.«

»Das glaube ich gern. Ich zähle allein sieben Kristall-Kronleuchter in diesem Saal, und auf jedem Tisch steht ein großer, frischer Blumenstrauß.«

Er nickte und roch. »Gardenien und Jasmin unter anderem.«

Eine Ansammlung verschiedenster Menschen saß hier im Speisesaal beisammen. Offenkundig wohlhabend, wie die Qualität der Kleider und die Menge des zur Schau getragenen Schmucks erkennen ließen. Wie ich bemerkte, waren nicht alle Gäste älteren Jahrgangs. Es gab auch ein paar Kinder. Mindestens zwei von ihnen trugen lästige Schienen am Bein, eins war blind, und eines erholte sich offenbar von einem neurochirurgischen Eingriff. Trotzdem war die Atmosphäre im Speisesaal entschieden unkrankenhaushaft. Wer gesundheitlich beeinträchtigt war, wurde mit nüchterner Effizienz bedient. Ich spürte eine zuversichtliche Stimmung in der Luft, als ob man sagen wollte: »Das Schlimmste ist vorbei. Jetzt wollen wir mal mit der Genesung voran machen.«

Man plazierte uns zu einem älteren Herrn in einem Rollstuhl an den Tisch. Er war ein vornehm aussehender Mann mit einem silbergrauen Bart, Schnauzbart und klugen, blauen Augen. Er stellte sich als Bernard Warrington vor und wies dann auf einen schmächtig aussehenden jungen Mann zu seiner Linken. »Mein Sohn, Alan.«

Alan Warrington beugte sich über den Tisch, um unsere Hände zu schütteln. Er war blond und sehr blaß und machte ganz allgemein den Eindruck, als sei er schon seit geraumer Zeit krank. Obwohl er dem Aussehen nach erst Anfang Zwanzig sein konnte, dünnte sein Haar bereits aus, und selbst seine blassen Augenbrauen und Wimpern wirkten ein wenig kahl. Ich fragte mich, ob er an Alopezie, krankhaftem Haarausfall, in einem frühen Stadium litt oder ob er einer Chemo-Therapie ausgesetzt worden war. Sein Händedruck war schlaff, und ich vermutete, daß es Alan war und nicht sein Vater, der zur Erholung in die Casa Mendez gekommen war.

Mr. Warrington erzählte, daß er im Bankgeschäft tätig sei, und eine Weile drehte sich das Gespräch um die aktuelle Entwicklung der Zinssätze, um Außenhandelsbilanzen und die Stabilität des Dollars. Ich bemerkte, daß Alan kaum zu dem Gespräch beitrug, und als er irgendwann einmal an diesem Abend nach seiner Teetasse griff, konnte man deutlich erkennen, daß seine Hand zitterte. Ich empfand Mitleid für den Jungen, denn sein Vater war offensichtlich ein willensstarker Self-Made-Mann, und Alan brauchte sich keine Hoffnungen zu machen, es ihm je gleichtun zu können. Gleichwohl beobachtete ich bei dem alten Herrn eine eigene Zärtlichkeit, jedesmal wenn er seinen Sohn ansah oder über ihn sprach. Ich vermutete, daß der Junge sein Leben lang kränklich gewesen war. Nach dem Essen erschien ein breitschultriger Diener und rollte Mr. Warrington aus dem Speisesaal. Alan erhob sich und geriet, als er ihm folgen wollte, leicht ins Taumeln.

Ich stand auf. »Ist alles in Ordnung?« fragte ich. »Ich bin Arzt. Wenn ich Ihnen irgendwie helfen kann...«

Er schüttelte sein blondes Haupt. »Danke, aber es ist alles in Ordnung. Manchmal wird mir, wenn ich zu plötzlich aufstehe, ein wenig schwindelig, aber das geht vorbei. Es ist nichts.«

Ich sah ihm nach, wie er den Speisesaal verließ. Ich kann mich erinnern, daß ich dachte, daß, was immer Alan Warringtons Problem war, in jedem Fall sehr schwerwiegend sein mußte.

Adrian und ich kehrten auf unsere Suite zurück und fanden dort auf dem Couchtisch eine kleine, einheimische Skulptur von einer Frau mit einem Kind vor. Daneben lag eine Notiz von Señora Mendez.

»Lieber Mr. Christopher«, las ich laut vor, »ich dachte, Sie würden dieses Objekt für die Dauer Ihres Aufenthaltes als Leihgabe zu schätzen wissen. Es wurde von einem hiesigen Künstler modelliert.« Die Notiz war mit »E.M.« unterzeichnet.

Ich nahm die Statue in die Hand und rief entzückt aus: »Wie hinreißend! Sieh nur, Adrian!«

Mir rutschten dauernd derartige unpassende Bemerkungen heraus, weil man leicht vergaß, daß Adrian blind war. Aber er schien es gar nicht bemerkt zu haben und griff nach der Skulptur. »Fabelhaft«, hauchte er, während seine Finger jede Einzelheit des Kunstwerks ertasteten. »Sieh mal, Gordon, er hat der Frau leicht gebogene Beine gegeben. Das war früher wegen mangelnder Ernährung durchaus nicht ungewöhnlich unter Eingeborenen. Ein fein beobachtetes Detail!«

Ich mußte, wie schon sooft, wieder einmal bewundern, wie wenig Adrian trotz seiner Blindheit entging. Ich ließ ihn allein zurück und machte mich auf einen Strandspaziergang. Ich hatte beim Dinner doch deutlich zuviel gegessen und wußte, daß ich, obwohl mich der lange Flug über Gebühr ermüdet hatte, große Schwierigkeiten mit dem Einschlafen haben würde, wenn ich mir nicht noch ein wenig Bewegung verschaffte.

Es war ein wahrhaft wunderbarer Abend. Die Sonne war schon untergegangen, aber eine Reihe von rosafarbenen Wölkchen erstreckten sich wie an einem Faden gezogen am westlichen Horizont.

Ein warmer Wind raschelte durch die Palmen, während ich durch den weichen Sand lief und dem leisen Plätschern der Wellen lauschte. Die Scheinwerfer des Hotels beleuchteten den Strand noch ein gutes Stück weit. Ich ging weiter, bis ihr Schein hinter mir verblaßt war und die Bäume im Licht des beinahe vollen Mondes Schatten im Sand warfen.

Ich dachte gerade, wie friedlich dieser Ort war und daß ich das Geheimnis der heilenden Kräfte von der Casa Mendez jetzt endlich verstand, als ich in der Nähe jemanden singen hörte. Ich blieb im Schutz einer Gruppe Palmen stehen, und mir bot sich einer der entzückendsten Anblicke meines ganzen Lebens.

Eine junge Frau tanzte nahe am Wasser barfuß im Mondschein und sang leise vor sich hin. Ihre weite Bauernbluse war über eine Schulter gerutscht, und sie hatte ihren langen und bauschigen Rock gerafft, damit der Saum nicht naß wurde. Ein paar leise klimpernde Armbänder an ihrem Handgelenk glitzerten im Mondlicht. Ihr langes Haar fiel in dunklen Locken auf ihre Schultern und wurde mit jeder Bewegung durcheinandergeschüttelt. Ich hörte sie vor Vergnügen laut aufjuchzen, als plötzlich eine Welle gegen ihre Beine schwappte. Sie wirbelte herum, als ob sie mit einem unsichtbaren Partner tanzte.

Dann sah sie mich und erstarrte. »Oh!«

Ich lächelte und trat aus den Palmen hervor. »Es tut mir leid, wenn ich Sie erschreckt habe«, sagte ich. »Hören Sie nicht auf, mir hat Ihr Tanz sehr gut gefallen.«

Im Mondlicht sah ich ihr Lächeln aufblitzen. »Es hat Ihnen gefallen? Wirklich?«

»O ja. Aber haben Sie gar keine Angst, nachts so allein hier draußen?«

Sie biß sich auf die Lippe. »Ich sollte eigentlich nicht hier draußen sein«, gestand sie. »Aber es war ein so wunderschöner Abend, daß ich einfach nicht drinnen bleiben konnte. Das verstehen Sie doch, oder?« Sie lachte. »Aber natürlich verstehen Sie das! Sie haben es ja drinnen auch nicht ausgehalten.«

Ich ertappte mich, wie ich mit ihr lachte. Jetzt, wo sie so nah bei mir stand, konnte ich erkennen, daß sie wirklich eine Schönheit war. Lange dunkle Wimpern rahmten ihre Augen und warfen Schatten auf ihre hohen Wangenknochen. Und sie schien noch jünger zu sein, als ich zuerst angenommen hatte – vielleicht nicht einmal zwanzig.

»Sind Sie auch Gast im Hotel?« fragte ich.

Sie nickte.

»Darf ich Sie dann dorthin begleiten? Ich wohne ebenfalls dort. Mein Name ist Doktor Harwell.«

»Angenehm, Dr. Harwell. Es wird mir ein Vergnügen sein, von Ihnen begleitet zu werden, aber zuerst muß ich meine Schuhe wiederfinden – sie müssen hier irgendwo sein!« Ich hörte ein tiefes melodisches Kichern, während sie den Strand absuchte. »Hier sind sie ja!«

Die Sandaletten in der einen, den hochgerafften Saum ihres Rocks in der anderen Hand ging sie leise summend neben mir her, begleitet vom Geklimper ihrer Armreifen.

Als wir den beleuchteten Strandabschnitt erreicht hatten, zupfte sie an meinem Arm. »Ich hab' eine Idee«, sagte sie schelmisch. »Warum besorgen Sie uns in der Bar nicht ein paar Pina Coladas und bringen sie mit nach draußen? Dann können wir uns zusammen ans äußerste Ende der Terrasse setzen, wo uns keiner sehen kann, und sie gemeinsam trinken.«

Ich sah sie erstaunt an. »Meine Liebe! Ich glaube, dafür sind Sie noch ein bißchen jung – ich meine...« Ich stotterte vor Verlegenheit. Das Mädchen war in der Tat jung genug, meine Enkelin zu sein.

Sie lachte. Dann fügte sie nüchtern hinzu: »Tut mir leid. Ich wollte Sie nicht aufregen. Es ist nur, daß – ich habe noch nie einen Cocktail getrunken –, das heißt, mit jemandem zusammen nicht. Ich habe schon hin und wieder mal heimlich von Vaters Hausbar genascht, wenn ich allein war, aber das ist doch nicht dasselbe wie ein gepflegter Drink unter Freunden, oder?«

Es berührte mich eigenartig, daß sie mich einen Freund nannte. Wir hatten uns erst ein paar Minuten zuvor kennengelernt. Und doch hatte ich das Gefühl, daß sie es ernst meinte – daß sie mir aus irgendeinem Grund vertraute.

»Ich – ich kenne nicht einmal Ihren Namen«, stotterte ich.

Sie lachte erneut. »Oh, tut mir leid. Ich heiße Elyssa. Elyssa Warrington.«

»Warrington? Wie Bernard und Alan? Welch ein Zufall! Ich habe heute mit ihnen zu Abend gegessen!«

Sie nickte. »Ich weiß.«

»Zu schade, daß Sie nicht dabei waren. Sie hätten unsere Runde sicher belebt.«

Sie starrte auf ihre nackten Füße. »Ich darf nicht unten im Speisesaal essen.«

Ich sah sie erstaunt an. »Aber warum denn das nicht?«

»Sie schämen sich meinetwegen. Eigentlich sollte ich nicht mal die Suite verlassen, aber das tue ich einfach trotzdem. Ich schleich' mich raus! Halten Sie mich für unmöglich?« Sie lachte und neigte ihren Kopf ein wenig zur Seite. Eine Locke fiel auf ihre Wange, und sie wischte sie aus ihrem Gesicht.

»Nein, ich finde Sie nicht unmöglich«, sagte ich. »Ich finde Sie sehr charmant. Und ich kann mir beim besten Willen nicht vorstellen, warum sich jemand Ihrer schämen sollte!«

Sie sah zum Wasser runter. »Aber genauso ist es. Es ist furchtbar, immer eingeschlossen zu sein.«

»Das ist doch sicherlich übertrieben!« rief ich aus.

Sie schüttelte den Kopf, und ihre Locken tanzten. »Nein. Sogar zu Hause darf ich das Haus nie verlassen. Und jetzt bin ich auch nur hier, weil Alan einen neuen Arzt in San Juan konsultieren muß und sie mich ja schlecht allein zu Hause zurücklassen konnten.«

»Aber Sie müssen doch zur Schule gehen!«

Sie schüttelte wieder den Kopf. »Nie! Ich würde ja gern, aber sie erlauben es nicht.«

Ich konnte diese unglaubliche Geschichte kaum glauben. Ich hatte Bernard Warrington als einen vernünftigen und anständigen Mann kennengelernt. Die Vorstellung, daß er dieses liebreizende

Kind einsperren und ihm eine Ausbildung verweigern sollte, war schlicht absurd. Neigte diese junge Frau vielleicht zu Phantastereien?

»Sie drücken sich gewählt aus«, entgegnete ich. »Sie müssen irgendeine Art von Ausbildung genossen haben. Vielleicht ein Privatlehrer zu Hause?«

»Nein! Nicht mal das wollten sie mir zugestehen. Ich habe von Alan gelernt und indem ich Vater und die Diener beobachtet habe.«

Ich atmete tief ein. »Wenn, was Sie sagen, wahr ist, muß es doch dafür einen Grund geben.«

Als sie zu mir aufblickte, erfaßte ein leichter Windstoß die Palme über uns, und ein Schatten fiel auf ihr Gesicht.

»Das hab' ich Ihnen doch schon erzählt. Sie schämen sich meiner.«

»Aber...«

Sie wandte sich um und sah zum zweiten Stockwerk des Hotels. »Ich geh' jetzt besser, bevor sie mich hier draußen entdecken.« Und mit diesen Worten flitzte sie über die leere Terrasse und verschwand durch eine kleine dunkle Tür, die ich bis jetzt noch nicht bemerkt hatte. Als das Geklimper ihrer Armreifen verebbte, fühlte ich mich seltsam allein.

Als ich in unsere Suite kam, las Adrian gerade ein Buch, indem er seine Fingerkuppen geschwind über die Seiten sausen ließ. »Hattest du einen angenehmen Spaziergang?« fragte er mich, als ich eintrat.

»Einen angenehmen Spaziergang«, sagte ich, »aber eine höchst irritierende Begegnung.« Ich erzählte ihm von Elyssa und was sie mir von der Behandlung durch ihre Familie berichtet hatte.

»Es sollte mich sehr überraschen, wenn sie die Wahrheit sagt«, erwiderte Adrian. »Ich hatte den Eindruck, Bernard Warrington ist ein anständiger und gerechter Mann. Ich kann mir nicht vorstellen, daß er ein Kind so mißhandeln würde.«

»Aber es kommt vor. Und manchmal in den besten Familien. Das weißt du genausogut wie ich. Die Sache ist nur die, daß ich mich, jetzt, wo ich weiß, daß man das Mädchen sozusagen gefangenhält, verantwortlich fühle. Ich sollte etwas unternehmen, aber ich weiß nicht was.«

Adrian nickte. »Außerdem wäre es doppelt schwierig, weil weder wir noch die Warringtons hier leben. Ich kann mir vorstellen, daß sich die hiesigen Behörden nur höchst ungern in eine solche Sache hineinziehen lassen würden.«

Er schwieg einen Moment und sagte dann: »Gordon, du weißt doch, daß Teenager über eine berüchtigt lebhafte Phantasie verfügen. Du kannst nicht wirklich etwas unternehmen oder sagen, bis du nicht völlig sicher bist, daß sie sich die ganze Geschichte nicht nur ausgedacht hat.«

Mein Freund hatte natürlich recht. Zuerst mußte ich der Sache auf den Grund gehen, und das bedeutete, die Situation zunächst weiter zu beobachten.

Ich schlief unruhig in dieser Nacht. Ich träumte von einem Zigeunermädchen, das bei Vollmond am Strand tanzte, wobei ihre Armreifen im Rhythmus ihrer Schritte klimperten. Plötzlich kamen ein Dutzend Polizisten über den Strand gerannt, packten das Mädchen und zerrten sie fort, ohne ihre Schreie zu beachten. »Nein! Nein! Bitte sperrt mich nicht wieder ein! Bitte!«

Ich erwachte schweißgebadet, und eine tiefe Niedergeschlagenheit machte sich in mir breit. Ich sah auf der Leuchtanzeige meiner Uhr, daß es ungefähr vier Uhr morgens war. Draußen vor dem Fenster brach sich am Himmel das erste Licht des Tages Bahn. Ich legte mich auf mein Kissen zurück und versuchte, wieder einzuschlafen, als ich jemanden sagen hörte: »Nein, bitte! Sperrt mich nicht wieder ein!«

Ich schüttelte mich, um sicherzugehen, daß ich wach war. Die Stimme kam von jenseits der Wand, und ich erkannte, daß es Elyssa Warringtons war. Die Suite der Warringtons mußte also direkt neben unserer liegen. Ohne einen Anflug von Schamgefühl preßte ich mein Ohr gegen die Wand und lauschte.

»Du warst gestern abend draußen! Du *weißt doch*, daß du nicht ausgehen kannst!« Das war Bernard Warringtons Stimme.

»Aber ich hab' doch nichts Böses getan! Ich bin bloß am Strand spazieren gewesen!«

»Und was, wenn dich jemand gesehen hätte? Weißt du nicht, welchen Schaden du Alan damit hättest zufügen können?«

Es war einen Moment lang still, dann sagte das Mädchen: »Niemand hat mich gesehen. Du mußt dir keine Sorgen um deinen kostbaren Alan machen!«

»Trotzdem darf so etwas nie wieder vorkommen!«

»Weißt du, was es heißt, die ganze Zeit eingesperrt zu sein? Nie mit anderen Menschen reden zu können?« Die Stimme des Mädchens wurde lauter. »Mich hat keiner gefragt, ob ich geboren werden wollte, und ich habe nichts verbrochen, womit ich das verdiene!«

Bernard Warringtons Stimme wurde weicher. »Ich weiß, und es tut mir leid, daß ich dir das antun muß. Aber du weißt, es muß sein.«

Dann fing das Mädchen an zu weinen. Ihr Schluchzen war bedrohlich nah an meinem Ohr. Ich stellte mir vor, daß ihr Bett wie meins direkt an der Wand stand.

Danach konnte ich nicht wieder einschlafen, also kleidete ich mich an und unternahm einen Morgenspaziergang am Strand. Noch war niemand unterwegs, und die Stille wurde nur von der Brandung der auflaufenden Flut und einem halben Dutzend Möwen gestört, die ein Pelikan-Pärchen ankrächzten, das flach über dem Wasser segelnd Ausschau nach schmackhaften Leckerbissen hielt, die mit der Flut angetrieben wurden.

Ich fand die Stelle wieder, wo Elyssa getanzt hatte, und ich stand da und sah zu, wie die Wellen langsam weiter ans Land krochen und nach und nach jede Spur ihres Tanzes tilgten. Mich erfaßte ein unheimliches Gefühl, es war, als ob die Natur selbst sich mit der Familie des Mädchens verschworen hatte, um ihre Existenz auszuradieren.

Die Tatsache, daß Elyssa unser Treffen verschwiegen hatte, bereitete mir ein wenig Kopfzerbrechen. Nicht, daß ich kein Verständnis für ihre Lüge gehabt hätte. Die Wut ihres Vaters war in der Tat furchteinflößend gewesen. Was mich beunruhigte, war vielmehr, wie leicht ich ihr geglaubt hätte, wenn ich die Wahrheit nicht gekannt hätte. Was, wenn sie auch mich angelogen hatte? Was *war* überhaupt wahr?

Es war fast sieben, als ich zum Hotel zurückging. Einige Gäste ließen sich das Frühstück auf der Terrasse servieren, unter ihnen Adrian, der eine Tasse Kaffee genoß.

»Ah, da bist du ja«, sagte er gutgelaunt, als ich an seinen Tisch trat – seine Fähigkeit, Menschen an ihrem Schritt zu erkennen, hat mich immer verblüfft. »Ich wollte gerade bestellen. Frühstückst du mit?«

Ich schüttelte den Kopf. »Ich kann nichts essen.« Dann erzählte ich ihm von dem Gespräch, das ich mitgehört hatte.

Adrian lauschte schweigend und biß sich, als ich fertig war, auf die Unterlippe. »Ich weiß nicht, was ich dir raten soll, Gordon. Dir ist doch sicher klar, daß du nichts in Händen hast, was die Behörden als Beweis anerkennen würden. Der Vater könnte leicht behaupten, daß das Mädchen wegen irgendeiner Ungehorsamkeit bestraft worden ist – so weit ich weiß, nennt man so einen Arrest dann ›begründet‹. Es scheint eine durchaus verbreitete Disziplinierungsmaßnahme zu sein. Und selbst wenn die Geschichte des Mädchens stimmt, ist es durchaus möglich, daß sie, mit ihren eigenen Behauptungen konfrontiert, alles abstreiten würde – einfach aus Angst vor ihrem Vater.«

Ich wußte, daß er recht hatte, aber ich konnte mir auch nicht vorstellen, welchen Beweis ich erbringen konnte, damit die Behörden glaubten, daß hier an einem jungen Menschen ein schreckliches Unrecht begangen wurde.

Ich ließ mich von Adrian zu Toast und Früchten überreden – frische Ananas und Bananen –, und als wir gerade mit dem Frühstück fertig waren, sah ich, wie Bernard und Alan Warrington an einem Tisch auf der anderen Seite der Terrasse Platz nahmen. Alan sah müde aus. Sein Vater wirkte besorgt. Sie sprachen kaum miteinander und gingen beide, sobald sie fertig waren, wieder nach drinnen, offenbar auf ihre Zimmer.

Ich ertappte mich dabei, wie ich fast den ganzen restlichen Tag die Suite der Warringtons beobachtete, für den Fall, daß Elyssa sich erneut nach draußen schleichen würde oder daß ich irgend etwas sah oder hörte, was ihr helfen konnte, aber es ereignete sich nichts Außergewöhnliches. Ich horchte noch einmal an der Wand meines Schlafzimmers, konnte aber nichts hören. Das war ohnehin unwahrscheinlich, wie mir klar wurde, weil ich nur hören konnte, was in Elyssas Schlafzimmer gesprochen wurde, während der Großteil der Unterhaltung im Wohnzimmer der Suite stattfinden würde.

Am späten Nachmittag gab ich es auf. Adrian machte ein Nickerchen – seit seiner Bronchitis war er chronisch müde –, also ging ich in die Bar und bestellte mir einen Scotch. Ich trug ihn in den Hof und suchte mir einen bequem aussehenden Liegestuhl mit Blick auf den Steingarten und den künstlichen Wasserfall in der Mitte des Hofes. Nach ein paar Minuten gesellte sich Señora Mendez zu mir.

»Ah, Dr. Harwell! Endlich haben wir Gelegenheit, uns persönlich kennenzulernen! Von etlichen meiner Gäste habe ich schon viel Gutes über Sie gehört.«

»Wirklich?« sagte ich. »Nach dem zu urteilen, was sie mir erzählt haben, scheinen sie zu glauben, Ihr Hotel sei ihrer Gesundheit viel zuträglicher als meine Behandlung.«

Sie lachte. Es war ein angenehmes, warmes Lachen. »Ach, die Menschen können ohne Frage sehr taktlos sein! Aber nichts für ungut – Sie machen Ihre Arbeit gut und ich die meine. Der Unterschied ist, daß Sie den Körper behandeln und ich die Seele. Gemeinsam könnten wir vermutlich alles kurieren.« Sie lachte erneut.

Ich schüttelte den Kopf. »Es gibt leider noch immer Krankheiten, die niemand besiegen kann. Und Leiden...« Plötzlich kam mir Elyssa in den Sinn, und ich fragte: »Kommen die Warringtons oft hierher?«

Trauer legte sich über Señora Mendez' Augen. »Ja, von Zeit zu Zeit. Der Junge konsultiert Spezialisten in San Juan, und es ist schwierig für die Warringtons, in der Stadt zu wohnen. Hier sind sie privater – man stellt kaum Fragen.«

Ich zögerte. »Ich habe gestern abend die Tochter getroffen – Elyssa – ein reizendes Mädchen. Ich finde es seltsam, daß sie den ganzen Tag über in der Suite bleibt.«

Ein Ausdruck von Achtsamkeit legte sich über das Gesicht der Frau. »Dr. Harwell, meine Gäste vertrauen sich mir gelegentlich an, und ich bin stolz darauf, daß sie mir dieses Vertrauen schenken. Gleichzeitig kann ich, wie Sie verstehen werden, ihre persönlichen Geheimnisse natürlich genausowenig preisgeben, wie Sie über Ihre Patienten sprechen können. Ich werde nur das eine sagen: Lassen Sie das Mädchen in Ruhe. Erzählen Sie niemandem, daß Sie sie gesehen haben. Das ist für alle das Beste.«

»Wie können Sie so etwas sagen?« stieß ich hervor. »Das Beste für ein junges Mädchen, vor der Welt weggeschlossen zu werden – eine Gefangene in ihrem eigenen Zuhause?«

»Sie verstehen das nicht, und ich kann es Ihnen nicht erklären. Die Warringtons sind gute und anständige Leute, die ohne ihr Zutun Opfer einer Tragödie geworden sind. Mischen Sie sich nicht ein, ich bitte Sie. Sie werden alles nur noch schlimmer machen.« Sie stand auf, entfernte sich rasch und ließ mich mit dem Gefühl zurück, der einzige normale Mensch in einer verrückten Welt zu sein.

Adrian war aufgestanden und zog sich gerade zum Abendessen um, als ich in die Suite zurückkehrte. Ich erzählte ihm von meinem Gespräch mit Señora Mendez, und er runzelte die Stirn. »Señora Mendez ist eine weise Frau. Ihrem Rat kann man im allgemeinen trauen. Vielleicht solltest du ihn befolgen.«

»Wie kannst du so etwas sagen?« fuhr ich hoch. »Ein hilfloses Mädchen wird zum Opfer gemacht, und jeder scheint ihre Existenz einfach leugnen zu wollen! Und jetzt auch noch du! Sie ist ein Mensch aus Fleisch und Blut! Glaubst du mir nicht? Ich habe mit ihr gesprochen, bin mit ihr am Strand gewesen. Es gibt sie wirklich, und sie leidet!«

»O ja, es gibt sie wirklich, das bestreite ich ja gar nicht. Ich habe auch mit ihr gesprochen.«

»*Was?* Wann?«

»Als du unten warst. Ich bin aufgewacht und habe mich dann noch eine Weile auf den Balkon gesetzt. Wie du weißt, grenzt der Balkon der Warringtons an unseren. Ich genoß gerade die Meerluft, als plötzlich etwas meinen Arm hochkrabbelte und ich hinter mir ein Kichern hörte.

›Kriegen Sie keinen Schreck‹, sagte eine junge Frauenstimme zu mir. ›Das war nur ein Chamäleon – die sind völlig harmlos.«

Dann stellte sie sich vor, und wir reichten uns über das Geländer die Hand. Sie erzählte mir, wie sie sich gefreut hat, dich gestern abend zu treffen – sie scheint dich für einen ziemlich wunderbaren Menschen zu halten. Wir haben uns nur ein paar Sekunden unterhalten, dann sagte sie: ›Da kommt jemand! Ich muß jetzt gehen.‹ Ich hörte die Schiebetür aufgleiten und Schritte auf dem Balkon, dann war sie verschwunden.«

»Aber du hast sie getroffen!« rief ich aus. »Dann hast du doch sicher gemerkt, was für ein nettes, junges Mädchen sie ist, die genauso ein Recht auf ein normales Leben wie jeder andere auch hat! Es ist falsch, sie einzusperren, und wir beide, du und ich, müssen etwas unternehmen!«

Adrian sagte lange nichts.

»Nun, findest du nicht auch?« fragte ich ungeduldig.

»Vielleicht liegt die Sache nicht so einfach«, sagte er langsam. »Wenn, was ich vermute, wahr ist, kannst du ihr nicht helfen.«

Ich brüllte jetzt beinahe. »Wovon redest du eigentlich? Was vermutest du?«

Er seufzte und schüttelte den Kopf. »Ich sollte nicht darüber reden, bevor ich mir nicht völlig sicher bin.« Er wandte seine Aufmerksamkeit seinen Manschettenknöpfen zu.

Ich preßte meine Hände gegen die Schläfen. »Die ganze Geschichte wird immer verrückter. Ich fange langsam an zu glauben, daß ich in einen Kaninchenbau gefallen bin.«

Ich hatte halb erwartet, daß Adrian über meine Verwirrung lachen und sich erklären würde, aber das tat er nicht. Sein Gesicht wurde sehr ernst, und er sagte gar nichts mehr.

In den nächsten beiden Tagen sah ich wenig von den Warringtons. Alan und sein Vater tauchten zum Frühstück im Speisesaal auf und fuhren kurz darauf, begleitet von einer Krankenschwester, in einer Limousine davon, vermutlich um Alans Arzt zu sehen. Der breitschultrige Diener blieb zurück – ich nahm an, er sollte ein Auge auf das Mädchen halten. Irgendwie hoffte ich wohl auch, daß Elyssa die Situation, mit nur einem Wächter allein zurückgelassen, ausnutzen und wie auch immer aus der Suite entwischen würde, aber das tat sie nicht. In beiden Nächten wanderte ich kurz vor Mitternacht an der Flutkante entlang, aber der Strand war leer. Als ich jedoch am späten Mittwochabend enttäuscht zum Hotel zurückkehrte, trat Elyssa aus dem Schatten einer Palme.

»Oh, Sie sind's, Dr. Harwell. Hallo.« Ihre Stimme war voller Traurigkeit.

»Geht es Ihnen gut, mein Kind?«

»So gut es mir eben gehen kann.«

»Kann ich Ihnen irgendwie helfen?«

Sie schüttelte den Kopf, und ihre Locken flogen hin und her. »Ich fürchte, mir kann keiner helfen. Ich werde erst frei sein, wenn sie tot sind.«

»Sagen Sie so etwas nicht!« entgegnete ich beunruhigt.

»Es ist aber wahr!«

»Nicht unbedingt! Ich werde Ihnen helfen. Irgendwie werden wir Sie befreien.«

»Sie verstehen gar nichts!« Zu meiner Bestürzung fing sie an zu weinen.

»Aber ich möchte gern verstehen! Sie müssen mir erklären, was vor sich geht.«

»Sie hassen mich! Sie schämen sich meiner, und das haben sie schon immer getan, seit ich geboren bin. Sie behaupten, damals hätten Alans Probleme angefangen und daß alles meine Schuld ist.«

»Aber wie das? Sie waren doch noch ein Baby! Sie konnten so jung noch keine Probleme verursachen! Was ist damals passiert?«

Sie schniefte. »Mutter starb. Alan hat ihren Tod nicht überwunden. Er war damals erst fünf, und es hat sein Gehirn irgendwie beeinträchtigt. Seither konsultiert er ständig irgendwelche Ärzte.«

»Was genau fehlt ihm denn?« bohrte ich nach. »Vielleicht kann ich jemanden empfehlen...«

Sie schüttelte den Kopf. »Sie können ihm nicht helfen. Alan ist schon bei zig Ärzten überall auf der ganzen Welt gewesen. Er ist in psychiatrischen Einrichtungen gewesen, wissen Sie. Nach einer Weile geht es ihm besser, und er wird entlassen, aber kurze Zeit später kommt er dann wieder nicht mehr zurecht. Glauben Sie nicht, ich hätte kein Mitleid mit ihm – das habe ich. Aber trotzdem ist es nicht fair, wie sie mich behandeln!«

»Der Meinung bin ich auch. Und es muß doch *irgend etwas* geben, was ich tun kann!«

Sie blickte auf, und im Mondlicht sah ich ihre Tränen schimmern. »Ich wünschte, es wäre so!« Sie stand auf. »Ich muß jetzt gehen. Sie werden mich bald vermissen.« Sie warf mir eine Kußhand zu und verschwand im Schatten der Bäume.

Als ich am Donnerstagmorgen in den Speisesaal kam, frühstückte Bernard Warrington allein. Da Adrian sich entschlossen hatte, auszuschlafen, war auch ich ohne Begleitung und wagte es daher, Mr. Warrington zu fragen, ob ich mich zu ihm setzen dürfe. »Aber selbstverständlich, Dr. Harwell. Nehmen Sie doch bitte Platz.« Wir sprachen über das Wetter und die Börse, über Regierungsanleihen und die Kurse ausländischer Währungen, aber Bernard Warrington schien nicht mit vollem Herzen bei der Sache zu sein. Er sah besorgt aus. Ich vermutete, daß, was immer Alans Arzt auch gesagt hatte, keine guten Nachrichten gewesen waren. Und doch hatte ich auch das Gefühl, ihn um Elyssas willen bedrängen zu müssen. Bei unserer zweiten Tasse Kaffee bemerkte ich höflich: »Oh, ich habe übrigens Ihre Tochter kennengelernt.«

Der Mann sah aus, als habe ihn der Schlag getroffen. Seine Hand begann so heftig zu zittern, daß er beinahe seinen Kaffee verschüttet hätte. Es entstand eine Pause, während er sich bemühte, seine Fassung wiederzugewinnen. Dann sagte er: »Ich habe keine Tochter.«

»Aber – Elyssa...« stotterte ich.

»Ich möchte nicht über Elyssa reden, Dr. Harwell. Ich schlage vor, Sie kümmern sich um Ihre eigenen Angelegenheiten.« Und mit dieser Bemerkung setzte er seinen Rollstuhl ruckartig in Bewegung und rollte aus dem Speisesaal.

Mir blieb fast die Spucke weg. Nahm dieser Wahnsinn denn gar kein Ende? Konnte ich mit niemandem vernünftig reden?

Kurze Zeit später sah ich Alan am Zeitungsstand bei der Rezeption. Jetzt oder nie, sagte ich mir. Irgend jemand mußte doch etwas für das Mädchen empfinden. »Mr. Warrington«, sagte ich und trat auf ihn zu. »Erinnern Sie sich noch an mich – Dr. Harwell?«

Er schenkte mir ein geisterhaftes Lächeln. »Natürlich, Doktor. Wie geht es Ihnen?«

»Offen gesagt bin ich etwas irritiert. Ich habe Ihre Schwester getroffen...«

Weiter kam ich nicht. Alan Warringtons Gesicht wurde aschfahl. »Elyssa? Sie war draußen? Vater hat mir nichts davon erzählt – o mein Gott!« Er begann heftig zu schwitzen, und sein ganzer Körper zitterte. »Entschuldigen Sie mich«, flüsterte er. Dann wandte er sich um und hastete in Richtung Lift.

Ich kehrte auf unsere Suite zurück, wo Adrian gerade erneut die kleine Skulptur untersuchte, die Señora Mendez ihm geliehen hatte. »Das ist wirklich exquisit«, murmelte er, während seine Finger jede Nuance des Objekts ertasteten.

»Nun, es gibt auch Dinge im Leben, die sind nicht ganz so exquisit«, grollte ich. »Manche sind sogar total verrückt!« Ich erzählte ihm, daß ich versucht hatte, die beiden männlichen Warringtons anzusprechen und daß meine Bemühungen erfolglos geblieben waren. Er nickte nur und sagte nichts.

»Ich versuche schon lange, eine rationale Erklärung für all das zu finden«, sagte ich, »und komme nur auf zwei Möglichkeiten.«

»Und?«

»Die erste ist, daß Mrs. Warrington bei Elyssas Geburt gestorben ist und beide Männer Elyssa deswegen irgendwie für ihren Tod verantwortlich machen. Und weil der kleine Alan den Tod seiner Mutter so schwer genommen hat, daß er emotionale Störungen entwickelt hat, hat man Elyssa die Schuld dafür gleich mitgegeben. Folglich haben sie sie, so unglaublich das klingen mag, zur Unperson gemacht und weigern sich schlicht, ihre Existenz wahrzunehmen, gleichsam als Strafe für ihr Verbrechen.«

Adrian nickte. »Durchaus möglich. Es sind schon seltsamere Dinge passiert. Und deine andere Theorie?«

»Meine andere Theorie beruht auf der Tatsache, daß Mr. Warrington, als ich ihn auf Elyssa ansprach, als erstes sagte: ›Ich habe keine Tochter.‹ Und was mich daran stutzig machte, war mein sicheres Gefühl, daß er die Wahrheit sagte! Also, entweder hat er sie so lange verleugnet, daß er inzwischen selbst fest glaubt, keine Tochter zu haben. Oder – vielleicht war Mrs. Warrington ihm untreu – Elyssa ist zwar ihre Tochter, aber nicht seine. Das würde auch die beachtlichen Unterschiede zwischen Alans und Elyssas Hautfarbe erklären, selbst wenn sie ähnliche Gesichtszüge haben. Wenn Elyssa tatsächlich nicht Warringtons Kind ist, kann ich verstehen – wenngleich nicht gutheißen –, daß er versucht, ihre Existenz zu leugnen.«

Adrian sagte nichts.

»Und?« fragte ich. »Was hältst du davon?«

»Vielleicht hast du recht.«

»Aber du glaubst es nicht. Warum verrätst du mir deine Theorie nicht?«

Er schüttelte den Kopf. »Meine Theorie ist ein wenig absurd. Wenn sie nicht stimmt, ist es besser, wenn ich nichts sage.«

»Verdammt!« schnaubte ich. »Jeder scheint etwas zu wissen, was ich nicht weiß! Ich...«

Ich hielt inne. Aus der angrenzenden Suite waren Stimmen zu hören. Ich eilte in mein Zimmer und legte mich aufs Bett, das Ohr nah an der Wand. Adrian folgte mir.

»Das *dulde* ich nicht! Du hast meine Befehle mutwillig mißachtet!« Das war Bernard Warrington.

»Ich hab' doch nichts Böses getan! Ich bin bloß spazierengegangen. Ich habe ein paar Leute gegrüßt! Was ist daran so schrecklich?«

»Was daran schrecklich ist, ist, was du Alan damit angetan hast! Er ist so schwach, daß er sich kaum auf den Beinen halten kann. Dein Benehmen bringt ihn um!«

»Das ist mir egal! Verstehst du? *Es ist mir egal!*« Das Mädchen hatte angefangen zu schreien. »Du sorgst dich immer nur um Alan. Jedesmal wenn du zwischen uns beiden wählen mußt, entscheidest du dich für ihn! Und ich bin ganz allein!«

Einen Augenblick lang war ich schockiert, erneut zu hören, wie kalt sie der Gedanke an das Ableben ihres Bruders offenbar ließ. Ich konnte nicht umhin zu denken, daß sie argumentierte wie ein kleines Kind. Aber das war zu erwarten. Man hatte ihr keine Ausbildung zukommen lassen, ihr nicht erlaubt, Reife zu entwickeln – sie konnte kein Mitleid für die Probleme irgendeines anderen aufbringen, wenn sich nie jemand um ihre gekümmert hatte.

Sie sprach erneut: »Er ist so schwach und kränklich, daß es ihm vielleicht besser ginge, wenn er tot wäre!«

»Sag so was *nie* wieder!« Bernard Warringtons Stimme hatte einen seltsamen Tonfall angenommen. Ich hörte ein Stöhnen von jenseits der Wand. Dann vernahm ich Alans Stimme: »Was ist denn hier los? *Was hast du getan?*«

»Ich hab' gar nichts getan! Er hat mich angebrüllt, und sein Gesicht ist ganz rot angelaufen, und dann hat er sich mit der Hand an den Kopf gepackt...«

Dann brüllte Alan los. »Schwester! Schwester!«

Ich sah Adrian an. »Ich muß sofort rübergehen. Ich glaube, Mr. Warrington hatte einen Schlaganfall.«

Einen Augenblick später klopfte ich an die Tür der Suite der Warringtons. Der Diener öffnete und sah mich an. »Ich hab' einen Tumult gehört«, sagte ich. »Ich bin Arzt. Wenn ich helfen kann...« Man führte mich schnell ins Schlafzimmer, wo Bernard Warrington bewußtlos auf dem Bett lag. Er sah nicht gut aus. Die Krankenschwester telefonierte nach einem Krankenwagen. Alan stand neben dem Bett und hielt die Hand seines Vaters. »Du kannst nicht einfach sterben, du darfst nicht sterben!« murmelte er. Ich sah mich um, ohne eine Spur von Elyssa zu entdecken. Die Suite der Warringtons war um einiges größer als die, die Adrian und ich bewohnten, und ich vermutete, daß jemand Elyssa in eines der anderen Schlafzimmer gedrängt hatte, als ich an die Tür klopfte.

Ich konnte nicht viel für Bernard Warrington tun, außer mich zu vergewissern, daß seine Sauerstoffzufuhr unbeeinträchtigt war und er warm gehalten wurde, bis der Krankenwagen eintraf. Der Schlaganfall war offenkundig ernsterer Natur, und wenn er ihn überlebte, standen ihm etliche Monate, wenn nicht Jahre der Rehabilitation bevor.

Alan sah schrecklich aus. Er schwitzte heftig, und ich befürchtete, daß er kurz vor einem Schock stand. Ich führte ihn vorsichtig zu einem Sessel in der Ecke des Zimmers und deckte ihn mit einer Wolldecke zu. »Das Beste, was Sie jetzt für Ihren Vater tun können, ist, auf sich selbst zu achten«, sagte ich.

Er nickte und schien auf seinem Stuhl zusammenzusinken. Ich nahm seinen Puls – ein rasender Fadenpuls – und bemerkte eine zackige Narbe an seinem Handgelenk. Solche Narben hatte ich vorher auch schon bei anderen Leuten gesehen, die einen Selbstmordversuch hinter sich hatten. Ich machte mir Sorgen, daß, wenn Mr. Warrington starb, der Schock seines Todes mehr war, als Alan verkraften konnte.

Kurze Zeit später traf der Krankenwagen mit den Sanitätern ein und sauste bald darauf mit Mr. Warrington zum Krankenhaus davon. Alan bestand darauf, mitzufahren, und die Schwester begleitete ihn. Der Diener führte mich recht abrupt hinaus und schloß die Tür hinter mir ab. Ich stand im Flur und machte mir Sorgen um das Mädchen. Sie hatte bestimmt Angst, dachte ich. Ihr Vater konnte genausogut sterben – und man würde wahrscheinlich ihr die Schuld geben, zusätzlich zu allem anderen. Ich erwog, erneut zu klopfen und darum zu bitten, sie zu sehen, aber ich war mir sicher, daß der Diener sich weigern würde, mich hinein zu lassen.

Während ich noch mit mir zu Rate ging, was zu tun sei, trat Señora Mendez aus dem Aufzug und kam auf mich zu.

»Ich hab' es gerade erst gehört«, sagte sie. »Wie geht es ihm?«

»Es sieht nicht gut aus«, erwiderte ich. »Sie haben ihn ins Krankenhaus gebracht. Alan und die Schwester sind mitgefahren, aber das Mädchen ist hiergeblieben, und sie hat bestimmt Angst...«

Señora Mendez sah mich einen Moment lang an, nahm dann meinen Arm und führte mich von der Tür weg. »Ich bitte Sie, Doktor, lassen Sie das Mädchen in Ruhe. Es geht ihr bestimmt gut. Ich werde mich darum kümmern.«

Inzwischen waren wir vor der Tür unserer Suite angekommen, und mir blieb nichts anderes übrig, als ihr zuzustimmen, wobei ich mir ein wenig vorkam wie ein gemaßregelter Schuljunge. Adrian drehte sich zu mir um, als ich hereinkam. »Was war los?«

Ich erzählte es ihm. »Ich fürchte, der alte Herr überlebt das nicht«, sagte ich. »Die Anzeichen lassen nichts Gutes ahnen.«

Am nächsten Morgen – Freitag – hörten wir, daß Bernard Warrington im Koma lag. Ich sah weder Alan noch die Krankenschwester, also vermutete ich, daß sie im Krankenhaus geblieben waren. Auch Elyssa oder den Diener konnte ich nicht entdecken.

An diesem Abend lud man mich ein, vierter Mann in einer Bridge-Runde zu sein, und das Spiel dauerte bis nach Mitternacht. Ich wartete gerade auf den Lift, als Señora Mendez mit einem starren Gesichtsausdruck auf mich zutrat. »Ich habe soeben schlechte Nachrichten erhalten, Doktor Harwell. Señor Warrington ist vor kurzem verschieden.«

»Oh!« rief ich aus. »Arme Elyssa!«

Sie sah mich streng an. »Machen Sie sich keine Sorgen um das Mädchen. Alan ist derjenige, der in Gefahr schwebt. Ohne seinen Vater überlebt er vielleicht nicht.«

Ich erinnerte mich, wie kränklich der Junge bei unserer letzten Begegnung ausgesehen hatte, und mir wurde klar, daß sie recht hatte. »Was ist mit seinen Ärzten?« fragte ich. »Jemand sollte sie benachrichtigen.«

»Ich habe gerade mit ihnen telefoniert. Unglücklicherweise sind sie der Ansicht, Alan müsse ins Krankenhaus, und das ist etwas, wogegen er sich immer gewehrt hat. Sein Vater war der einzige, der ihn bewegen konnte, die Einweisungspapiere zu unterschreiben.«

Ich sah sie an. »Wenn Sie meinen, ich könnte vielleicht behilflich sein. Ich rede gerne mit dem Jungen.«

»Vielen Dank, Doktor. Vielleicht wird das später notwendig sein.«

Ich konnte wieder einmal nicht schlafen. Die Uhr auf meinem Nachttisch zeigte 1.20 Uhr an, als ich auf der anderen Seite der Wand Stimmen hörte.

»Du hast ihn umgebracht.« Alans Stimme klang wütend, aber nicht fest.

»Ich hab' ihn *nicht* umgebracht. Wir haben gestritten, ja, aber was kann ich dafür, wenn er einen Schlaganfall hat? Das ist schließlich nicht meine Schuld.«

»Ich kann dich nicht ausstehen. Du hast uns nichts als Unglück gebracht.«

»Man hat mich wegen dir auch nicht gerade auf Rosen gebettet, Alan. Aber das wird sich ja jetzt ändern, nicht wahr?«

»Wie meinst du das?«

»Ohne Vater bist du nicht stark genug, mich unter Kontrolle zu halten. Ich werde frei sein. Ich werde wie ein normaler Mensch leben.«

»Das kannst du nicht. Das darfst du nicht.«

»Versuch doch, mich daran zu hindern.«

»Du wirst mich umbringen – das kannst du nicht tun.«

»Wenn meine Freiheit dich umbringt, lieber Alan, dann von mir aus.«

Ich gebe zu, daß ich nicht alles in allen Einzelheiten begriff. Warum die Aussicht, seine Schwester könne ein normales Leben führen, Alan so erschreckte, überstieg meine Vorstellungskraft. Und erneut spürte ich einen kalten Schauer bei der Haltung, die Elyssa an den Tag legte. Der Tod ihres Vaters schien sie kein bißchen zu bekümmern. Und sie zeigte keinerlei Mitgefühl für Alans Leiden.

Dabei tröstete mich auch der Gedanke nicht, daß ihre Art, die Dinge zu sehen, wahrscheinlich ganz normal war, wenn man in Betracht zog, unter was für abnormalen Umständen sie aufgewachsen war. Mißhandelte Kinder zeigten oft einen starken Mangel an Mitgefühl. Diese Insensibilität war eben genau eine Abwehr gegen den eigenen Schmerz. Aber irgend jemand mußte Elyssa all diese Dinge beibringen, die man sie in ihrer seltsamen Kindheit nicht gelehrt hatte.

Am Morgen erfuhr ich, daß man die Leiche von Warrington senior einer gerichtsmedizinischen Untersuchung unterziehen wollte, wie das in Fällen von plötzlichem Tod allgemein üblich war. Die Leiche würde mindestens einen weiteren Tag lang nicht freigegeben werden, was bedeutete, daß der übrige Warrington-Clan nicht sofort abreisen konnte. Ich nahm mir vor, Alan bei der nächsten sich bietenden Gelegenheit anzusprechen, um ihm vorzuschlagen, daß sich Elyssa in therapeutische Behandlung begab.

Aber es sollte mir nicht gelingen, meine guten Vorsätze in die Tat umzusetzen. Alan verließ den ganzen Samstag über die Warrington-Suite nicht, und am Sonntag saßen Adrian und ich im Speisesaal beim Frühstück, als zu unserem Erstaunen Elyssa eintrat. Im vollen Tageslicht war ihre Schönheit überwältigend. Sie hatte für die frühe Stunde eher ein wenig zu viel Make-up aufgetragen, aber dazu neigen junge Frauen meiner Beobachtung nach. Ihre hellblaue Seidenbluse und die elfenbeinfarbenen Sandaletten waren der Inbegriff von Weiblichkeit. Sie trug ihr Haar offen und ein wenig zerzaust, wie es damals gerade in Mode war, dazu große goldene Ohrringe, passend zu ihrem goldenen Armband. Alles in allem war sie ein bemerkenswert hübsches Mädchen, und Köpfe wandten sich nach ihr um, als sie quer durch den Saal zu einem Tisch am Fenster ging.

Ich stand auf und trat an ihren Tisch. »Elyssa«, sagte ich. »Ich habe das mit Ihrem Vater gehört. Es tut mir leid.«

Sie blickte zu mir auf und lächelte. »Vielen Dank. Aber es muß

Ihnen nicht leid tun. Die Dinge werden sich schon zum Besten fügen. Vater war ziemlich alt, und er hatte ein schwaches Herz.«

Wieder war ich verblüfft über ihre Gefühllosigkeit und mußte mir in Erinnerung rufen, daß man sie nie gelehrt hatte, in Worten oder Gefühlen angemessen zu reagieren.

»Wie nimmt Alan die Sache auf?« fragte ich.

»Ach!« Sie machte eine wegwerfende Handbewegung. »Sie kennen doch Alan. Bricht bei der kleinsten Kleinigkeit immer gleich zusammen.«

Ich war sprachlos. Was konnte ich auf eine derartige Bemerkung erwidern? Ich begann zu fürchten, daß der psychische Schaden, den sie erlitten hatte, irreparabel war. Vielleicht würde sie nie in der Lage sein, Gefühle für andere Menschen zu entwickeln.

»Miss Warrington, nicht wahr?« Adrians Stimme klang über meine Schulter. Er streckte seine Hand aus, und Elyssa ergriff sie lächelnd. Adrian nahm ihre Hand in seine beiden Hände und hielt sie zärtlich, wobei er sie wie ein Kunstwerk betastete. »Unser Treffen neulich war leider nur sehr kurz«, sagte er. »Ich freue mich, Sie wiederzusehen – gewissermaßen.«

Elyssa lachte. »Und ich bin entzückt, Sie wiederzusehen, Mr. Christopher. Ich habe gehört, Sie sind ein Künstler. Ich würde gern irgendwann einmal mit Ihnen über Ihre Arbeit reden.«

Adrian nickte. »Das wäre sehr nett. Vielleicht bald einmal.« Dann ließ er uns allein, und ich sagte zu Elyssa: »Ich muß mit Alan sprechen.«

»Das wird leider nicht möglich sein.«

»Warum nicht?« fragte ich überrascht.

»Alan ist weg.« Sie beugte sich über ihre Speisekarte und studierte sie interessiert. »O ja! Ich denke, ich nehme gebratenes Toastbrot zu den Erdbeeren. Klingt toll, was?«

Ich war entlassen. Ich ging zu Adrian zurück, aber mir war der Appetit vergangen. »Irgend etwas Schreckliches ist passiert«, sagte ich zu Adrian. »Das Mädchen hat eine unterentwickelte Persönlichkeit, wie aufgrund ihrer Isolation und sozialen Deprivation nicht anders zu erwarten war, aber da ist noch etwas anderes – ich kann den Finger noch nicht auf die Wunde legen. Mein Gott! Mir läuft es kalt den Rücken runter, wenn ich sie reden höre. Und ich mache mir wirklich Sorgen um den Jungen.«

Adrian schüttelte den Kopf. »Ich fürchte, es könnte bereits zu spät für ihn sein.«

»Was soll das heißen?»

Aber bevor er antworten konnte, kam der Kellner, um unseren Tisch abzuräumen, und eine mittelalte Frau trat hinzu und stellte sich als Verehrerin von Adrians früheren Arbeiten vor. Adrian lud sie, höflich wie immer, ein, sich zu uns zu setzen, und mir war klar, daß ich warten mußte, wenn ich erfahren wollte, welche Gedanken meinen Freund bewegten.

Als wir gerade unseren Kaffee tranken, sah ich, daß Elyssa aufgestanden war und aus dem Speisesaal schritt. Ich ging ihr nach.

»Ich muß mit Alan reden«, sagte ich, als ich sie eingeholt hatte.

»Ich habe Ihnen doch schon gesagt – das geht nicht.« Sie betrat den Fahrstuhl, und ich folgte ihr.

»Wo ist er hin? Ich werde ihm eine Nachricht zukommen lassen.«

»Warum interessiert sich alle Welt so für Alan?« rief sie ungeduldig aus.

»Ich interessiere mich auch für Sie«, fügte ich hinzu und hoffte, daß meine Stimme beschwichtigend klang. »Aber ich muß mit Alan reden.«

Sie starrte mich eine Weile an.

»Lassen Sie mich wenigstens mit seiner Krankenschwester sprechen.«

»Ich habe sie entlassen«, sagte sie schlicht. »Wilson auch. Ich brauche sie nicht mehr.«

»Aber Alan braucht sie.«

Sie antwortete nicht. Die Fahrstuhltür ging auf, und sie trat hinaus. Ich ging ihr nach. Sie zog einen Schlüssel aus der Tasche und schloß die Tür zu ihrer Suite auf.

»Hören Sie, ich verspreche Ihnen, dabei zu helfen, so frei zu leben, wie es Ihnen beliebt. Ich muß nur ein paar Minuten mit Alan sprechen. Er muß ins Krankenhaus.«

Sie wandte sich auf der Schwelle um und sah mir direkt in die Augen. »Nein. Keine Krankenhäuser mehr. Nie wieder!«

»Wollen Sie nicht, daß er wieder gesund wird?« Ich wußte, daß es das Falscheste war, was ich sagen konnte, sobald ich die Worte ausgesprochen hatte. Aber auf das, was als nächstes kam, war ich nicht vorbereitet: »Alan kann nicht wieder gesund werden. Er ist tot.«

»Was – was ist passiert?«

»Nichts ist passiert. Er ist einfach gestorben. Er war des Lebens müde. Weiter nichts.« Sie betrat die Suite und machte Anstalten, mir die Tür vor der Nase zuzuschlagen, aber ich war zu schnell für sie. Ich stemmte mich dagegen und verschaffte mir gewaltsam Eintritt.

»Ich glaube Ihnen nicht! Wo ist seine Leiche? Ich will sie sehen.«

»Niemand wird sie je finden«, sagte sie schlicht. »Welchen Unterschied macht das schon?«

»Welchen Unterschied?« Meine Gedanken begannen im Kreis zu rasen. »Elyssa, Kind, Sie können eine Leiche nicht einfach wegwerfen! Die Behörden müssen benachrichtigt werden, unabhängig davon, wie Alan gestorben ist. Ich werde sie anrufen, wenn Sie es nicht tun.«

»Das dürfen Sie nicht!«

»Das *muß* ich!«

»Aber wenn sie Alan nicht finden können, stecken sie mich dann ins Gefängnis?« Ihre Stimme hatte einen wehleidigen – fast kindischen – Ton angenommen.

»Das werden sie bestimmt nicht tun«, sagte ich. »Sie brauchen Hilfe, Elyssa. Nach allem, was Sie durchgemacht haben, brauchen Sie vor allem einen Arzt, kein ...«

»Ich gehe in kein Krankenhaus!« Panik stand in ihren Augen. »Sie sperren einen ein. Ich möchte *frei* sein!«

Und bevor ich sie aufhalten konnte, stürzte sie in eins der Schlafzimmer und verriegelte die Tür hinter sich.

»Elyssa!« Ich hämmerte gegen die Tür. »Du brauchst keine Angst zu haben. Ich werde dir helfen.«

Ich hörte, wie die Schiebetür zum Balkon aufging, und wußte plötzlich, was sie vorhatte. Ich rannte zur Schiebetür im Wohnzimmer, aber ich war nicht schnell genug. Ich sah nur noch die blaue Seidenbluse aufblitzen, bevor sie über das gußeiserne Geländer verschwand. Von unten hörte man Schreie.

So schnell meine Beine mich trugen, rannte ich die Feuertreppe hinunter und auf die Terrasse. Dort hatte sich schon eine Menschenmenge versammelt.

»Lassen Sie mich durch! Ich bin Arzt!« rief ich keuchend.

Als die Leute zur Seite traten, zögerte ich, Elyssa direkt anzusehen, aber ich sah die blaue Bluse. Eine der elfenbeinfarbenen Sandaletten lag neben ihrem Körper zusammen mit einem breiten Armreif. Dann versuchte Elyssa, sich zu bewegen, und das Haar fiel ihr vom Kopf. Die wilden schwarzen Locken lagen auf der Terrasse, und darauf gebettet ein blutüberströmter Kopf mit dünnem blonden Haar. Ich packte ein Handgelenk und entdeckte eine lange zackige Narbe.

»Es ist ein Mann!« schrie eine Frau in der Menge.

Und in der Tat war der Körper, den ich untersuchte, der eines Mannes, aber die Seele, die mich aus diesen blauen Augen ansah, war die einer Frau.

»Ich ... hatte genauso viel Recht ... auf einen Körper ... wie er«, stöhnte sie. Dann wurde sie steif, und ihr Puls hörte auf zu schlagen.

Ich schloß ihre Augen, zog meine Jacke aus und legte sie über ihr Gesicht.

»Du hast es gewußt, nicht wahr?« fragte ich Adrian später an jenem Tag.

»Nach dem Frühstück heute morgen war ich mir ziemlich sicher«, erwiderte er. »Die Knochenstruktur ihrer Hände war mit der von Alans identisch, mit Ausnahme der Fingernägel natürlich. Die Wahrscheinlichkeit, daß das unter Geschwistern vorkommt, die keine eineiigen Zwillinge sind, ist sehr gering. Außerdem war ihr Gang ebenfalls bemerkenswert ähnlich.«

Ich schüttelte den Kopf. »Ich kann es immer noch nicht glauben. Sie kam mir so wirklich vor.«

»Sie *war* wirklich. Es gibt zahlreiche aktenkundige Fälle von gespaltener Persönlichkeit, und in einer ganzen Reihe von ihnen sind die verschiedenen Persönlichkeiten verschiedenen Geschlechts.«

»Sie hat Alan umgebracht, nicht wahr?«

»In gewisser Weise schon. Während sie stärker wurde, wurde er immer schwächer. Aber ich glaube nicht, daß sie ein böser Mensch war. Für sie war es scheinbar eine Frage des Überlebens. Ihr einziges Vergehen war, daß sie existieren wollte.«

»Was für ein seltsames Leben die beiden geführt haben müssen!« sagte ich traurig.

Adrian nickte.

Etwa einen Monat später schenkte er mir eine kleine Tonfigur, die er modelliert hatte. Sie stellte eine junge Frau in einer Bauernbluse und einem weiten Rock dar. Ihr Haar war lang und lockig, und sie trug mehrere Armreifen, unter denen man mit einer Lupe das Ende einer zackigen Narbe erkennen konnte. Ihre Arme waren ausgestreckt, als wollte sie einen imaginären Liebhaber umarmen, und ihr Gesicht trug den Ausdruck kindlicher Freude.

»Ich habe sie ›Die Frau im Schatten‹ genannt«, sagte Adrian.

Es ist eines meiner kostbarsten Andenken.

Aus dem Englischen von Kristian Lutze

AMANDA CROSS

Tania's Nirgendwo

Mein Name ist Leighton Fansler. Ich wollte schon seit langem einige Fälle meiner Tante Kate Fansler veröffentlichen, die, obwohl selbst nie Privatdetektivin im professionellen Sinne – sie hatte bestimmt keine Lizenz und erhielt auch kein Honorar –, ähnlich wie Sherlock Holmes oder Peter Wimsey viele interessante Fälle übernommen hat. Bis jetzt war sie, was ihre Weigerung anbetraf, mich einige der Geschichten erzählen zu lassen, absolut unerbittlich, und niemand kann unerbittlicher sein als Kate Fansler. Schließlich habe ich ihr das Zugeständnis abgerungen, daß dieser Fall eine Ausnahme bildet. Alle, die eng mit der Sache zu tun hatten, sind inzwischen tot, und insofern kann meine Erzählung keinem Schaden zufügen. Es ist vielmehr so, wie sie nachdenklich meinte, daß einigen Menschen dadurch vielleicht sogar geholfen werden könnte.

Gleich zu Beginn des Falls wurde Kate klar, daß Tania Finship, damals zweiundsechzigjährig und damit fast das älteste Mitglied des Lehrkörpers ihrer Fakultät, sich große Beliebtheit erworben hatte. Nach ihrem Verschwinden wurde aber auch deutlich, daß ihr dies nach Meinung ihrer Kollegen und Studenten selbst nicht bewußt gewesen war. Sie hatte ihren Job tüchtig, kurz angebunden, ehrenhaft und ohne erkennbares Taktgefühl erledigt und zweifelsohne geglaubt – wenn sie diese Frage überhaupt je beschäftigt hatte –, daß die Empörung und Wut, die sie Studenten hatte äußern hören, die in ihren Seminaren nicht gut abgeschnitten hatten, die allgemeine Meinung widerspiegelten. Wie sooft bei Menschen, gleich welchen Berufs, bei denen verspätetes Bedauern an die Stelle rechtzeitiger Wertschätzungsbekundungen tritt, war Tania Finship verschwunden, bevor irgend jemand ihr gesagt hatte, daß er sie liebte.

Wenn sie tot war, gab es dafür keinen stichhaltigen Beweis. Hätte ihr Ehemann Anspruch auf ihr Vermögen geltend gemacht, um erneut zu heiraten, wäre ihm das vor Ablauf der gesetzlich vorgeschriebenen Frist von sieben Jahren sicher nicht leicht gemacht worden. Er trauerte jedoch vielmehr um die Frau, die er immer geliebt hatte, und er machte diese Liebe, wenn auch ohne viele Worte, deutlich. Vielleicht hatte Tania ihre Professur nur durch geschickte Fortschreibung ihres Anstellungsvertrages gehalten, wie man einige der jüngeren Professoren hinter vorgehaltener Hand hatte munkeln hören, ihre Ehe aber hielt, weil beide Partner es so wollten: In jenen Tagen blieb man in den Vereinigten Staaten nicht verheiratet, wenn man nicht wollte. Ihre Kinder, die längst erwachsen anderswo lebten, waren zunächst an die Ostküste gekommen, als sie verschwand, und schließlich an die Westküste zurückgekehrt, von wo sie jedoch engen Kontakt zu ihrem Vater hielten. Was Tanias Ersparnisse anbetraf, so hatten sie und ihr Mann Tom gemeinsam darüber verfügt. Sie gehörten ihm also schon, aber es war, wie er nach ihrem Verschwinden oft betonte, sein einziger und sehnlichster Wunsch, sie mit ihr teilen zu können.

Niemand hatte eine Vorstellung, was aus ihr geworden war. Die Polizei war genauso ratlos wie das FBI oder der CIA, der sich unter dem fadenscheinigen Verdacht, Tania Finship könne Mitglied eines Spionage-Rings gewesen sein, in den Fall eingeschaltet hatte. Ihre Eltern waren in den Zwanzigern und Dreißigern Marxisten und Trotzkisten gewesen, und niemand wußte genau, ob sie nicht auch Stalinisten geworden waren und Tania schon bei ihrer Geburt für eine Spionagetätigkeit ausersehen hatten. Unwahrscheinlich, aber wenn der CIA eins ist, dann Experte für Unwahrscheinlichkeiten. Sie konnte doch all die Jahre gewartet haben, bis ihre Kinder erwachsen waren, und dann mit der illegal erworbenen Information getürmt sein. Welche speziellen Informationen eine Professorin für russische Literatur im Verlauf eines untadelig geführten Lebens gesammelt haben sollte, blieb im günstigsten Fall unklar, im schlimmsten war der Verdacht schlichter Blödsinn. Immerhin sprach und las sie Russisch, und, was noch schwerer wog, man hatte sie deutlich Kritik an der Regierung der Vereinigten Staaten üben hören. Und einem Menschen, der so radikal gegen Atomkraftwerke und für den Frieden war wie Tania, war schließlich alles zuzutrauen.

»Das ist«, wie Fred Manson gegenüber Kate Fansler bemerkte, »genau das Problem. Der CIA hat diese lächerliche, fixe Idee, was zur Folge hat, daß alle einfach beschlossen haben, daß sie sowieso in Rußland ist, und aufgehört haben zu suchen – das heißt, alle, die auch nur den Hauch einer Chance hatten, sie zu finden. Und die Studenten werden unruhig. Sie haben ihren Ausführungen des öfteren gelauscht und sind sich absolut sicher, daß das Verlassen des Landes oder auch nur ihres Penthouses für mehr als ein paar Stunden so ziemlich das letzte war, was sie wollte. Wenn Tania je ein Fünkchen Fernweh in sich hatte, dann war es längst erloschen, das haben zumindest ihr Mann und ihre Studenten berichtet. Die Frage ist, ob Sie uns helfen können? Ich habe schon viel von Ihnen gehört.«

»Was ist Ihre Meinung, was passiert sein könnte?« fragte Kate.

Fred Manson seufzte schwer. »Ich versuche, nicht zu denken«, sagte er. »Tatsache ist, daß Tania schon so etwas wie eine Belastung für unseren Fachbereich war; gewissenhaft, Himmel noch mal, ja, eine harte Arbeiterin und hochintelligent. Aber sie pflegte seit geraumer Zeit recht barsche Manieren, die sowohl für ihre Kollegen wie für die Studenten schwer zu nehmen waren. Wollen Sie ein Beispiel? Okay; wir hatten vor einigen Wochen eine Sitzung des Lehrplanausschusses und diskutierten über das Seminarangebot fürs nächste Jahr. Ich mußte dem Ausschuß mitteilen, daß ein Mann, der versprochen hatte, im nächsten Jahr die Überblicksvorlesungen zu halten, sich jetzt auf einmal weigerte, dies zu tun. Tania war für die Überblicksvorlesungen verantwortlich und nachdrücklich verärgert, wie es wohl jeder gewesen wäre, wenn er so kurzfristig eine Absage erhält. Sie sagte also: ›Können wir ihm nicht einfach sagen, er soll sich ins Knie ficken?‹«

»Ich verstehe, was Sie meinen«, sagte Kate. »Sie wollen aber damit nicht andeuten, daß der fragliche Mann davon gehört und sie verschleppt haben könnte?«

»Ich will überhaupt nichts andeuten; das schon gar nicht. Aber es ist schwierig genug, eine sprachwissenschaftliche Fakultät zu leiten. Das sind die schlimmsten: aus irgendeinem unerfindlichen Grund werden alle Dozenten für Fremdsprachen zu übellaunigen Ekeln, sobald sie zum erstenmal von flektierten Verben hören, ohne daß sie dafür zusätzlich auch noch andauernd von Körperverletzung, Menschenraub und Schlimmerem reden müssen. Finden Sie heraus, was mit ihr geschehen ist, bitte, um der akademischen Welt und meines geistigen Wohlbefindens willen. Unser Fachbereich verfügt über die notwendigen Mittel, und auch die Universitätsverwaltung wird uns zur Seite stehen, alles ganz inoffiziell, versteht sich. Die offizielle Version der Universität ist die, daß sie sich einer dringenden Operation unterziehen mußte und nicht will, daß jemand davon erfährt. Vielleicht müssen wir ja früher oder später einen Skandal eingestehen, aber nicht, bevor es absolut unumgänglich ist.«

»Ich könnte mir vorstellen«, sagte Kate »daß die Empfindlichkeiten der Universität für alle Beteiligten von bestenfalls untergeordneter Bedeutung sind. Für mich wären sie das jedenfalls. Haben Sie die Krankenhäuser überprüft?«

»Alles ist überprüft worden«, sagte Fred Manson. »Einfach alles. Wenn meine Mutter früher Dinge verlegte, sagte sie immer, sie hätten sich wohl in Luft aufgelöst. Natürlich tauchten sie eine Viertelstunde später immer wieder auf. Wenn ich eines nicht ausstehen kann, sind es Klischees, die sich selbständig machen. Tania ist nirgendwo, verdammt noch mal, nirgendwo.«

»Ich werd' es mir überlegen«, sagte Kate. »Ich lasse Sie in ein paar Tagen wissen, wie ich mich entschieden habe. Kann ich in der Zwischenzeit mit Tanias Ehemann sprechen? Wird er mich empfangen?«

»Ich werde, verdammt noch mal, dafür sorgen, daß er Sie empfängt«, sagte Fred Manson. Kate konnte nicht umhin zu denken, daß – so wackelig der Stuhl eines Dekans offenbar war – Tanias Verschwinden rein gar nichts dazu beigetragen hatte, seine Position zu stabilisieren. Konnte ihr Entschluß, unterzutauchen, einfach der puren Lust entsprungen sein, Fred Mansons Leben und Laune zu ruinieren? Und konnte der Ehemann, wie hingebungsvoll er auch sonst immer sein mochte, eine derartige Rache ermutigt haben?

Eine Stunde mit Tom Finship reichte, um solche Vermutungen, wie auch alle anderen, als gegenstandslos zu widerlegen. Er begrüßte Kate in dem Penthouse am Riverside Drive, das er seit langem mit seiner jetzt verschwundenen Frau teilte. Sie hatten es vor etlichen Jahren für einen inzwischen geradezu lächerlichen Preis gekauft – wenn man die Lage am Immobilienmarkt von New York City in Betracht zog. Da ihr Penthouse im Wert gestiegen war, hatten sie oft davon gesprochen, es zu verkaufen und von dem Geld ein Haus auf dem Land zu erwerben, wo ihre Lust am Gärtnern vielleicht endlich ein angemessenes Betätigungsfeld finden konnte. Aber der passende Moment hatte sich nie ergeben. Die Grünanlage auf dem Penthouse war riesig, und obwohl Kate Fansler einen Fliederstrauch kaum von Rhododendron unterscheiden konnte, stand es selbst für ihr unwissendes Auge außer Frage, daß dies ein außergewöhnlicher Dachgarten war. »Das mit dem Haus auf dem Land hat einfach nie so recht geklappt«, sagte Tom, als sie nach einem Rundgang wieder auf der Terrasse saßen. Kate überblickte den Hudson River und am anderen Ufer New Jersey und nippte an dem Eistee, den Tom ihnen serviert hatte. Sie versuchte erst gar nicht zu verhehlen, daß sie hier war, um Tanias Ehemann einmal genauer unter die Lupe zu nehmen. Er befand sich in dem Zustand äußerer Ruhe, der meist auf eine Schreckensnachricht folgt, aber auch in einem Zustand, in dem man praktisch endlos reden muß. Kate war froh, einem Menschen als Publikum dienen zu können, dem das Reden an sich schon half, außerdem mußte sie alles wissen, was er ihr erzählen konnte, und das war nichts weniger als die Geschichte ihrer beiden Leben.

»Wir hätten das hier« – er machte eine ausladende Armbewegung, um auf die ganze Terrasse und ihre üppige Fauna zu weisen – »gegen ein kleines Apartment und ein Haus eintauschen müssen, aber irgendwie ist es nie so hingekommen. Wir hatten weiß Gott großartige Angebote für die Wohnung, aber wenn wir uns die kleinen Apartments ansahen, die wir uns damals leisten konnten, fühlten wir uns schon umschränkt, gepfercht, umpfählt, wie Hamlet sagt, bevor wir es überhaupt versucht hatten. Und in einem Haus auf dem Land hätte Tania auch nur an den Wochenenden und im Sommer leben können. Also haben wir nur ständig darüber geredet. Jetzt, ohne sie...« Er ließ den Satz unvollendet.

»Es war Macbeth«, sagte Kate. »Hamlet sprach davon, in eine Nußschale eingesperrt zu sein. Wann haben Sie sich emeritiert?«

»Vor fünf Jahren«, sagte Tom. »Ich war Professor am City College, und ich konnte es einfach nicht mehr ertragen, Förderkurse in Englisch zu unterrichten, um anschließend auf dem Parkplatz überfallen zu werden. Eine ganze Reihe von uns haben sich für eine vorzeitige Pensionierung entschieden, als das System sie, um uns loszuwerden, besonders lukrativ machte. Und es waren nicht einmal wirklich die Förderkurse Englisch oder der Parkplatz, es war einfach, daß ich schon zu lange immer dasselbe machte. Wie Sie sehen, habe ich sogar meinen Shakespeare vergessen – nicht, daß ich je Shakespeare unterrichtet hätte, seit die Zulassungsbeschränkungen aufgehoben worden sind.«

»Haben Sie Ihren Ruhestand genossen, bis diese Sache passiert ist?«

»In Maßen. Die Tage vergehen. Ich arbeite gern im Haus. Ich habe etwas Geld investiert, um das ich mich kümmern muß. Ich wollte immer einen Roman schreiben, aber den ganzen Tag frei zu haben, ist der Kreativität nicht unbedingt förderlich, wie ich herausgefunden habe. Tania sagte immer, sie hätte den ältesten Küchenlümmel in der Stadt. Wir hatten oft Gäste hier, zum Essen oder auf einen Drink. Es war ein angenehmes Leben. Gleichförmig. Es ergibt einfach keinen Sinn.«

»Was meinen Sie mit ›gleichförmig‹?«

»Jeder Tag war wie der andere. Nun, natürlich nicht ganz genau. Die Tage, an denen Tania unterrichtete, waren anders als die, an denen sie nicht unterrichtete. Wir haben Witze darüber gemacht: Wenn Tania heute Tschechow lehrt, muß es Dienstag sein. Und dann machte sie jeden Nachmittag, wenn sie von der Universität nach Hause kam – sie hatte ihre Seminare vormittags und Sprechstunde von eins bis drei –, oder an den Tagen, an denen sie keine Vorlesungen hatte, um dieselbe Uhrzeit ihren Spaziergang. Riverside Drive hinunter, dann auf der Zweiundsiebzigsten Straße bis zum Broadway rüber, den Broadway runter bis zur Neunundfünfzigsten und über die Fifth Avenue. Dann kehrte sie um und kam ohne die Möhren zurück.«

»Möhren?«

»Für die Pferde, die die Kutschen durch den Park ziehen. Für die Touristen vermutlich. Tania liebte es, jedem einzelnen Pferd eine Möhre anzubieten, um ihr Leben ein bißchen fröhlicher zu machen. Eigentlich hat die Geschichte ganz komisch angefangen.« Tom schien in Gedanken versunken.

»Wie?« bedrängte ihn Kate.

»Eines Tages überquerte sie die Neunundfünfzigste, wie sie mir erzählte – unterwegs irgendwohin, nicht auf ihrem Fitneß-Spaziergang –, als ein kleines Mädchen aus einer der Kutschen stieg, um sich mit dem Pferd fotografieren zu lassen. Sie versuchte, das Pferd zu füttern, indem sie ihm eine Mohrrübe unter die Nase hielt. Sie hatte die Möhre fest gepackt, und als das Pferd danach schnappte, ließ sie sie schreiend fallen. Tania kam zu Hilfe. Sie beruhigte das Mädchen und zeigte ihm, wie sie die Möhre auf der flachen, offenen Hand halten mußte, obwohl sie das Kind nicht überreden konnte, es noch einmal zu versuchen. Das brachte Tania auf die Idee mit den Möhren für die Pferde. Außerdem hatte sie so ein Ziel für ihren Spaziergang, und sie konnte sagen, daß sie jeden Tag fast drei Meilen zu Fuß ging – drei Meilen gegen Knochengewebeschwund und all die anderen Tücken des Alterns.«

Tom verfiel in eine Art Trance und starrte abwesend auf den Horizont auf der anderen Seite des Hudson. »Ich habe darüber nachgedacht«, sagte er schließlich, »daß wir so hart arbeiten, den

Gefahren des Alters zu entgehen, heutzutage, wo unsere Lebenserwartung so hoch ist, und dann sind wir auf einmal weg.«

»Es gibt keinen konkreten Beweis dafür, daß sie ›weg‹ ist«, sagte Kate.

»Ich kann nicht glauben, daß sie mir nicht Bescheid gesagt hätte, wenn es ihr möglich gewesen wäre. Irgend etwas Schreckliches muß passiert sein.«

»Sie sind also schon ziemlich lange verheiratet«, stellte Kate fest.

»Wir haben während des Krieges geheiratet. Wir hatten beide unser Examen gemacht, und dann wurden die Kinder geboren. Tania hat all die Jahre hindurch unterrichtet; wir brauchten das Geld. Es war ein geschäftiges Leben, aber auch ein gutes. Die Kinder haben dauernd angerufen«, fügte er noch hinzu, sich an sie erinnernd. »Inzwischen graut es mir schon vor den Telefongesprächen. ›Nichts Neues, Pa?‹ Und ich muß immer antworten: ›Nichts Neues.‹ Sie kann sich doch nicht einfach in Luft aufgelöst haben«, sagte er abschließend mit einem unbewußten Echo von Fred Mansons Worten.

»Was hat die Polizei unternommen?« fragte Kate, mehr um etwas zu fragen, als um wirklich etwas Neues zu erfahren. Die Polizei hatte Tania in ihren Vermißten-Computer eingegeben und Nachforschungen angestellt – oberflächliche, da war Kate sicher. Es hatte keine Lösegeldforderungen gegeben, überhaupt kein Lebenszeichen. Entweder war sie tot – aber wo war in dem Fall die Leiche? –, oder sie hatte sich entschlossen zu verschwinden, wobei die Polizei zugab, daß das bei älteren Ehefrauen eher die Ausnahme war. Amnesie? Möglich. Aber in den Krankenhäusern war kein entsprechender Fall vorgekommen, genausowenig wie in den Obdachlosenasylen. Gab es nicht eine Menge obdachlose Frauen auf den Straßen? Weiß Gott ja, und man konnte sie unmöglich alle befragen, obwohl die meisten in ihrem Viertel wohlbekannt waren. Trotzdem würde niemand die Polizei wegen einer neuen Berberin benachrichtigen. Die Polizei zuckte offiziell und metaphorisch mit den Schultern. Man möge sie anrufen, wenn es eine Leiche gab.

Nach einer Weile gingen Kate die Fragen aus, und Tom verfiel in Schweigen. Schließlich verabschiedete sie sich unter anteilnehmenden Beteuerungen von ihm, aber ohne viel Hoffnung auf beiden Seiten.

Ein paar Tage später rief Kate Fred Manson an und erklärte ihm, daß sie, offen gesagt, nicht glaubte, irgend etwas für ihn tun zu können. Einfach nur so hatte sie Tanias Trimm-Spaziergangs-Route abgelaufen, ohne daß ihr das eine Inspiration vermittelt hätte. Es war ein regnerischer Tag, und nur wenige Kutschen standen wartend bereit – ein paar gegenüber vom Plaza, die Pferde mit Decken zugedeckt und traurig dreinschauend, und die Kutscher in ihre Regenmäntel gehüllt und mit mürrischem Blick.

Fred Manson war keineswegs bester Stimmung, als Kate ihn erreichte, und er erklärte ihr, ohne dabei besonders viel Taktgefühl an den Tag zu legen, daß sie ihre letzte Hoffnung gewesen sei und, soweit es ihn betraf, auch eine sehr vielversprechende. Man hatte ihm erzählt, daß sie einen guten Ruf als Detektivin genoß, wobei seiner Auffassung nach Detektive nur zwischen zwei Buchdeckeln existierten, und das mit zweifelhaftem literarischem Erfolg. Nur Dostojewskij sei in der Lage gewesen, intelligent über das Verbrechen zu schreiben, er zeigte dem Leser, wie ein Mord vonstatten ging – nicht der ganze Blödsinn von wegen Indizien. Kate wollte bemerken, daß sie sich vage an einen Detektiv in eben jenem Roman erinnerte, aber sie verkniff es sich.

»Nun«, sagte Manson, »im Herbst muß ich Ersatz für sie einstellen, wenn sie bis zum Ende des Semesters nicht wieder da ist. Im Moment hat ein Assistenz-Professor ihre Seminare übernommen, aber das kann man eigentlich niemandem zumuten. Lassen Sie mich wissen«, fügte er noch unfreundlich hinzu, »wenn Sie von irgendeiner Erkenntnis über ihren Aufenthaltsort beseelt werden sollten. Ich hoffe sehr, daß sie wiederkommt, aber ich kann auch sagen, es ist vor allem die Unsicherheit, die uns alle krank macht.« Und das war, soweit jedermann wußte, das Ende der Geschichte.

Dann, so ziemlich genau gegen Ende des Semesters, rief Tania Fred Manson an und sagte, sie sei zurück, sie sei bloß eine Weile weg gewesen, und sie würde ihre Veranstaltungen im Wintersemester wie gewöhnlich abhalten. Logischerweise wollte Fred wissen, wo sie gesteckt hatte und wie es ihr ging, aber sie war kurz angebunden und sagte nur, sie sei zurück und freue sich, Tom wiederzusehen, der sich seinerseits freute, sie wieder zu haben, die Kinder wären auch erleichtert, und man könnte die ganze Geschichte einfach vergessen und den Sommer genießen.

Fred möge nur, fügte Tania noch hinzu, Kate Fansler anrufen, sich bei ihr bedanken und dafür entschuldigen, daß er sich wie ein Wichser benommen habe – ihre Wortwahl hatte sich durch ihre Abwesenheit offenbar nicht geändert –, denn es sei Kate zu verdanken, daß sie zurück sei. Sie würde über die ganze Angelegenheit nie wieder ein Wort verlieren, verkündete Tania, aber sie glaubte nicht, daß Fred sich spöttisch über Kates detektivische Fähigkeiten hätte äußern sollen. Kate identifiziere sich keineswegs mit Kriminellen wie der Detektiv bei Dostojewskij und anderen tiefschürfenden Typen, sondern sei vielmehr verdammt gut, und das könne Fred auch gefälligst zugeben.

Fred schrieb Kate einen ziemlich ehrerbietigen Brief, und damit war das Ganze für lange Zeit erledigt. Erst viele Jahre später, als Kate mir von Tania erzählte, erfuhr ich den Teil der Geschichte, den sonst noch niemand gehört hatte.

Tania und Tom waren drei Jahre nach Tanias Pensionierung bei einem Autounfall ums Leben gekommen, und als Kate das hörte, erzählte sie mir endlich die ganze Geschichte. Kate verfällt selten in eine nostalgisch-redselige Stimmung, aber an jenem Tag war genau das der Fall.

Kate meinte, es sei die geduldigste Ermittlung gewesen, die sie je durchgeführt habe. Ich mag den Fall, weil ich glaube, daß nur Kate ihn hätte lösen können. Polizisten und hartgesottene Detektive kümmern sich nicht um Fälle, wo es keine Leiche oder mindestens fünf Verdächtige mit einer Menge Haß im Bauch gibt. Deswegen war dies auch ein perfekter Fansler-Fall. Zumindest war es der Hinweis auf diesen Aspekt, der mir Kates Erlaubnis zur Veröffentlichung einbrachte.

Irgendwie fand sich Kate wieder und wieder gegenüber der Plaza wieder, wo sie die Pferdekutschen beobachtete. Sie schien ein neues Bewußtsein für die Dinge entwickelt zu haben; sie hörten auf, ein vertrauter Hintergrund zu sein und drängten sich auf einmal in den Vordergrund ihrer Wahrnehmung. Viele Jahre früher hatten sie und Reed, frisch verheiratet, einmal eine Kutsche gemietet und versucht, die damit verbundenen, angemessenen romantischen Posen zu imitieren. Am Ende hatten sie Tränen gelacht über ihre eigenen Mätzchen und das Geplapper des Kutschers, der sie für Touristen in den Flitterwochen gehalten und sie auf die Reize des Central Parks hingewiesen hatte, den Kate seit ihrer Geburt kannte. Die Fahrt kostete fünf Dollar, ein Hinweis darauf, wie lange das hergewesen sein mußte. Die Schilder an den Kutschen, die Kate betrachtete, informierten Leichtsinnige und Romantiker, daß die erste Viertelstunde Fahrt siebzehn Dollar kostete. Trotz solcher Preise lief das Geschäft, nach der Anzahl der hintereinander aufgereihten Kutschen zu urteilen, gut, besonders an den Wochenenden.

An einem warmen Frühlingsnachmittag mietete sich Kate eine von ihnen. Der Kutscher war ein junges Mädchen im Zylinder, unter dem ihr blondes Haar bis auf den Rücken hinunter hervorquoll. Kate hatte sich für das Mädchen entschieden, weil es irgendwie leichter schien, sie in ein Gespräch zu verwickeln, das sich nicht bloß im Herunterleiern von Fremdenführer-Sprüchen erschöpfte. Ihr zweiter verlockender Vorteil war das kleine, adrette Schild, angebracht an der Vorderseite ihrer Kutsche, welches verkündete, daß sie American-Express-Karten als Bezahlung akzeptierte. Die Kombination der Vorzüge des Mädchens und Kates Mangel an Bargeld besiegelten die Sache.

»Ich bin kein Tourist«, sagte Kate, nachdem sie an der Sixth Avenue in den Park eingebogen waren. »Ich möchte eigentlich nach

Ihrem Kutscher-Beruf fragen. Es kommt mir so vor, als müsse das der Traumberuf jedes Kindes sein. Mögen die Kutscher Pferde? Und fahren Sie immer mit demselben Pferd?«

»Das fragen selbst die Touristen«, sagte das Mädchen und lächelte dazu, um ihre Worte weniger hart klingen zu lassen. »Einige ja, andere nein, als Antwort auf beide Fragen. Meistens fahren wir immer mit demselben Pferd, aber wenn wir mal frei machen, übernimmt es ein anderer, zum Beispiel am Wochenende. Ich versuche immer, mit diesem Pferd zu fahren; es heißt – Sie würden nie drauf kommen – Nellie. Sie ist eine der wenigen Stuten; die meisten anderen sind Wallache.«

»Besitzt irgend jemand von Ihnen eigene Pferde?«

»Jetzt nicht mehr viele. Schreiben Sie ein Buch oder so was?«

»Nicht mal ›oder so was‹«, sagte Kate. »Es interessiert mich einfach.«

»Warum erzähl' ich Ihnen nicht einfach den üblichen Sermon, ohne daß sie die ganze Zeit fragen müssen; würde Ihnen das helfen?« Kate lachte, lehnte sich zurück und genoß das langsame Tempo und das Getrappel der Hufe auf dem Pflaster. Nachmittags war der Park für Autos gesperrt, und die Forsythien hatten Knospen. Kate fragte sich, warum sie das nicht schon einmal vorher gemacht hatte. Weil man immer glaubte, es sei etwas für Paare oder Familien, während es doch – obwohl sie nicht eine einzige andere Kutsche mit nur einem Fahrgast sah – eine geradezu ideale Art war, für sich zu sein. Kate fragte nach dem »üblichen Sermon«.

»Alle Pferde werden im selben Stall gehalten«, begann das Mädchen. »Die Kutschen auch. Es gibt eine ziemliche Fluktuation unter den Kutschern. Wie schon gesagt, wir mögen Pferde – oder, wenn nicht, tun wir so als ob. Unter den Augen der Öffentlichkeit könnten wir uns einem Pferd gegenüber nie gemein verhalten, und wir sind immer unter den Augen der Öffentlichkeit. Das gehörte übrigens nicht zu dem üblichen Sermon, wie Sie sich sicher schon gedacht haben. Es gibt Regeln für die Behandlung der Pferde. An den ganz heißen Sommertagen dürfen sie nicht zu lange draußen bleiben, und im Winter brauchen sie Wasser und Decken. Ich glaube, die Leute machen sich viel mehr Sorgen um die Pferde als die Kutscher selbst. Das sage ich normalerweise auch nicht.«

»Es gibt einen Roman von Aldous Huxley«, sagte Kate, »in dem ein paar Tierfreunde dem Besitzer ein mißhandeltes Pferd wegnehmen, mit dem Ergebnis, daß der Mann zusammen mit seiner Familie verhungert, ohne daß es jemand bemerkt.«

»Sind Sie ein Professor oder so was?«

»Sind Professoren die einzigen, die lesen?«

»Bis jetzt hat noch nie jemand vorher mit mir über ein Buch gesprochen – jedenfalls nicht so ein Buch. Im Sommer, wenn mehr Kutschen unterwegs sind, kriegen wir ein paar Typen vom College als Fahrer. Sie bleiben meist nicht lange, aber sie haben schon mal ein Buch gelesen. Wahrscheinlich lesen auch einige meiner Kunden, aber sie haben keine Bücher im Sinn. Sie wären überrascht, was hier manchmal in diesen Kutschen abgeht – vor allem nachts –, ich meine, die Leute bumsen einfach überall. Ich persönlich hab' es gern ein bißchen privater, aber das ist wohl Geschmackssache. Sonst noch was, was Sie wissen wollen? Diese Fahrt kommt sie schon jetzt ziemlich teuer.«

Kate willigte ein, umzukehren, und beobachtete, wie die Kutscherin ihre Kreditkartenmaschine hervorkramte und Kates Rechnung ausschrieb. Kate unterschrieb und fügte ein großzügiges Trinkgeld hinzu.

»Heißen Dank«, sagte die junge Frau, »stets zu Ihren Diensten.«

»Füttern eigentlich viele Leute die Pferde mit Möhren?« fragte Kate, weil ihr der Gedanke gerade noch gekommen war, während sie ihre Quittung einsteckte.

»Jede Menge. Hin und wieder Kinder, obwohl die meistens nicht wissen, wie man es macht, und ältere Damen, die ziemlich regelmäßig kommen. Früher haben die Leute den Pferden immer Zucker gegeben, was schlecht für sie ist, obwohl sie es natürlich lieben. Aber der neue Diät-Wahn in Amerika hat den Pferden geholfen. Die meisten Leute haben offenbar keine Zuckerstückchen mehr; jetzt sind es vor allem Möhren, viel gesünder für die Pferde.«

Kate bedankte sich erneut. »Es war mir ein Vergnügen, Sie kennenzulernen«, sagte sie. »Vielleicht komme ich bald mal wieder.« Und das tat sie am nächsten Tag und dem Tag danach.

Kate gewöhnte es sich an, fast jeden Nachmittag mit Möhren oder manchmal einem Apfel für die Pferde vorbeizukommen. Nach einer Weile konnte sie die Pferde unterscheiden und erkannte die Fahrer, die sie zunächst machen ließen und später sogar grüßten, eine irgendwie typische Tierliebhaberin, die ihnen von der Art her nicht unvertraut war. Aber diese hier unterschied sich von den anderen dadurch, daß sie gelegentlich eine Kutsche mietete und eine Fahrt unternahm – nicht oft, aber oft genug, um sich bei den Kutschern ein hohes Maß an Hoffnung und Toleranz zu erhalten. Die gewöhnlichen Karotten-Tanten fuhren nie.

Kate konnte natürlich nur nachmittags kommen, und das auch nicht jeden Tag. Im Gegensatz zu anderen Amateur-Detektiven, sei es von der schlaffen, englischen Oberschicht oder die hartgesottene, amerikanische Variante, hatte Kate Fansler einen Full-Time-Job. Ich habe nie richtig begriffen, was ein Professor, der nur vier bis sechs Wochenstunden unterrichtet, eigentlich macht, obwohl Kate einmal versucht hat, es mir zu erklären. Es gibt Gremiensitzungen und Sprechstunden und die Notwendigkeit, zu schreiben und zu veröffentlichen und Vorträge auf Kongressen zu halten. In jenem Frühling jedoch widmete Kate Fansler eine Menge ihrer Zeit Pferdekutschen. Sie ist eine Tierliebhaberin wie alle Fanslers – manchmal glaube ich, daß das alles ist, was ich mit meiner Familie gemein habe –, und nach ein paar Wochen hatte sie die Pferde richtig ins Herz geschlossen.

Ein Kutscher fiel ihr und in der Tat auch allen anderen auf, weil er fast jeden Tag, einschließlich der Wochenenden, arbeitete und auch noch entsprechend gekleidet war. Er sah genau aus, wie der Kutscher aus einem Sherlock-Holmes-Film. Er trug einen schwarzen Anzug, weißes Hemd, weiße Krawatte und einen Zylinder. Man meinte, jeden Moment müsse jemand in seine Kutsche springen, mit dem Stock auf das nicht vorhandene Dach klopfen und rufen: »Victoria Station, Kutscher, und beeil Er sich!«

Eines Tages unternahm Kate eine Fahrt mit ihm. Das war keineswegs so leicht, wie es klingt, weil man sich nicht einfach eine Kutsche samt Kutscher aussuchen kann. Sie stellten sich hintereinander auf, und man mußte immer die nächstfolgende nehmen. Kate dachte, daß es einer freien Marktwirtschaft gemäßer gewesen wäre, wenn der Kunde sich seine Kutsche hätte wählen dürfen; Wettbewerb wäre der Sauberkeit der Kutschen, wie auch der äußeren Erscheinung der Kutscher bestimmt zuträglich gewesen, von denen die meisten alte Hosen und T-Shirts trugen, was den alten Mann um so auffälliger machte. Er hätte wahrscheinlich alle Fahrgäste gekriegt, wenn die eine Wahl gehabt hätten.

Eines Tages jedoch, Kate war gerade gekommen und hatte begonnen, die Pferde zu füttern, sah sie, daß der »viktorianische Kutscher«, wie sie ihn für sich selbst nannte, der dritte in der Reihe war. Also schlenderte sie umher, fütterte und begrüßte die Pferde, plauderte mit den Kutschern, bis ihr Mann erster in der Reihe war. Dann mietete sie ihn.

Sein Sermon war, wie sich herausstellte, ebenso ungewöhnlich wie sein Kostüm. Zunächst hieß er sie willkommen und fragte sie, ob es einen Ort gebe, den sie speziell zu sehen wünschte. Als Kate ablehnte, fragte der Kutscher, ob er lieber reden oder schweigen sollte.»Und wenn ich schweige, Ma'am«, sagte der Kutscher mit, wie Kate amüsiert bemerkte, der Spur eines Cockney-Akzents – man erwartete förmlich, daß er sagte: »Recht habt ihr, Gevatter«, was er natürlich nicht tat –, »so bin ich trotzdem noch hier, Ihre Fragen zu beantworten, wenn Sie welche haben.«

»Ich würde lieber hören, was Sie zu erzählen haben«, sagte Kate.

»Jawoll, Ma'am«, sagte er und rutschte auf seinem Sitz zurecht, so daß er gleichzeitig mit Kate reden und ein Auge auf die Straße und die Pferde haben konnte. »Das ist das Karussell. Gibt's schon seit mehr als fünfundsiebzig Jahren; hin und wieder kriegen die Pferde eine neue Schicht Farbe, und die Musik wird geändert. Vor fünfzig Jahren hatten sie noch Ringe, die man packen konnte, wenn man vorbeikam, silberne Ringe und einen aus Gold, und wenn man den erwischte, bekam man eine Freifahrt.« Der Mann schien den Park mit seinen Worten zu umarmen, als ob er ihn erschaffen hätte; er war auf jeden Fall besonders stolz darauf.

»Wie lange fahren Sie diese Kutsche schon?« fragte Kate.

»Oh, fast mein ganzes Leben lang, Ma'am, auf die eine oder andere Art. Ich bin schon im Park gefahren, als er noch nicht für Autos gesperrt war. Ich kann mich noch erinnern, wie die Leute im Plaza heirateten und draußen eine Pferdekutsche bereitstand, um sie in die Flitterwochen zu fahren. In jenen Tagen gab es noch nicht so viele von uns, und wir waren aus einem anderen Holz geschnitzt, Ma'am, wenn Sie verstehen, was ich meine. Manchmal versuche ich mir vorzustellen, wie New York wohl gewesen sein muß, als es nur pferdegezogene Fahrzeuge gab.«

»Wahrscheinlich hat es anstatt nach Kohlenmonoxyd nach Pferdedung gestunken«, sagte Kate und erfreute sich der weiteren Beschreibung der vorbeigleitenden Parklandschaft. Sie unterbrach nicht mit weiteren Fragen, sie dachte nach. Wo immer Kate auch ist, wenn sie ins Grübeln kommt, grübelt sie. Der Gedanke, wie sie an jenem Frühlingstag so durch den Park kutschiert ist, gefällt mir.

Am Ende bezahlte Kate den Fahrer in bar; er hatte kein Kreditkarten-Schild an seiner Kutsche, und sie hatte genug Bargeld mitgebracht. »Ich mag die Art, wie Sie fahren«, sagte Kate. »Gibt es eine Zeit, zu der ich herkommen und ziemlich sicher sein kann, Sie zu bekommen?«

»Heute ist ein guter Tag«, sagte er. Ich glaube, es war ein Dienstag. »Wenn Sie etwa zur gleichen Zeit wie heute kommen, sollten wir uns begegnen. Manchmal ist das Geschäft lebhafter als zu anderen Zeiten, so daß es sein kann, daß sie mich verpassen, oder Sie müssen warten. Die anderen Fahrer sind auch gute Kerle«, fügte er noch hinzu.

Kate versuchte es erneut, eine Woche später. Das Frühlingssemester neigte sich dem Ende zu, und Kate mußte nur eine Gremiensitzung früher verlassen, um rechtzeitig zum Central Park South zu kommen. Es war kein besonders schöner Tag, und der viktorianische Kutscher war der vierte in der Reihe. Kate setzte sich mit den anderen Kutschern auf eine der Bänke – es waren die einzigen in diesem Block – und korrigierte Klausuren, während sie wartete. Erstaunt bemerkte sie, als sie einmal von ihrer Arbeit aufblickte, wie »ihr« Fahrer aus der Reihe der wartenden Kutschen ausscherte und davonfuhr. Kate sprang in die erste wartende Kutsche: »Folgen Sie dieser Kutsche«, sagte sie zu dem Fahrer.

»Was? Der Pferde-Kutsche da?«

»Ja. Beeilen Sie sich!«

»Ich kann ihm nicht folgen, meine Dame. Er ist unterwegs zum Stall. Dort darf ich keine Fahrgäste hinbringen.«

»Für einhundert Dollar?«

»Könnte ich auch mal eine Ausnahme machen«, sagte er und gab dem Pferd die Peitsche. »Aber ich will das Geld vorher sehen.«

Kate beugte sich vor und gab ihm drei Zwanziger. Inzwischen kannte sie sich mit Bargeld und Pferdekutschen wirklich gut aus. Dies war nicht der passende Moment für American Express, selbst wenn es die blonde, junge Dame gewesen wäre. »Hier sind sechzig. Die anderen vierzig kriegen Sie, wenn wir da sind.«

Aber es ergab sich, daß sie Kates »viktorianischen Kutscher« bald eingeholt hatten. Er fuhr an den Rand und gestand eher durch eine Geste als durch sonst etwas seine Niederlage ein. Autos begannen zu hupen, und Kate gab ihrem Kutscher die restlichen vierzig, bedankte sich, stieg in die andere Kutsche und sagte: »Zurück zum Park, guter Mann.«

Der Mann mußte einmal um den Block fahren, um über die Sixth Avenue wieder Kurs auf den Park zu nehmen. Kate wartete, bis der Verkehr hinter ihnen lag und sie wieder auf einer ruhigen Parkstraße waren. Dann fragte sie: »Warum sind Sie eben davongefahren?«

»Es waren die Klausuren, die Sie korrigiert haben, als Sie auf mich warteten. Irgendwie ging mir auf einmal ein Licht auf. Ich erinnerte mich plötzlich, von Ihnen gehört zu haben, und dann wußte ich, wer Sie waren. Man hat Sie vermutlich engagiert.«

»Ich würde nicht sagen ›engagiert‹«, sagte Kate. »Ich habe nichts zugesagt. Ich kann jederzeit vergessen, je in einer Kutsche gefahren zu sein. Ich habe schon weit unvergeßlichere Dinge vergessen.«

»Nach all der Mühe?«

»Keine Mühe, vielmehr ein Vergnügen. Und ich kann mich auch noch an die goldenen Ringe erinnern. Meine Brüder haben immer angegeben, sie wüßten, wie man sie erwischt. Als ich alt genug war, waren sie schon nicht mehr da. Wollen Sie von jetzt an wirklich so weiterleben? Da ist natürlich auch noch Tom.«

»Wie sind Sie drauf gekommen?«

»Durch eine Menge Sachen. Vor allem die Tatsache, daß er Macbeth zitiert hat, obwohl er glaubte, es sei Hamlet. Hamlet wäre auch viel näher dran gewesen: ›Ich könnte in eine Nußschale eingesperrt sein und mich für einen König von unermeßlichem Gebiete halten, wenn nur meine bösen Träume nicht wären.‹ War es das oder war es Macbeth: ›umschränkt, bepfercht, umpfählt‹?«

»Wollen Sie damit etwa sagen, Sie könnten mich verstehen?«

»Himmel, ja. Aber die meisten von uns haben keinen Traum, in den sie einfach schlüpfen können; wir haben keinen alternativen Job.«

»Ich hab' mich mit dem alten Mann angefreundet, der diese Kutsche fuhr. Hab' ihm beim Pferdefüttern getroffen. Ich hab' Pferde schon immer geliebt, keine Rennpferde oder Reitpferde oder in Herden lebende Perde, sondern eben Pferde, die Kutschen ziehen. Er wollte aufhören, und ich bot ihm genug für seine Kutsche und sein Pferd, um ihn so richtig in Versuchung zu führen, wenn er sie für mich erwerben und das Recht herausschinden würde, daß ich sie weiter in dem Stall unterbringen und wie er direkt nebenan wohnen konnte. Zuerst sagte er, das ginge nicht, aber am Ende hat er es getan. Ich bot ihm an, meinen gegen seinen Ausstieg zu tauschen, und ich wußte, daß es klappen würde, wenn ich nur geduldig war.«

»Ist das sein Anzug?«

»Nein. Die ganze Ausstattung gehört mir. Er war viel kleiner als ich, weise und desillusioniert, was das heutige Kutschengeschäft im Park angeht.«

»Was ist mit Tom? Die Sorgen, die er sich gemacht hat?«

»Sicher hat er sich Sorgen gemacht, aber ich wette, er hat sich auch lebendig gefühlt, endlich wieder etwas zum Denken und Planen. Es hat auch sein Leben verändert; es war alles so vorhersagbar geworden. Was den Fachbereich angeht...«

»Ich weiß«, sagte Kate, »die können sich alle ins Knie ficken. Wann werden Sie entscheiden, ob Sie zurückkommen? Nicht, daß ich Sie drängen will.«

»Noch eine Runde um den Park, auf meine Kosten.«

Und so fuhren sie schweigend. Die Dämmerung brach herein. »Sie meinen also, ich hätte nach wie vor eine echte Wahl?« fragte der Kutscher und drehte sich zu Kate um. Als Kate nickte, wandte er sich wieder nach vorn und fuhr schweigend weiter. Bis sie den Park verließen.

»Mein Leben war immer so ordentlich«, sagte Tania. »Ich hab' geheiratet, als meine Mutter und alle anderen meinten, ich sollte es tun. Nicht, daß es keine gute Ehe war. Wir hatten zur rechten Zeit Kinder; und es waren gute Kinder. Ich denke manchmal, daß meine Arbeit das einzig Ungewöhnliche in meinem Leben war, aber natürlich wurde ich Fremdsprachendozentin, was für eine Frau ja gerade noch in Ordnung ist. Irgendwie hatte ich, außer als ich ganz jung war, nie Zeit für einen Traum oder ein Abenteuer. Und plötzlich kam mir dies hier perfekt vor. Eine Kutsche, ein Pferd, eine Ausrüstung.«

»Sie hatten keine Angst, erkannt zu werden?«

»Nicht in diesem Aufzug. Die Leute sehen immer nur, was sie zu sehen erwarten. Und ich hatte schon immer eine tiefe Stimme und eine flache Brust. Tolle Beine allerdings«, fügte Tania hinzu.

Als sie am Central Park South am Straßenrand anhielten, sagte Kate: »Ich steige hier aus. Ich verstehe besser, wie Sie sich fühlen, als Sie je wissen werden. Entscheiden Sie sich für das Leben, das Sie führen wollen. Und ich werde Sie nicht mit weiteren Fragen belästigen, wenn Sie sich entscheiden, bei Ihren Kutschen und Pferden zu bleiben. Wenn Sie sich jedoch entscheiden sollten, zurückzugehen, rufen Sie einfach Ihren Dekan, den lieben Fred Manson an und verkünden, daß Sie im nächsten Semester zurück sein werden. ›Nie entschuldigen, nichts erklären.‹ Ein guter alter viktorianischer Ratschlag.«

Wie Sie wissen, entschied sich Tania zur Rückkehr. Und von jenem Tag an bis heute hat nie jemand erfahren, wo sie gewesen ist, und niemand ist drauf gekommen. Sie waren alle froh, sie wiederzusehen – Tom, die Studenten und sogar ihre Kollegen –, also erfuhr sie, daß sie geliebt wurde. Vielleicht hat sich ihre Rückkehr dafür gelohnt.

Aus dem Englischen von Kristian Lutze

JANWILLEM VAN DE WETERING

Die Krugschädel-Akte

Text einer Polizeiakte, die bei der Inspektorenausbildung an der Polizeiakademie von Kyoto als Unterrichtsmaterial verwendet wird:

Ein Bericht, erstellt von Saito Masanobu, Inspektor dritter Ordnung bei der städtischen Kriminalpolizei von Kyoto

Kyoto, den 20. April 1979

Alarmiert durch einen Telefonanruf von Kogawa Sujuru, suchte ich heute morgen um zehn Uhr das Haus an der 7-3-5 Kawabata auf. Im Haus fand ich in einem nach hinten hinausliegenden Zimmer im ersten Stock die Leiche der vierundsechzigjährigen Washino Maiko. Dr. Obatas Bericht betreffs der Todesursache sowie eine Beschreibung der sterblichen Überreste der Frau sind diesem Bericht als Anlage beigefügt. Etliche Mülltüten aus grauem Plastik waren zerschnitten und an der papierenen Schiebetür und den Fenstern befestigt worden, um die Zufuhr frischer Luft zu unterbinden. Im Zimmer fand ich eine kleine Gas-Flasche, wie sie zum Betrieb von Gas-Herden benutzt wird. Der Hahn der Flasche war geöffnet, ihr Inhalt entwichen. Mrs. Washino lag auf ihrem Bett auf den Bodenmatten aus Stroh. Ihre Arme waren über der Brust verschränkt.

Der einzige andere Bewohner des Hauses, der vierzigjährige Kogawa Sujuru, erzählte mir: »Es muß im Laufe der Nacht passiert sein. Ich hatte am Abend zuvor getrunken und schlief fest. Ich wohne im Erdgeschoß und breite mein Bett stets in dem zur Straße liegenden Zimmer aus. Als ich aufwachte, roch ich das Gas und sah, daß die kleine Flasche, die unseren Küchenherd mit Gas versorgt, wegbewegt worden war. Ich rannte nach oben, um Mrs. Washino zu rufen. Sie hat mich vor fünf Jahren als ihren Sohn adoptiert und ist die Besitzerin dieses Hauses. Ich öffnete die Tür zu ihrem Schlafzimmer und taumelte wegen des in den Flur entweichenden Gases wieder rückwärts. Ich sah sie auf dem Bett liegen, bedeckte Mund und Nase mit einem Stück Stoff, stürzte ins Zimmer und riß die Fenster auf. Dann habe ich die Polizei angerufen. Mrs. Washino litt an Depressionen und sprach oft von Selbstmord.«

Kogawa ist ein Künstler, ein freier Maler. Ich befragte ihn in seinem Studio, dem nach hinten liegenden Zimmer im Erdgeschoß. Er sagte: »Ich fühle mich schuldig. Mrs. Washino war nie verheiratet und ziemlich wohlhabend. Die Nachbarn nennen sie Mrs., aber das stimmt eigentlich nicht. Ihre Bereitschaft, mich, einen ärmlichen Menschen und ums Überleben kämpfenden Künstler als ihren Sohn zu adoptieren, war überaus gütig. Dank Ihrer Hilfe mußte ich meine Zeichnungen und Gemälde nicht länger auf der Straße verkaufen. Nachdem Mrs. Washino mich offiziell als ihren Sohn angenommen hatte, richtete sie diese Etage für mich ein und kam für alle meine Kosten auf. Ich bin ihrer vielen Geschenke unwürdig gewesen. Ich hätte zumindest versuchen sollen, sie aufzuheitern. Jetzt erbe ich ihren ganzen Besitz und kann ihr die vielen Gefallen, die sie mir getan hat, nicht zurückzahlen.«

Da sowohl die Umstände als auch die Ergebnisse der medizinischen Untersuchung darauf hindeuten, daß Washino Maiko freiwillig und von eigener Hand gestorben ist, komme ich zu dem Schluß, daß es sich um Selbstmord handelt.

Ein Bericht, erstellt von Saito Masanobu, Inspektor erster Ordnung bei der städtischen Kriminalpolizei Kyoto

Kyoto, den 3. Mai 1983

Alarmiert durch einen Anruf von Miss Ozaki Jumoko, suchte ich heute morgen um neun Uhr dreißig das Haus am 7-3-5 Kawabata auf. Miss Ozaki, als Putzfrau bei dem berühmten Künstler Kogawa Sujuru angestellt, führte mich zur Leiche des Hausbesitzers im nach hinten liegenden Zimmer des Erdgeschosses. Dr. Obatas Bericht betreffs der Todesursache sowie eine Beschreibung von Kogawas sterblichen Überresten füge ich diesem Bericht als Anlage bei. Einen längeren Brief, der an den Kimono geheftet war, den die Leiche trug, füge ich ebenfalls bei. Nachdem ich festgestellt hatte, daß die Handschrift des Briefes dieselbe war wie die auf verschiedenen anderen Dokumenten, die ich im Haus gefunden habe, und in Anbetracht des medizinischen Berichts sowie der von mir beobachteten Umstände komme ich zu dem Schluß, daß es sich um Selbstmord handelt.

Ein an Inspektor Saito Masanobu gerichteter Brief von Kogawa Sujuru

Kyoto, den 2. Mai 1983

Freund und Teufel, der Sie mich verfolgen,

Sie werden sich bestimmt daran erinnern, was ich bei Ihrem Besuch anläßlich des vorzeitigen und unnatürlichen Todes meiner Adoptivmutter erzählt habe. Sie hatten den Verdacht, daß ich lüge. Meine Lügen waren jedoch überzeugend genug, da ich sie um die Wahrheit herumgestrickt hatte. Meine Adoptivmutter ist vor vier Jahren gestorben, erstickt an giftigem Gas, und Sie haben mich damals ausführlich verhört. Ich beobachtete, daß Sie ziemlich abstehende Ohren haben, und nannte Sie deshalb »Krugschädel« – nur für mich im stillen, natürlich. Jener körperliche Makel, der Sie ziemlich komisch aussehen läßt, hat mich tief beeindruckt.

Sie wollten die Wahrheit erfahren. Haben Sie je die buddhistische Fabel von der Zwiebel gehört? Ich beziehe mich hier auf dieses Gleichnis, weil Sie, bevor Sie mir all Ihre Fragen stellten, sagten, Sie seien ein Anhänger einer Zen-Sekte des buddhistischen Glaubens. Sie haben mich höflich behandelt, sogar mit einer gewissen Güte, sei es aus Gewohnheit oder aber auch, wie mir schien, um mich aus der Reserve zu locken. Ich besitze eine kleine Statue von Bodhidharma, dem ersten Zen-Meister, der vor langer Zeit aus Indien gekommen ist. Sie haben dieses Kunstwerk bewundert. Ich sagte, die Skulptur, die einen fetten und wütend dreinschauenden Patriarchen darstellt, sei ein Geschenk meines Vaters gewesen. Mein Vater hatte sie seinerseits von dem Zen-Meister Gota bekommen, dem kürzlich verstorbenen Lehrer und Vorsteher des Nördlichen Tempels.

Gota hat oft von der Zwiebel gesprochen. Wenn wir eine Zwiebel schälen, löst sich eine Schicht nach der anderen, bis am Ende nur Leere übrigbleibt – genau, wie die buddhistische Ausbildung nach und nach die Schalen des Ichs löst, damit wir ins große Nichts eintreten können. Sie wollten meine Zwiebel schälen, wollten meine Lügen abpellen, die meine Wahrheit wie eine sich abschuppende Hülle verbargen. Denn ich wage zu vermuten, daß selbst ich einen göttlichen Kern habe, jenes Schweigen, das wir am Ende alle teilen.

Sie saßen dort so stark und ruhig wie ein in tiefe Meditation verfallener Mönch. Sie trugen einen dunklen westlichen Anzug von guter Qualität, vielleicht maßgeschneidert, ein weißes Hemd und eine schmale Krawatte. Sie hatten die Beine untergeschlagen, Ihr Kopf saß fest und gerade auf Ihren Schultern, und Ihr Körper ruhte stämmig auf meinem schäbigen, abgenutzten Boden. Ich spürte, daß Sie keine meiner schmutzigen Erfindungen glaubten, aber ich erfand sie trotzdem, damit Sie sie in Ihren Bericht schreiben konnten. Der Tod meiner Stiefmutter wurde von diesen Lügen so zurechtgerückt, daß ein Selbstmord nicht in Frage gestellt werden konnte. Ich sagte, daß es mir leid tue, damit meine Unschuld offenbar werden würde. Jeder, der das Gesetz gebrochen hat, ist vorsichtig, wenn die Polizei ihn auf heimischem Boden konfrontiert. Sie waren mein Feind, ein Teufel, jederzeit auf dem Sprung, mich in die Hölle zu zerren.

Ein krugschädeliger Teufel?

Eine Anomalie Ihrer äußeren Erscheinung machte diese um so menschlicher. Ich bitte um Vergebung – ich möchte keineswegs andeuten, daß Sie wie ich körperlich behindert sind. Haben Sie in Ihrem Bericht erwähnt, daß ich einen Buckel habe und fürchterlich schiele?

Wahrscheinlich nicht, obwohl die Information durchaus relevant sein könnte. Sie haben sicher bemerkt, daß auch meine Stiefmutter einen Buckel hatte und hinter ihren dicken Brillengläsern schielte. Einige Leute haben sogar geglaubt, Mrs. Washino sei meine Mutter, lange bevor sie mich offiziell adoptierte. Es verhält sich in der Tat so, daß unsere Ähnlichkeit einer interessanten Windung des Schicksals zuzuschreiben sein muß.

Kann ich Ihnen etwas von meinem Leben erzählen? Selbst Sie als intelligenter und gut ausgebildeter Polizeibeamter können vielleicht noch etwas darüber lernen, wie menschliche Verwicklungen entstehen.

Meine Mutter starb kurz nach meiner Geburt. Mein Vater schämte sich der Tatsache, daß sein Sohn ein verkrüppeltes Ungeheuer war, aber er konnte sich der Pflicht, sein eigenes Kind großzuziehen, schlecht entziehen. Er entwarf Kimonos für einen angesehenen Laden hier in der Stadt. Sicher sind meine Behinderungen und der Tod meiner Mutter die Folgen von Verfehlungen, die er in einem vorherigen Leben begangen hat. Meister Gota erdachte einige Rätsel, die er meinem Vater zur Lösung aufgab, und riet ihm zu langen Meditationen, damit mein Vater in eine tiefere Schicht seines Bewußtseins vordringen möge.

Mein Vater hatte immer viel Pech. Jetzt konnte er sich nach seinen langen Arbeitsstunden, für die er nie angemessen bezahlt wurde, nicht einmal mehr ausruhen. Ich frage mich heute, ob Meister Gotas Bemühungen besonders hilfreich waren. Er türmte weitere Fragen auf das eigentliche Grunddilemma meines Vaters: Warum muß ein wohlmeinender Mann in seiner alltäglichen Existenz so viel leiden? Zen-Rätsel ergeben wenig Sinn – man kann sie nicht mit Hilfe der Logik lösen, und sie neigen dazu, einen in den Wahnsinn zu treiben. *Halte den Schnellzug aus Osaka auf.* Haben Sie je etwas von diesem Zen-Rätsel gehört? Ist das nicht ein reichlich grausamer Befehl? Mein Vater muß jedenfalls dieser Ansicht gewesen sein, denn eines Tages fand man ihn tot auf den Schienen. Ich glaube, er wartete auf Buddha und hatte vielleicht gedacht, daß der Heilige sich ihm als Zug offenbaren würde. Seine Leiche war völlig zerfetzt, aber ich erkannte seine Überreste als die meines Vaters. Ich war damals vierzehn Jahre alt.

Dieses Halte-den-Zug-auf-Rätsel interessierte mich nachdrücklich. Die Hälfte meines Daseins fand ihren Ursprung in den Genen meines Vaters – also bin ich eine Fortsetzung seiner Suche. In diesem Augenblick verbrenne ich vor seinem Photo Weihrauch, aber es wäre besser, wenn ich eine Antwort auf seine Frage finden könnte.

Halte den Zug aus Osaka auf. Wie oft habe ich auf jenen Gleisen gestanden, an der Stelle, wo der Hügel ansteigt und man auf der einen Seite die uralte Tojy-Pagode sehen kann und auf der anderen Seite das neuzeitliche Grand Hotel, das uns in der Zeit so weit nach vorn katapultiert hat. Zeit – das muß die Lösung des Rätsels sein, Zeit, die es gar nicht gibt, aber mein Vater wollte das nicht sehen. Er glaubte noch immer, er müsse irgendwohin eilen, aber Meister Gota wollte, daß er für sich zum Stillstand kam. Er hatte sicher nicht vorschlagen wollen, daß mein Vater einen rasenden Zug abwinken sollte.

Sollten Zen-Meister nicht über ein wenig psychologisches Einfühlungsvermögen verfügen? Ist es so erhabenen Seelen erlaubt, die Dummen unter Züge zu stoßen? Ich glaube, es tat Meister Gota leid, denn er schickte seinen Abt, um mich in den Tempel zu holen. Zwei Jahre gewährte man mir in dem Kloster Ernährung und Unterbringung, tagsüber ging ich zur Schule, und die Abende verbrachte ich meditierenderweise mit den Mönchen. Sie weckten mich früh, damit ich auch morgens ruhig dasitzen konnte, und schlugen mich, jedesmal wenn ich eindöste, mit einem Stock. Anschließend mußte ich mich verbeugen, um meine Dankbarkeit zu bekunden. Schläge scheinen zu einer anständigen Erziehung zu gehören. Ich habe neulich einen Artikel in der Zeitung gelesen, in dem der Präsident einer Firma zur Herstellung von Luxuskarossen gelobt wurde. Er hatte einen Lehrling mit einem Schraubenschlüssel geschlagen, weil der junge Mann eine Schraube nicht ordentlich festgezogen hatte.

Der Abt des Zen-Klosters war ein Aristokrat. Jedesmal wenn Sie mich besuchten, haben Sie mich an ihn erinnert. Sie trugen Ihren maßgeschneiderten Anzug wie er seine Robe. In Zen-Tempeln ist es Mode, immer dieselbe Robe zu tragen, damit die Leute von draußen sehen können, wie wenig Geld die Mönche für sich selbst ausgeben.

Wenn der Stoff mit den Jahren rissig wird, stopfen die Mönche die Löcher. Der Abt verbrachte viel Zeit und Mühe damit, andauernd seine Robe zu flicken, bis sie am Ende ein Kunstwerk war, eine bis ins feinste abgestimmte Kombination der verschiedensten Blau- und Schwarz-Schattierungen. Ich habe ihn oft gemalt, obwohl er sich weigerte, mir Modell zu stehen. Meister Gota sagte immer, ich vergeude meine Zeit, wenn er mich mit meinen Pinseln beschäftigt fand. Er konfiszierte meinen Farbkasten, aber ich erhielt von den Mönchen Taschengeld, damit ich es sparen und meine Vorräte stets aufstocken konnte. Als ich mit der Schule fertig war, floh ich aus dem Tempel und begann umherzuziehen. Viele Jahre schlief ich unter Brücken und versuchte, meine Arbeiten auf der Straße zu verkaufen.

Ich war allein und haßte jeden um mich herum. Krüppel lernen jedoch, ihre wahren Gefühle zu verbergen. Die anderen obdachlosen Penner mißhandelten mich und stahlen immer wieder mein Geld. Ich träumte von Rache. Vielleicht war es mein Haß, der mich in jenen Tagen am Leben gehalten hat. Leute, die auf der Straße leben, sterben leicht genug. Sie legen sich irgendwo hin, kauern sich fest zusammen, seufzen ein paarmal und sterben im Schlaf. Aber ich brauchte das Leben noch, und meine Wut gab mir Kraft. Ich träumte, ich würde die Säulen einreißen, auf denen die berühmten, altehrwürdigen Gebäude unserer Stadt stehen, oder das Rathaus niederbrennen. Ich sprengte Tempel und riesige Löcher in unsere Straßen. Im wirklichen Leben benahm ich mich ziemlich gut und malte nette Bilder von süßen Kleinkindern, die in Gärten spielten, oder putzigen Kätzchen, geschmückt mit glitzernden Glöckchen, die von samtenen Halsbändern baumelten. Die Kätzchen sind fett und glücklich, jenen verhungerten Tieren, die die Leute im Tempelgarten aussetzen in dem Glauben, Buddha würde sich schon um sie kümmern, ganz und gar nicht ähnlich. Buddha sieht sie nie, aber das Geschrei der Kätzchen stört die Mönche, die sie im Tempelteich ertränken.

Haben Sie etwas davon geahnt, als Sie mir in meine schielenden

Augen gestarrt und mich gefragt haben, wie Mrs. Washino ihr trauriges Ende fand? Ich glaube schon. Ich schiele ziemlich schlimm, wie Sie sicher bemerkt haben. Ich werde oft von Passanten ausgelacht. »Wird Ihnen der Anblick Ihrer eigenen Nase nicht langweilig?« hat mich mehr als einer gefragt. Die Art, wie Ihre Ohren abstehen, hat mich auch amüsiert. Ich wollte fragen: »Wie kommt es, daß Sie nicht weggeweht werden, wenn der Taifun über die Stadt fegt?«

Wie haben ich und meine Stiefmutter uns getroffen? Das haben Sie mich gefragt, und mit einem Teil der benötigten Information konnte ich damals dienen. Ich sagte, ich hätte im Haus der alten Dame ein Zimmer gemietet und sie hätte mich mehr und mehr in ihr Herz geschlossen und mich dann eines Tages mit aufs Rathaus genommen, um mich als ihren rechtmäßigen Sohn eintragen zu lassen.

Als ihr Sohn war ich Alleinerbe, und ihr Tod hätte mir materiell sehr zum Vorteil gereicht. Also habe ich sie in den Tod getrieben. Undankbar, nicht wahr? Darf ich Ihnen jetzt die fehlenden sachdienlichen Hinweise nachreichen?

Ich stellte meine Arbeiten auf der Straße aus und schlief unter einer Brücke, die Godjo-Brücke war es damals, bei weitem der schlimmste Unterschlupf, den die Stadt zu bieten hat – dort zieht es sogar, wenn es windstill ist, und die Ratten sind größer und aggressiver als irgendwo sonst. Die Penner dort sind auch schlimmer – betrunkene Räuber und häßliche alte Weiber, die vor Dreck quietschen.

Ich hatte gerade eine Porträtserie der buddhistischen Heiligen begonnen – Bodhidharma, wie er unter seinem struppigen Schnauzbart höhnisch grinst, der uralte Meister Hakuin, der mit dem Alter zu zerfallen schien, der zurückgebliebene Ananda, Buddhas erster Schüler, der immer nur die Worte seines Lehrers wiederholte und deswegen »der Papagei« genannt wurde. Oft kommen Touristen nach Kyoto, weil sie glauben, daß von unseren Tempeln ein besonderes himmlisches Strahlen ausgeht, und Heiligenbildchen eignen sich gut als Souvenirs, die man den Leuten zu Hause mitbringen oder zeigen kann. Eines Tages verdiente ich eine erkleckliche Summe und konnte der Versuchung nicht widerstehen, mich neu einzukleiden. Ich sah auf einmal so ordentlich aus, daß ich es nicht wagte, unter die Brücke zurückzukehren. Ich wanderte ziellos umher, bis ich in einer schmalen Gasse des Östlichen Viertels ein gepflegtes Haus entdeckte. An der Mauer prangte ein Schild, *Zimmer zu vermieten*.

Das war der Beginn meiner großen Chance. Mrs. Washino öffnete die Tür und bat mich hinein. Ich war so lange nicht mehr in einem richtigen Haus gewesen, daß ich mich unbehaglich fühlte. Ich mußte mich zurückhalten, nicht zu grinsen – Mrs. Washino hatte wie ich einen Buckel und schielte ebenfalls fürchterlich. Wir konnten uns nicht gerade in die Augen sehen und mußten leicht vornübergebeugt stehen, um das Gewicht unserer mißgestalteten Rükken auszubalancieren. Die Miete, die sie verlangte, war günstig genug, und ich sagte, ich würde das Zimmer nehmen. Sie hielt es für merkwürdig, daß ich auf der Stelle einziehen wollte, aber ich hatte alles bei mir – meine Lumpen in einer Tasche und meine Arbeiten in einem hölzernen Behälter. Ich fürchtete, sie könne mich abschlägig bescheiden, also zählte ich rasch einige Geldscheine auf den Tisch. Sie nickte zustimmend. Offen zur Schau gestelltes Geld hat etwas unanständig Verlockendes.

Ich war meinerseits auch nicht anständig. Mrs. Washino kam oft zu einem Plausch und bot mir stets Tee an, aber ich bestand immer darauf, Reiswein zu trinken. Unter den Brücken hatte ich mich an Alkohol gewöhnt. Feuriger Reiswein wärmt von innen und kann bisweilen inspirierend sein. Ich malte weiter Heilige und mußte immer ein wenig betrunken sein, um ihren Ausdruck richtig hinzubekommen. Aber nicht zu betrunken. Erst später wurde ich wirklich abhängig.

Mrs. Washino hielt gern ein Schwätzchen, und die Auswahl ihrer bevorzugten Themen war ausgesprochen monoton. Für gewöhnlich sprach sie über den Tod und wie man zu Tode kam. Sie sah sich häufig irgendwelchen Schund im Fernsehen an, bei dem edle Herren und Damen von früher sich in irgendwelche Zwangslagen verstrickten und gezwungen waren, sich das Leben zu nehmen. Wir sprachen über verschiedene tödliche Gifte, Messer- und Schwertstöße in Bauch oder Hals, das Verschlucken von Scherben, Ersticken durch Hängen, das Springen von Klippen, Ertrinken und etliche andere Methoden. Ich schlug Gas vor, weil sie Gas im Haus hatte. Ich begriff natürlich, daß sie über ihren eigenen Tod sprach, obwohl sie alle möglichen depressiven Freunde und Bekannte, die sie nicht hatte, in ihren Geschichten anführte. Sie kannte niemanden.

Bis zum Mittag pflegte ich zu malen und verbrachte dann die Nachmittage auf den Straßen. Eines Tages fragte sie mich, wie ich mein Geld verdiente. Ich sagte ihr die Wahrheit, und sie schlurfte ohne ein Wort aus dem Zimmer. Sie verbeugte sich nicht einmal. Später am selben Tag kam sie zurück und warf mir schamlose Bettelei vor. Sie sagte, ich müsse ausziehen. Ich könne bis zum Ende des Monats bleiben, aber keinen Tag länger, weil eine Person, die auf dem Bürgersteig hockte und darauf wartete, daß irgendwelche Passanten ihr Geld gaben, nicht der Typ Mieter sei, der im Haus einer netten Dame willkommen war.

»Wenn ich hier nicht mehr willkommen bin, werde ich keinen Moment länger bleiben«, sagte ich schroff und begann, meine Sachen zu packen. Mrs. Washino sagte, sie wolle mich nicht vertreiben und daß sie jedoch einen Schuppen kenne, in dem ich möglicherweise bleiben könne. Wütend verließ ich das Haus und schlief wieder unter der Brücke. Am nächsten Tag fand sie mich, meine Arbeiten verkaufend, vor den Toren des Kaiserlichen Palastes. Sie erzählte mir, daß sie mich schon seit Stunden gesucht habe. Sie weinte und entschuldigte sich. Also zog ich wieder ein.

Sie war keine schlechte Frau, werden Sie sagen, wenn ihre Sicht des Lebens auch ein wenig stolz und allgemein etwas beschränkt gewesen sein mag. Ich stimme Ihnen, nach einigem Zögern, zu. Menschliche Beweggründe sind nicht immer leicht zu erfassen. Wir sahen gleich aus, und sie mag mich als eine Art Fortführung ihrer selbst angesehen haben. Andererseits wollte sie mich vielleicht auch nur in ihrer Macht haben oder sah eine Chance, durch mich zu Ehren zu kommen. Ich bin ein nicht untalentierter Künstler. Habe ich seither nicht meinen Wert bewiesen? Meine *Kraniche an einem regnerischen Abend* haben im vergangenen Jahr einen Preis gewonnen, und *Kyoto Art* bildet regelmäßig Reproduktionen meiner Werke ab, begleitet von langen Artikeln, in denen die Fachleute meinen Ruhm besingen. *Kyoto Art* ist die beste Kunstzeitschrift des Landes, sagen manche. Mrs. Washino wäre stolz auf mich gewesen, wenn sie noch gelebt hätte.

Als ich hierher zurückkehrte, hatten wir beide, sie und ich, ein ernstes Gespräch. Ich bräuchte keine Miete mehr zu bezahlen, wenn ich versprechen würde, meine Arbeiten nicht mehr auf der Straße zu verkaufen. Von jenem Tage an bezahlte sie meine Farben und Pinsel und brachte mir alle meine Mahlzeiten. Ich sollte eine stattliche Anzahl von Bildern malen und mir einen Agenten suchen, der mich bei den Galerien einführen und Ausstellungen organisieren konnte. Ich tat mein Bestes, und binnen etwa eines Jahres fand meine Arbeit Beachtung.

Können Sie sich vorstellen, was es heißt, an eine Leine, die die Klaue einer alten Frau festhält, gelegt zu werden? Sicher, ich konnte unter günstigeren Bedingungen malen, aber ich hatte meinen freien Willen verloren. Ich wehrte mich, indem ich mehr trank als zuvor und regelmäßig andere Künstler einlud, die ich durch meinen Agenten kennengelernt hatte, mit mir die Krüge zu leeren. Ich wurde streitlustig und ermutigte die Alte jedesmal, wenn sie wieder das Gerede von ihrem Tod anfing. Wenn ich ein Bild verkaufte, behielt ich es für mich, aber ich sorgte dafür, daß alle meine Enttäuschungen lang und breit besprochen wurden. Das Gespräch kam öfter und öfter auf Selbstmord, und ich stellte stets die Vorteile der Verwendung von Gas heraus.

Die Gasflasche gehört in die Küche, wurde aber in ihrem Schlafzimmer gefunden, als Sie kamen, um mich wegen des Todes meiner Stiefmutter zu befragen. Wer hat sie hinaufgetragen? Sie hat mich nicht gebeten, das schwere Ding die Treppen hinaufzuschleppen, aber eines Abends dachte ich, daß die Zeit gekommen sei, und behielt recht.

Ist es nicht erstaunlich, wie die Rollen sich manchmal umkehren? Zuerst konnte sie mich nach Belieben kontrollieren, aber nach und nach wurde ich die treibende Kraft. Meine Stiefmutter hat Selbstmord begangen. Sie drehte den Hahn auf, nachdem sie die Plastiksäcke vor ihre Tür- und Fensterrahmen geklebt hatte. Ich habe nur die Flasche nach oben getragen. Beihilfe zum Selbstmord ist strafbar, aber nur schwer zu beweisen.

Als ihr Alleinerbe war ich natürlich verdächtig, aber die Wahrheit ist, daß ich nicht brauchte, was sie mir hinterließ. Eine Woche nach Mrs. Washinos Tod eröffnete ich eine große Ausstellung, und ich wußte, daß ich meine Bilder verkaufen würde. Meine Ahnung war nicht unbegründet. Mein Name war schon eine Zeitlang in den richtigen Kreisen erwähnt worden.

Warum habe ich ihr also geholfen, sich zu entscheiden? Ich glaube, ich wollte meine eigene Vergangenheit tilgen. Ich wollte von dem ekelerregenden Bettler loskommen, der ich so lange gewesen war, und Mrs. Washino war die einzige gewesen, die ihn gut gekannt hatte. Vielleicht waren auch die Träume von Rache, die ich unter den Brücken geträumt hatte, die Ursache meines Vergehens. Hatte ich endlich jemanden gefunden, der noch schwächer war als ich? Oder sehnte ich mich nach den schönen jungen Frauen, die ich nicht mit nach Hause bringen konnte, weil sie durch die besitzergreifende Eifersucht meiner Stiefmutter aus meinem Leben ausgeschlossen waren? Wollte ich mich ein für allemal befreien? Oder ging mir ihr negatives Gerede zu sehr auf die Nerven?

Es ist schwer, sich selbst zu kennen. Sie haben den möglichen Mörder in mir gesehen und sind von Zeit zu Zeit zurückgekommen. Sehr schlau von Ihnen. Als Polizist kannten Sie sicher Ihre Pflicht. Sie konnten meine Schuld nicht beweisen, aber Sie vermuteten, daß ich noch nicht ganz fertig war, und Sie hielten Kontakt, um weiteres Unheil zu verhindern. Sie wollten mich wissen lassen, daß der Staat ein Auge auf mich hatte, stimmt's nicht, Inspektor? Oder waren Sie an meinem Fall interessiert wie einst der Zen-Meister Gota, als er mich in seinem Tempel sitzenließ, wo die Mönche mich schlugen? Jeder Ihrer Besuche verursachte meiner Seele schwere Schmerzen. Ihre sanfte, höfliche Stimme traf mich wie Peitschenhiebe. Ihr Blick brannte sich in die tiefsten Abgründe meines Wesens. Sie sind ein Teufel, den die Richter der Hölle angestellt haben. Behauptet der Buddhismus nicht, daß nur die Entwicklung zählt und daß der Schmerz der beste Lehrer ist? Und ist diese Wahrheit nicht so überzeugend, daß wir uns freuen, wenn wir in der Zeitung lesen, daß ein Lehrling einer Automobilfabrik von seinem obersten Boß mit einem Schraubenschlüssel geschlagen wurde?

Ich sehe Sie jetzt vor mir mit ihrem krugschädeligen Gesicht. Wenn Sie normale Ohren hätten, hätten Sie mich nicht beeindruckt. Makellose Wahrheitsapostel können uns zu sehr blenden. Meister Gota litt an der Parkinsonschen Krankheit, und seine zitternde Hand unterstrich alles, was er mir zu zeigen versuchte. Warum fasziniert mich das Bild Bodhidharmas so? Weil dieser große Lehrer einen fetten Körper und ein mißmutiges Gesicht benutzte und weil er seine Langsamkeit fand, indem er ständig einen boshaften Charakter nach außen kehrte. Die stilisierten Buddha-Statuen bedeuten mir nichts. Was stellen sie anderes dar als unnachahmliche Perfektion?

Sie haben mich eine Zeitlang nicht besucht, aber ich weiß, daß Sie jede Minute hereinschauen können. Ihre Besuche waren immer unerwartet, und ich war nie in der Lage, mich vernünftig vorzubereiten.

Ich nehme an, Sie werden diesen Brief in meinem Studio lesen. Schauen Sie sich um, bitte. Sehen Sie meine letzte Arbeit? Das Porträt der Ballettänzerin Netsuku? Ja, Sie haben recht – das arme Mädchen schielt auf allen meinen Entwürfen. Netsuku ist bekannt für ihre wunderschönen Augen, die mit einem sinnlichen Strahlen die Unendlichkeit betrachten, aber in meinen Porträts schielt sie kurzsichtig auf ihre Nasenspitze. Dieses Scheitern hat mich das Seil kaufen lassen, das mich strangulieren wird. Ich habe es tagelang ohne Ende versucht, ich war immer gut darin, Augen zu zeichnen, aber ich muß diese Fähigkeit endgültig verloren haben. Wenn Sie meine Kommode durchsuchen, werden Sie in den Schubladen Hunderte von Papierfetzen finden, auf denen ich versucht habe, Netsukus Augen im Bild zu bannen. Statt dessen sieht man, wie Sie entdecken werden, das unglückliche Schielen meiner Stiefmutter.

Das Ende des Weges. Selbstmord entspringt immer der Verzweiflung. Mein Vater sprang vor die donnernde Lokomotive des Osaka-Express, Mrs. Washino öffnete einen Hahn, ich werde in wenigen Minuten einen Stuhl zur Seite treten. Wenn man das tut, hatte man vorher die Wahl des einzigen Auswegs. Ich kann nur vermuten, was in den Köpfen meines Vaters und meiner Stiefmutter vorging, und in meinem eigenen Kopf ist der Vorgang auch nicht allzu klar. Hätte ich mein Verbrechen gestehen sollen? Was hätten Sie dann gemacht? Ein Geständnis allein reicht vor Gericht nicht aus, aber wenn wir gemeinsam einige Beweise gesammelt hätten, wäre meine Schuld bestimmt nie ungesühnt geblieben.

Erkennen Sie jetzt, daß ich mich selbst bestrafen muß, indem ich eine höchst vielversprechende Karriere beende? In gewisser Weise muß ich Ihnen dankbar sein, schrecklicher Teufel, der Sie niemals nachgeben, denn Sie haben eine Rache zerstört. Indem Sie mich von einem schmerzvollen Augenblick zum nächsten besuchten, haben Sie mich meine Zwiebel der Unwissenheit schälen lassen. Ich bin noch nicht fertig – es gibt immer noch tränenreiche Schichten, die weggerissen werden müssen, aber kommt dieser Prozeß überhaupt je zu einem Ende? Ist das Ende des Todes nichts weiter als ein neuer Anfang? Ich werde meine Stiefmutter wiedertreffen, in einem anderen Körper und unter unverbrauchten Bedingungen, denn selbst wenn es vorher keine Verbindung zwischen uns beiden gegeben hat, so hat uns dieses Leben aneinander gebunden.

Ich höre wieder die Gesänge der Mönche, mit denen sie ihre morgendliche Meditation und einen neuen Tag begannen:

Ich selbst sehe, wo ich zuvor versagt habe.

Nehmen Gier, Wut und Torheit, die zu meiner Geburt führten und den Ort eines neuen Anfangs bestimmten, kein Ende?

Ich bekenne jetzt meine unwissenden Fehler, damit ich weiter vorangehen kann.

Sie werden mich abschneiden, hinlegen und Ihren Bericht schreiben müssen. Es tut mir leid, Ihnen Umstände zu bereiten. Bis dahin, vielen Dank, ich schwebe davon und bin endlich befreit von Ihrer infernalischen, wenngleich wohlwollenden Zudringlichkeit.

Aus dem Englischen von Kristian Lutze

Die Autoren

STEPHANIE KAY BENDEL ist die Autorin von *Making Crime Pay: a Practical Guide to Mystery Writing* und (unter dem Pseudonym Andrea Harris) *A Scream Away*. Ihre Kurzgeschichten sind (unter dem Pseudonym Hilary Stevens) in *Ellery Queen's Mystery Magazine* und in *Alfred Hitchcock's Mystery Magazine* erschienen. Nachdem sie fünfzehn Jahre lang in Neu-England gelebt hat, ist Stephanie vor kurzem mit ihrem Mann und ihren beiden Kindern nach Boulder, Colorado, gezogen.

AMANDA CROSS' erster Roman, erschienen 1964, hat ihr einen »Mystery Writers of America Scroll« eingebracht. Bis heute hat sie insgesamt acht Romane veröffentlicht; »Tania's No Where« war ihre erste Geschichte. Sie erschien ursprünglich im *Ellery Queen Mystery Magazine*. Wenn sie nicht schreibt, ist Amanda eine Avalon Foundation Professorin der Geisteswissenschaften an der Columbia Universität.

JEAN DARLING wurde in Santa Monica, Kalifornien, geboren und begann ihre Schauspielkarriere in Filmen und am Broadway schon im zarten Alter von sechs Monaten. Fünf Jahre lang genoß »Baby Jean« als weiblicher Star der *Kleinen Strolche* weltweite Popularität. Seither ist sie zusätzlich zu ihrer Bühnen- und Filmarbeit im Varieté, im Fernsehen und im Radio aufgetreten. Jeans Kriminal- und Gruselgeschichten sind in so verschiedenen amerikanischen Publikationen wie *Ellery Queen's Mystery Magazine, Alfred Hitchcock's Mystery Magazine, Whispers, Fantasy Book* und *Night Cry* erschienen. Ihre Werke sind auch in Irland veröffentlicht, wo sie seit 1967 mit ihrem Mann und ihrem Sohn lebt.

LILLIAN DE LA TORRE wurde am 15. März 1902 in New York City geboren. An der Ostküste aufgewachsen, ist sie Absolventin von Columbia (M.A. 1927) und Harvard (M.A. 1933) und hat kürzlich eine Promotion in Literaturwissenschaft am Colorado College abgelegt (1987). 1932 heiratete Lillian George S. McCue, einen College-Dozenten. 1942 begann sie die Reihe ihrer historischen Detektivgeschichten, »Dr. Sam Johnson«, die über die Jahre auf einunddreißig Titel angewachsen ist, die jetzt als vierbändige Gesamtausgabe in der International Polygonics Limited Library of Crime Classics erschienen sind. Nebenbei fand sie Zeit, eine Reihe von Büchern in den verschiedensten Sprachen wie unter anderem: *Wahre Verbrechen*, *Kochen*, *Mädchenbücher* sowie etliche Dramen zu schreiben. Ihre Hobbies sind die Laienschauspielerei und das Chorsingen.

JOE GORES wurde in Rochester, Minnesota geboren. An den Universitäten Notre Dame und Stanford machte er Abschlüsse in Englischer Literatur und verbrachte zwölf Jahre als Privatdetektiv in San Francisco. Sein achter Roman, *Wind Time, Wolf Time* ist 1988 bei Putman erschienen; zur Zeit arbeitet er an einer Kino-Fassung seines siebten, für den Edgar nominierten Romans *Come Morning*. Darüber hinaus hat er einen Wälzer von einem Sachbuch, *Marine Salvage*, sowie ein paar hundert Kurzgeschichten und Artikel geschrieben und zwei Anthologien herausgegeben. Sein Roman *Hammett* wurde verfilmt – Produzent war Francis Ford Coppola –, für seinen Roman *Interface* hat der Regisseur Walter Hill eine Option für eine Leinwandbearbeitung. Gores hat sieben Drehbücher und mindestens vierundzwanzig Stunden Fernsehserien geschrieben, darunter so beliebte Sendungen wie »Kojak«, »Magnum«, »Mike Hammer« und »Remington Steele«. Er lebt mit seiner Frau Dori in Marin County, Kalifornien. Ihr Sohn Tim ist Mitarbeiter einer Musikvideo-Produktionsfirma in Los Angeles, und ihre Tochter Gillan studiert an der New York University Italienisch.

JOYCE HARRINGTONs erste Kurzgeschichte »The Purple Shroud« *(Ellery Queen's Mystery Magazine)*, wurde mit dem Edgar Allan Poe Award der Mystery Writers of America ausgezeichnet. Das war 1972. Seither hat sie eine Reihe von Kurzgeschichten und drei Romane geschrieben. Ihr jüngster Roman *Dreemz of the Night* ist eine schmutzige Geschichte über den Mord an einem Graffiti-Künstler in der New Yorker U-Bahn. Drei weitere ihrer Geschichten sind für den Edgar nominiert worden, unter ihnen die in diesem Band enthaltene. Joyce Harrington lebt in Manhattan und war Vorstandssekretärin, Schatzmeisterin und Vizepräsidentin der Mystery Writers of America. Zur Zeit arbeitet sie an einem neuen Roman.

EDWARD D. HOCH wurde 1930 in Rochester, New York, geboren. Er ist ehemaliger Präsident der Mystery Writers of America und Autor von mehr als siebenhundert veröffentlichten Kurzgeschichten, vor allem im Krimi-Genre. Seit Mai 1973 war er fortlaufend mit einer Geschichte im *Ellery Queen's Mystery Magazine* vertreten. Unter seinen einunddreißig Büchern befinden sich auch ein halbes Dutzend Romane, verschiedene Kurzgeschichten-Sammlungen und mehr als fünfzehn Anthologien, unter anderem die jährlich erscheinenden *Best Mystery & Suspense Stories*. Hoch lebt mit seiner Frau Patricia in Rochester.

JAMES HOLDING wurde nach seinem Abschluß in Harvard und einer zweijährigen Europareise Texter bei der Pittsburgher Niederlassung der Werbeagentur BBDO, Inc. Dreißig Jahre später zog er sich als Textchef und Vizepräsident aus der Werbebranche zurück, um sich als Autor von Belletristik zu versuchen. Seither hat er weite Reisen unternommen und einige der besuchten exotischen Orte zum Schauplatz seiner Kriminalgeschichten und Kinderbücher gemacht. Zur Zeit lebt Holding mit seiner Frau auf Siesta Key in Sarasota, Florida.

CLARK HOWARD schreibt seit dreißig Jahren, fünfzehn davon als hauptberuflicher Schriftsteller. Er ist Gewinner des Edgars und gewann die ersten beiden *Ellery Queen's Mystery Magazine*-Leserpreise. Seit 1980 sind seine Kurzgeschichten jedes Jahr für einen Preis oder eine Auszeichnung nominiert worden. Außerdem ist er Autor von achtzehn Romanen.

MARGARET MARONs Kurzgeschichten sind in Magazinen wie *Mike Shayne Mystery Magazine*, *Redbook*, *McCall's* und *Reader's Digest* erschienen und in verschiedenen in- und ausländischen Anthologien nachgedruckt worden. Zur Zeit arbeitet sie an ihrem siebten Roman mit der Heldin Lt. Sigrid Harald von der New Yorker Polizei *(Death in Blue Folders, The Right Jack)*. Sie lebt auf der Farm ihrer Familie in North Carolina.

BARBARA OWENS ist ausgebildete Theaterwissenschaftlerin und träumte ursprünglich von einer Bühnenkarriere, bis sie mit den falschen Leuten zusammenkam und statt dessen anfing zu schreiben. Ihre Geschichte »The Cloud Beneath the Eaves« gewann 1978 den Edgar der Mystery Writers of America. Ihre Arbeiten sind darüber hinaus in Science-Fiction-Magazinen erschienen, und ihre Bearbeitung ihrer eigenen Geschichte »The New Man« flimmerte als Pilotfolge der TV-Serie »Tales From the Darkside« über den Bildschirm. »A Little Piece of Room« wurde zuerst im Dezember 1979 im *Ellery Queen's Mystery Magazine* veröffentlicht.

HELENE JUAREZ PHIPPS' erste Kurzgeschichte »The Dog That Only Barked At Anglos« wurde im *Texas Quarterly* und später in der von den Mystery Writers of America herausgegebenen Anthologie *Copcade* veröffentlicht. Mit »Running Lovers«, die später im *Ellery Queen's Mystery Magazine* abgedruckt wurde, gewann sie den Preis der südkalifornischen Sektion der Mystery Writers of America. Außer ihren Kurzgeschichten hat sie Artikel über mexikanische Künstler veröffentlicht und ist Autorin des Kochbuchs *Authentic Mexican Cooking*. Sie lebt in Kalifornien, wo sie landesweit die Aktionen des »Californian Democratic Council« koordiniert.

WILLIAM F. NOLAN war Betreiber einer Miniatur-Eisenbahn für Kinder, Rennfahrer, Filmschauspieler, Wandmaler und Buchrezensent der *Los Angeles Times*. Außerdem hat er einen Haufen Bücher und Zeitschriften herausgegeben, Mickey-Maus-Abenteuer ersonnen, »Creative Writing« an der Bowling Green University unterrichtet – und Romane, Kurzgeschichten, Essays, Artikel und Gedichte an hundert Publikationen vom *Ellery Queen's Mystery Magazine* bis zum *Playboy* verkauft. Nolans Arbeiten sind für mehr als hundertfünfzig Anthologien ausgewählt worden. Als Biograph hat er Bücher über Ernest Hemingway, Dashiell Hammett, John Huston und Steve McQueen geschrieben. Außerdem ist er Autor einer historischen Aufarbeitung der Geschichte des *Black Mask*-Magazins.

HERBERT RESNICOWs erstes Buch *The Gold Solution*, erschienen 1983, wurde für einen Edgar nominiert. Drei weitere Romane der Gold-Serie folgten rasch. Er schrieb sechs Bücher zu der Crossword-Serie *Murder at the Super Bowl* (mit Frank Tarkenton), den ersten Band der Sports-Serie und mit *The Dead Room* den ersten Band der Business-Serie. Zusammen mit Tom Seaver hat er soeben *Bean Ball*, den zweiten Band der Sports-Serie abgeschlossen und arbeitet zur Zeit an *The Gold Gamble* und *The Whodunit*, einer Sammlung kritischer Essays.

Seine Hobbies sind Gewichtheben, Lautsprecher-Boxen-Bau, Musik, Theater, Ballett und Lesen. Resnicow lebt mit seiner Frau und seinen vier Kindern in einem Vorort von New York.

WALTER SATTERTHWAIT hat überall in den Vereinigten Staaten sowie in Griechenland und Kenia gelebt. Zwei Bücher um seinen Helden Dell hat er bisher veröffentlicht, *Cocaine Blues* und

The Aegean Affair. Sein jüngster Roman *Wall of Glass*, eine Kriminalgeschichte, die in Santa Fé, New Mexico, spielt, ist 1988 erschienen. Mr. Satterthwait, zur Zeit auf der Durchreise, möchte Cathleen Jordan und Lois Adams von *Alfred Hitchcock's Mystery Magazine* seinen Dank aussprechen.

JANWILLEM VAN DE WETERING, gebürtig in Rotterdam in Holland, begann im Alter von vierzig Jahren zu schreiben; mit fünfundvierzig siedelte er nach Amerika um. Sein Werk umfaßt unter anderem Titel wie *The Empty Mirror, The Sergeant's Cat* (der jüngste Band seiner Reihe von Amsterdamer Polizisten-Romanen), *Inspector Saito's Small Satori* sowie mehrere Kinderbücher. Er schreibt regelmäßig für *Ellery Queen's Mystery Magazine* und *Alfred Hitchcock's Mystery Magazine*, ist Rezensent der *New York Times* und erfreut sich zusammen mit seiner landschaftsbegeisterten Frau an den Wundern der wilden Küste von Maine.

JAMES M. CAIN

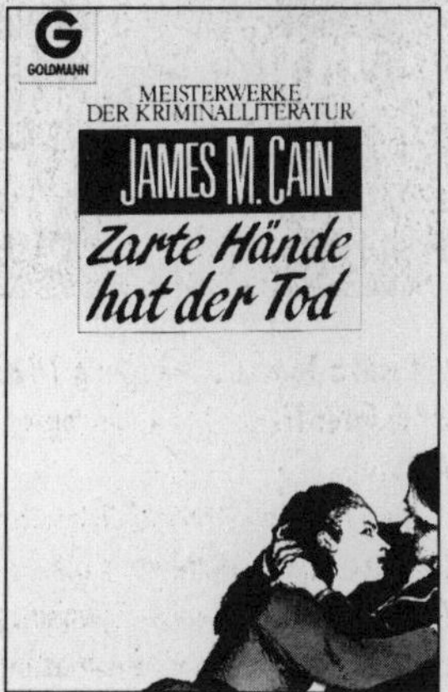

Zarte Hände hat der Tod
6243

Doppelte Abfindung
5084

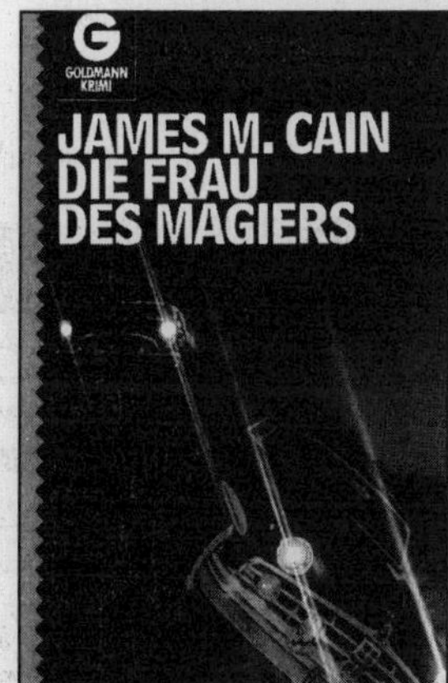

Die Frau des Magiers
5092

Das Mädchen, das vom Himmel fiel 5104

GOLDMANN